JN123512

The Viscount Can Wait

by Marie Tremayne

家なきレディの社交の季節

マリー・トレメイン

緒川久美子[訳]

ライムブックス

THE VISCOUNT CAN WAIT
by Marie Tremayne

Copyright © 2018 by Marie Tremayne
Japanese translation published by arrangement with
Marie Tremayne c/o Taryn Fagerness Agency
through The English Agency (Japan) Ltd.

家なきレディの社交の季節

主要登場人物

エリザ・カートウィック……………………未亡人
トーマス……………………………………エヴァンストン子爵
ロザ…………………………………………エリザの娘
ウィリアム…………………………………アシュワース伯爵。エリザの兄
クララ………………………………………ウィリアムの妻
キャロライン………………………………エリザの友人
フランシス…………………………………キャロラインのおば
レジナルド・カートウィック……………エリザの亡夫
レディ・エヴァンストン…………………先代エヴァンストン子爵未亡人。トーマスの母親
ヴィクトリア・ヴァーナム………………トーマスの愛人
ジェームズ・ランドリー…………………エリザの求婚者
バートン……………………………………トーマスの執事
パターソン…………………………………エリザのメイド

プロローグ

一八四一年夏
イングランド、ケント州
ロートン・パーク

チクタク、チクタク。

エリザは客間の隅にある大きな古い置時計の振り子の音を聞きながら、窓の前に立っていた。屋敷の前にぴかぴかの馬車が次々に止まり、客たちが階段をあがって玄関へと向かってくるのを見おろす。ここは彼女の家だが、じきにそうではなくなる。この客間も彼女のものではなくなるのだ。

開いた窓からそよ風が入ってきて、顔のまわりにふわりと垂れている金色の巻き毛を揺らした。彼女はこれから出席しなければならないにぎやかなパーティの前の、静かに過ごせる貴重なひとときを楽しんでいた。でも、その心はすでに平穏ではなくなっていた。彼女はまだ一六歳。それなのに婚約しているのだ。今夜はそれを正式に発表することになっていて、当然ながら彼女の心は千々に乱れていた。この年で結婚する女性は大勢いると考えても、気持ちはちっとも楽にならない。結婚相手となる男性は好ましい人物だが、人生におけるあまりにも劇的な変化にどう対処すればいいのか、見当もつかなかった。

エリザはあたりに漂っているくらくらするようなハニーサックルの香りを目を閉じて吸い、この先に待つ困難からなんとか気持ちをそらそうとした。結婚すれば家族から離れて遠い場所に行き、広大な領地の女主人としての責任を負うことになる。妻になるというのは、それほど大きな変化を伴うものなのだ。

きっとハンプシャーが好きになると父親は請けあったし、婚約者の話から、隣の公爵領の住人が感じのいい人たちであることが伝わってきた。それに彼女と同じ年頃の娘がいるらしい。エリザは腹部を押さえながら震える息を吸い、その娘と仲よくなれるように祈った。

エリザは結婚する心の準備ができていなかった。この年齢ならそれでふつうだと思うけれど、父親はいまの婚約者以上にいい男性はいないと確信している。レジナルド・カートウィックは裕福で頭がよく教養があり、そのうえビジネスの才覚があるとみなに認められている地主階級の名士だ。加えて、ほかの候補者と比べて若いと言える年齢なのだから、エリザは幸運なのだろう。

彼に対して焦がれるような情熱はないが、結婚相手としては申し分ないと言わざるをえない。求愛期間は短かったものの、すでに彼に対して友情を感じられるようになっている。その友情がいつか愛に変わるのかもしれない……期待できる根拠はどこにもないけれど。

そう思うと、エリザの胸は痛んだ。愛しあって結婚できるのなら、どんなにいいだろう。

チクタク、チクタク。

黒髪の男性がちらりと見え、エリザの脈拍が跳ねあがった。エヴァンストン子爵――トーマスだ。彼はエリザの兄の親しい友人だが、とんでもない放蕩者（ほうとうもの）で、賭け事に関しても女性に関しても悪名をはせている。寄り集まり、手を振りあっている人々の群れを巧みによけて進んでいくトーマスを見つめながら、彼が女性にもてるのも不思議ではないとエリザは考えた。引きしまった長身に広い肩、悪魔のようにハンサムな顔。

罪深いほど魅力的だ。

トーマスに気づかれずに見つめられるよう、彼女は窓の端に寄った。二五歳の彼はエリザより九つ年上で、まだほとんど人生経験のない彼女とは埋めようのない溝がある。父親の死とともに称号を継いだトーマスは、女性、ブランデー、カード賭博という悪癖に、この優先順位でどっぷりはまっているのだ。

もちろんエリザは、彼の武勇伝をいろいろ聞かされていた。くすくす、ひそひそ、女同士の内緒話で。今年の社交シーズンの初めには、自分の目でも見た。それなのに父親がレジナルド・カートウィックを彼女の相手として気に入っていると判明したあとも、トーマスが女性とたわむれていたり、美しい未亡人に意味ありげな視線を送りつつ夜の闇に消えていったりするのを見るたびに、なぜか胸のうずきと嫉妬を感じてしまう。

おりしも彼女が考えていることを再現するかのように、トーマスが屋敷の前の私道で女性客に声をかけているのが見えた。大きな帽子をかぶっている女性の顔は陰になっているけれど、小さく振り返した手を胸の上に当てる様子から、彼と会えて喜んでいるのがわかる。たぶんエリザは、彼にこういう種類の関心を向けられたことがなくて、安堵するべきなのだろう。そんなものを向けられたら、人前で顔から火を噴きかねない。

一度だけ、トーマスを見つめているところを父親に見つかったことがある。あのとき父親は、彼に対する自分の意見を誤解の余地なくはっきり示してみせた。兄のウィリアムの意見も父とまったく同じだ。トーマスは彼女たち家族にとっていい友人だが、それ以上の関係は考慮にも値しない。今夜、エリザとミスター・カートウィックの婚約が発表される。どう考えても彼との結婚がエリザにとっては最善の道で、責任感があり、みなから尊敬されている申し分のない男性を夫に持てる彼女は幸せ者だ。

チクタク、チクタク。

耳につく時計の音は、レディ・エリザ・ホルステッドとしての自由な人生のわずかな残り時間を容赦なく数えているかのようだ。この屋敷を離れたらいろいろなものが恋しくなるだろうけれど、この世には永遠に変わらないものなど存在しないという事実を突きつけるこの大きな置時計からは、離れられてほっとするだろう。それとも、グレイストーン・ホールにも同じような時計があるのだろうか。もしあったら、なるべく早く廃棄しなければならない。

扉を叩く大きな音が響き、エリザはびくりとわれに返って、目をしばたたいた。ひとりでいられる時間は終わり、客間に隠れている彼女を誰かが連れに来たのだ。エリザは深く息を吸って扉の前に行き、取っ手に手をかけた。

扉を開けると、そこにいたのはトーマスだった。

「トーマス。まあ……びっくりしたわ」驚きに、言葉がなかなか出てこない。

そんなエリザを見て、彼がにやりとする。「でも、ぼくも招待されていることは知っていただろう？」

「ええ――それはそうだけど」彼女は口ごもって、ちらりと廊下に目をやった。それから後ろにさがり、ふたりきりになるべきではないとわかっていたが、中へ入るよう促した。ここに来るところを彼が誰にも見られていないよう、祈るしかない。「ただ、この部屋に来るとは思っていなかったから」

そうかな、というようにトーマスが楽しげな笑みをつくり、部屋に入って扉を閉めた。

「窓からあんなに熱心にぼくを見ていたのに？」

恥ずかしさに真っ赤になったエリザを見て、彼は低い声で笑った。

「そんなにまじめに取らなくていいよ、エリザ。からかっただけだ」トーマスがやさしい笑みを浮かべる。

彼女は顔をしかめて抗議した。「からかうなんて、やめて」

ぺしゃんこになった自尊心とともに部屋を横切るエリザを、彼が見つめている。トーマスがわざわざ彼女に会いに来た理由はわからないものの、振り返ると好奇心に満ちた視線とぶつかった。

「いつのまに、きみは恐れを知らない大人の女性になっていたんだろう」彼が言う。

今度はエリザが笑う番だった。本当は、婚約を目前にして生まれて初めてというくらいびくついているというのに。「ひとりの男性と一生をともにしようと決めたことが、恐れを知らないというの？　女性として成長したと？」

トーマスが問いかけるように眉を片方あげる。「きみはどう思う？」

エリザは彼を見つめながら、こんな会話を続けることが果たして賢明なのかと考えをめぐらせた。「あなたは高みの見物を楽しんでいるんだと思うわ」

トーマスは不敵な笑みを見せると、サイドボードまで行ってグラスを取り出した。「そんなふうに思っているのか？」首を横に振る。「ぼくはね、まだまだ子どもだと思っていたきみが一人前の女性になっていたことを発見して、ちょっと驚いているんだ」彼はクリスタルのデカンターの栓を外し、中身を注ごうとして手を止めた。グラスをもうひとつ出してブランデーを両方に注ぎ、振り返って片方を彼女に差し出す。

「つまり、あなたは結婚が女を測る物差しだと思っているのね？」エリザは反射的に手を出して、ブランデーを受け取っていた。「ずいぶん古風な考え方をするのね。あなたはそういう保守的な制度をまったく評価していないと思っていたのに」

トーマスはつやつやと輝く木製のサイドボードに腕組みをしてもたれ、手に持った琥珀色の液体が入ったグラスに目を落として微笑んだ。「いや、結婚については高く評価しているよ。結婚があるから未亡人が生まれ、生きている男のぬくもりを求めてくれるんだからね」

エリザは唾をのみ込もうとしたが、喉がからからでうまくいかなかった。「なるほど」彼の返答に腹を立てるべきなのかどうかわからず、弱々しい声で返す。そしてブランデーを口に入れるとたちまち涙目になって、喉の内側が火がついたように熱くなった。

「別にそういう女性につけ込むなんていう非道なまねをしているわけじゃない。そんなふうに聞こえたのはわかっているが」トーマスはざっくばらんに言い、自分もグラスに口をつけた。

エリザは鼻で笑った。「もちろん、つけ込んでいるなんて思っていないわ。さっきの言葉で、あなたが女性に対して抱いている関心がどういう種類のものかはわかったけれど」

彼が口をつぐみ、光を受けてきらめくグラスの縁越しにこちらを見つめてきたので、エリザは驚いた。急に不安になって体が震えたが、あれこれ考えはじめる前にトーマスが残りのブランデーをあおり、音をたててグラスを置いた。エリザもそれをまねようとしたがむせて咳き込み、彼がおかしそうに低い声で笑う。彼女はトーマスをにらんだものの、残っている中身ごとグラスを奪われ、サイドボードの上に置かれてしまった。

「もうやめておいたほうがいい」彼が真顔になって諭した。「ぼくが酒のにおいをさせていても、きみのお父さんやお兄さんはなんとも思わないが、娘に対してはそうじゃない」

「えっ？　酒のにおい……？」エリザはぞっとして目を見開いた。「トーマス——どうしてブランデーなんて飲ませたの？」

彼が足を踏み出し、その近すぎる距離にエリザはひるんだ。「きみが少女から大人の女性になったことを一緒に祝いたかったからさ。にぎやかなパーティへ送り出す前に、ふたりだけで」彼がからかう。

エリザはむっとした。「何度も言うけれど――」

トーマスの顔が近づいてきて、彼女は衝撃に言葉を失った。どうやら彼はエリザのまわりのにおいをかいでいるらしい。「まじめな話、きみはブランデーのにおいがする。みんな、どう思うだろうな」世慣れた顔に笑みを漂わせ、彼が静かに言う。

トーマスがエリザの口に視線を落とすと、彼女の頭の中で警報が鳴りだした。彼が笑みを消し、内心の葛藤を示すように低くうなる。おそらくトーマスは、いけないとわかっているのに自分を止められないのだろう。そしてエリザも彼を止められなかった。止めるべきだとわかっているのに。

ふたりはそのまま凍りついたみたいに立っていた。トーマスの熱い息がたわむれるように唇をくすぐるのを感じて、エリザの頭の中が真っ白になる。しばらくして、彼女はぎこちなく笑った。

「別に平気よ。厨房に寄って、ミセス・フンボルトにちょっとミントをもらえば――」

彼が心を決めたようにエリザの頭を両手でとらえて、唇を重ねた。

彼女は動けず、抗議の声すらあげられなかった。温かい唇の感触に、体の中を蝶が飛びまわっているみたいに全身の感覚がざわめく。エリザは彼に腕をまわしたいという衝動にあらがって、さげた両手を握りしめた。すると彼女が動かないのをいいことにトーマスがキスを深め、エリザはそれを楽しんでいる自分に嫌気が差しながらも、親密なキスにぞくぞくした。

そのとき、重厚な扉を通してにぎやかな笑い声が聞こえてきた。この許されぬ行為を家族や婚約者から隠しているのはオーク材の扉一枚なのだと思い出し、エリザは呆然としながらもなんとかトーマスを押しのけて、いまいましい置時計の隣まで逃げた。

「悪かったよ、エリザ。ただちょっと、好奇心を抑えられなくて」彼が所在ない様子で首巻きに手をやり、整える。

エリザは懸命に隠そうとしたが、体の震えをこらえられなかった。このキスでどれだけ動揺しているかをトーマスに悟られて、悦に入った顔でもされたら耐えられない。彼女は顎をつんとあげた。

「好奇心って？」震える声で詰問する。

「きみがブランデーの味がするかどうか知りたかった」

エリザは唖然として彼を見つめながら、怒りがこみあげるのを感じた。トーマスが単なるたわむれ以上のキスをしたとちらりとでも思ったなんて、間抜けにもほどがある。こういうやり口で、彼はどれだけの女性をその魅力の餌食にしてきたのだろう？

「なんて人。そんな理由がキスをした言い訳になると思っているの？」エリザはにらみつけた。

トーマスが肩をすくめる。「キスをしなければよかったと思っているのか訊きたいのなら、そんなことは思っていないよ。きみはとても……かわいらしかった」

エリザの頬がかっと熱くなった。彼のような男性の〝かわいらしかった〟などという感想は、期待外れだったと言っているのに等しい。「キスしたことを後悔していないのなら、ウィリアムに言ってもかまわないわよね」

ふたたびゆっくりと近づいてくるトーマスの目は、楽しそうに輝いていた。「ああ、別にかまわないさ。だがそうしたら、キスされてひとことも抗議しなかったのはなぜなのか、きみも申し開きをしなければならなくなるけどね」

エリザは冷たく笑った。「わたしは――」

そこではっとした。彼の言うとおりだ。あまりにも驚いて、何も言葉が出てこなかったのだ。

彼女はトーマスの横をすり抜けて扉に向かい、取っ手をつかんで引き開けた。

「出ていって。今夜はもうわたしに近づかないでちょうだい」

言われたとおりに歩きだしたトーマスの顔からは、からかうような表情が消えている。心にもない後悔を浮かべた彼を見たくなくて、エリザは顔をそむけた。

「怒らないでくれ、エリザ。ぼくたちは友だちだろう？」

彼女は正直な気持ちを伝えようか迷ったが、結局小さくうなずいた。たしかにトーマスとは子どもの頃から友情をはぐくんできた。数々の悪癖があっても、彼を兄のように思ってきたのだ。今日一度だけ、彼がその枠を踏み越えたからといって、長年の関係が変わるなんて想像もできない。

「じゃあ、ぼくにも結婚のお祝いを言わせてほしい」トーマスは胸に手を当てた。「そして行きすぎた好奇心を許してくれ。きみを赤面させたいという誘惑に抵抗できなかった。ふだんぼくのまわりにいる女性は、そういう部分をとっくになくしてしまっているから」

「誤解がないようにはっきり言っておくけれど、わたしはそういう女性とは違うのよ」こみあげる怒りのまま、エリザは彼を責めた。

「よくわかった」トーマスは小さくうなずいて一瞬目を合わせると、彼女の横をすり抜けてパーティの会場に向かった。

エリザは力まかせに扉を閉め、しばらく呆然と立ち尽くした。トーマスは彼女がほかの男のものになる前に、味見をしておこうと思ったのだ――おそらく、ほんの退屈しのぎに。人生の一大事とも言える夜にそんなことをされたら彼女がどう感じるか、考えもせずに。そして彼女は、トーマスにキスされるなんて予想もしていなかった。エリザは涙を懸命に押し戻した。

だからなんだというのだろう？　どちらにしても、自分はもうすぐ結婚する――トーマスではない男性と。つまり、いまのキスを誰かに知らせる必要はまったくない。何もなかったと思えばいいのだ。人に知られたらトーマスは厄介な事態に陥るし、彼だってそれは承知しているはずだ。

われ関せずとばかりにひたすら単調に時を刻む振り子の音に、エリザは耳を澄ました。彼女が誰にキスをされようが、誰と結婚しようが、どうでもいいと思っているかのようだ。実際そうなのだろう。彼女の世界が一八〇度変わることになろうと……いえ、すでに変わっていようと……時はただ進みつづける。誰が何をするかに関係なく。大丈夫、きっとすべてうまくいくはずだ。

エリザは最後にもう一度部屋の隅にある置時計に目をやると、震える息を吐き、スカートを持ちあげてパーティに向かった。

参加しないわけにはいかない。今夜は彼女の婚約が発表されるのだから。

1

五年後
一八四六年春
ロートン・パーク

トーマスは窮屈な馬車の中で脚を伸ばした。馬車はロートン・パークへと続く私道をがたがたと揺れながら苦しそうに進んでいる。屋敷の玄関前の階段には、子どもの頃からの友人であるアシュワース伯爵ウィリアムがいかめしい歩哨のように立っていた。吹きつける風に金色の髪をなびかせている彼は、ひどくまじめな表情だ。

だが、そう思うのはトーマスにいろいろとやましいことがあるからで、長年の親友は本当は温和な表情で微笑んでいるのかもしれない。それでも馬車ががくんと揺れて止まったとき、彼はウィリアムの顔を見つめながら、一瞬身をかたくせずにはいられなかった。しかしそんな心の揺れを無視して勢いよく扉を開けると、トーマスは馬車をおりて友に手を差し出した。

「アシュワース、会えてうれしいよ」伸ばした手を握り返されて、ほっとする。

「そろそろ来てもいい頃だと思っていた、エヴァンストン。手紙のやりとりには、もう飽き飽きしていたんだ」唇の端に笑みをたたえて、ウィリアムが返した。

「手紙をもらえただけ、ありがたく思ってほしいな。きみも知ってのとおり、毎年恒例のロンドン滞在の準備で忙しかったんだ」

「ああ、わかっている。だがこれから社交生活が忙しくなっても、工場の件はそれとは別に粛々と進めるのを忘れないでくれよ。北部につくる綿紡績工場に関して、やらなければならないことが山ほどある。こいつばかりは、紙きれに書きつけた言葉でやりとりしているだけでは埒が明かないからな」ウィリアムがいらだちを浮かべてトーマスを見る。

親友が険しい表情をしていた理由がわかってトーマスは力を抜き、にやりとした。「離れていると、人は相手に対してやさしくなれるものなんだぞ、アシュワース。とにかくぼくはそう聞いている」彼はウィリアムの腕を機嫌よく叩いて、玄関へ向かった。「では、今夜心おきなく過ごせるように、ささいなことはさっさと片づけてしまおう」

ところがウィリアムはついてこようとせずに私道で足を止め、階段をのぼりかけていたトーマスは立ち止まって振り返った。

「その前に、別のことを話しあっておきたい」

トーマスはからかうように眉をあげ、あたりを見まわした。「いまここで？　それとも家の中に入ってからがいいか？」

ウィリアムはトーマスに近づき、声を低くした。「中にはエリザがいる。妹には聞かれたくないんだ」

エリザ。

美しく魅力的なウィリアムの妹の姿が、トーマスの頭に浮かんだ。何年も前に彼女から盗んだキスのことがとうとうばれたのかと、彼はびくりとした。だがもしそうなら、ウィリアムはこれほど落ち着いてはいないだろう。

「いったいどんな話だ？」トーマスは口調を改めた。

「わからないか？」

「まったく」

「なら、はっきり言おう」ウィリアムが決然とした表情になった。「この夏ロンドンでエリザに会っても、実の妹と思って接してもらいたい」

トーマスは友の意図を推し量ろうと、じっと見つめた。「それ以外の態度を取ったと、エリザが言ったのか？」

「いや。自分が見たものから判断した。それにきみのことはよく知っている」

「いったい何を見たっていうんだ？」

「とぼけるなんて、らしくないぞ。きみたちふたりの意味ありげな様子を何度も目にして、警告すべきだと判断したんだ」ウィリアムが険しい声を出す。

緊張をはらんだ沈黙の中、トーマスは考え込んだ。たしかにエリザとはこれまで何度もきわどいやりとりをしたが、彼女のほうにそういう気があったのかは疑わしい。彼がエリザにちょっかいを出さずにいられなかったのだ。悲惨な事故で夫と父親と兄を亡くすというつらい経験をしたエリザは、悲しみを乗り越え、それから二年で見る見るうちに女性として花開いた。昔から美人だったが、いまではそこに自然な色香とでも言うべきものが加わっている。多くの女性が求め、それでも決して身につけられないものだ。さらに彼女は高い知性を備えているうえ、まだ幼い娘が安心して暮らせるように心を砕く誠実さを持っている。貴族の多くが送っているきらびやかな暮らしを嫌っているのにこれからロンドンへ向かおうとしているのは、娘のためだ。夫を失った事故のあと強い意志で生き抜いてきたように、エリザはいまも強い決意で社交シーズンに臨もうとしている……娘に少しでもいい生活環境を与えるために。

トーマスは女性の注目を集めるのに不自由していないが、あちこちに気を散らされていてもなお、エリザが友人としても女性としても魅力的であることに気づかずにはいられない。こうして彼女の兄に釘を刺されても、かえって彼女の魅力を意識してしまう。そんな効果はウィリアムの望むところではないだろうが。

物思いから気持ちを引き戻して、トーマスはウィリアムと目を合わせた。「彼女の兄としてふるまえというのか？」

「そうだ」

「変な男が手を出してこないように威圧し、蹴散らせと？」トーマスは詰め寄った。

ウィリアムの顎の筋肉がぴくりと動く。「わたしが妹を心配し、守るために取っている態度をきみが不快に感じているのなら、わたしの懸念には正当な根拠があるということだろうな」彼はため息をついた。「いいか、トーマス、友人としてのきみのことは高く評価している。だが、女性関係については話が別だ。それはきみもよくわかっているだろう」

「つまりきみは、ぼくが少しでも機会があれば意味のない情事の相手と同じようにエリザを扱うと、本気で思っているわけだ」

「きみを信じたいとは思うが、妹を社交シーズンに送り出す前に不確定要素を排除しておきたい。だからはっきり言っておく。どれだけ機会があろうと、妹には手を出すな」ウィリアムは引きさがらなかった。

友人の強硬な姿勢に、トーマスの頭にふとある考えが浮かんだ。自分でもろくでもないと思うが、その考えに心を引かれずにはいられない。

ウィリアムの警告はトーマスに対する挑戦のようだ。

トーマスは背筋を伸ばして黒髪を撫でつけ、広い肩をすくめた。「エリザは魅力的な女性に成長したし、彼女とたわむれるのが楽しいことは否定しない。そもそも否定したって、きみは信じないだろう。このままここで何日もぼくの悪癖について口論を続けてもいいが、そんなことをしても無駄だ。たとえぼくがちょっかいを出したとしても、彼女が応じるはずはないからな」前にキスをしたときエリザにどれだけ非難されたか、彼は覚えていた。

それを聞いて、ウィリアムがあからさまにほっとした顔をする。「では、手を出す気はないと思っていいんだな」

トーマスは黙ってうなずいた。

「つまりきみがロンドンで兄らしくふるまうということで、われわれは合意した」ウィリアムが握手をしようと手を差し出す。

トーマスはその手をつかまずに、相手の背中に腕をまわして引き寄せた。

「握手じゃなくて、酒を酌み交わそう」

エリザは椅子の上で落ち着きなく身じろぎをしてため息をつき、手袋に包まれた指先をそわそわと握りあわせながら、舞踏室を見まわした。友人のキャロラインに笑みを向けると、唇の両端をあげたいたずらっぽい笑みが返ってくる。象牙色のレース飾りのついた、ヤグルマギクの花の色を思わせる青いドレスをまとったキャロラインは、今夜はひときわ魅力的だ。

「ティザートン卿からとりあえず逃れられて、ほっとしているんじゃない?」キャロラインが言う。

エリザは笑った。「本当にそう。クララがいてくれなかったら、どうなっていたかしら」彼女はアシュワース伯爵夫人に感謝の視線を向けた。兄の新妻であるクララはいま、ティザートンのダンスの相手を務めてくれている。ダークブラウンの髪の美しい兄嫁はくるくるまわりながらティザートンの言葉に楽しそうな笑い声をあげ、エリザに向かって片目をつぶってみせた。

エリザは実の姉に対するような愛情が胸に満ちるのを感じた。かつてメイドに身をやつして伯爵家で働いていたクララは、ウィリアムだけでなく義妹である自分と娘のロザの愛情をも勝ち得ていた。裕福な女相続人だったクララが男爵との結婚から逃れるために取った思いきった行動が、いまでもエリザは信じられなかった。クララは残酷な男から身を隠すため、すべてを犠牲にしてアシュワース伯爵家のメイドになったのだ。そして伯爵と愛しあうようになり、両親と兄を失った馬車の事故のあと世捨て人のようになっていた彼を、絶望の淵から引き戻した。この信じがたい逸話で、クララは気まぐれな上流社会の人々の人気の的にもなっている。彼女自身は、まわりにどう思われようとかまわないといった様子だけれど。エリザは義姉がそんな女性だからこそ、より好ましく思っていた。

エリザは微笑みを浮かべたままふたたびため息をつき、視線を床に落とした。キャロラインが温かい手を重ね、励ますように握る。

「どうしてそんなに沈んだ顔をしているの？　ロンドンに行くのがいやだから？」

「あなたはいやじゃないの？」エリザは伏せていた手を返し、友の手を握った。「いやではないなら、秘訣を教えてほしいわ。明日にはロンドンへ向けて発たなくちゃならないんだもの。一五歳のときにヴィクトリア女王の前でデビューしたときは、こんな気持ちにならなかったのに」

おかしそうにしていたキャロラインが美しい眉をあげ、皮肉めかした表情をつくった。

「そうね、わたしが気楽なのは、いまもこれからも求愛されるほど男性を惹きつけられるなんていう幻想を抱いていないからかもしれないわ」彼女は振り返って舞踏室に集う人々を見つめると、エリザの手を放して髪に手をやり、乱れていないか確かめた。「だけどエリザ、あなたは違う。ロンドンの社交界に復帰したら、たちまちみんなの注目を集めるはずよ」

「キャロライン、あなたは自分の魅力を過小評価しているわ。全然そんなことないのに」

「ありがとう。だけどあなたは友だちだから、ひいき目で見てくれているのよ」キャロラインは小さく微笑んだ。「とにかくあなたのほうが、将来の旦那さまにより多くを与えられるわ。なんといっても伯爵の妹だもの」

「あなただって公爵の娘じゃない」エリザは驚いて友人を見つめた。

「たしかにそう。でもわたしは両親に捨てられたも同然だってことは、あなたも知っているでしょう？　社交界の人たちも当然知っているわ」キャロラインは苦々しい口調で言い、ひと呼吸置いてスカートを撫でつけた。「そしてあなたは、地主階級の人たちからも貴族からも尊敬され、認められていた裕福な男性の未亡人でもある」

「跡継ぎが見つかったために、亡くなった夫の領地や財産に対する権利のいっさいを失った未亡人よ」

エリザは一瞬、キャロラインが淑女としてのたしなみを忘れてかんしゃくを起こすのではないかと不安になった。キャロラインは胸の前で腕を組み、淡い灰色の瞳に怒りを浮かべている。

「キャロライン――」エリザは鋭い声でささやいた。

「〝あら、そうなの？〟って軽く流せるはずがないでしょう？　未亡人と子どもが放り出されるなんて、ひどい制度だわ」キャロラインが嫌悪感とともに吐き捨てる。

エリザはため息をついた。このことでキャロラインと言いあいになるのは初めてではない。

「家族の財産を受け継ぐのは長男の権利だもの。それは法で決まっていて、変えられないのよ。あなたもわかっているでしょう？」

それでも彼女の友人は、納得できないというように首を横に振った。「あなたはようやく喪が明けたと思ったら、家から追い出されたのよ。しかもアメリカ人に。甥とかいとことかいうならまだわかるけど、居場所を突き止めるのに二年もかかった遠い親戚がすべてを受け継ぐなんて……」キャロラインは目をそらし、はなをすすった。

実際、見つかった男性はたしかいとこだったが、エリザも友の意見に共感せざるをえなかった。自分の家から追い出されるなんて、あまりにも不公平だ。娘のロザの家でもあったのに。レジナルドはその男性についておそらく聞いたこともないだろうし、あったとしても面識がないのは間違いない。でもそれより近い関係の男性が見つからない場合、そうするものと法律で決まっている。ずっと昔からそうだったのだ。

エリザとロザがカートウィック家の屋敷を出てロートン・パークの寡婦用住居に移らなければならなくなってから、キャロラインはずっと腹を立てている。そしてその原因となった男性とこれから隣人としてつきあっていかなければならないことにも内心いらだっているのだろうと、エリザは感じていた。彼女に不都合な状況をもたらした男性とはいえ、そんなキャロラインをこれから相手にしなければならない彼を、エリザは内心、気の毒に思っていた。

不都合な状況をもたらす男性といえば、エリザはダンスフロアにエヴァンストン子爵——トーマスの姿を見つけた。彼は群がってくる大勢の女性のうちのひとりと踊っていた。エリザのよく知らないシャンパン色の髪の小柄でかわいらしい彼女を、トーマスは世界でただひとりの女性であるかのように微笑みながら見おろしている。エリザは思わず見つめてしまった自分にいらだち、視線をそらした。あれが彼の魅力のひとつなのだ。一緒にいる女性に、自分は特別なのだと感じさせる不思議な力。ただしトーマスは、すぐに次の女性に向かって歩み去ってしまう。

「本当にばかげているわ」キャロラインが言った。「こういう目に遭っている未亡人は山ほどいる。あなただって落ち度はひとつもないのに、こんな状況に陥っているのよ。だけどあなたがアシュワース伯爵の妹であることに変わりはないし、彼は大胆不敵なクララ・メイフィールドを妻に選んだというので話題の男性だわ」キャロラインはエリザに視線を戻した。「みんな、あなたも同じくらい大胆不敵な再婚をして、世間をあっと言わせることを期待している」

「再婚しなくてはならないなんて、本当にいや」エリザはむっつりと言った。「ロンドンの人たちが他人のことをあれこれ言わずに黙っていてくれたら、社交シーズンもこれほど耐えがたくはないのに」彼女は顔をしかめて自分を見おろした。光沢のある淡いピンクのサテンのドレスは、頭上のシャンデリアの光を受けてきらきらと輝いている。「まわりの目にさらされてつらい思いをしていたウィリアムの気持ちが、ようやくわかったわ」

キャロラインは椅子に座ったまま少し身を寄せて、エリザを見つめた。「あなたがつらい思いをしているのはわかっているわ。ご主人だけじゃなく、お父さまとお兄さまも亡くしたんですもの……しかも住み慣れた家まで。本当にがんばってきたと思う。だけどひとり身は寂しいし、未亡人の生活は不安定で予測がつかないでしょう」

キャロラインの言うとおりだった。この二年で、エリザの生活は悪夢のような変化にさらされた。そしてついにはカートウィック家の家督を継ぐ男性が現れてしまった。わが家だった屋敷を出るのはつらかったけれど、娘のロザになんともないという顔を見せるのはもっと大変だった。本当はまだ再婚なんて考えられない。でも、結婚すれば上流社会で安心して生きていける環境が手に入る。寡婦用住居はとりあえずの避難場所としてはいいが、ロザのことを考えればいつまでも住むわけにはいかない。先行きに対する不安を二度とロザに抱かせないために、エリザはなんでもするつもりだった。娘がその幼さゆえにつらい人生の変化を深く受け止めていないことを、彼女は母として願っていた。

「本当にそうよね」友の言葉に静かに同意する。

キャロラインがアシュワース伯爵――ウィリアムに目を向けた。彼はティザートンから妻を取り戻し、夫婦が人前で仲よくするのは野暮だとされている社交界では異例なほど長く妻と踊っている。そしてそんな伯爵夫妻の姿を、噂(うわさ)好きの人々がうれしそうに眺めていた。

キャロラインは表情をやわらげ、低い声で言った。「あなただって、本当はずっとひとりでいたいわけじゃないんでしょう?」

エリザはため息をついた。いつもは抑えている現状に対する不満が一気に襲ってきて、傷つきやすい心がむきだしになる。

本当は、ただ怖いのだ。レジナルドはいい夫で、ふたりのあいだには温かい友情が育っていた。エリザは彼と結婚できたことを幸運だと思うようになり、かわいい子どもも授かった。あのまま続けば、友情が愛に変わっていたかもしれない。でも、レジナルドの人生は突然断ち切られてしまった。そしてエリザは死によって彼を奪われただけでなく、安泰だと思っていた生活がただの幻想だったと思い知らされた。

キャロラインが心配そうに眉根を寄せる。「もしかして違うの？　ひとりでいたいの？」

夜の戸外が見える黒い窓に、エリザは目を向けた。いまはただ、これから何カ月か続く騒々しいサーカスのような生活から逃れたいだけだ。けれどロンドンで社交シーズンに参加するのが、彼女にとってもロザにとっても、将来を確保する最も有効な手段であることは間違いない。

自分が質問に答えていないことに気づき、エリザはしまったと思いながらキャロラインを見た。「いいえ、ひとりでいたくなどないわ」つかえそうになりながら、なんとか返す。いま言ったことは嘘ではない。おそらく真実だ。

キャロラインはほっとした表情になって、舞踏室にいる人々に視線を戻した。あちこちで初対面の人々が引きあわされ、交流を深めている。「今夜はどう？　よさそうな男性はいる？」

エリザは上品に着飾った人々を見渡した。しみひとつない黒い上着と糊のきいた白いリネンのシャツに身を包んだ男たちと、チュールとモスリンを何層にも重ねたドレスをまとってダンスフロアをふわふわと動いている、ほとんどが彼女よりも年下の女たち。男性にお世辞を言われてうれしさを抑えきれない若い娘や、娘の数ある長所をこぞって披露している地元の母親たち。自らの価値を高めようと熱心に身なりを整えた上流階級の人々の厳しい視線にさらされながら踊っている、無防備なおびえた娘たち。

それからもちろん、エリザの視線はトーマスの広い肩やつややかな黒髪にも向かった。さっきとは違う相手と踊っている彼が、シャンデリアを輝かせているろうそくの光の下で、くるりと向きを変える。

顔をしかめて頭を振りながら目をそらしたエリザを見て、キャロラインが問いかけるように小首をかしげ、何が友人を動揺させたのかとダンスフロアを見まわした。

「どうしたの？」首を伸ばして訊く。

「なんでもないわ」

キャロラインが眉をあげてエリザを見た。「嘘よ」そのとき、背筋をまっすぐにして真剣にあたりを見まわしはじめたキャロラインの目の前をトーマスが通り過ぎ、エリザに向かっていたずらっぽく片目をつぶった。彼はそのまま音楽に乗って行ってしまったが、キャロラインは頰を赤らめているエリザを見て美しい顔に苦笑いを浮かべ、体の力を抜いた。

「ああ、彼を見ていたのね」

エリザは眉をあげ、意味もなく手袋を引っ張った。「なんのことかしら」

「とぼけてもだめよ」キャロラインが笑いながら返す。「あなたは前から、エヴァンストン子爵の近くではぎこちない態度になるもの。こんな言い方をして気を悪くしないでほしいんだけど、結婚相手にはとてもふさわしいとは言えない男性なのに」

「でも、そんなに悪い人ではないのよ」友人が正しいのはわかっていても、トーマスが侮辱されるとエリザは黙っていられなかった。

「いいえ、近づくべきじゃないくらい悪いわ」キャロラインは言い返し、エリザの手をぎゅっと握った。「あなたはこれから現れる男性に与えられるものをたくさん持っている、まだ二一歳の美しい女性なのよ。彼みたいな人に時間を無駄にしないで――」

「誤解よ。そんなつもりはないもの」エリザはそっけなく言うと、手を引っ込めて椅子の上でもぞもぞと向きを変えた。ダンスフロアに目を向けたものの、子爵はすでに視界から消えている。「トーマスは結婚相手にはまるでふさわしくないし、生前の父にもそう警告されたわ。あなたが彼の生き方に賛成できないのはわかるけれど、彼がずっとわたしたち家族の、そしてわたしの親しい友人でいてくれたことに変わりはないの」

キャロラインが細い眉を片方あげた。「そもそも、どうしてあなたのお父さまは警告しなければならないと考えたの？　エヴァンストン卿はあなたが好きだと態度に出していたのかしら」

「好きというのは強すぎる言葉ね」エリザは嘘をついた。「父は念のために釘を刺しただけ。

トーマスの褒められない性癖については、わたしだって知っているわ。だから彼に対してそういう意味での興味はないし、もしあったとしてもウィリアムが許さないと思う。トーマスとは親しい友人同士というだけよ」彼女は手で顔をあおいだ。ここは暑すぎて息苦しいし、トーマスの話題はさらにそれを加速させる。

「エヴァンストン卿がもうただの友人ではいたくないと思う日が来たら、どうするの？　恋人になりたいと彼が望んだら？」容赦のない問いにエリザが険しい視線を向けると、キャロラインはなだめるように両手をあげた。「彼が実際にそうすると言っているわけではないのよ。でも彼が相手だと、友人としての会話が簡単に誘惑に変わってしまいそうで。ああいう男性を心から信用できる？」

キャロラインの主張はもっともで、質問に対する答えは当然〝いいえ〟だ。トーマスはとうてい信用できるような男性ではない。少なくとも男女のあいだの関係については、それが愛に基づいたものであろうと欲望に基づいたものであろうと、とても信用できない。とくにこの一年ほどは男女間のたわむれのような態度を取ることが多くなっているけれど、彼がエリザに友情以上の感情を持っているとは思えない。かつて一度だけしたキスからわかるように、トーマスは本気で彼女を誘惑しようと思っているわけではない。女性としての彼女に興味がないのだ。

エリザはため息をついた。

「いいえ。もちろん信用していないわ。だけどトーマスは友人で、社交シーズン中は同じロンドンにいる。だから少し……ややこしいというか」

キャロラインが椅子ごと体を寄せて、エリザの肩に腕をまわした。「ややこしいことになる前に、わたしたちであなたに望ましい男性を見つけるっていうのはどう？」そう言って、ダンスフロアの男女の群れに目をやる。「さあ、元気を出して。今夜はほかに、あなたの興味を引く男性はいないの？」

エリザは一蹴した。「このあたりには、そもそも対象になる男性が少ないもの。ロンドンに行けば候補者が大勢いると思うわ」抑えきれずにくすくす笑いながら、つけ加える。「そしてあなたも知っているとおり、子爵はイングランド一望ましい独身男性よ」

キャロラインもいたずらっぽい笑みを浮かべた。「あら、わたし、さっき〝望ましい〟って言った？〝夫とするのにふさわしい〟の間違いだったわ」

ふたりが笑っていると、聞き慣れた魅力的なバリトンの声が響いた。「きみたちが話しているのは、どこの子爵のことかな？」

声がすぐ横からしたうえに、キャロラインが驚いた顔をしているので、エリザはかたまった。椅子の脚が床にこすれて大きな音がするのもかまわず、キャロラインともども弾かれたように立ちあがる。顔をあげると、そこにはやはりトーマスが立っていた。彼はいつもどおり魅力的——正直に認めれば、くらくらするほど魅力的——で、これから冗談でも言おうとしているみたいに楽しそうに笑っている。どうやら彼はダンスを終えたあとここに来て、ふたりの会話の最後の部分を聞いてしまったらしい。とんでもない失態に、エリザは頬が熱くなった。

「ごめんなさい、なんのことかしら」

笑みを浮かべたままのトーマスの青い目が、シャンデリアの金色の光を受けてきらりと輝く。「きみたちがいま話していた〝望ましい独身男性〟である子爵だが、まさかぼくのことではないだろうね」

エリザは何やら手厳しい言葉をつぶやいているキャロラインに警告の視線を向けてから、トーマスに向き直った。

「もちろん違うわ」

彼が面白がるように黒い眉をあげ、にやりとする。「では、ぼくは望ましいと思われていないということかな？」

「そんなにも〝女の敵〟でなかったら、望ましい男性と言ってもいいのかもしれないけれど」エリザは言葉の辛辣さをやわらげるために膝を折ってお辞儀をしたが、トーマスはのけぞって大笑いした。

「これはまいったな、レディ・エリザ」なおも笑いながら言う。「女性同士の内緒話に口をはさむなんて、身のほど知らずだった」

エリザも思わず小さな笑みを浮かべた。「そうよ。身のほど知らずだわ」

ウィリアムの従僕のマシューがシャンパンのグラスをのせたトレイを持って通りかかり、トーマスはそこからグラスを三つ取った。差し出されたグラスを受け取るときに指が触れてエリザは思わず赤くなったが、トーマスは触れたことに気づいてもいないようだ。彼から反応を引き出そうと思ったら、こんなささいな接触ではだめなのだろう。彼はキャロラインにもグラスを渡すと、エリザに同情とも取れる視線を向けた。

「はっきり言って、きみがうらやましいとは言えないな。いろんな催しに楽しむためだけに参加するのと、結婚相手を探すために参加するのとではまったく違うからね」

「結婚相手を探すのはもちろん退屈な作業だけれど」キャロラインが言う。「それでもエリザがパーティを楽しんでくれるといいと思うわ」

エリザは友人に笑みを向けた。「少なくとも、あなたが一緒にいてくれるから」

トーマスがティザートン卿に視線を向けた。クララをアシュワース伯爵に取り戻されてダンスの相手がいなくなった彼は、エリザのほうにちらちらと視線を送っている。居心地の悪い状況であるにもかかわらず、トーマスのからかいにエリザはキャロラインと一緒に心から笑っていた。

「たしかに友だちが一緒にいれば、退屈も少しは紛れるだろう。だがぼくが見たところ、エリザはすでに未来の夫を確保しているようだ」

「社交シーズンに参加しなくてすむというだけで、ティザートン卿の求愛を受け入れたい気分になるわ」目をぐるりとまわして言う。

「ロンドンでは、お会いする機会がかなり増えるのかしら？」エリザを横目で見ながら、キャロラインがトーマスに訊いた。

彼は肩をすくめた。「アシュワースがつくろうとしている綿紡績工場の件で忙しくなりそうだが、顔を合わせることはあるだろう」

キャロラインが満足げにうなずく。

トーマスが忙しくてエリザを面倒に巻き込む暇がないらしいという事実に、キャロラインは明らかに喜んでいる。そのときキャロラインの視線が、部屋の向こうから見つめている彼女のおばの視線とぶつかった。

「ごめんなさい。フランシスおばさまが呼んでいるみたいだから、失礼するわね」

エリザをトーマスとふたりにしてしまうと気づいたらしく、キャロラインは一瞬ためらった。だがどうしようもないとすぐに悟り、エリザに申し訳なさそうな視線をちらりと向けたあと、急いで去っていった。

エリザは赤くなり、太陽にあぶられているように体がじわじわと熱くなっていくのを感じた。そこで咳払いをして、気づまりな状況をなんとかしようと思いきってトーマスのほうを向いた。

「おかしなものね、未婚の人たちのほとんどは、ベッドでのお相手を物色するためではなく結婚相手を見つけるために社交界に参加するなんて」

「女性の場合はそうだな」トーマスが訂正する。「綿紡績工場と愛人たちで、あなたはとても充実した時を過ごす予定のようね」

彼女はぐるりと目をまわしてみせた。

「きみもそうなるさ。きっと大勢の男性に求婚される」

「本当にそう思っている?」それほど確信のないエリザは自信のない笑みを向けた。

トーマスが黙っているので、彼女は顔をあげた。いったん目を合わせたあと、彼が意味ありげにエリザの口に視線を落とす。トーマスがふたたび目をあげると、彼女は冷静に話を続けられなくなった。

「ああ、思っている」彼は考え込むように言い、エリザに近づいて指先をそっと頬に滑らせた。

ためらいがちなその仕草は……愛情からというより思わずやってしまったという感じで、エリザはすっと目を細めた。彼女はもう、世間知らずの一六歳の小娘ではない。

「トーマス――」

「そこにいたのね!」息を切らした義姉の声がした。クララがにこにこしながら滑るように近づいてきてエリザを抱きしめ、起こりそうだった言いあいをさえぎる。「三〇分も前からあなたを探していたんだけど、ダンスを申し込んでくる人たちから逃れられなくて」

トーマスが後ろにさがったので、エリザはほっとした。無言の感謝をこめてクララを抱き返す。

「わたしのそばにいたら、彼らを追い払ってあげるわ」エリザは笑いながら言った。

「ダンスが大好きな男性といえば、エヴァンストン子爵が休憩しているのにはちょっと驚いたわ」ダンスフロアのまわりから期待に満ちた視線を彼に向けている一〇人以上もの女性に、クララは目をやった。彼女たちは、ちらちらとエリザにも恨みがましい視線を送っている。「誘われるのを待ちわびているあの女性たちの誰かと、彼は踊りたいんじゃないかしら」

「残念ながら無理なんだ。今夜はレディとの約束がある」トーマスはにやりとしてシャンパンを飲み干し、近くのテーブルにグラスを置くと、衝撃を受けている女性ふたりを楽しそうに見た。「レディ・エリザ、レディ・アシュワース、それではまた」

彼は小さく頭をさげ、来たときと同じように自信に満ちた足取りで素早く出ていった。エリザは頭を振り、クララと顔を見合わせた。どうして嫉妬を覚えているのだろうと思いながら、黙ってグラスを空ける。

〝それではまた〟

エリザの体にかすかな震えが走った。トーマスが綿紡績工場と愛人たちに忙殺されて、社交シーズンが終わるまで会わずにすむことを祈るしかない。将来を託すに足る夫を見つけるまで、彼には会いたくなかった。

トーマスはロートン・パークの廊下を歩きながら、小さく微笑んでいた。いまの言葉で、エリザは嫉妬してくれただろうか。確かめるすべはないが、嫉妬してくれるかもしれないと思うと、なぜかわくわくする。

けれどもトーマスは、すぐにその考えを払いのけた。エリザの魅力にかかれば、どんなに結婚を避けている男でも誘惑され、彼女はこれから華やかな社交シーズンを送ることになるだろう。でも本人は、決してそんなものを望んでいない。エリザはただ、生活の安定を求めているだけだ。そしてこの二年間で彼女がくぐり抜けてきたことを思えば、それを願っていても責められない。

妹には手を出すなというウィリアムの言葉には腹が立った。だが彼のこともやはり、責められなかった。年は離れているものの、ふたりは親密に過ごしてきた仲のいい兄妹(きょうだい)で、ウィリアムはエリザを心配しているだけだとわかっている。

休暇でイートンやオックスフォードからロートン・パークに戻っているとき、ウィリアムとトーマスはつきまとってくるエリザから逃れられなかった。母親を亡くした幼い娘にやさしくしてやってくれと、伯爵が息子とその友人に何度も頼んだのだ。うっとうしい妹にそこまでしてやる必要があるのかと、彼らが思うくらいに。

とにかくその結果、三人はとても近しい関係になった。将来は爵位を継ぐ身であるウィリアムの兄、ルーカスは父親である伯爵とともに領地の経営を学んだりビジネスの現場に同行したりすることが多く、一緒に過ごす機会が少なかった。皮肉にも彼は、それを生かすときが来る前に短い生涯を終えてしまったが。

トーマスは家族も同然だった彼らを思い出して歯を食いしばり、湾曲して二階へと続いている大階段の手すりを握りしめた。彼は失うことのつらさを知っている。ただし一〇年前に実の父親が死んだときはそれほど心に傷も残らなかったし、予想外の出来事というわけでもなかった。爵位を継いだことで以前よりもまじめに生きなければならなくなったものの、彼はそれに自分が知っている唯一の方法で対処した——まじめになることを拒否したのだ。その結果、母親を怒りに震えさせることができたのは予期せぬ恩恵だった。

子ども部屋の前まで来たトーマスは物思いを振り払い、扉を力強く叩いた。扉がきしみながら開いて中から金色の光が漏れ出し、やさしい性格のロザの子守が目尻にしわを寄せて顔をのぞかせる。「ようこそいらっしゃいました、子爵閣下！　ミス・ロザが心配されていたところだったんですよ——」

「トーマス！」

フローレンスが扉をもう少し開け、ロザが挨拶できるようにした。すると大喜びの四歳の少女がトーマスの腰に抱きついてきたので、彼は笑いながら床に膝をついて少女を抱きしめた。

「やあ、かわいい子ちゃん。待たせてしまったかな？」

彼はとくに子ども好きというわけではないが、ロザだけは例外だった。明るい性格で一緒にいると楽しいというだけでなく、彼が愛するようになった家族の最も若い一員だからというのもある。幸い彼女は、二年前に家族を襲った災厄の影響をあまり受けていない。そしてそれは、エリザのたゆまぬ努力のおかげだった。

ロザはふくれてみせようとしたが、すぐにくすくす笑いだしてしまった。「もう！　ずうっと待ってたのよ。すてきな音楽が聞こえてきて、踊りたくてたまらなかったの！」ロザはトーマスの腕の中から抜け出して人形を拾い、階下の舞踏室から聞こえてくるかすかなワルツの調べに合わせて振りまわしはじめた。

トーマスは立ちあがり、エリザの幼い娘がうれしそうに笑いながら、布でできたパートナーを相手にくるくると踊るのを見つめた。ここへ来たのはしばらく会えなくなるので別れを告げるためだが、ささやかなことでこの幼い少女が喜んでくれるなら、もう少しここにいようという気になった。

彼はロザの前に立った。「ぼくと踊ってもらえますか、ミス・ロザ」正式なお辞儀をして、手を差し出す。

ロザが目を皿のように丸くして動きを止め、人形をぽとりと落とした。「舞踏室で?」

「いやいや、それは無理だよ。ぼくにだって限界はある。だけど、こっちでなら……」

トーマスは身をかがめ、ロザの手を取った。口の前に指を立てて、ふたりの後ろでおろおろしているフローレンスを黙らせると、少女を廊下に連れ出した。

「どこなら音楽がよく聞こえるかな?」彼はロザを抱きあげ、まじめな顔で問いかけた。

ふたりは音楽に耳を澄ましながら広い廊下を進み、階段の上の踊り場まで行った。すると下から漂ってきた音楽が、魔法のようにふわりとふたりを包んだ。誰かが下の廊下まで出てきたら見えてしまうが、いまはほとんどの客が舞踏室で踊りに夢中になっている。

「ここがいい」トーマスのパートナーが、目をきらきら輝かせてささやいた。トーマスはにやりとしたあと真剣な表情をつくり、右腕でロザの体を支えながら左腕を伸ばして、彼女の小さな手を握った。

「準備はいいかい？」

ロザがうれしそうな顔で、金色の巻き毛を弾ませてうなずく。

リズムに合わせて、トーマスはかぎられた広さの中で慎重に動きはじめた。彼を見あげて笑っているロザとともに、子ども部屋へと向かっていく。そこではフローレンスが腕組みをして壁際に立ち、賛成できないという表情を向けていたが、厳格なメイドでさえ、大まじめな顔で踊っている彼と楽しそうな幼子の姿に心をやわらげ、結局声をひそめて笑いだした。

何分かそうして踊っているうちに最初の興奮がおさまったロザは、トーマスを信頼して肩に頭を預け、リラックスしてダンスを楽しむようになった。聞こえてくる調べが小さくなると、彼はふたたび階段上の踊り場へ向かった。別れを告げる絶好の機会をとらえ、身をかがめて少女のぽっちゃりした頰にキスをする。

「明日になったら出発するよ。ロンドンに行くんだ」

ロザは不安を見せずにトーマスを見あげた。前にも長く離れていたことがあるので、とくに心配する理由がないのだ。

「どれくらい会えなくなるの？」彼にくるりとまわされながら、ロザが目を閉じて訊く。

「残念だが、夏の終わりくらいまでかな」

信じられないというように、ロザが目をぱっと開いた。「夏の終わりまで？　お母さまも明日いなくなっちゃうのに……」

階下から聞こえる音楽が終わりに近づき、トーマスは踊る速さをゆるめた。ロザを床におろして片膝をつく。

「ああ、それは知ってる。だけどぼくたちがいないあいだ、きみのおじさんとクララがいろんな楽しいことにつきあってくれるよ。戻ってきたときに、全部教えてほしいな」

「ロンドンではお母さまと一緒なの？」

トーマスは口ごもった。「いや――そういうわけじゃない。ふたりともロンドンに滞在するから、そうしようと思えばできるが……」

階下の廊下から声が聞こえ、誰か来たのがわかった。振り返ったトーマスの視線が、エリザの友人の驚きに満ちた灰色の目とぶつかる。

レディ・キャロライン。

彼女の表情から、事実を知って驚いているのがわかった。〝今夜あなたを待っているレディというのはロザのことだったのね〟という声が聞こえるようだ。

だが驚いたことに、彼の見ている前でキャロラインの表情はすぐもとに戻った。彼女は一度だけまばたきをして白いサテンの手袋を引きあげると、トーマスに向かって小さく頭をさげ、廊下を去っていった。その姿を見て、彼は悟った。

トーマスが今夜誰のもとを訪れていたか、キャロラインはエリザに明かさないだろう。そしてそのことを自分がどう感じているのか、彼にはよくわからなかった。

2

疲れているのを隠そうと手の甲を口に当ててあくびを嚙み殺しているエリザを見て、キャロラインが忍び笑いを漏らし、キャロラインのおばであるレディ・フランシスはしぶい顔をした。

「レディというものはおつきあいがどれだけ忙しく疲れていても、人前でそれを見せてはいけませんよ」老婦人は刺繡の枠をおろして厳しい声を出し、エリザをじろりと見た。

「もちろんそうですわ、レディ・フランシス。すみません。気をつけるべきでした」エリザは返し、キャロラインに弱々しい笑みを向けた。

ロンドンに来てまだ二週間しか経っていないのに、エリザは絶え間なく続く夕食会やパーティですでに疲労困憊していた。それでこの午後は気分を変えようとキャロラインを訪ねたのだが、友人宅の客間にいても、人の厳しい目から逃れることはできなかった。レディ・フランシスは自分の人生を犠牲にして姪を育てた善良な女性で、キャロラインにとっては母親同然、エリザにとってもハンプシャーにいるあいだに関係を深めた単なる友人以上の存在だった。レディ・フランシスのきつい言葉は、より厳しい世間の目に備えさせるためだとわかっている。

キャロラインが灰色の目を楽しそうに躍らせ、とりなした。「エリザがレディにあるまじき態度を取ったとしても、許してくださらないと。ロンドンで過ごす社交シーズンの厳しさに、まだ慣れていないんです。これまでは田舎でぬくぬく過ごしてきたんですもの、しかたありません。おばさまとわたしはすでに二年間ここで社交シーズンを過ごして、慣れているでしょう？　彼女にも、しばらく慣れる時間をあげてくださいな」

レディ・フランシスは眉をあげると視線を落とし、ふたたび熱心に刺繍を始めた。「あなたもここにいる目的を忘れてはいけませんよ。早く夫を見つけることです。昨日もあなたの両親から手紙をもらって――」

「変よね。わたしはそんな手紙はもらっていないわ……」キャロラインがエリザに身を寄せ、ひそひそとささやく。

「――今年の社交シーズン中にあなたのいい話を聞けるようにしてほしいと、書いてありました」

キャロラインは興味がなさそうに肩をすくめた。「それはないわね。わたしはそんなことを目指していないもの」声をひそめてエリザに言う。

エリザはふざけて友人を小突いたあと、疑わしげな表情で顔をあげたレディ・フランシスを無邪気に見つめ返した。

いつもながら、エリザはキャロラインの境遇に心が痛んだ。両親であるペンバートン公爵夫妻に幼い頃から放置されて育ったキャロラインは、彼らに無視されることに慣れている。公爵夫妻は移り気な性格で、ふらふらと旅を続けて生きているが、娘を連れていったことは一度もない。

ロザをそんなふうに冷たく無視するなんて、エリザには考えられなかった。いまもこうして離れているのがつらく、馬車に飛び乗って娘が待つケント州に全速力で戻ってくれと御者に命じたいのを懸命にこらえている。娘を預ける相手として兄とクララを心から信頼しているので、そういう意味での心配はない。ふたりのおかげで、エリザは幼い娘が寂しい思いをしているのではないかと気持ちを乱されることなく夫探しに集中できて、心から感謝していた。

自分と娘の将来はこの社交シーズンの成果にかかっており、エリザはなんとしても成功させるつもりだった。父親としてロザにやさしく接してくれる男性を見つけられるだろうか？彼女とロザを愛してくれる男性、そしてそれ以上に彼女と娘が愛せる男性を見つけられる？まだまだ続く社交シーズンに思いをはせ、これらの疑問に頭を悩ませながら、エリザは愛なんていうものはぜいたくすぎるのだと自分に言い聞かせた。愛を条件にするようなわがままは許されない。

「お茶のおかわりはどう？」

やさしい問いかけにわれに返って振り向くと、キャロラインから心配そうな目で見つめられていた。エリザは目をしばたたいて部屋を見まわした。レディ・フランシスはキャロラインに釘を刺して満足したらしく、いまは刺繍に集中して、シャクヤクの花弁の線をさまざまな色合いのピンクの糸で熱心に刺している。

どれだけの時間、物思いにふけっていたのかわからないけれど、少なくとも友人が気遣ってくれるほどではあったようだ。

「ありがとう……でもいいわ。今夜のレディ・ハンフリーのディナーパーティの前に、一度家に戻らなくてはならないから」エリザは弱々しい声で言い、立ちあがった。スカートを撫でつけて整えると、上質のサテン地が手の下で衣(きぬ)ずれの音をたてた。「ご一緒させていただいて楽しかったです、レディ・フランシス」

「わたしもですよ、エリザ」

「玄関まで送るわ」キャロラインはエリザと腕を組んで、客間の外に引っ張っていった。おばに声が届かないところまで行ってから足を止め、エリザのほうを向いて問いかけるように見つめる。「大丈夫？　少し動揺しているみたいだけど」

エリザはキャロラインに腕をまわして抱きしめた。こうして友がそばにいてくれることに、言葉にできないほど感謝していた。家族から離れてロンドンに滞在しているいまは、とくにそうだ。この街では、大勢の人に囲まれているのに孤独感を覚えるのはなぜなのだろう？　完全に喪に服していたときも孤独は感じたけれど、そんな状態に順応できていた。でもロンドンに来てからは、ときどきもう耐えられないと思うことがある。

エリザは息を吸って抱擁を解き、後ろにさがった。「わたしは大丈夫。疲れてはいるけれど、なんともないわ。本当よ。ちょっと弱気になっただけ」

キャロラインが同情を目に浮かべる。「こんなことをしなくてはならないなんて、あなたにとってはつらいでしょうね。いろんな理由から」彼女はエリザの肩にやさしく手をかけた。「じゃあ、今晩パーティで。次々に訪ねてくる人たちに疲れてしまったら、またいつでも来てちょうだい」

エリザはにやりとした。「訪ねてくる人たちの中に、あなたほど面白い人はいないわ」

「いまのところはね」キャロラインが笑いながら返す。

だいぶ気持ちが楽になり、エリザは馬車に乗り込んで家路についた。あんなふうに煮詰まってしまうなんてばかだった。彼女はただ昼食会やパーティ、舞踏会といった面倒な行事にひたすら参加し、夫としての条件を満たす男性が現れるのを待つしかないのだ。レジナルドにも合格点をもらえるような男性との出会いを。

目的を再確認してすっきりしたエリザは、夜のパーティに出かける前にロザに手紙を書くことにした。クララに手伝ってもらっているのだろうが、娘はロートン・パーク内外での日々の出来事をつづった手紙をすでに四通もくれている。そこには料理人と一緒に新しいデザートをつくったことから、大好きなリスのかわいらしい仕草まで、幼い子どもの興味を引いたあらゆることが堅苦しい文体でも隠しきれない生き生きとした情感とともに記されていた。娘の手紙を思い出したエリザの心には喜びがあふれ、規則に縛られた息苦しい生活に疲れた気持ちがしばらくのあいだ慰められた。

アシュワース伯爵のロンドンの屋敷であるカールトン・プレイスに入ったとき、エリザの口元にはまだ笑みが浮かんでいた。リボンでおしゃれに飾られたボンネットを外し、鼻歌を歌いながら玄関ホールに置かれた銀のトレイの上に重ねられている名刺に手を伸ばす。ところが一番上の名刺に書かれた名前を見て、彼女は鼻歌をやめ、顔をこわばらせた。

〝エヴァンストン子爵〟

信じられなくて目をしばたたき、まじまじと見つめる。どうやらトーマスは結局、ロンドンでも彼女に会おうと思い立ったらしい。

エリザはばかなことを考えないように自分をいましめた。おそらく彼は綿紡績工場の件で北へ向かう途中、ロンドンに寄ったのだ。あるいはどこかの紳士クラブへ夕食をとりに行こうとして、気が向いたのだろう。もしかしたら、義務感から顔を見に来たのかもしれない。あるいは、新しい未亡人を探しているのか。

警告の震えがエリザの体を走った。こんなことを考えるなんてうぬぼれもいいところで、絶対にあるはずがない。けれど、もし万が一そうなのだとしたら……。

彼女は折り曲げられた名刺の角をもてあそんだ。左上の角が折られているのは、トーマスがひとりで来たというしるしだ。彼の顔が脳裏に浮かんだ。トーマスに視線を向けられるたびに、彼女の心臓はどきどきと打ちはじめる。ふたりで笑いあったこと、手をつないだこと、一度だけキスしたときのことを思い出すと、抑えようもなく鼓動が速まる。

これではいけないと思いながら、エリザは頰の内側を噛んだ。トーマスのことを思ってはいけない。彼とはあらゆる面で正反対の男性を見つけるために、ロンドンまで来たのだから。トーマスは女性とブランデーに目がない放蕩者で、そんな彼と関係を持つなどありえない。もし彼がエリザに興味を持っているとしても、それは卑しい部類の興味だ。彼女が婚約したあの晩、トーマスはなんと言った？

〝好奇心を抑えられなくて〟

結婚する前、父親にはっきり警告されたはずだ。父親だけでなく、ウィリアムにも。だからロンドンでの社交シーズン中に、トーマスとふたりきりで会うつもりはない。どうすべきか人に指図されるのは好きではないけれど、兄がエリザのためを思って言ってくれたことはわかっている。トーマスは兄の親友だ。それなのにあんなふうに警告するという事実が、彼の人間性を示している。トーマスは信頼や安定といった概念に、これまでずっと背を向けてきた。しかも堂々と。そして噂好きの社交界の女性たちのおかげで、エリザは彼の武勇伝を詳しく知っている。

征服された女のひとりとして、武勇伝に加えられるのはごめんだ。

エリザは物思いに沈みながら、絨毯（じゅうたん）敷きの階段をゆっくりとあがって寝室に向かった。トーマスを嫌いになれれば、あるいはせめて無関心でいられたら、関わらずにいるのはもっと簡単だろう。でも彼は家族の親しい友人で、馬車の事故のあと支えつづけてくれた。ウィリアムに寄り添い、つらい日々にエリザの心を軽くしてくれた。ロザのこともかわいがってくれて、とくに子ども好きではないという事実を考えると感謝の念でいっぱいだ。

それでも、エリザはばかではない。トーマスに惹かれていても、それはそれ。しかも天国からにらみをきかせているであろう父親の姿を思うと、気持ちが鈍る。生きている兄も死んでしまった兄も、トーマスが征服してきた女のリストに妹の名が加わるのは許さないはずだ。そのリストに加わりたいという気持ちに、彼女自身はときどき駆られてしまうとしても。

エリザはまぶたの裏が白っぽくちかちかして見えるまできつく目をつぶり、それから開いてトーマスの姿を消した。だが、こんなことをしても無駄だ。もし彼が今後もたびたび訪ねてくるつもりなら、どうやってこれからの日々を乗りきればいいのだろう？　彼があんなに魅力的で、防御の壁をかいくぐるすべに長(た)けていなければいいのに……。

本当に腹が立つ。

エリザは眉間にしわを寄せ、トーマスが残していった名刺のなめらかな表面を親指で撫でた。たぶん、これは放っておくのが一番いい。ロンドンにいるあいだは、彼にはもう訪ねてきてほしくないと思っているのだから。この前キャロラインが言ったことは間違っていない。トーマスといると、友人同士の楽しい会話が簡単に誘惑に変わってしまう。

エリザはビーズ刺繍の手さげ袋(レティキュール)の口を開け、名刺を奥まで滑り込ませてから大きく息を吸った。今夜もパーティに出かける支度をしなければならない。そしてもし運が味方をしてくれれば、トーマスは彼女に近づかないでいてくれるだろう。

「戻ってきて、ダーリン」

トーマスは呼び鈴の紐(ひも)を引きながら振り返り、ベッドの上から手招きしている女を見つめた。彼女の体は薄いシーツで半分覆われているが、あらわになっている半分は、彼がなぜ社交シーズンに参加するのがこれほど好きなのかを充分に思い出させてくれるものだった。

不運にも命を落としたイザベラの夫はイプスウィッチ伯爵で、食べることが大好きだった。あれほど好きでなかったら、はなからカナッペを食べなかったか、ひと口ではなく三口くらいに分けて食べ、喉に詰まらせて死ぬことはなかったかもしれない。とにかくその結果、イプスウィッチ卿は彼の創造主のもとへと旅立ち、彼の妻はその直後にトーマスと出会って、すでに三年が経過している。トーマスがロンドンに来ているとき、イザベラは少なくとも一度は彼を訪ね、その訪問が価値あるものとなるよう熱心にいそしむ。

いまも彼女はいつにも増して熱心で、部屋の反対側にいるトーマスを誘惑するため、残り半分の体からもシーツをはがそうとしていた。彼はそんな光景を目で楽しんだものの、すでにイザベラの魅力は午後じゅうかけて堪能していたうえ、夜にはほかの用事が待っていた。

「悪いが、これからベルグレイヴィアで開かれるディナーパーティに行かなければならないんだ。もう帰ってくれないか」

トーマスの従者が静かにノックをする音が響き、彼は扉を細く開けた。「風呂の用意をしてくれ。それからレディ・イプスウィッチの馬車の用意を」

従者はうなずき、すぐに命じられたことを遂行しに向かった。トーマスは扉を閉めて振り返ったが、早く帰るように促されたイザベラは慎み深く体にシーツを巻きつけ、ふっくらとした唇をとがらせていた。

「用がすんだら、すぐに帰らせようとするのね」彼女が文句を言う。

トーマスは笑みを浮かべてベッドに歩み寄り、キャラメル色の頭の上に唇をつけたが、イザベラは彼をはたいて追い払った。

「こんなことは初めてだとでもいうような態度だね」トーマスは放り出されていた下着を床から拾って、彼女に渡した。イザベラが腹立たしげにそれを奪い取ると、彼は笑みを大きくした。「一緒に過ごせて楽しかったよ。だが、楽しい時間には必ず終わりが来る」

シュミーズを頭からかぶりながら、イザベラが冷ややかに笑う。「終わりが来ないように、結婚してもいいじゃない。考えてみたことはないの？」

椅子の上からイザベラのドレスを取りあげていたトーマスはそれを聞いて手を止め、啞然として彼女を見た。

「結婚？　きみと？」

伯爵夫人は挑むように顔をあげたものの目を合わせようとはせず、足先を見つめながらストッキングをはいた。「なくはないでしょう？　そんなに悪い考えかしら。わたしたち、これまでいい感じだったじゃない」

彼は当惑してイザベラを見つめたあと、いきなり笑いだした。濃い青のサテンのローブをはおってベルトを結び、おかしさに頭を振る。

「ぼくたちの逢瀬（おうせ）を、きみは求愛か何かと誤解していたのかな？　悪いがぼくは、まったく違う印象を持っていた。寝室でしか会わないような関係に同意する女性は、そういう関係の性質を正確に理解していると思っていたよ」

彼女が向けた視線に、トーマス以外の男なら凍りついていただろう。「もちろんそれはわかっていたわ。でも、もしかしたらって――」

「それがきみのひとつ目の間違いだ」彼はさえぎった。「そしてふたつ目の間違いは、ぼくが少しでも結婚に興味を持っていると考えたことだね」

ろうそくに照らされた薄暗い寝室の中でふたりは見つめあい、イザベラはとうとう口をつぐんだ。残念ななりゆきだった。トーマスは彼女との関係を楽しんでいたが、これ以上続けるのは明らかに不可能だ。彼は愛人に対して寛大なほうだと自負しており、かんしゃくを起こされても焼きもちをやかれても我慢する。だがひとつだけ許せないのは、ふたりの関係が愛に基づいたものだという間違った期待を持たれることだった。だからこそ、彼は社交界デビューしたての若い娘ではなく未亡人を選び、面倒な感情のもつれをうまく避けてきたのだ。これまでは。

トーマスは扉の取っ手に手をかけ、にこりともせず、ただじっとイザベラを見つめた。「ドレスを着るのにメイドをよこすよ」

そして扉を開けて廊下に出た。愛を求める伯爵夫人をあとに残して。

エリザとキャロラインはベルグレイヴィアで馬車からおりると、煌々(こうこう)と明かりの灯ったレディ・ハンフリーの大きな屋敷を見つめた。季節外れに蒸し暑い夜で、そよ風くらいではちっともさわやかに感じられない。エリザは自分が着ている濃い水色の美しいドレスを見おろした。蝶結びのリボンやきらきら輝く飾りのついたたっぷりしたスカートのドレスはずっしりと重く、彼女はレースのハンカチを出して顔の汗をぬぐってから、中に向かった。社交シーズンが夏に開催され、男性も女性も一番暑いときに何枚も布地を重ねた正装に身を包まなければならないのは、いったいどういう皮肉なのだろう。エリザはとくに、暑さには弱かった。

屋敷に入ったふたりはシルクと宝石で魅力的に装った女主人に挨拶をしたあと、奥へと向かった。きらめく頭上のシャンデリアから光が降り注ぎ、テーブルの上にふんだんに飾られた花を照らしている。バラとシャクヤク、そしてそれらを引き立てるために加えられたグリーンの葉のアレンジが美しい。エリザは大きな花瓶の横で足を止めて顔を寄せ、甘い香りを吸い込んだ。それから体を起こして友人のほうを向き、同じことをしていたキャロラインと微笑みあう。

「シャクヤクって大好きなの」

キャロラインがため息をついた。「本当にきれいよね」

「暑い盛りのロンドンのにおいより、はるかに好ましいのはたしかだわ」エリザは笑いながら言ったが、見慣れぬ男性が廊下の端からひそかに彼女を見つめているのに気づいて笑みを消した。明るい茶色の髪をした身なりのいい男性は、きちんと手入れをした口ひげを生やしている。エリザと目が合うと、彼は連れの男性との会話をやめた。

「知りあいなの？」キャロラインがエリザの視線をたどって訊く。

エリザは首を横に振った。「いいえ、全然知らない人よ。でもわたしのことを知っているみたいに、こっちを見ていたの」

「あなたと知りあいたいだけなんじゃない？」

「まさか。ばかなこと言わないで」ぴしゃりと否定する。

その男性の会話の相手は白髪まじりの頬ひげを生やした威厳のある年配の男性で、彼は振り返って彼女たちを見つけると、うれしそうに顔を輝かせた。

「レディ・キャロライン！　これはうれしい驚きだ」男性は大声で言い、いそいそと近づいてきてお辞儀をした。素性のわからないもうひとりの男性もついてきている。「あなたのことを考えていたんですよ。つい先週、お父上から手紙をもらったのでね」

キャロラインは膝を折ってお辞儀を返したが、老紳士の言葉に見るからにいらだっている。

「ラティマー卿、それならばぜひ公爵の近況を教えてくださいな。わたしは何カ月も手紙をもらっていませんので」言い終わったとたん、キャロラインは後悔しているように口をきつく結んだ。それでも謝罪するような表情はまったく見せない。

相手が驚いているのを見て、エリザはあわてて口をはさんだ。「愛する家族が旅で長く家を空けると、何カ月にも思えてしまうものだということですわ」

ラティマー卿が体の力を抜き、たしかに、というように低く笑う。連れの男性は笑みを浮かべ、熱心にエリザを見つめた。

「たしかにそれは、何カ月にも思えるでしょう」老紳士はキャロラインに向かって鷹揚に言った。「だが、落ち込むことはありませんぞ。あなたが婚約を発表すれば、飛んで帰ってくるでしょうからな」彼は自分の言葉がキャロラインの感情をかき乱したことにまるで気づかず、笑顔で続けた。「ところで、お連れの美しい女性は？」

キャロラインは小さくため息をついて気を取り直し、礼儀正しくエリザを紹介した。「こちらはアシュワース伯爵閣下の妹さんの、レディ・エリザ・カートウィックです。レディ・エリザ、こちらはラティマー男爵閣下よ。父が仲よくさせていただいているの」

ラティマー男爵の笑みが揺らぎ、やがて消えた。目の前の女性が誰か理解したのだ。きっといつものように口ごもりながら悔やみの言葉を述べられるのだろうと、エリザは身をかたくして待った。男爵はぎこちない会話をつなごうと試み、死んだ夫や父親や兄についてつたなく質問を重ねるに違いない。けれども相手は予想に反して明るいつくり笑いを浮かべ、彼女にお辞儀をした。

「初めまして。お知りあいになれて光栄ですよ。なんというか――年よりずっとお若く見えますな！」男爵がエリザの体に視線を這わせ、連れの男性もそれにならう。

「自分では年相応だと思っています。まだ二一ですので」彼女は淡々と返して、小さく頭をさげた。こうして年齢のことをしょっちゅう言われるのはわずらわしかった。世間の人々は子持ちの未亡人というと、もっと年上だと思うらしい。けれどもエリザは穏やかに対応しようと心に決めており、ふたりの男性ににっこり笑いかけた。

男爵が明らかにうろたえた様子で見つめ返す。「ああ、たしかにそのようだ……ところで、彼はサー・ジェームズ・ランドリー。領地が隣同士なんだよ」そう言って隣の男の肩に手をかけると、ランドリーが会釈をした。

「初めまして、レディ・キャロライン」ランドリーはキャロラインの指先を取って挨拶をすると、すぐにエリザへ注意を移した。「それからレディ・エリザ、お知りあいになれて光栄です」彼はエリザの手も同様に取ったが、キャロラインのときと違ってなかなか放さない。エリザは驚いたものの不快ではなく、しばらく間を置いて手袋をはめた手を引っ込めた。

「おふたりとも、ハンプシャーにお住まいなのですか？」エリザは訊いた。

「ええ。あのあたりをよくご存じで？」ランドリーが返す。

「最近まで、あちらに住んでいましたので」

男爵が割って入った。「そういえば、ケント州にある兄上の領地に戻られているとか」

エリザは身をかたくした。彼女のことが社交界で噂話の種になっていると思い知らされるのは、ロンドンに来てこれが初めてではない。いつもどおり何を言われても気にならないふりをしたものの、今日のようにふだんより人の言葉が胸に突き刺さる日がある。

「そうなんです。情報通でいらっしゃいますのね」エリザがキャロラインの様子をうかがうと、彼女は逃げ出す態勢を整えていた。「ではおふたりとも、失礼します」

エリザたちは膝を折ってお辞儀をし、その場を離れようとしたが、ランドリーがエリザの肘をつかんだ。驚いて顔をあげた彼女の目が、問いかけるような青い目とぶつかる。

「またあとでお話しできますか？」

彼女はあいまいに首をかしげた。「もしかしたら」

キャロラインに引っ張られて、エリザはレディ・ハンフリーの屋敷の大きな広間に集っている人々の中に入っていった。キャロラインが信じられないというように笑う。

「男爵に悪気はなかったと思うけれど、ちょっと無神経よね」

「無神経なことを言ったって、気づいてもいないと思うわ。だから腹も立たないけれど、いやな気分にはなったわね」エリザはため息をついた。

がやがやとうるさい人の群れを見渡すキャロラインの赤い髪が、ろうそくの光を受けて輝く。「あなたが居心地の悪い思いをしたのは男爵の言葉のせい？　それともハンサムな新しい崇拝者のせい？」彼女は単刀直入に訊いた。

おかしくなって、エリザは唇の端をあげた。「彼をハンサムだと思ったの？」

「あの口ひげは印象的だったわ」

「いつから口ひげが魅力的な男性の条件になったのかしら」トーマスの角張った力強い顎の線と官能的な唇の曲線を思い出して、エリザはうわの空になった。トーマスの場合、ひげは持って生まれた容貌を隠す邪魔なものにしかならないけれど、ランドリーには口ひげが似合っていたことは否定できない。

友人がまだ返事をしていないことに気づいて、エリザは彼女を見つめた。

「あなたのエヴァンストン子爵じゃない？」キャロラインは部屋の向こうをじっと見つめ、やや間を置いてから言った。「あそこにいるのは、あなたのエヴァンストン子爵じゃない？」

氷水を浴びせられたように、エリザは全身が冷たくなった。恐怖のせいか興奮のせいかわからないまま、懸命に首を伸ばして人込みに目を凝らす。

「ありえないわ。だって――」

だが、キャロラインの言ったとおり彼はいた。部屋にいる誰よりも背が高くハンサムなので、見間違えようがない。それに当然、いつものように美しい女性たちに囲まれている。トーマスは女性なら若かろうが年配だろうが、結婚していようがいまいが、かまわないのだ。

エリザは心の中で彼を罵った。トーマスはさっそく彼女の戦場に踏み込んできたのだ。彼が邪魔をするつもりなのかどうかはわからないが、存在しているだけで気が散ってしまう。

キャロラインの手を握り、エリザはなんとか明るい表情をつくった。トーマスにもキャロラインにも、動揺していることを気づかれたくない。「本当だわ。たしかにエヴァンストンよ。でもわたしの子爵じゃないわ。そのことは、彼を取り巻いている女性たちが証明してくれていると思うけど」そう言って、自然に聞こえるように祈りながら笑ってみせる。「行って、彼に挨拶する？」

キャロラインは上品に鼻を鳴らした。「そして、彼を囲む女たちの仲間入りをするの？そうしたいならあなたは行けばいいけれど、わたしはここで待っているほうがいいわ……あら、見つかってしまったみたい」

エリザが思わず顔をあげると、トーマスと目が合ってちりちりと焼けるように肌が熱くなった。彼の目には驚いたような表情が浮かんでいるから、わざと邪魔をしに来たのではないのかもしれない。黒と白の衣装に黒髪が映え、非の打ちどころのない凜々しさだ。じっと見ているとトーマスは礼儀正しくまわりに断って、エリザたちのほうに向かってきた。ふたりの前に立ち、小さな笑みを浮かべる。

「レディ・キャロライン」彼女が差し出した手の上に、トーマスは身をかがめた。それからエリザのほうを向き、きらきら輝くブルーのサテンのドレスに目を走らせてから、視線を顔に戻す。「レディ・エリザ、きみに会えてうれしいよ。今日ここで会えるとは思っていなかった」彼はエリザの手の上にも身をかがめ、サテンの手袋越しに唇をつけた。彼女は食い入るようにトーマスを見つめてしまいそうになるのを、必死に我慢した。

「本当に？　ロンドンには楽しいものがたくさんあるから、わたしなんかが少しでもあなたを喜ばせられるとは思っていなかったわ」やんわりと切り返す。

彼が黒い眉をわずかにあげたのを見て、エリザの首に血がのぼった。彼女には焼きもちを焼く権利などないし、嫉妬していると少しでも悟られたら、トーマスにからかわれるのは間違いない。

彼が愛想よく微笑んだ。「ぼくがうれしいと思っているって、本当はわかっているだろう？　午後にきみの家を訪ねたんだが、名刺は見なかったのか？」

何も聞かされていなかったキャロラインがエリザに視線を向けた。嘘をつくのは嫌いだが、友人に彼の訪問について話せば、答えるつもりのない質問をされるのは目に見えている。しかたなく、エリザは知らなかったふりを押し通すことにした。

「あら、来てくれたの？　会えなくて残念だったけれど、ここで会えたからよかったわ。予想していなかったので、びっくりしたけど。ところで、わたしも質問していいかしら。どうして今晩はここに来たの？」小首をかしげて尋ねる。

トーマスは笑みを大きくして声をひそめ、楽しそうに目を輝かせた。「わからないかい？　きみに求婚する男たちを、ひとり残らず蹴散らすためさ」

3

トーマスはエリザの顔を見つめた。いつもはつややかに輝いている彼女の肌から、血の気が失せている。自分の言葉に彼女がどんな反応をするかわかっていたわけではないが、明らかにこれは思っていたのとは違った。

しばらくして、冗談だと悟ったエリザの頬に赤みが戻る。「もちろん本気で言ったんじゃないわよね。真に受けそうになってしまったわ」

トーマスは首をかしげて、彼女の美しい緑色の目を見つめた。「必要とあらばいつだって本気になれるさ。幸い、そういう機会はほとんどないが」軽薄な口調で言い、上着の袖口を引っ張りながら、次の女性を物色するように部屋を見まわす。

キャロラインは目をぐるりとまわして視線をそらしたが、エリザは真顔のまま彼を見つめつづけていた。

「あなたは幸運ね、エヴァンストン卿。本気になる必要がないなんて、本当に幸せよ」

トーマスはきょろきょろするのをやめて、さっと視線をエリザに戻した。愛する人々を失ってつらい思いをしてきた女性に、軽薄きわまりないことを言ってしまった。彼女が腹を立てるのも無理はない。どれほど人生観が違っても、彼はエリザを心から気にかけていた。ウイリアムと彼女は、トーマスにとって家族に一番近い存在だ。ただ彼はそれを、ときどき思い出す必要があるだけで。

「気を悪くさせるつもりはなかった。きみがこの二年間、つらい思いをしてきたのは知っている。ぼくがどういうつもりで言ったか、わかっているだろう？」声に後悔をにじませる。

「わかっているかどうか自信はないけれど、いちおう謝罪は受け入れておくわ」

トーマスは彼女の手を取り、まじめな表情で唇につけた。

「悪かった」

顔をあげると、エリザの頰に血がのぼっているのが見えた。さっきまで真っ白だった顔が、明らかに赤くなっている。

これは興味深い……。

トーマスは欲望が頭をもたげるのを感じた。昔、ロートン・パークで一瞬われを忘れたときと同じ衝動がわきあがってくる。彼は状況を秤（はかり）にかけた。美しい金髪の巻き毛に明るい緑色の目、バラのつぼみを思わせる甘やかな口、柔らかく豊かな曲線を描く体。エリザ・カートウィックは、どんな男にとっても素晴らしい妻になるだろう。

あるいは、彼の魅力的な愛人に。

するとトーマスの考えを読んだかのように、彼女が手を引っ込めて後ろにさがった。

もちろんエリザを愛人にするなんて許されない。そんなことをすれば、いままで築いてきた彼女との関係が壊れてしまう。ウィリアムとの友情も。だから考える価値もない。それなのにエリザを見ていると、欲望はますます大きくなった。夫探しを邪魔するつもりはないが、ひそかに彼女と逢瀬を楽しめないだろうか。エリザとベッドをともにするより、満足のいくことはないだろう。

ところがトーマスの物思いの対象である女性は逃げ出したくてしかたがないらしく、客を夕食の席へ案内しようとレディ・ハンフリーが近づいてくると、すぐにそちらへ顔を向けた。

「もう食事が始まるみたい。では、またね」エリザが急いで言い、足を引いてお辞儀をする。

彼はうなずいた。「ああ、また」

キャロラインは、信用ならないという目でトーマスを見つめている。彼はキャロラインとエリザにお辞儀をして、女主人のもとへ向かった。レディ・ハンフリーは夫が商用で街を離れているため、トーマスを夕食のエスコート役に選んでいた。ささやかな注目を集められるエスコート役はいやではなく、彼は紳士らしい優雅な仕草でレディ・ハンフリーに腕を差し出した。

夕食はそれほど退屈でもなかった。女性たちのおしゃべりにはいつもながらいらいらさせられたが、ときどきエリザを盗み見ていると気が紛れた。というより、トーマスはもはや彼女から目を離せなくなっている。そして目ざとい女主人は食事が始まってすぐ、彼の視線がどこに向いているかに気がついた。

「あなたとレディ・エリザがふたりとも社交シーズンにロンドンにいるなんて、珍しいわ言って、これほど興味を引かれる人たちをお招きできる機会は、とても見過ごせなかったわ。望ましい独身男性として人気を誇りながら誰にもつかまらないあなたと、悲劇的な事故のあと何年も社交界から遠ざかっていた、まるで未亡人らしく見えない彼女を」

トーマスは女主人がエリザの人格をわずかでもけなそうとしているのか、慎重に推し量った。珍しく怒りがこみあげ、怒りという感情は居心地の悪いものだと悟る。

「ではお訊きしますが、悲劇から二年以上経った未亡人は、どんなふうに見えるべきなんですか？　まさかロンドンの人々は、彼女が残りの人生をずっと喪服を着て過ごすと期待しているのではないでしょうね」

レディ・ハンフリーはのけぞって笑い、トーマスの腕をそっと撫でおろした。「まさか、そんなつもりで言ったんじゃないのよ。わたしの言葉を誤解しているわ」レディ・ハンフリーはテーブルの反対端にいるエリザに目を向けた。エリザは彼女に魅了されていると一目瞭然の男性に、かわいらしく微笑みかけている。「彼女はどんな色のサテンを着てもいいし、ドレスを好きなだけレースで飾る権利がある」レディ・ハンフリーは彼から手を離し、ナプキンを取って丁寧に口の端を拭いた。「あなたたちふたりが何年も前から親しいことは知っているのよ。だからあなたが彼女を見る目と、世間の人たちが彼女に向ける目は違うかもしれないわね。どう言えばいいのかしら、彼女は生まれついての美人だから、似合わない服がなかなかない。そしてみんなはそのことを、いま必死で理解しようとしているのではないかしらね。あれほどの悲劇に見舞われた女性が、あんなに魅力的でいられるということを」いったん言葉を切ってから続ける。「そう思わない？」

レディ・ハンフリーはトーマスから話を引き出そうとしているのだと、彼にはわかっていた。ほかのことでなら彼女を喜ばせるのはやぶさかではないが、エリザに対する過剰な関心だけはなぜか気に入らない。テーブルについているほかの女たちのおしゃべりが次第にやみ、彼の答えを聞こうと耳をそばだてているのがわかった。

「世間の人たちが何を考えているのか、ぼくにはわかりませんね。彼女の美しさについても、ほかの何かについても」トーマスはこわばった笑みを浮かべた。近くにいる何人かが穏やかに同意の言葉をつぶやくのが聞こえたが、それ以外の人々は明らかに失望している。彼がもっとはっきりした感情や懸念を示すのを期待していたのだ。つまり、もっと面白いことを。それを与えてもらえなかったため、彼らは驚いている。みなを失望させるのは、いつものトーマスらしくないからだ。

隣に座っている女主人は簡単にはあきらめず、彼を用心深く観察している。彼女はそのまま体をわずかにそらして従僕にスープ皿をさげさせ、次の皿を置けるようにした。

「わたしが好奇心をそそられたのは、あなた方ふたりはとても親しいという噂なのに、今夜は思っていたよりずっと少ししか話していないということなの」

レディ・ハンフリーの言葉を聞いて、当然ながらまわりの人々はエリザに目を向けた。たしかに彼女は友人と連れ立って食堂に入ってくるとき、驚くほど巧みにトーマスの視線を避けた。もしかしたら、エリザはさっき本当に彼の心を読んだのかもしれない。

「こういう社交的な催しに出席する目的は、友人や知りあいを増やすことではないんですか？」トーマスは何も気づかないふりをして言った。「ぼくとだけしゃべっていたら、彼女は目的を果たせませんから」

「ええ、そのとおりだわ。そしていまのところ、サー・ジェームズ・ランドリーが彼女をほぼ独占しているわね」

トーマスは驚き、エリザの隣に座っている男性に目を凝らした。新たに口ひげをたくわえていたので気づかなかったが、その男はたしかにランドリーで、エリザの隣で彼女をうっとりと見つめ、その一語一句に耳を澄ましている。

「あなたたちふたりは、いまでもうまくいっているんでしょう？」嫉妬のまじったトーマスの視線を見逃さず、レディ・ハンフリーがすかさず尋ねた。

すでにうっかり漏らしてしまった以上のものを与えて彼女の好奇心を満足させるのがいやで、トーマスは懸命に体の力を抜いて椅子の背にもたれ、おせっかいな女主人に向かってワイングラスを掲げた。ろうそくの光を受けたクリスタルのグラスのきらめきとともに発したひとことで、エリザに関する話題を完全に終わらせる。

「もちろんですよ」彼はつくり笑いとともに返した。

客間の耐えがたい暑さに、エリザはため息をついた。扇でぱたぱたとあおいでも、熱い空気をほんの少し入れ替えるくらいの効果しかない。だがこれほど不快に感じるのは、トーマスが現れたせいで心の平安を失っていることが原因でもある。

ランドリーと楽しく会話をしながら夕食をとるあいだ、トーマスの視線を避けつづけたが、同じ部屋にいるとわかっているだけで心が乱れ、胸が締めつけられた。動揺が表に出て、顔が赤くなったりしていないことを祈るばかりだ。そばにいるときのエリザの反応を、トーマスはいつも敏感に察知しているような気がする。

余計な注目を集めてしまうのでこんなに早く帰るわけにはいかないけれど、少し新鮮な空気を吸って気持ちを落ち着けたい。エリザは友人の姿を探して、室内に目を走らせた。ところがキャロラインは珍しくいやそうな様子を見せずに男性と話していて、邪魔をするのがためらわれた。ランドリーはシェリー酒のグラスを持ったレディ・ハンフリーと一緒にいて、エリザのほうを見ていない。トーマスは見当たらないものの、きっと取り巻きの女性たちの誰かと過ごしているのだろう。部屋を抜け出すなら、いまだ。

廊下に出て歩きはじめたエリザは、次の作業に向かう途中の従僕を見つけた。

「ちょっとごめんなさい。裏庭へはどこから出ればいいのかしら」

従僕は愛想よくうなずき、ついてくるように身ぶりで促した。すぐに彼女は屋敷の裏にある、狭いが美しいテラス式の庭園に出た。従僕に礼を言うと彼は屋敷の中に戻り、エリザはひとりで慎重に石敷きの小道を下っていった。敷石はふかふかした緑の苔に覆われていて、足音を消してくれる。夜ふけのさわやかな空気を吸って、彼女はほっとした。

クレマチスが絡み、ふんだんに花を咲かせている木製のアーチの下に優美な曲線を描くベンチがあり、エリザはそこに腰をおろした。花の香りに満ちた空気を大きく吸い込むと、気分が静まっていく。彼女はベンチの上に手をついて体を支え、上を向いて目を閉じた。

「ご一緒させていただいてもいいですか？」突然声がして、エリザは驚いた。

すぐに目を開けてまっすぐに座り直すと、声をかけてきた男性が見えた。夕食のときに話をしたサー・ジェームズ・ランドリーだ。客間から彼女のあとを追ってきたのだろう。

エリザは居心地が悪かった。ランドリーは感じがよく好ましい男性だと思うが、こんなふうに庭でふたりきりでいるところをほかの客に見られたくない。

「それはあまり賢明ではないと思いますけれど」

「そうおっしゃるなら、ぼくは戻ります」彼は小さく頭をさげた。「ですが、あなたとは別の機会にお話をさせていただけたら、うれしいのですが」

「今夜ここにいる男性は、ほとんどがそう思っているよ」屋敷のほうから皮肉めかしたバリトンの声が響いた。石敷きの小道に姿を現したトーマスは、近くにいるせいかいつも以上に体が大きく威圧的に見える。「礼節こそが人を人たらしめているんだ。ランドリー、きみもそう思うだろう？　それとも、女性がひとりになりたいと思っているのがわからないほど鈍いのか？」

最近のトーマスとの関係を考えると、いま気まずい状況から救い出そうとしてくれていることがエリザは信じられなかった。けれど、どう見ても目の前には怒りを押し殺しているような彼がいて……エリザの体を熱くさせるとともに、彼女に求愛しようとしている男性をたしなめている。その様子はまるで……いえ、ありえない。

でも、もしかしたらトーマスは焼きもちをやいているの？　その疑問はかすかではあるがたしかな可能性としてエリザの心の中に芽生え、根を張っていった。そして今度は疑問ではなく明らかな事実が、心に浮かびあがる。トーマスは彼女をつけてきたのだ。

ぞくぞくするような喜びに頭がぼうっとして、周囲の景色がゆっくりとまわる。ずっと押し込めてきた感情を不意を突かれてよみがえらせてしまったと気づき、エリザは自分を罵った。トーマスがどういうつもりなのかはわからないけれど、強引なランドリーから守ってくれようとしただけだとしても、わざわざ駆けつけるくらい気にかけてくれていたことには変わりない。

駆けつけるというのは、かなり誇張した言い方ではあるけれど。

「エヴァンストン卿、きみのことはよく覚えている」ランドリーがそっけない口調で返した。「だが、きみとレディ・エリザの関係については記憶がない。なぜきみが首を突っ込んでくるんだ？」

トーマスが口を開く前に、彼女はあわてて立ちあがった。「エヴァンストン卿とは兄妹同然に育ったんです。きっと兄としての義務感から来てくれたんでしょう」

驚いたことに、トーマスは何も言わない。黙ったまま、強い光を放つ青い目でエリザを見つめているだけだ。

「ああ、それならぼくが来週あなたを劇場にお誘いしても、彼は反対しないでしょうね」ランドリーがトーマスに牽制（けんせい）するような視線を送る。

　エリザはふたたびトーマスを見たが、彼はやはり何も言わず、彼女の好奇心はさらに募った。なぜかはわからないけれど、トーマスはほかの男性が彼女に求愛するのを邪魔しようとしているのだろうか？　それともただ、彼女を守ろうとしているだけ？

「喜んで、ご一緒させていただきます」勇気がくじける前に、エリザはランドリーに視線を戻した。

　トーマスをにらんでいたランドリーの顔が、彼女の答えを聞いて勝利の表情に変わる。彼はエリザに歩み寄ると、丁寧にお辞儀をした。

「誘いを受けてくださって光栄です。では、そのときにお会いできるのを首を長くして待っています」ランドリーは向きを変えて歩きだし、小道に立ちふさがっているトーマスの前で足を止めた。「きみはオックスフォード時代とちっとも変わらないな」

トーマスが哀れむような目でランドリーを見る。「きみはがんばって口ひげを生やしたようだな」

　ランドリーがむっとして、体をこわばらせた。ふたたび険悪なやりとりが始まるのを恐れてエリザがトーマスをにらむと、彼はようやく折れてランドリーを通した。トーマスとエリザはふたりだけになり、あたりが不自然なほど静まり返る。彼女はベンチに向かったが、苔の生えた敷石を踏む靴はほとんど音をたてなかった。アーチに絡んでいるクレマチスに手を伸ばし、花びらを指先でそっと撫でる。

「彼とは知りあいなのね？」

「ああ」

「もう少し節度をわきまえた大人らしい態度を取ってくれたらよかったのに」

「そうだな」トーマスの声からは、悪いと思っている様子がまるでうかがえない。

「わたしの心をかき乱すためにここへ来たの？」

「それはぼくにそうする力があると、きみが思っているかどうかによる」彼はエリザに向かって足を踏み出した。

速くなった鼓動を無視しようとしながら、彼女はため息をついた。「邪魔をしに来たのかしら？」今度はもっと強い口調で訊く。

「ロンドンでの社交シーズンを楽しむために来たのさ」

「だったら、どうしてこんなふうに追ってくるの？　わたしたちの目的は絶対に重ならないのに」

トーマスが額にしわを寄せた。「礼儀作法を無視して迫ろうとした男から、きみを守ってはいけないのか？」

心臓がとくんと跳ねる。彼はエリザを守ろうとしてくれたのだ。ばかげた考えが頭をもたげそうになり、彼女はあわてて抑えつけた。

「礼儀作法などいつも無視している人の口からそんな言葉を聞くなんて、皮肉なものね。でも、わたしは未亡人よ。付き添い役(シャペロン)は必要ないわ」

「それはわかっている。だが、たとえきみが年を重ねていろいろ経験してきているとしても、不名誉な状況に陥ってほしくない」トーマスは顎の筋肉をこわばらせて、視線をそらした。「それにウィリアムだって、ぼくがこうすることを望んでいるはずだ」

「あなたがわたしに近づかずにいるほうが、兄は喜ぶと思うわ。わたしを問題のある状況に追い込みそうな男性の筆頭は、あなたですもの」彼女はむっつりと言った。

彼は否定しなかった。近づいてきて、エリザの手を取る。

「エリザ、ぼくはきみの自由を奪うためにここへ来たわけではないし、そんなことをしようにも忙しすぎて無理だ。それでもきみに近づく男がさっきみたいなふるまいをすれば、黙って見ていることはできない」

トーマスは兄らしくふるまっているが、いま心配だと言ったのと同じ行動を彼自身が取る可能性も充分にあるのだ。実際にそうなったときのことを、エリザはよく覚えている。またそういう状況になったら毅然(きぜん)としていられると思いたいけれど、彼がほかの女性たちとの情事で忙しいとほのめかしたときに感じた胸の痛みからすると、それは無理かもしれない。エリザは顎をあげた。

「つまり、ほかの男性があなたのようなふるまいをしたらってこと?」

トーマスが驚いて眉をあげる。「ああ、そうだ」

「違っていたらごめんなさい。でも、あなたはサー・ジェームズのことをよく知っていて、彼に対する意見をすでにかためているみたいだわ。だけどわたしはそうじゃないから、自分で判断できるように見守っていてほしいの。彼は紳士的な人ではないと、あなたが言うなら話は別だけれど」

彼はようやくエリザの手を放した。「ランドリーはいつでも自分が正しいと思っているような顔をしている、鼻持ちならないやつだ」

「彼もあなたのことをそう言うかもしれないわね」エリザは小さく笑いながら言った。

「だが、ぼくの印象は別として、やつはなかなかいい男だよ」トーマスがつけ加えたので、彼女は驚いて黙った。「エリザ、きみは美しい。そして、社交界デビューしたての甘やかされた小娘には与えられないものを持っている。きみに求愛するのはランドリーだけではないだろう。だからせめて、慎重にことを進めるようにしてほしい」

トーマスの言葉に呆然として、エリザはかたまったまま彼を見つめた。

〝きみは美しい〟

エリザの中にはふたりの彼女がいて、トーマスにもっと近づきたいと恋い焦がれているほうはその言葉に驚喜した。けれども自分が住む家の客間で彼に辱めを受けた一六歳の彼女のほうは、それほど寛大にはなれなかった。美しいと認めたからといって、それが愛へとつながると思うほど、エリザはおめでたくない。だが、たとえ万が一そんなことがあったとしても、意味があるのだろうか？　父親の言葉やウィリアムの警告を思い出せば、男性としてのトーマスと関わるべきでないのは明らかだ。

それに彼が本気であるはずがない。本気になることはほとんどないのだから。

心臓が激しく打つ音が耳の奥で響いている。「美しいなんて言わないで。たとえ冗談でも」

「冗談だって?」トーマスが驚いたように言う。「エリザ――」

勢いよく扉が開き、キャロラインがテラス式の庭園に飛び出してきた。「そこにいたのね! もう一五分も探して……」エリザがひとりではないのに気づいて、彼女は言葉を切った。しかも一緒にいる男が誰かを見て、目をみはっている。キャロラインがあわてて足を引いてお辞儀をしたので、トーマスもお辞儀を返した。「すみません、子爵閣下。何も問題は起こっていないですよね?」彼女が混乱した様子でエリザを見る。

エリザは思わず笑ってしまった。部屋の熱気とトーマスから逃れたくて外に出たのに、結局彼と顔を合わせ、汗をかくはめになっている。彼女はレティキュールを開けてハンカチを取り出し、額の汗をぬぐった。

「部屋の中が暑すぎて、つらくなってしまったの」エリザはやや大げさに言い、パーティ用の小さなバッグを閉めた。「ねえ、キャロライン、もう帰ったら失礼になるかしら?」

「わたしも帰りたいわ。ひとりだけ興味を引かれる男性がいたけれど、彼はさっさと帰ってしまったし」キャロラインは不機嫌な顔で言うと、トーマスがいることを思い出して彼を見あげた。「ごめんなさい。気になさらないで」

「別にかまわないさ。だが、ほかの女性がみなきみと同じように感じていないことを願っているよ」

トーマスが一般的な意味でそう言ったのか、エリザに向けて言ったのかわからなかったが、彼の心を推し量るのはもう疲れてしまった。彼女はさっとスカートをひるがえすと、石敷きの階段をあがりきったところで振り向き、膝を折ってお辞儀をした。

「では、エヴァンストン卿、ご機嫌よう」

トーマスがお辞儀を返すのも、別れの言葉を返すのも待たず、エリザは素早く屋敷の中へ向かった。彼とのあいだに、できるだけ距離を空けたくて。

女性ふたりが屋敷に入り、扉が閉まるのを待ってから、トーマスはエリザが立っていた場所へゆっくりと向かった。優美なベンチやクレマチスの花が咲き乱れているアーチ形の格子垣、足元を覆う苔へと視線をさまよわせる。

ふと、敷石を覆う苔の陰にひっそりと隠れているカードに目が留まった。エリザがレティキュールからハンカチを出したときに落ちたのだろう。彼女は友人に注意を向けていて、気がつかなかったのだ。

〝せめて、慎重にことを進めるようにしてほしい〟

エリザに告げた言葉が頭の中にこだまして、自分の偽善的なふるまいに嫌気が差した。ふだんは良心など無視して生きているが、だからといって良心がないわけではない。

トーマスはベンチに腰をおろしてため息をつき、木の隙間から見える夜空を見あげた。エリザが自分を美しくないと考えていることには驚いたが、彼女はいつだって過剰なくらい控えめだった。それにしても、今夜は言いすぎてしまった。自分でもうろたえているけれど、エリザを自分のものにするという考えにどんどん取りつかれている。少なくともエリザが結婚相手をつかまえるまで、あるいは許してくれればそのあとも、彼女と過ごしたい。

そんなことは試みることさえ許されないとわかっている。屋敷の中に戻れば、エリザの代わりに喜んで彼の欲望を満たしてくれる女性がいくらでもいることも。一瞬、その中からひとり選んでしまおうかという考えが心をよぎった。

そうだ、そうすればいい。金色の髪と美しく輝く緑色の目を持った美しい女性だって、見つけられるかもしれない……。

トーマスは顔をしかめ、こめかみをこすった。新しい女性を見つけることを考えても、前のようにわくわくしない。そしてエリザが彼以外の男性にエスコートされて出かけるところを思い浮かべると、予想もしていなかったほどいやな気分だった。いったいこの変化をどう判断すればいいのだろう?

彼は頭を振り、落ちているカードを見おろした。手を伸ばして苔のあいだから拾いあげると、表面には何も書かれていない。

いや、違う。裏側に字が書かれていて、角がひとつ折り返されている。これは名刺だ。何気なく裏返してみて、トーマスは息を止めた。顔にゆっくりと笑みが広がる。

エリザが落としたのは、彼の名刺だった。

4

社交に明け暮れる日々が過ぎていったが、毎日がどれも同じようで、エリザには区別がつかなかった。自宅で訪問を受け、自分も誰かの屋敷を訪問する。音楽会や舞踏会に出席し、ハイドパークでキャロラインと馬に乗り、ほかに予定がないときは夕食後キャロラインのおばと一緒にカードを楽しむ。屋敷には将来の夫候補である男性たちから花が届き、その多くはサー・ジェームズ・ランドリーからのものだった。そんな日々のあいだに、エリザは一度だけトーマスを見かけた。乗馬用道路（ロットン・ロウ）で見事な黒いアラビア馬に乗っていたのだが、明らかにそれがこの一週間の中で最も心が浮き立った瞬間だと悟って、彼女は不機嫌になった。だが、馬にまたがった彼の姿はあまりにも颯爽（さっそう）としていた。

そんな不満の残る日々のあと、とうとうランドリーと出かける夜がやってきた。エリザは夜の街できらびやかに目立っているドルリー・レーン劇場の前に立ち、堂々とした建物を見あげた。キャサリン・ストリートに並ぶ建物の中で、この劇場の太い柱が立ち並ぶポルチコ（張り出し屋根のある入り口）は異彩を放っていて、見ているだけで圧倒される。人込みを縫って建物の中へと向かいながら、彼女は興奮に体が震えるのを感じた。今夜の喜歌劇『愛の妙薬』が心のふたりはロビーに入り、社交界でも選り抜きの洗練された人々にまじった。エリザの連れはこれまでのところきわめて紳士的にふるまっており、キャロラインと彼女のおばを招待する気遣いまで見せていた。けれどもレディ・フランシスは体調がよくないということでその申し出を丁重に辞退し、キャロラインもおばを看病するために残るのが最善と判断して、劇場へは来なかった。

エリザは落ち着かない気分だった。トーマスの訪問を友人に隠したことが心に引っかかっていた。なぜ嘘をついてしまったのだろう？　たいした出来事ではなかったのに、トーマスの名刺を見た瞬間に動揺してしまったのが後ろめたかったことや、キャロラインが彼との関係に賛成ではないことから、つい隠してしまった。キャロラインにはレディ・ハンフリーの屋敷から帰る馬車の中で、トーマスをどう思っているのか、どうして庭園でふたりでいることになったのか長々と尋問された。

別に何もなかったのだと、エリザは自分に言い聞かせた。それなのに何もなかったような気がしない。トーマスが庭園まで彼女を追ってきたことや、彼のランドリーに対する反応は、いくら否定しても簡単には流せない気がした。その晩エリザは、あのまま邪魔が入らなかったらトーマスがなんと言ったかを想像して、なかなか眠れなかった。

〝美しいなんて言わないで。たとえ冗談でも〟

〝冗談だって？　エリザ――〟

ランドリーが堂々とした身ぶりで、彼女をボックス席に招き入れた。エリザは席に座り、イヴニングドレスのたっぷりとしたスカートを丁寧に整えた。ダークグリーンのドレスは自分でも似合っているという気がしていた。光沢のあるサテンの胴着（ボディス）の襟ぐりは深く、袖は肩から落ちたオフショルダーになっている。露出度の高いドレスにひるむ気持ちもあったが、若くして結婚したあとすべてを失った身としては、ちらちらと向けられる賛美の視線がうれしくもあった。長いあいだ田舎で隠遁（いんとん）生活を送っていたので、少しばかり注目を浴びるのはやはり楽しい。注意を向けているのが、鵜（う）の目鷹（たか）の目の社交界の人々だとしても。

〝きみは美しい〟

エリザはうるさいブヨを追い払うように頭を振った。いつもながら、トーマスが絡んでくると賢明な行動が取れなくなってしまう。彼とのたわいないやりとりに意味を見いだそうとしすぎると、余計なことに気を取られてロンドンまで出てきた目的を忘れ、頼れる夫を見つけられなくなる。

彼女は隣に座ったランドリーに目を向けた。彼は今夜、多すぎも少なすぎもしない、ちょうど心地よく感じられる称賛を向けてくれていた。彼がエリザから目を離せずにいるという事実が、彼女にどれだけ惹かれているかを示している。でも、もしトーマスが今夜ここに来ていれば、あの青い目を片方向けるだけで、エリザの体を熱くすることができるだろう。そしてトーマスは彼女を美しいと思ったら、礼儀作法などかなぐり捨てて、その気持ちを示すに違いない。そう想像すると、体の奥に心地のいい震えが走った。

エリザはエメラルドのイヤリングに手をやって整えたあと、滑りおろした手を首元の真珠のネックレスで止めた。このネックレスは母親のお気に入りだったと、父親がいつも言っていた。こうして思い悩みながらネックレスに触れていると、生きていたら母親はどんな助言をしてくれただろうと考えずにはいられない。やはり、トーマスからは離れていなさいと言われただろうか？　彼に関わってはならないと？　理性的に考えればそうするべきだとわかっているのに、どうしてもしっくりこない。どんなに堕落していても、トーマスは友人だ。そして彼に惹かれる気持ちはどんどん大きくなって、いまや無視できないまでになっている。これまでずっと、彼を無視する方法を身につけてきたというのに。

「このボックス席からは舞台がとてもよく見えるんですよ。いかがですか？」ランドリーが教養のある落ち着いた口調で話しかける。

「ええ、本当に素晴らしい眺めですね」トーマスのことはもう考えないでおこうと心を決め、エリザは身を乗り出して劇場内を見まわした。ふたりがいるボックス席は下の階の奥側にあり、舞台に一番近いとは言えないものの、なかなかいい席だ。楽団がオーケストラピットでリハーサルをしている光景が見え、ゆったりとした音合わせがよく聞こえる。

眼下に広がる地上席を見渡して、エリザは息をのんだ。頭上のシャンデリアの光を受けてきらきら輝く金色の壁に囲まれて、きらびやかなドレスをまとった女性と燕尾服に身を包んだ男性が席を埋め尽くしている。彼女は好奇心に駆られ、ほかのボックス席の人々を見ようと真珠色のオペラグラスを取りあげた。

ぐるりと動かしたオペラグラスを、舞台をはさんで反対側にある舞台から一番近いボックス席で止める。そこには男女が座っていて、女性は思わず目を引かれる鮮やかな真紅のドレスを着ていた。結いあげた漆黒の巻き毛を顔を縁取るように垂らしているその美しい女性をエリザは知らなかったが、彼女はよくここに来ているのか、特等席で連れの男性とくつろいでいる。

「あの……向かいの席にいる赤いドレスの女性はどなたかしら?」エリザはオペラグラスを渡しながら、ランドリーに訊いた。「前列のボックス席の女性よ。名前をご存じ?」

彼は笑みを浮かべてオペラグラスを受け取り、身を乗り出してそのボックス席に向けた。ところが黙ったまま、なかなか目を離さない。やがて彼は小声で悪態をつくと、いきなり静かになった。体の力を抜いて椅子の背にもたれ、オペラグラスを目から離して、まだ幕がおりている舞台をむっつりと見つめる。

「あの女性が誰かは知らないが、エヴァンストン卿に訊けばわかると思いますよ」

エリザは驚いて目を見開いたものの、ちょうどそのとき指揮者が現れ、楽団が沈黙した。観客が礼儀正しく拍手をしている中、彼女はつんのめるように身を乗り出し、顔にぶつけそうな勢いでオペラグラスを目に当てた。ランドリーに、そして自分にも、彼が間違っていると証明しなければならなかったのだ。いくらトーマスでも、彼女が現れるとわかっている場所にほかの女性を連れて現れるはずがない。エリザにはかまわないと、彼は言ったはずだ。

それなのに、赤いドレスをまとった魅力的な女性の隣にいるのは、やはりトーマスだった。

エリザは息ができなくなった。じわじわとこみあげた怒りが憤怒に変わる。どうして彼に気づかなかったのだろう？　でも、まったく予想していなかった。こんなふうに信頼を裏切られるなんて、思ってもいなかったのだ。もちろん偶然という可能性がないわけではない。けれど、この劇場以外にもロンドンには娯楽がいくらだってある。

トーマスは彼女の邪魔をするためにここへ来たのだと思えてならない。それでもどうしてこんなに腹が立っているのか、エリザにはわからなかった。彼の隣の正体不明の女性をにらみつける。彼女はとてつもなく魅力的だ。はっきり言って、魅力的どころの話ではない。さらに言えば、エリザがいま感じているのはただの怒りではなかった。

これは嫉妬だ。そしてエリザは、トーマスにきっちり仕返しをするつもりだった。

楽団が演奏を始め、舞台上の照明がついた。ランドリーは拍手をしながら、不安そうにエリザを横目で見ている。彼女はどうにも怒りがおさまらず、視線を膝の上に落としていたが、とうとう我慢できなくなった。

「ごめんなさい、サー・ジェームズ。すぐに戻りますから」いけないと思いながらも、エリザは立ちあがっていた。

場内のオペラグラスが、いっせいに彼女のいるボックス席に向くのがわかった。人々が騒ぎの気配をかぎつけたのだ。注目されているのを感じて頬に血をのぼらせたランドリーが、信じられないという表情で立ちあがる。エリザは彼に説得される前に、素早く出口へ向かった。

「舞台が始まりましたよ！」愕然（がくぜん）としているランドリーを無視してボックス席を出ると、彼女は重いスカートを持ちあげて廊下を急いだ。トーマスを八つ裂きにするために。

トーマスは座席の背にもたれて体の前で手を組むと、にやにやしながらエリザを待った。彼女は思ったよりも早く彼を見つけ、さっそく問いつめようとこちらへ向かっている。礼儀作法をすべて無視して。トーマスは待ちきれなかった。

ほどなく背後で扉が開く音がして、彼は驚いたふりをしながらゆっくりと振り向いた。今夜の連れのミセス・ヴィクトリア・ヴァーナムが侵入者に不快な表情を向けたが、エリザは気にも留めずにずかずかと入ってきて、彼の肩に手を置いた。

「ちょっと外で話ができないかしら」辛辣な声で言う。

ヴィクトリアが椅子の上で体を動かした。「いったいどういう――」

「いますぐによ」エリザはトーマスの連れを完全に無視して促した。そしてあとはひとことも言わずに彼の肩から手を離し、くるりと向きを変えて出ていった。重厚な木製の扉は、トーマスが出てこられるように開け放したままだ。

彼はわくわくしながらため息をついてみせると、ヴィクトリアに顔を寄せて小声で謝ってから立ちあがり、静かにエリザのあとを追った。

個人が所有しているボックス席が並んでいる廊下で、エリザは腕組みをして彼を待っていた。静かに扉を閉め、彼女の姿を眺めて賛美することを一瞬だけ自分に許す。エリザのウエストのくびれやあらわな肩の曲線、クリーム色の胸のふくらみといったものは、トーマスのボックス席がいくら見晴らしがいいとはいえ、薄暗い劇場の反対側からでは楽しむことができなかった。だがほかに誰もいない廊下では、それらをすべて堪能できる。エメラルド色のサテンのドレスは、彼女の髪や目や肌にぴったりだ。

なんと美しいのだろう……。

欲望がふくれあがり、トーマスの腕の中で歓喜の瞬間を迎えたエリザが彼の名前を呼んでいるところが頭に浮かぶ。彼は目をつぶり、自制心を失わないことが何よりも重要だと自らに言い聞かせた。自分でも、彼女を追いまわしてどうしようと思っているのかわからない。しかし、いまのこの気持ちがなんだとしても、熱意を見せすぎてすべてを台なしにするのはまっぴらだ。彼は背筋を伸ばして、エリザと目を合わせた。

「なんの用かな？」少しよそよそしい口調で訊く。

彼女は一瞬体をこわばらせたあと、つんのめるようにしゃべりだした。「どうして今夜ここに来たのか、あなたの理由を先に聞きたいわ」

「理由といっても、オペラを見に来たんだよ」トーマスはわけがわからないというように額にしわを寄せて、エリザを見た。

「それだけ？　しらを切るなら言わせてもらうけど、本当はわたしの邪魔をしに来たんでしょう」

彼は声をひそめて笑った。もちろんエリザの言うとおりだが、認めるつもりはない。

「そもそも、きみが他人のボックス席をのぞき見るようなまねをしなければ、ぼくに気づくこともなかったと思うがね」一歩前に出る。「だが、わからないな。なぜぼくがここに来ただけで、きみの邪魔になるんだ？　説明してくれ」

彼女は美しい緑色の目を一瞬見開いたあと、身をかたくして守りの態勢に入った。「あなたはいらぬ騒ぎを起こす人として有名ですもの」

「ぼくが？」トーマスは笑みを浮かべて、さらに前へ出た。「そんなふうに言われるのを聞いたことがないのはなぜだろう。聞いていたら、評判に恥じないよう、もっとがんばっていたのに」

あとずさりしたエリザが広い廊下の壁にぶつかる。彼女はこれほどさがっていたことに驚いたようなそぶりであたりを見まわしたあと、気を取り直して前に出て、きっと目をあげた。「あなたは自分の評判を保つのに充分なことをしていると思うわ。これ以上そばに来ないで――」そう警告し、彼を押し戻そうと手を伸ばす。

楽団が奏でる音楽が壁を通してくぐもった音に変わり、世界にふたりしかいないような雰囲気を高めていた。トーマスはますます彼女を意識して、絨毯を踏む足に力をこめた。

「ぼくがもしきみが思っているような男だったら、いまごろはすでにきみを壁に押しつけて、思いのままにむさぼっているはずだ」低い声で言う。

驚いてぽかんと口を開けたエリザの頰に、ゆっくりと赤みが差していく。彼女はしばらく口がきけずにいたが、しばらくしてようやく立ち直ると、火花が散るような怒りの視線をトーマスに向けた。

「見たところ、あなたは今夜すでに一度、女性を思う存分むさぼっているんじゃないかしら。だからいまはとくに、その必要を感じていないのよ」エリザがぴしゃりと言う。

彼はじっくり考えてから返した。「そうかもしれない」

エリザの頬がますます赤くなる。なんということだ。彼女ほど愛らしい女性はいない。エリザはいまこの場で八つ裂きにしたいとでもいうように、トーマスをにらみつけている。彼はもっとエリザを限界まで追いつめたかった。そしてそのあと自分の手で、口で、体で、彼女の怒りを静めるのだ……。

彼女のそっけない声が、トーマスの妄想を破った。「あの女性は誰なの？」

いいぞ。たったいま、エリザは重大な間違いを犯した。彼を大いに満足させる間違いを。

「なぜそんなことを訊く？」

彼女の顔を後ろめたそうな表情がよぎった。「いまの質問は忘れて。あなたって、本当に鼻持ちならない人ね」静かな声でつけ加える。

トーマスは笑いを噛み殺した。「ああ、わかっているよ」真顔になって続ける。「友人に真実を隠すことは、やはり鼻持ちならない行動になるのかな」

エリザの口が戸惑ったように開いたところで、突然トーマスのボックス席の扉が開いた。音楽が大きく響き、いらだちに顔を紅潮させたヴィクトリアが決然と姿を現す。彼女はトーマスに近づくと、所有権を主張するように肘の内側に手をかけた。彼は一瞬不快になったが、額にしわを寄せたエリザを見て、満足感が広がった。

「こんなところで何をやっているの、ダーリン？　せっかくの舞台を見逃がしてしまうわ」

ヴィクトリアはエリザをそれとなくにらんだあと、トーマスに媚を売るような視線を向けた。

彼は笑みを返した。「すぐに戻るよ」

すると彼女はトーマスの肘にかけた手に力をこめ、さらに強く引き寄せた。「一緒に戻りましょう――」

「すぐに行く」やさしい声のまま、ほんの少しだけ語気を強めた。彼を思いどおりに動かせると思うほど、ヴィクトリアもばかではないだろう。

一瞬間が空き、自分の言葉は退けられたとヴィクトリアが悟ったのがわかった。彼女が険しい表情で目を細める。けれどもその表情はすぐに消え、彼女は赤く塗った口の両端をあげて、ぞんざいな笑みを浮かべた。

「わかったわ」

ヴィクトリアが彼の腕を放し、ボックス席の暗がりに戻ってむっとしたように扉を閉める。

トーマスはふたたびふたりだけになったのを確認してから、好奇心をたたえた目で彼を見つめているエリザに視線を戻した。

「さあ、続けて」

彼女はためらった。「何を話していたのか忘れたわ」

「では、思い出させてあげよう。きみは友人に真実を隠している理由を教えてくれようとしていたんだ」

一瞬エリザは心もとない表情になったが、すぐに背筋を伸ばした。「何を言っているのかよくわからないけれど、あなたがこうしてロンドンでわたしにいやがらせをしていると知ったら、兄はどう思うかしら。ましてや、婚約した夜にあなたがキスしたことを知ったら」

では、彼女も忘れていなかったのだ。あれから五年経ったいま、エリザはあのキスをどう思っているのだろう？

「きみがウィリアムに何を言おうと、ちっともかまわないよ。きみは親友にさえ、ぼくとのことを話していないようだしね。真実を知ったら、彼女はぼくの目をえぐり出すだろうな」

彼は少し間を空けて続けた。「それに名刺のこともある」

「あら――なんの話？」エリザが裏返った声で言う。

彼女との距離を詰めながら、トーマスは上着のポケットからレディ・ハンフリーの屋敷の裏庭で拾った名刺を取り出した。「これを見たら思い出すかな？」名刺をエリザの手の中に滑り込ませると、そのまま彼女の手を握りたいという衝動を抑え、すぐに手を引く。「レティキュールに入れて持ち歩くほど大事にしていたのだから、取り戻したいだろうと思ってね」

エリザは硬直し、トーマスが何を渡したか理解できないように手の中のものを呆然と見つめていたが、やがてぱっと羞恥を目に浮かべた。口を開けたものの言葉が出てこず、しばらくしてようやく弱々しい声を出した。

「トーマス、それは別になんでもないのよ……」

彼は首を横に振ってエリザを黙らせた。名刺なんて取るに足りないものだが、彼女がトーマスへの気持ちをのぞかせてくれたことがうれしかった。

「キャロラインにぼくが来たことを隠すほど、ぼくと関わるのがいやなのか？」

ばつが悪そうに、エリザが手袋をはめた両手を揉みしぼる。「いいえ、そういうわけじゃないわ。ちょっと動揺して――」彼女は唇を噛み、横を向いた。

興奮にトーマスの心臓が激しく打ちはじめた。自分も動揺しているのを感じながら、エリザの顎に指をかけて持ちあげる。

「なぜだい？」

彼女が首を横に振り、ふたたび目をそらした。「わからない」

そんな言葉は信じられなかった。顎に当てた指からエリザの震えが伝わってくる。トーマスは我慢できずに、うろたえている彼女の目から視線を外し、形のいい鼻からふっくらしたラズベリー色の唇へと移していった。許されない考えが頭をよぎる。

キスをしてしまえ。

「何に動揺したんだ？」ふたりのあいだで高まる緊張に、トーマスは身動きができなかった。ここでキスをするのは早すぎると思いながらも、そのことしか考えられない。

キスをしてしまえ。

やっとのことで唇から目をそらして顔をあげると、エリザもトーマスの唇を見つめていることに気づいて彼は驚いた。さっきまで不安に曇っていた彼女の緑色の目は温かくやわらぎ、期待と言ってもいいような表情が浮かんでいる。それに彼女は顎を持ちあげられたまま、逃げようとしていない。それどころか、ほんの少し挑発すれば、彼に身をまかせてしまいそうだ。

その瞬間、トーマスは彼女の動揺の原因を悟った。エリザは彼に抵抗したくないのだ。おそらく抵抗できるとも思っていないのだろう。そしてそれはトーマスが求めていることなのに、彼は怖くてたまらなかった。大切な友人をふたり同時に失うのがどれほど簡単か、いままで意識したことがなかったのだ。エリザとの関係をこのまま推し進めれば、そうなるのは確実だ。

トーマスは彼女を放し、素早く自分のボックス席に向かった。扉の取っ手をつかんで、しばらくエリザに背を向けたまま心を落ち着かせる。それからようやく振り返って目を合わせた。長年にわたる友人であり、親友の妹でもある彼女と。いつのまにか心に根を張っていた妄想を、なんとしても忘れなければならない。別につきあってくれる女性に不自由しているわけではないのだ。エリザとの関係をこれ以上深めるなんて、ばかげている。

「ぼくたちには共通の知りあいがたくさんいる。だからロンドンでまた顔を合わせることがないと保証はできないが、決してきみの邪魔はしないと誓おう。舞踏会で顔を合わせてもきみのそばには行かないし、ダンスに誘いもしない。きみはぼくに嘘をつかないようにしてほしい。そうしてくれさえすれば、ぼくたちはきっと平和にロンドンで共存できる」

トーマスの胸は失意に痛んだものの、言うべきことを言ってほっとした。エリザの顔にも失望がよぎったように見えたが、見間違いだろうか？

「ええ、そう思うわ」彼女がささやいた。

「ランドリーが探しに来る前に、早く戻ったほうがいい」

笑みをつくろうとして、エリザが口をゆがめる。「彼がオペラの途中に席を立つような礼儀知らずなまねをするとは思えないわ」

トーマスは気が変わらないうちに、素早く重い扉を開けた。

「ぼくとは違ってね」そうつぶやくと、薄暗い劇場の中へと入っていった。

「おかえりなさいませ。今晩は楽しくお過ごしになれましたか？」

玄関ホールでマントを脱ぐエリザの横で、パターソンがかいがいしく世話を焼く。エリザは弱々しく微笑むと、手袋の先を片手ずつ引っ張りながら、自分付きのメイドをじっと見た。

「楽しいとまでは言えないけれど、まあまあだったわ」

パターソンが茶色い目を見開く。「サー・ジェームズ・ランドリーとうまくいかなかったのですか？」

エリザは声をひそめて笑った。雇い主の多くは彼女の意見に賛成しないだろうが、パターソンの女主人を心配するがゆえの率直さは、長所ととらえるべきだと思っていた。それに彼女はとても忠実で、エリザが社交界にデビューした年からずっと仕えてくれている。もうはるか昔の出来事に思えるけれど、パターソンはロンドンへ向かう若い女主人にひるむことなく同行し、結婚した夜には涙を拭いてくれた。妊娠中はわが子を持てる喜びを分かちあってくれたし、事故のあとのつらい日々には立ち直るまで手を握っていてくれた。エリザとパターソンはふつうの女主人とメイドの関係を超えた強い絆で結ばれており、こうして家族や友人と離れて暮らさなければならないいまも、エリザは彼女の存在に大いに心を慰められていた。

「サー・ジェームズとはうまくいっているわ」エリザは返した。

メイドはエリザが脱いだ服の上に手を置いて、女主人を見つめた。「あまり熱意がこもっているように聞こえませんね」

「そんなことないわ。彼はとても紳士的だったのよ」階段をのぼりながら言う。「劇場はきれいだったし、サー・ジェームズは一緒にいて申し分なく楽しい人だったわ。ただ――」

「ただ、なんでしょう?」

階段をのぼりきったところでエリザはため息をつき、パターソンを振り返った。「彼の妻になった自分が想像できなくて」

わかりますというように、パターソンが微笑む。「そういうことは時間がかかるものですから」

「そうよね。でもレジナルドのときでさえ、彼の妻になった自分を頭に思い浮かべられたのよ。結婚することには納得しきれていなかったのに。だけどサー・ジェームズは全然だめ。

彼はハンサムだし、尊敬に値する男性だと思っているけど……」

なぜ自分がそんなふうに感じるのか原因がわからず、もどかしくてならなかったが、突然答えが頭に浮かんだ。

彼はトーマスじゃない。

とはいえ、トーマスなら夫になったところを想像できるわけではなかった。エリザは顔をしかめ、頭を振って理性的に考えようとした。「サー・ジェームズには素晴らしいところがたくさんあるわ――」

「口ひげとか」パターソンがひとことでまとめ、エリザの寝室の扉を開ける。

「彼は口ひげだけが取り柄の人じゃないわよ！」エリザはくすくす笑いながら言い、レティキュールを化粧台の上に置いた。「キャロラインやあなたといると、彼にはそれしか取り柄がないような気がしてくるわ」ぼんやりと視線を漂わせながら、真珠のネックレスとエメラルドのイヤリングを外す。「彼の態度がだんだん冷たくなってしまって。まあ、原因はわたしにあるんだけど」

メイドは彼女の言葉を笑い飛ばした。「まさか。いったい何をしたというんですか？」

「オペラが始まったあと……彼を置いてトーマスのところに行ったの。対決するために」エリザはますます顔をしかめて両手に視線を落とし、外した装身具をパターソンに差し出した。

「まったく、あんなにいらいらする男はいないわ！」

メイドはエリザが淑女らしさを忘れて紳士を罵ったことに驚いて、一瞬言葉を失った。

「子爵閣下のことをおっしゃっているんだと思いますが、それはあの方がわざとそうされているんですよ」咳払いをしたあと、部屋を横切って戸棚に向かう。「では、エヴァンストン卿も今夜オペラにいらしていたんですね」

「そうなの」

メイドが訳知り顔に眉をあげる。「奥さまのお姿を褒めてくださいましたか？」

エリザはパターソンをちらりと横目で見た。トーマスに対する気持ちの揺れを彼女に打ち明けたことはないし、昔、彼とキスをしたことも言っていない。けれど、並外れて勘の鋭いパターソンが真実に気づいている可能性は充分にあった。

エリザは劇場の廊下での彼とのやりとりを思い返した。「いいえ、全然」そう答えながら、トーマスが彼女を見て称賛するように目を輝かせ、視線を全身に這わせたことを思い出す。でも、だからといって喜ぶつもりはない。彼は美しく装った女性を見たら、それが誰であろうと同じように賛美の目を向けるだろう。

パターソンがドレスのホックを外し終わった。「あの方が奥さまにどんな目を向けられているかは、わたしも気づいていました。どうかお気をつけください」

床に落ちたドレスをまたいで抜け出しながら、エリザは思わず噴き出した。トーマスもベルグレイヴィアの屋敷の庭で〝慎重にことを進めるようにしてほしい〟とほかの男たちについて警告したが、彼が本気でそう言ったのかどうかを彼女が知ることはない。エリザは物思いに沈みながら、姿見に映った自分に目をやった。コルセットとストッキングとシュミーズだけを身につけた若い女。トーマスの動機について思いをめぐらせているいま、自分がこういう姿をしているのが、なぜかぴったりに思える。

今夜赤いドレスを着ていた女性がこんなふうにしどけない格好をしているところを想像すると嫉妬に襲われ、エリザは驚いた。猫のように優美な身のこなしの黒髪の美女に彼女がかなうはずがない。あの女性のほうが、ずっとトーマスの好みに合っている。彼は自分に自信のある女性を求めているのだ。二年間喪に服し、身を慎んできた女など欲しがっていない。鏡をのぞけば大人の女が見えるけれど、エリザはときどき自分がまだ幼い少女であるかのように感じることがあった。トーマスは九つ年上で、ウィリアムともほぼそれくらいの年の差がある。彼女は長いあいだ、みそっかすの末っ子として扱われてきたのだ。

とにかく、もしエリザが理性を失って自らを守れなかったとしても、ウィリアムが代わりにそうしてくれる。いくらトーマスに求愛してほしいと望んでも、彼が結婚を考えるところなど想像もできない。それにロザにはやさしくしてくれているが、子どもが好きではないことはわかっている。彼を無理に結婚に追い込んだとしたって、いい結果になるはずがない。トーマスがいずれ彼女に飽きて、妻の存在を忘れようと賭博場へ繰り出したら、どれほどつらいだろう。

でもトーマスは今夜劇場で、危うく彼女にキスをするところだった。それとも、そう思ったのは勘違いだった？　相手が欲しくてたまらなかったのは、エリザのほうだけだったのだろうか？　トーマスが本当はどういう感情を彼女に対して抱いているのか知りたい。それができれば、少なくとも自分をせっついてやまない好奇心だけは満足させられる。とどまるところを知らない好奇心だけは。

エリザは額にしわを寄せ、トーマスのことばかり考えてしまう自分を叱った。

「いつものことだけれど、彼はよからぬことを企んでいると思うの」エリザはコルセットを脱ぎ捨て、何時間かぶりに思いきり息を吸った。続いて下着も脱ぎ、すぐに簡素な白い夜着をまとう。

パターソンはしわくちゃになった衣類を回収し、きちんとたたんで腕にかけた。「あの子爵閣下ですから、なんでもありえます。奥さまに手を出すことでさえ」

彼はエリザの邪魔はしないと約束した。ダンスに誘うことさえしないと。

「それはないわ」彼女は化粧台の前の椅子に座った。

メイドが背後に立ち、親愛の情をこめてエリザの肩を握る。「きっとサー・ジェームズが今週末の舞踏会で、また求愛してくださいますよ。あの方は奥さまにすっかりのぼせてしまわれていますからね。週末までには、ちょっとしたぎこちなさも解消しているに決まっています」パターソンは微笑んだ。

「ええ、わたしもそう思うわ」ため息をついたあと、笑みを浮かべる。

「おやすみ前に髪をおろすのをお手伝いしましょうか?」

「いいえ、大丈夫。おやすみなさい、パターソン」

「おやすみなさいませ」

パターソンは膝を折って深くお辞儀をすると、寝室を出て扉を閉めた。エリザは手をあげて頭からピンを抜いた。結いあげていた髪が一気に落ち、金色の巻き毛がふんわりと背中に広がる。彼女は銀製のブラシに手を伸ばそうとして、途中で手を止めた。

ビーズ刺繡を施したレティキュールが化粧台の上にのっている。それを取り、中に手を入れてトーマスの名刺を探った。ゆっくりと取り出して、飾り気のない長方形のカードを見つめる。今夜、彼に言われたことを思い出して、エリザは恥ずかしさに赤くなった。

〝レティキュールに入れて持ち歩くほど大事にしていたのだから、取り戻したいだろうと思ってね〟

彼女は名刺を持った手に力をこめた。災厄でしかないこのカードは暖炉に投げ込み、跡形もなく燃やしてしまうべきだ。それなのに気がつくと名刺を顔の前まで持ちあげ、目をつぶってにおいをかいでいた。これをくれた男性の香りが残っているとでもいうように。それから親指でカードの表面をそっとこする。

エリザはすぐそばにある暖炉の火を見つめた。

やがて手をさっと引っ込め、名刺をレティキュールにしまった。

5

〝かわいいロザ、手紙をありがとう。あなたの大好きな森のお友だちがミセス・フンボルトのタルトをとても気に入ったと聞いて、うれしいわ。でもわが家の大切な料理人は、一生懸命つくったタルトのほとんどをリスに食べられてしまったと知ったら、ちょっぴりむっとするかもしれないわね。リスがどれだけかわいくても。それから毛皮をまとった小さな食いしん坊さんたちが、森の奥ではなく草地のほうまで来てくれていると聞いて、ほっとしました。森だって安全なのはわかっていても。でもクララおばさまがやんちゃなあなたに目を光らせていてくれるから、心配はしていません。

キャロラインが、あなたに手紙を書くときに愛してると伝えてほしいと言っていました。あなたが恋しくて、社交シーズンが終わってロートン・パークで会えるのが待ちきれないそうよ。だけど、あとたった六週間です。ロンドンでの夏は舞踏会やパーティや夕食会が次々にあって、大変でした。楽しそうな生活だと思うでしょうけれど、本当は退屈でたまらないものなのよ。あなたも社交界にデビューしたら、お母さまの言っていることがわかるようになるわ。いずれ、そのうちに。

いつもあなたのことを考えています。もうケント州に戻っていてあなたといるのだったら、どんなにいいでしょう。お母さまが戻るまで、いい子にしていてね。クララおばさまとウィリアムおじさまの言うことをよく聞くのよ。それから、フローレンスにやさしくしてあげて。膝がまだときどき痛むみたいだし、乳母にとって、あなたみたいに元気な子の面倒を見なくてはならないのは大変なことなんですからね。

愛をこめて
母より〃

エリザは宛先を書いた封筒に手紙を入れて蠟で封をしたあと、愛しさがあふれるのを感じながら、ロザが一番最近くれた手紙にふたたび目を走らせた。すると図書室の扉を叩く音がして、顔をあげた。

「はい?」

扉が開き、執事のロバーツが顔をのぞかせた。彼は必要に応じて、ロンドンの屋敷と寡婦用住居の執事を務めてくれている。兄のウィリアムはロートン・パークにはそういう役職の人間は必要ないと言い張っているが、クララが夫を説得中で、いまに成功するのではないかとエリザは考えていた。伯爵夫妻が社交界の人々と交流を持つようになったので、屋敷の使用人にかかる負担は増えている。これまでどおりミセス・マローンにすべてをまかせるのは難しくなっているのだ。有能な家政婦長に今後も働きつづけてほしいとウィリアムが思っているのなら、なおさらだろう。いまのままでは、ミセス・マローンが限界を超えてしまう。計画どおりエリザが夫を見つけられれば、ロバーツは領主屋敷で伯爵のために働くことができる。彼の雇い主はウィリアムなのだから、すぐにでも呼び戻せばいいのだけれど、兄がいま一番気にかけているのはエリザとロザなのだ。

上体を倒していかめしくお辞儀をしたロバーツの白髪まじりの髪が、壁面のろうそくの明かりを受けて輝く。

「レディ・キャロラインがおいでになりました」

エリザはぱっと笑みを浮かべた。「よかった！　ありがとう、ロバーツ。お客さまをお通しして」ふたたびお辞儀をしてさがろうとした執事を、彼女は手を伸ばして止めた。「そうそう、この手紙を出しておいてもらえるかしら」彼の手に手紙をのせる。

「かしこまりました」ロバーツはもう一度礼儀正しくお辞儀をすると、向きを変えて出ていった。一分も経たないうちに、キャロラインが衣ずれの音とともに入ってくる。彼女はいきなり足を止め、筆記用具を片づけているエリザを唖然として見つめた。

「まさか、舞踏会用のドレスを着て手紙を書いていたの？」

エリザは顔にかかった金色の巻き毛を払いのけ、キャロラインに辛抱強い視線を向けた。

「ロザに早く返事を送りたかったのよ。心配しなくても――」

「ほっぺたにインクのしみをつけておいて、何を言っているの」キャロラインは厳しい声で言い、ハンカチを手にエリザに近づいた。「お願いだから、ドレスには触らないでね。というより、何にも触らないで。いま、きれいにしてあげるから」彼女は頭を振りながらエリザの顔を拭き、しみが消えると友人の指先に視線を向けた。「あなたはきっと、オオカミにでも育てられたのね」

エリザは笑った。「当たっているかもしれないわ。子どもの頃から、わたしがウィリアムとトーマスにくっついてまわっていたことは知っているでしょう？」

「それで思い出したけど、今夜はエヴァンストン卿も出席するそうよ」

友人はさりげなくその知らせを口にしたが、エリザが目を見開いて顔をあげると、キャロラインは彼女の反応をじっと見守っていた。そこでエリザは懸命に感情を顔から消し、肩をすくめた。

「彼だって招待されたんだろうから、行く権利があるわ」

キャロラインの灰色の目が探るように見つめる。「でもあなたが出席する集まりに、妙に多く招待されている気がするの。しかも、庭に出たあなたを追っていくとか」

「まあ……そうかもしれないわね」居心地の悪い思いをしながら、エリザは返した。「だけど、彼はわたしを守ろうとしてくれているだけだと思う」

キャロラインが鼻を鳴らす。「あなたを守るという名目で、彼はどこまでするのかしら」

「心配しなくても大丈夫よ。わたしに求愛する男性の邪魔をするつもりはないと言っていたし」

キャロラインは口をつぐんで考え込み、エリザの指先をもう一度よく拭いてからハンカチをレティキュールにしまった。「まあ、今夜行けばはっきりするでしょう」そう言って出口に向かう。

手袋をはめながら、エリザは顔をあげた。「何がはっきりするの？」

キャロラインは扉の手前で足を止め、エリザに鋭い視線を向けた。

「エヴァンストン卿が自分の言ったことをどれだけ守れるかよ」

「レディ・エリザ、またお会いできてよかった」

サー・ジェームズ・ランドリーがエリザの手を取って、甲に唇をつける。彼がこの前の夜のふるまいを許してくれたのだとわかり、エリザはほっとして笑みを向けた。彼は以前と同様、隙のないぱりっとした装いで、髪にひと筋の乱れもない。

「わたしもお会いできてうれしいですわ、サー・ジェームズ。友人のレディ・キャロラインのことは覚えていらっしゃいます？」エリザはキャロラインを引き寄せた。

その言葉に従って、ランドリーがキャロラインにお辞儀をする。「もちろん覚えていますとも」

「サー・ジェームズ」キャロラインが軽く足を引いてお辞儀をした。『『愛の妙薬』はとてもよかったとレディ・エリザから聞きました。ご親切にもお招きいただいたのに、わたしもレディ・フランシスもご一緒できなくて残念でしたわ」

彼は低く笑い、エリザのほうをちらりと見た。「ええ、本当に。ですが実を言いますと、レディ・エリザとご一緒させていただいて、ひとりじめしたいという気持ちが芽生えてしまいましてね」

三人は上品に笑いあったが、エリザはランドリーの言葉にひそむほのめかしを聞き逃さなかった。トーマスが今夜ここに来ると知ったら、ランドリーはどんな反応を示すだろう？知るのが怖い気がする。

ランドリーとキャロラインが楽しげに言葉を交わしている隙に、エリザは集まっている人々を見まわした。いまのところ、トーマスが来ている気配はない。彼女は手をあげて髪のピンをしっかりと押し込み、ドレスを見おろした。今日着ているのは劇場に行ったときと同じような最新流行のドレスで、深くくれた胸元とオフショルダーの袖が特徴だ。光沢のある象牙色のサテンにレースの縁取りが施してあり、背中の下のくぼんだ部分についているバラ色のリボンがたっぷりと広がるスカートを強調している。誰よりも彼女に興味を示しているランドリーは、このドレスが気に入っただろうか？

そう考えたあと、エリザはすぐにトーマスを思い出した。彼は邪魔をしないという宣言に反してエリザが出席する集まりに何度も現れ、思わせぶりな態度を見せている。ふたたび舞踏室に目を走らせた彼女は、部屋の反対側にいるトーマスを見つけてどきりとした。彼は母親と一緒に近づいてきたデビューしたての臆病そうな娘に、悩殺的な笑顔を向けている。

昔からエリザはいつも、トーマスの顔を追い求めてしまう。一九〇センチという長身に加えて豊かで奔放な黒髪と筋肉質の体は、どこへ行っても目立つ。未亡人である彼女は当然ながら男性との親密なひとときがどういうものかを知っているけれど、トーマスとのそういう時間はどんなだろうと何度も想像した。彼からの許されざるキスの記憶はいまなお鮮やかで、キスなどするべきではなかったとわかっていても、あの先を知りたいと思わずにはいられない。トーマスの手や唇を肌に感じるのは、肌と肌を合わせるのはどんなふうかと思い描いてしまう。トーマスが向ける視線に同じ気持ちを抱いているのではと思うことがときおりあり、彼とは必死で距離を置きながらも、そうであってほしいと祈るように願ってしまうのだ。

トーマスは楽しそうに話しながらエリザにちらりと視線を向け、すぐに目の前の若い娘に戻した。けれどもまたすぐ顔をあげたので、あからさまに彼を見つめていたエリザと目が合った。トーマスの笑みが消え、会話がとぎれる。彼はエリザの激しい視線を受け止め、ふたりのあいだにばちばちと火花が散った。

ところが緊張をはらんだ空気は、次の瞬間には消えていた。トーマスが何事もなかったかのように会話を再開し、エリザは夢でも見たのかと戸惑って眉根を寄せた。

なんてばかなのだろう。

どうして愚かにも繰り返し彼を求めてしまうのかわからない。トーマスが彼女のためにここへ来たのではないことは、ほかの女性に興味を示している様子から明らかだ。彼はエリザを除いたあらゆる女性に魅力を振りまき、笑顔でダンスを申し込んでいる。彼女が感じた熱情は、すぐに恥辱の思いに変わった。

キャロラインがそわそわしながら、期待するような視線を向けてきた。「レディ・エリザ、あなたに紹介したい人がいるんだけれど」

振り向いたエリザは、新しくその場に加わった見覚えのある男性に愛想よく微笑んだ。引きしまった長身に栗色の髪の彼は、レディ・ハンフリーのディナーパーティでキャロラインが好意を持った男性だ。

「どなたかしら」エリザは手を差し出した。

彼は手袋に包まれたエリザの手を取り、礼儀正しくお辞儀をした。「ブラクストン卿です」

「お会いできてうれしいですわ」

エリザがからかうようにキャロラインを見ると、友人は珍しくかすかに赤くなっていた。ふだんのキャロラインは男性にまるで興味を示さず、愛などというものは信じていない。そんな彼女でもぴったりな相手と出会えば、かたくなな抵抗が崩れるのだろうか？　娘に結婚してほしいと願っている両親に、いくら反感を抱いていても。

右側からランドリーの咳払いが聞こえた。「どうやらエヴァンストン卿が今夜もお出ましのようだ」彼が低い声で言う。

エリザは興味のないふりをしようとしたが、彼の名前を聞いただけで体じゅうが熱くなった。「そうですね、たまたまでしょう。わたしたちには関係ありませんけれど」それ以上の反論を拒むようにきっぱりとした表情で顔をあげ、ランドリーに微笑みかける。

「ええ、ぼくもそう思います」ランドリーがほっとしたように笑みを浮かべ、手を差し出した。「踊っていただけますか？」

エリザは膝を曲げてお辞儀をしてから、彼の手を取った。「喜んで」

ダンスの始まりの位置につくと、彼女はランドリーのクラヴァットに慎重に視線を据えた。間違っても、破廉恥な子爵へと視線が向いてしまわないように。

トーマスはパートナーの女性をリードしながらワルツを踊り、同じようにエリザを相手に踊っているランドリーをにらんだ。いらだちからパートナーの若い娘を支える腕に力が入り、彼女がくすくすと神経質に笑いながら、問いかけるような目でトーマスを見る。彼は腕の力を抜いて小声で謝ると、またすぐにランドリーの背中にしかめっ面を向けた。

ランドリーとはオックスフォードで一緒だった。とはいえ、とくに親しかったわけではない。ランドリーとは年齢と収入以外、共通するものがほとんどなかった。当時からランドリーはトーマスに反感を持っていたが、理由は現在に至るまで不明だ。だがいまはっきり言えるのは、ランドリーへの敵意が刻一刻と増しているということだった。あの男は明らかにエリザの関心を引くことに成功しており、ランドリーといて、彼女は楽しそうにしている。エリザが彼の腕に抱かれて踊っているのをトーマスはただ見つめるしかなく、とうとう我慢できなくなって目をつぶり、顔をそむけた。

ワルツが終わり、彼女が次の曲は別の男性に連れられてダンスフロアへ向かうのを見て、トーマスはほっとした。ところが三曲目はまたしてもランドリーと踊るのだとわかり、トーマスは不安に襲われた。舞踏会では、男性がひとりの女性とばかり踊るのは礼儀に反するとされている。トーマスは規則にこだわるほうではないものの、この舞踏会とエリザにかぎっていえば、そういう違反行為を許すことができなかった。それでも二曲なら、なんとか我慢できる。しかし、三曲ともなれば……。

トーマスは怒りに血が沸き立つのを感じた。エリザはたとえランドリーを拒否したいと思っても——現時点ではそうなのかはっきりしないが——自分に求愛する男を侮辱するような危険は冒さないだろう。離れたところからではエリザをよく見張れないかもしれないとは思っていたが、ランドリーが彼女を独占する姿勢を見せたことで、彼女に無関心なふりをしていた虚勢がこれほど簡単に崩れてしまったのは予想外だった。

けれどもランドリーはエリザへの関心をあからさまにしすぎたと気づいたらしく、そのあと何曲かは別の女性を相手に踊り、トーマスは徐々に楽観的になった。夜がふけていくあいだ、彼は関心のない女性とのダンスに耐えながら、ひたすらエリザのほうを見つめつづけた。いま彼女はブラクストン卿とカドリールを踊っているが、彼はキャロラインに興味を示している男だと思い出して、トーマスは少し緊張を解いた。

過去のエリザに対する軽率なふるまいをトーマスも思い出すことがあるのかと問われれば、もちろんある。しかし彼は、ウィリアムの妹について考えすぎることを自分に許さないようにしてきた。そんなまねをすればどうなるか、よくわかっていたからだ。だがいま、トーマスは思い出さないようにしていた細かい記憶を懸命にたどっていた。エリザが動けないように頭を押さえたとき、髪の上を指が滑った感触。唇を重ねたときに彼女の口から漏れた、待ちわびていたようなため息。震えていた唇は信じられないほど柔らかくて……。

当時のトーマスはそこまでエリザに執着しておらず、歩み去るのはそう難しくなかった。それなのにいまは、自制心が急速に崩壊しつつある。ウィリアムのことは兄弟同然に思っていても、彼の妹をわがものにするまで自分を止められないのはわかっていた。理屈ではない。そう感じるのだ。

雷雲が舞踏室の頭上に広がったように重苦しい気分になり、トーマスは顔をしかめながら最後から二番目のダンスの相手のところへ向かった。もう少しで着くというとき、ランドリーがまたもやエリザのほうに行こうとしているのが目に入った。まわりの年配の女性たちの険しい視線から、ランドリーの礼儀作法の欠如に気づいているのがトーマスだけではないことがわかる。トーマスは何も考えなかった。息もしなかった。部屋を横切ったことさえ覚えていなかった。けれども気がつくとエリザの前に立っていたので、きっとそうしたのだろう。彼女は緑色の目を、まるで子鹿のように驚きに見開いている。

「いったいどうしたの？」

周囲にかまわず、トーマスは黙ってエリザを見つめた。ランドリーが驚きと怒りに顔をゆがめて近づいてくるのを無視し、彼女の手首をつかんでダンスフロアへと引っ張っていく。そしてエリザの向きを変え、これから始まるワルツのために彼女に腕をまわした。彼の行動を目撃していた人々のあいだにざわめきが広がり、離れたところにいるキャロラインは、やっぱりとでも言いたげなむっつりした表情を浮かべている。だがランドリーを含め、誰にどう思われようが、トーマスは気にしなかった。

最初、エリザはかすかに抵抗するようなそぶりを見せた。しかし、これまで経験したことのない強い嫉妬に駆られたトーマスの断固としたリードは、抵抗の余地をまったく与えなかった。

「トーマス、あなた、いったい何をやっているの？」彼とワルツを踊りながら、エリザが小声で抗議する。

「ランドリーのマナー違反から、きみを守っているんだ」

「マナー違反というなら、あなただって同じでしょう？」

「そんなふうに思っているのか？」トーマスは所有権を主張するように腕と手に力をこめ、彼女を抱いている感触を楽しんだ。「ランドリーは何を考えているんだろう。やつに考える頭があればの話だが」

エリザは怒りをこめて彼をにらんだが、少なくともしばらくは口をつぐんだ。楽団は音楽を奏で、ランドリーは激怒し、まわりの人々は彼らを見つめている。それでもトーマスはすべてを無視して、エリザと踊りつづけた。ふたりのダンスの相性がどれほどいいかを、彼は忘れていた。思い返してみると、彼女とのダンスはいつも素晴らしかった。

トーマスは、エリザがしかめっ面で彼の胸に視線を据えているのに気づいた。いけないと思いながらも我慢できず、顔よりも下に目を向けてしまう。ぴったりしたドレスのボディス、深くくれた胸元、そこからのぞく胸のふくらみ。彼女は不安そうに唇を噛んでいて、ふたりきりならどんなにいいだろうと思わずにいられない。前に一度そうしたように、彼女の唇を味わいたい。だが今度そうするときは、キスだけでやめるつもりはない。エリザのすべてを味わうつもりだ。

彼の物思いをエリザの声が破った。

「トーマス、あなたは約束を破っているわ。ダンスに誘わないと約束したじゃないの」

彼はエリザに顔を寄せ、耳元でささやいた。「ああ、そんなことはしなかった。誘わなかったよ」小さく息をのむ音が聞こえて、トーマスは満足した。彼女は怒っているが、本当に腹を立てていたら、こちらを押しのけているはずだ。そう断言できるくらい、彼はエリザをよく知っていた。

彼女は抵抗をあきらめ、トーマスの腕の中で最後まで踊りきろうと、ひたすら優雅で軽やかに踊りつづけている。その様子は不満でいっぱいなはずの内心とは裏腹に美しかった。しかもエリザは、劇場で見せたのと同じ〝降伏〟の気配をそこはかとなく漂わせている。トーマスの抱擁に柔らかくほどけていってしまいそうな危うさを。それはなかなか興味深い反応で、彼はさまざまな場面でエリザがそうなるところを頭に思い描くことができた。そこにトーマスが関わっているかぎり、彼女はきっとそうなる。

先ほどまでずっと感じていた敗北感に欲望が取って代わり、彼は手の下に感じるエリザの腰の曲線を強く意識した。今日ここにいる女性は誰も、彼女の抜きん出た美しさと知性にかなわない。いや、世界じゅうのどの女性もかなわないだろう。トーマスはどうしようもない衝動に駆られて息を吸った。彼女の香りを記憶に刻みたい。首元の温かな肌から、かすかなジャスミンの香りが漂ってくる。その魅力的な香りに、彼の全身の細胞が一気に熱くなった。信じられない。なぜランドリーはエリザといて、落ち着いてまともにふるまえるのだろう？トーマスの本能は、いますぐここで彼女をむさぼりたいと大声で叫んでいた。

「とてもきれいだと、もうきみに言ったかな、エリザ」気がつくと、かすれた声でそんなことを口走っていた。

彼女が驚いたようにトーマスを見あげ、目をしばたたく。足取りを乱してステップを間違えたが、彼が素早く支えてリードした。

「わたし――」

エリザは唇をぎゅっと閉じ、憮然（ぶぜん）としているランドリーに目を向けた。それからどこか心もとない表情で、熱く自分を見つめているトーマスと目を合わせる。彼女は返事を続けようと口を開いたが、ちょうど曲が終わってフロアが静まり返り、言葉を発する機会を失った。彼は失望に襲われながらもエリザを放し、深くお辞儀をした。彼女も膝を折ってお辞儀をしたものの、トーマスを見あげた顔には混乱したような表情が浮かんでいた。それを見て、彼はほっとした。取りつく島もない表情をされるより、当惑されるほうがずっといい。差し出した腕にエリザがためらいがちに手をかけ、トーマスは彼女を連れてダンスフロアを離れた。

エリザを友人のところに連れ帰ると、真っ赤になっていた彼女はすぐにキャロラインの横へ行った。キャロラインはあからさまに憤慨した顔をしていて、そのすぐそばにいるブラクストン卿は面白がるようにトーマスを見ている。ランドリーは怒りのあまり、いまにもトーマスに食ってかかりそうだ。トーマスはランドリーに向かって傲慢にうなずいてみせると、エリザに燃えるような視線を向けた。

「楽しいダンスをありがとう」

それだけ言って、彼は舞踏室をあとにした。

「何かわたしに話していないことがあるんでしょう？」

馬車に乗り込んで扉が閉まったとたん、キャロラインが質問を始めた。エリザは動揺して喉が締めつけられたが、小さく咳払いをして意味がわからないふりをした。

「なんの話かしら」

キャロラインが身を乗り出して、エリザの手を握る。

「サー・ジェームズがあなたを独占しているのを見て、エヴァンストン卿はずいぶん感情的な行動に出たわ。その理由が知りたいの。あなたたちふたりのあいだに、わたしの知らない何かがあったとしか思えないもの」キャロラインは用心深い視線を向けてきた。

エリザは落ち着きなく姿勢を変えた。「友人として、わたしを守ろうと思っただけじゃない？」

「ありえないわ。それにほかの男性があなたに求愛するのを邪魔しないって彼が約束したのを、あなたは都合よく忘れてしまったの？」キャロラインが鋭く追求する。

キャロラインの断定的な言葉にエリザの体にぞくぞくした興奮が走ったが、これから長年隠してきた感情を友人に打ち明け、真実をさらけ出さなければならないと思うと、すぐに憂鬱な思いが取って代わった。無理だとひるみながら顔をあげる。

「わたしにはわからない――」

キャロラインが警告するように顎をあげた。「嘘はつかないほうがいいわよ」

エリザはため息をつき、キャロラインにつかまれた手を引き抜いて、座席の背にどさりともたれた。

「わかったわ。実はトーマスに、一度キスをされたことがあるの」

馬車の中に落ちた沈黙は、どんな声高な非難よりもこたえた。エリザはおそるおそる友人に目を向けた。車内は暗く、呆然とした表情はぼんやりとしか見えない。キャロラインはしばらく黙っていたが、ようやく声を出した。大きな声を。

「いつ？」

恥ずかしさに、エリザは顔が熱くなった。「ええと――レジナルドと結婚する前。婚約を発表したパーティの夜に……」

今度はキャロラインが座席の背にどさりともたれた。「婚約披露パーティの夜ですって」口をつぐみ、過去の記憶を探るように視線を険しくする。「もう、エリザったら。なんて男なの。そもそも、どうしてそのときに教えてくれなかったのよ」彼女は眉間にしわを寄せた。

エリザは声が震えた。「あなたはトーマスが好きじゃないと知っていたし――」

「それは間違っているわ」キャロラインが首を横に振る。「彼を人間として好きかどうかと、自分の友人との結婚に賛成するかどうかは、まったく別次元の問題なのよ。エヴァンストン卿のことは好きよ。たとえ悪名高き快楽主義者だとしても」

「ほら。やっぱりそう思ってる！　だから言えなかったのよ」

「だけど誰かに見つかって騒ぎになったわけではないし、あなたはレジナルドと結婚したのに、どうして隠しつづける必要があったの？　エヴァンストン卿がロンドンの家に訪ねてきたことも教えてくれなかったわよね。全部話してくれていたら、いろいろ助けてあげられたのに。少なくとも、彼が出席するパーティを避けるようにしてあげられたわ」

でこぼこした道を揺れながら進む馬車の中で、エリザはショールの端をもてあそんだ。

「またこんなことになるなんて、思っていなかったの。彼がわたしに……興味を持っているとは思えなかったし。でも、間違っていたのかも」

キャロラインが怒りに目を燃えたたせた。「ええ、あなたは間違っていたのよ。あなたをサー・ジェームズの鼻先からかすめ取ったときのエヴァンストン卿を見るべきだったわ。野生の獣みたいだった」それを聞いて、エリザは喜びを感じずにはいられなかった。そして彼女がそんなふうに感じていることは友人の目にも明らかだったらしく、キャロラインは慎重な言葉で警告した。「どうやらあなたは持つべきではない感情を彼に抱いているみたいね。でも本気で夫を見つけるつもりなら、夫にふさわしくない男性とのごたごたは避けたほうが賢明よ」

それはエリザ自身、何度も自らに言い聞かせていることで、反論はできない。それでも自分以外の人間からそう言われるのは、たとえ彼女を守りたいと思ってくれている友人からの言葉だとしてもうれしいものではなかった。エリザはきつく唇を結んだが、しぶしぶキャロラインの言葉にうなずき、顔をそむけて窓の外に目をやった。

そのあとふたりは何も言わず、ほどなく馬車はキャロラインの家の前に止まった。居心地の悪い沈黙の中でキャロラインは持ち物をまとめ、寂しそうな笑みを漂わせて扉のほうへ寄った。

「じゃあまたね、エリザ。明日になれば気分も変わるわ」

キャロラインは身をかがめ、エリザの頬に軽くキスをした。馬車の扉が開くと、彼女は最後にもう一度エリザを見て出ていった。

ふたたび走りだした馬車の暗がりの中で、エリザは静かに思いをめぐらせた。やがてある考えが、頭の中にゆっくりと形をなしていった。不安はあるが、確信がどんどん深まっていく。

キャロラインが言ったとおり、明日にはきっと気分が変わっている。なぜならエリザは今夜、トーマスと話しあうからだ。

6

エリザは決心が鈍る前に、身を乗り出して天井を叩いた。馬車がすぐに速度を落とし、御者台の上でリントンが振り返るのが前の窓から見えた。

「なんでしょう？」彼が声をかける。

「エヴァンストン卿の屋敷に行ってちょうだい」仰天した御者の顔を見て、エリザはつけ加えた。「夜遅いことはよくわかっているわ。だから急いで」

御者はすぐに口を閉じ、従順にうなずいた。慣れた仕草で馬の向きを変え、ぴしりと手綱を打ちつける。馬車は一度大きく揺れてから進みだした。エリザは心臓がどくどくと打っているのを感じながら、これからしようとしていることはあまりにも常識外れだろうかと考え込んだ。今夜のトーマスのふるまいを何もなかったふりをしてやり過ごすこともできるけれど、彼女の中の何か――おそらく自尊心――が、まだすべてが生々しいうちに彼の口から直接説明を聞きたいとせっついてやまない。

エリザは子どもの頃からトーマスを知っているし、ウィリアムは彼の卑しむべき行動を直接目にしてきている。トーマスは結婚に向かないと繰り返し彼女に言い聞かせることで、兄は彼の素行の悪さをほのめかしてきた。それにエリザだって、耳が聞こえないわけではない。彼が既婚女性や未亡人と情事を重ねているという噂は、もちろん知っていた。彼女たちはきっと夫に満足させてもらえない寂しい女性なのだろうし、そのような行動はロンドンの上流社会でひそかに容認されていることもわかっている。それでもトーマスが新たな女性と関係を持ち、あちこちの夜会の夕食後のカードテーブルで着飾った女性たちがくすくす笑いながら彼の武勇伝をささやき交わすたびに、エリザはわずかに体温があがるのを感じてきた。これまでずっと無意識のままトーマスにとらわれてきたが、今回ロンドンに出てきて、それがひどくなった。彼に惹かれる気持ちにあらがわなければ、間違った選択をしてしまうかもしれない。

それにあの一六歳になったばかりの暑い夏の夜、トーマスは彼女にキスをしておきながら平然と立ち去り、そのあとずっと何もなかったようにふるまってきたことを忘れてはならない。彼はこれからも、エリザとたわむれの行為を楽しもうとするだろう。退屈していて機会があれば、ベッドにだって誘おうとするかもしれない。でも、その行為は果たして彼にとって意味があるものなのだろうか？

いいえ、ない。絶対に。

それなのに、トーマスが怒った顔で――そう、彼は怒っていた――近づいてきてエリザの手首をつかみ、ダンスフロアへと引っ張っていった場面が頭に焼きついて離れない。思い出すたびに体の奥からぬくもりが広がる。もちろん、エリザは彼を拒否するべきだった。ダンスフロアに着く前に、なんとか彼の手から逃れるべきだったのだ。自らの品位を保つためではなかったとしても、すでにダンスを申し込んでくれていた男性のため。それなのに、彼女は何もしなかった。

不意を突かれたから、トーマスは社交界の人々の前で、ランドリーからエリザを横取りした。ずっと押し込めてきた許されざる欲望に負けてしまったの？　彼の気持ちや動機はわからないけれど、ひとつだけ言えることがある。

自分は心からあのダンスを楽しんだ。

エリザの胸の中に激しい怒りが広がった。一大決心をしてロンドンまで来たのに、彼女の社交シーズンをひっかきまわし、頼れる夫を見つけようという努力を妨害するなんて、トーマスはいったい何さまのつもりなのだろう？

行き先を変えてまもなく馬車はトーマスの屋敷の前に着き、エリザはリントンが差し出した手を取って踏み段をおりた。ペチコートとスカートを何枚も重ねた長さも幅もたっぷりある舞踏会用のドレスを着てひとりでおりようとするのは、危険すぎる。リントンは右手でスカートを持ったエリザの左手を支え、なるべく人目につかないよう静かにおり立たせた。それから彼は賢明にも女主人から目をそらし、黙って馬車に戻った。居心地が悪そうにしている御者を責めるつもりはない。こんな夜中に子爵が所有する屋敷の前の階段をのぼるのは、明らかに常識から外れている。エリザは素早くあたりを見まわすと、咳払いをして真鍮（しんちゅう）製のノッカーを三回強く扉に叩きつけた。

ショールをしっかりと肩に巻きつけて待つ。ところが二分経っても中からはなんの物音もせず、一秒ごとにエリザの頰は恥ずかしさに熱くなった。ここに来たのは間違いだったけれど、すでに行動を起こして扉を叩いてしまった。彼女はふたたび手を伸ばし、ノッカーを叩きつけた。静まり返っている周囲に大きな音が響き渡る。幸い、こちらに目を向けるような通行人の姿はまったくなかったが、恥ずかしさは募るばかりだった。とうとうエリザは屈辱を嚙みしめながらため息をつき、馬車へ戻るために向きを変えた。そのとき、玄関の扉が勢いよく開いた。子爵家の執事とぎこちない会話を交わすつもりであわてて振り返ったエリザは、驚きに言葉を失った。

そこにいたのは使用人ではなかった。エヴァンストン子爵自らがろうそくを持って、暗がりに立っている。彼のほうも不意を突かれて驚いているのを見て、エリザは少しだけほっとしながら視線をおろすと、舞踏会で見たときより服装がくだけた感じに変わっていた。上着とベストとクラヴァットは消え、シャツの前は人前でふつう許されるよりもはるかに開いている。くつろいでいるところに踏み込んだのだし、時刻を考えればトーマスがそうしているのは当然で、エリザの頭に書斎でゆったりと過ごしている彼の姿が浮かんだ。使い込んで座り心地がよくなった革張りの椅子に体を預けて目をつぶり、指の長い手にブランデーのグラスを持っているところが。

エリザは彼の力強い首に沿って視線をおろし、すんなりと伸びた鎖骨の線をたどったあと、左右の鎖骨が合わさる小さなくぼみで目を止めた。そのすぐ下に、胸を飾る短くて黒い毛がのぞいている。感じたくもない熱い欲求がわきあがり、体じゅうに広がった。頭が彼女を裏切って妄想を広げ、さらに別の場面を浮かべる。トーマスが同じ書斎で同じ椅子に座っているが、今度はひとりではなくエリザが一緒で、彼の手からブランデーのグラスを取って机の上に置き、たっぷりとしたスカートごと彼の膝の上にまたがるのだ。腿の下に当たるかたい体の感触を楽しんでいると、トーマスがのけぞってかすかなうめき声を漏らし……。

彼の低い声が、ふしだらな妄想を破った。

「来てはだめじゃないか」言葉の鋭さは、酒の酔いでやわらげられている。

エリザは、弱いろうそくの光で一部だけが照らされている彼の顔に視線をあげた。いまのトーマスは見るからに疲れている様子で、目の下にはくまができている。同情を覚えそうになったところで、吸い込まれそうな青い目に冷たい憤りが浮かんでいるのに気づいた。理由はわからないが、彼はエリザに腹を立てているらしい。それを見て彼女は自分も怒っていたのだと思い出し、懸命に怒りをかきたてた。

「説明してちょうだい、トーマス。それに謝ってほしいわ」

彼は動じる様子もなく、エリザを見つめた。「どちらもごめんだ。おやすみ、とだけ言わせてもらうよ」引っ込んで扉を閉めようとする。

考える前に体が動いて、彼女は戸の隙間に足を突っ込んでいた。けれどもパーティ用の華奢な靴が重い木製の扉を止められるわけもなく、彼女は痛みに悲鳴をあげた。トーマスがあわてて扉を開け、心配そうに彼女を見る。

「エリザ……」

彼にそっけなく拒絶された屈辱にエリザは打ちのめされて、ほかのすべての感情を忘れた。急に心安らぐ安全なわが家に戻りたくてたまらなくなり、リントンが助けに駆けつけてくれないかと馬車のほうを見たが、御者は離れたところにいるのを幸い、彼女の苦境に気づかないふりをしている。

エリザは扉ではさんだほうの足に体重をのせようとしたが、痛さのあまり開きかけていた口からまた悲鳴をあげてしまった。トーマスが小声で悪態をつき、ろうそく立てを玄関ホールのテーブルに置く。

「だ――大丈夫よ。ただちょっと――」

エリザが言いかけるのを無視して彼はため息をつき、大きく広がったスカートに包まれた膝の後ろと背中に力強い腕を差し入れた。そして彼女をそっとすくいあげて温かくたくましい胸の前に抱えたので、今度はまったく違う理由からエリザは声をあげた。頭がくらくらする。どうしてこんなことになってしまったのだろう？　いまや彼女は、ついさっき見とれた彫刻のように美しい首を危険なほど間近で見つめていた。うめき声を押し殺そうとしたが、苦痛に負けて涙を流し、トーマスの肩を包む良質のリネンのシャツを濡らしてしまった。

これほどみじめな気分でなければ、トーマスに抱きかかえられている状況を心から楽しめただろう。彼はエリザを抱えたまま慎重に通りに目を配り、それから屋敷に入って足で扉を閉めた。

彼は今夜、約束を破ったのよ。ここに来た理由を忘れてはだめ。

そう思いながらもエリザ自身、それを忘れたいという気持ちがあるのは自覚していた。客間など素通りして、階段をあがってもらいたい。激しい足の痛みを喜びに満ちた別の感覚で忘れさせてほしい。トーマスが決してエリザを愛しはしないということも、夫としてふさわしくないということも、彼女だけに忠実でいることはないということも、いまこの瞬間はどうでもよかった。

だが彼に奪われたいという漠然とした滑稽な願望は、トーマスが躊躇なく客間に入ったとですぐに潰えた。彼は慎重に家具をよけながら、暗い室内を進んでいく。とはいえ本当だったら失望を感じていいはずなのに、いまはとてもそんな余裕はない。彼が長椅子におろしてくれる頃には、エリザの歯はかたかたと鳴っていた。

「やめて、トーマス。大丈夫だと言っているじゃない――」

彼はエリザを無視して廊下に出ると、置いてきたろうそく立てを持って戻ってきた。彫刻のように端整な見慣れたトーマスの顔が、金色の光に浮かびあがっている。彼はろうそく立てをエリザのすぐそばにあるテーブルに置くと、床に膝をついてため息を漏らした。

「ああ、きっと大丈夫なんだろう。だがそれを確かめるために、足を見せてくれ」

トーマスが足首をつかもうと手を伸ばしてきたので、彼女は足を引っ込めてスカートの下に隠した。

「そんなことしなくていいわ。わたしなんて簡単に落ちる獲物だと思っているのかもしれないけれど、違うんだから」言葉ほど自信はなかったが、彼が触れてくるのをやめさせたくて言った。

トーマスがさっと顔をあげて眉をあげ、重心を後ろに移して床に座る。「きみを簡単に落ちる獲物だと思っているようなまねを、ぼくがしたっていうのか？」

「さあ、わたしにはわからないわ。若い娘につけ入るようなまねをすることを、あなたはなんて呼ぶの？」神経が擦り切れる寸前のエリザは、噛みつくように言った。

トーマスの目に自責の念がよぎったのを見て、彼女は驚いた。

「きみがそんなふうに感じていたのなら、悪かった」彼がたくましい腿に両手をついて身を乗り出したので、エリザは息が吸えなくなった。「でもきみは、キスが終わるまで抵抗しなかった。それなのに、ぼくだけが悪かったように言うのは公平なのか？」

その言葉に動揺し、彼女は首から頬まで真っ赤になった。「いいえ」真剣な彼の声に嘘はつけず、ため息をついて認める。

「では、きみの足首が魅力的だという事実はとりあえず脇に置いて、帰る前に足の骨が折れていないことを確かめさせてもらえないか？　それにそんなに騒ぐなんて、まるでぼくが初めてきみの足首を見るみたいじゃないか」トーマスがつっけんどんに言う。

エリザは驚いて口を開けたが、続く彼の言葉に納得した。

「オークの木にのぼったときだよ。覚えているだろう？」

そう言われてすぐに思い出したが、トーマスが覚えていたとは意外だ。子どもの頃、エリザは兄たちと一緒にしょっちゅうロートン・パークと寡婦用住居のあいだを行き来していて、トーマスが加わることもよくあった。彼女が一四歳のあるとき、兄ふたりとトーマス――そのときはもうオックスフォードの学生で、彼らは大人と言っていい年齢だった――がふたつの家のちょうど真ん中あたりにある丘に代わる代わる駆けあがって、そのてっぺんに生えているオークの大木にのぼった。

彼らはやすやすとのぼって木の上から手を振ったが、散歩用のドレスを着ているエリザはついていけないのが悔しく、うらやましさにみんなをにらむしかなかった。けれども兄ふたりとトーマスが次々に枝から飛びおりて丘を下っていくと、彼女は一回でいいから試してみたくなった。自分も勝利の瞬間を味わいたくて、我慢できなくなったのだ。

そして少しずつのぼり、得意になって枝に手をかけたものの、手が滑って恐怖を感じる間もなく地面に叩きつけられてしまった。その衝撃で右の足首をひねった彼女は、兄たちがまだ近くにいることを願って痛みに叫んだ。

そのまま時間が経ち、エリザは足首をつかみながら徐々に絶望に負けそうになった。兄たちはすでに遠くへ行ってしまっていて、彼女を見つけてくれないかもしれない。そこにトーマスが戻ってきた。

彼が痛みにうめくエリザをなだめながらやさしく足首を調べてくれると、彼女は自分のふがいなさに頬が真っ赤になった。それからトーマスは今夜そうしたように彼女を抱きあげ、ウィリアムとルーカスのところまで連れていってくれた。いま思い出すと、トーマスは兄たちとは違って、彼女が木にのぼったことをいっさい責めなかった。エリザはたとえ失敗に終わったとしても自分でやってみないと気がすまない性格だと理解し、一方的に決めつけるようなまねはしなかった。

あのときトーマスは彼女を助けてくれて、いまも助けようとしてくれている。エリザはぎこちなくうなずくと、スカートから足を出した。彼の手が足首に触れるとどきどきして、思わずぴくりと動いてしまう。トーマスは足を持ちあげて靴を脱がせた。それからストッキングに覆われた脚に指を滑らせ、軽く撫でるように怪我の具合を調べる。

「痛むかい？」彼が小声で訊いた。

痛ければよかったのに、とエリザは思った。そうすれば、彼がもっと上まで指を這わせてきたらどうなるだろうなどと考えずにすむ。

「いいえ」なんとか声を出した。

トーマスは足首を曲げてみて彼女の反応がないのを見ると、爪先をそっと動かした。エリザはろうそくの光を受けて輝いている彼の黒髪に一瞬見とれたが、痛めた足へと懸命に意識を集中した。トーマスがようやく扉が足の外側にぶつかった場所を探り当てると、怪我をしたことを忘れかけていたエリザは不意を突かれて叫び、彼の手から足を引き抜いた。

「痛いっ！」哀れっぽくならないよう懸命に意識しながら訴える。

彼はたじろぎ、首を傾けて考え込んだ。「ぼくは医者ではないが、どうやら折れていないようだし、これ以上腫れてくることもなさそうだ。でも痛みがひどくならないように、早く休ませたほうがいい」

トーマスが長身を伸ばして長椅子の上にある円柱形のクッションを取り、彼女の足の下に丁寧に置く。それが終わると部屋は静まり返り、エリザはさっきまでつかまれていた足に彼の手のぬくもりが残っているような、奇妙な感覚にとらわれた。ところが足に目をやるとトーマスの手がまだそこにあるのに気づいて、びくりとした。

「二、三日はダンスに支障が出るかもしれないな」彼が同情した様子で言う。「だがそれでも大丈夫なように、うまくリードしてあげられるよ。きみに求愛しているほかの男たちには無理だろうが――」

エリザが驚いて目をあげると、彼は口をつぐんだ。抗議の意をこめてにらんでいるうちに、彼女は今晩ここへ来た理由を急に思い出した。

「どうして舞踏会でわたしに恥ずかしい思いをさせたの？」

トーマスが眉根を寄せる。「別にそんなつもりはなかった」

「だけどそうだったのよ。だから理由を聞かせて」

彼の手が足首から滑り落ちると、エリザは後悔の念に体の奥が震えるのを感じた。いらだたしい反応を振り払い、答えを求めてトーマスを見る。その説明を聞くためにここへ来たのだから、聞くまでは帰れない。

彼はなめらかな身のこなしで立ちあがると、手を握ったり開いたりしながら絨毯の上を歩きはじめた。「理由なんて自分でもわからない。ただ気がついたらそうしていたんだ」

「そんなの言い訳にならないわ。人前であんなふうに恥ずかしい思いをさせられるとどんな気持ちになるか、あなたにはわからないのね」

「あの偉そうなちびが何度もきみと踊るのをただ見ていなくてはならないぼくの気持ちも、きみにはわからないだろう」トーマスが言い返す。

エリザはぐるりと目をまわしてみせた。「トーマス、あなたがロンドンじゅうの男性を見おろしているからって、彼に責任はないのよ」

トーマスが足を止めた。「きみはぼくが言いたいことをちっともわかっていない」

長椅子の上に肘をついて体を起こして、彼をにらみつける。「いいえ、ちゃんと理解しているわ。わからないのは、あんなふるまいをした言い訳が焼きもちだっていうあなたを許さなくてはいけない理由よ。だいたい、これまでわたしに興味を示したことなんてなかったじゃないの。だから、もっとちゃんと説明して」

トーマスは探るように彼女を見つめるだけで、黙っている。

「それに、あなたのベッドを温めてくれる女性はいくらだっているでしょう?」あからさまな言い方をしてしまった自分に腹が立ち、エリザはさらに勢いづいて続けた。「一〇人?それとも一〇〇人かしら。未亡人? デビューしたての若い娘? 誰が相手でも、あなたはかまわない――」

「いや、かまう。ぼくはきみとベッドをともにしたいんだよ、エリザ」彼が苦々しい口調で言う。

彼女の虚勢はあっというまに崩れ、肺から息が抜けた。しばらくしてようやく声が出せるようになったが、喉が狭まってかすかな息しか通らない。

「なんですって？」エリザはささやいた。

「きみが欲しいと言ったんだ。ベッドをともにしたいと」トーマスは繰り返し、彼女の横に膝をついた。エリザを見つめ、そのむきだしの腕に手を滑らせる。

衝撃を受けて、彼女は首を横に振った。「わ――わからないわ。兄の領地を離れたら、急にわたしが注目に値する存在になったというの？」

トーマスは彼女の手のひらを親指で撫でながら、目を合わせた。「これまでもずっとそうだったんだが、いまになってようやくそれを理解したというのが正しいと思う」彼はエリザの手を取り、手首の内側の敏感な場所を唇でなぞった。「それと今夜ランドリーからきみを奪った理由は、ほかの男といるのを見ているのが耐えられなくなったからだと思う」

心臓が激しく打ちはじめ、熱く燃えるような欲望が生まれる。エリザはなんとしても彼を拒否するつもりだった。それなのに、ろうそくの光しかない暗い部屋でこれほど近くにトーマスがいて、たくましく男らしい姿で彼女を求めているのを見ると、これまで数えきれないほど抱いた妄想が現実になった喜びを感じずにはいられなかった。でも、どうしても彼を退けなくてはならない。かつて彼にキスされたときは流されて抵抗しなかったけれど、今回はそれではだめだ。流されればどうなるか、エリザはよくわかっていた。

「トーマス……だめよ。わたしたちは友だちでいるべき――」

「それ以上の関係にはなれないのか？」彫刻のようでありながら柔らかな口を彼女の肌に這わせて、トーマスは目を閉じた。かろうじて聞き取れる小さな声で続ける。「すでにそうなっているんじゃないのか？」

彼はエリザの手を裏返して持ちあげ、力強い顎にそっと当てた。舞踏会の前にひげを剃ったはずなのに、新たに伸びかけているひげの感触が指先に伝わってくる。トーマスが顔の向きを変えて彼女の手のひらにのせると、エリザは彼の唇を感じてかたまり、心臓が喉から飛び出しそうになった。こんなふうに触れあう場面を、何度思い描いただろう。彼の唇が肌の上を滑り、そして……。

トーマスがキスで腕をたどっていくのを、エリザは恐怖と興奮を覚えながら見ていた。けれどもぞくぞくする刺激とともにわれに返り、彼の口がようやく離れるくらいわずかに体を引いた。

「だめ――」

トーマスは止めなかったが、すぐに長椅子の上の彼女の両脇に手をつき、触れあう寸前まで顔を寄せた。見つめあったあと、彼が唇に視線を移すと、エリザの心臓はとくんと跳ねた。トーマスがさらに顔を近づけ、唇の端にかすめるようなキスをする。

「どうしても？」

夫の死後ずっと貞節を守ってきたことからわかるとおり、エリザは簡単に男性と関係を持つような性格ではなかった。でも、ずっと欲しいと思ってきた男性に焦がれるような声で問いかけられると、抵抗するのは難しかった。彼の寝室のベッドの上で奪われたいという、ついさっき抱いた願望が、場所は違うものの急に現実味を帯びる。夫が死んでからは、つらい孤独の中に身を置いてきた。だからトーマスにすべてをゆだねれば、きっと至福のひとときを過ごせるだろう……。

エリザが黙っているので彼はためらっていたが、やがて彼女の耳の敏感な外側にキスをした。吹きかけられるかすかな息が、エリザから抵抗する気力を奪っていく。トーマスが柔らかなうめき声を漏らし、彼女が着ているドレスのボディスに手をかけた。欲望の高まりとともに長い指を食い込ませる。ウエストをつかまれたエリザは激しい欲望の渦にのみ込まれ、腿のあいだに熱い喜びが走った。正しい判断をつかさどる理性が官能の霧で急激に曇り、彼女はそこから抜け出させてくれるものを必死に求めて、家族を思い浮かべた。

レジナルド。父親。ルーカス。ウィリアム。生きている者も死んでいる者もいるが、全員がトーマスを高く評価しながらも、彼がエリザに手を出すことに対して反対した。生きているウィリアムはいまでもトーマスを非難できるし、親友と妹が関係を持ったら必ずそうするだろう。事実を知れば。

トーマスのキスがエリザの鎖骨に危険なほど近づいて、彼女は頭を後ろにそらした。長椅子に横たわっているエリザに彼がどんなことをできるか考えると、頭がくらくらする。トーマスの頬がこすれるのを肌に感じた次の瞬間、彼は口を開けて胸元にキスをしはじめた。サテンのドレスの襟ぐりからのぞくふくらみに唇が移動してくると、彼女はかすれたうめき声を漏らした。裏切り者の体は期待に震えている一方、理性はどうしてこの行為が危険なのかを弱々しくも訴えつづけている。エリザは彼の感触を、熱を、香りを思う存分味わった。糊のきいたリネンや石けんやブランデーの香りが、興奮したトーマス自身が放つ力強い香りとまざっている。エリザはぼうっとした頭で、彼はどんな味がするのだろうと考えた。

ロザ。娘のロザはトーマスが大好きだが、彼がときどき何日も続けて姿を消す理由も、いつかトーマスが彼女の母親に飽きてしまうであろう理由も、理解できないだろう。だからエリザ自身のことは置いておくとしても、レジナルドとロザのため、手当たり次第に女性をあさったりしないという評判を確立している男性を夫に選ばなくてはならない。欲望にまかせて悪癖に浸る男性ではなく。

トーマスが欲しいかと問われれば、もちろん欲しい。それは彼も知っているし、だからこそふたりはいまこうしている。でも、このまま彼の誘惑に乗るわけにはいかない。

彼女の上に身を乗り出したトーマスの目には、激しい欲望が渦巻いている。「キスしてくれ、エリザ」

それは懇願なのか命令なのか、見きわめるのは不可能だった。そのどちらだとしても、屈服したくてたまらない。この要求にも、これから先、彼がするであろう要求にも言われるがままに従いたい。

「できないわ」なんとかそう言って目をつぶり、エリザは体を焼き焦がすような彼の愛撫に何も感じないよう、氷の壁を築こうとした。

トーマスが身を寄せ、鼻の先を彼女の鼻にそっとこすりつける。「キスしてくれないか?」

自分たちがこんなふうにしているところをウィリアムが見つけたら、どれほど怒り狂うだろう。エリザには想像がついた。それなのにトーマスの屋敷の客間で彼とふたりきりでいるいま、気がつくとエリザは、今夜ひと晩を彼と過ごしたらどれほどの影響があるか考えをめぐらせていた。

ぱっと目を開け、両手をあげてトーマスの肩を押す。

「できないと言ったでしょう!」

その声の必死さに気づき、彼があわてて体を引いてエリザを見つめたが、そのハンサムな顔には傷ついた表情が浮かんでいた。女性にこんな反応をされたのは初めてなのかもしれない。トーマスが表情を消してさっと立ちあがると、顔が陰になってほとんど見えなくなった。彼が広い肩を大きく上下させせながら懸命に気を静めているのを、エリザは不安な思いで見守った。ようやくトーマスが振り返って彼女を見る。

「ぼくを信用していないんだな」ざらついた声だった。

「そうよ、トーマス。信用していないの。あなたにもう一度言わなくてはならないなんて思っていなかったけれど、わたしは夫を見つけるためにロンドンに出てきたから――――」

「――ぼくみたいな男ではなく」彼がささやく。

「そうよ! わたしはあなたが次々に愛人にしてきた未亡人の仲間入りはしない。そうさせようとするなんて、自分勝手だわ」

けだ」

トーマスが苦々しげに言った。「つまりきみは、ランドリーのために貞節を守るというわ

「サー・ジェームズには結婚をほのめかされてもいないわ」エリザは目をしばたたいた。「でも、もし彼に求婚されてそれを受けるようなことがあったら、答えはイエスよ。彼のために貞節を守らなくてはと思うわ」

トーマスは顎の筋肉をぴくりと動かすと、テーブルの上のろうそく立てを取って扉に向かった。「よくわかった。いま起きたことは間違いだった――」ぎりぎりと歯を嚙みしめ、咳払いをする。「きみは怪我人なんだ、無理に自分で歩こうとはしないでくれ。うちのとんでもなく怠け者の執事を呼びに行ってくるので、彼の手を借りて馬車まで行くといい。ぼくに触れられるのは我慢ならないようだから」

エリザは言い訳をしようと口を開いたが、トーマスは足早に廊下を歩いていってしまった。ひとつしかない明かりを手に、彼女を暗闇に残して。

7

無謀にも屋敷を訪ねたあとトーマスとの関係がどう変わるかわからなかったが、いい変化でないことはたしかだとエリザは恐れていた。彼がさまざまな催しにぱたりと出席しなくなり、あの晩の出来事についてもいっさい音沙汰がないので、友情に修復不可能なひびが入ってしまったのかもしれないと不安だった。トーマスにはすでに友人として近況を尋ねる手紙を二通送ったけれど、どちらにも返事はない。なんとか気を紛らわせようとしたものの、彼の好意を失ってしまったかもしれないと思うと、エリザは自分でも認めたくないほど心が沈んだ。

舞踏会の帰りにトーマスを訪ねたことを話すと、キャロラインは当然ながら心配した。エリザは何があったか親友に打ち明けたが、親密なやりとりはもちろんすべて省略した。キャロラインは信頼してくれているはずだけれど、それでもエリザがトーマスに性的に惹かれていると知れば、彼の屋敷を訪ねた動機に疑問を持たれかねない。トーマスのもとへ行ったのは答えが欲しかったからだが、彼に対して欲求を抱いているなら、別のことへの期待もあったのではないかと勘繰られてしまうだろう。

そしてもちろん、そういう期待はあったのだ。少しでも知性のある女なら、あんなふうに無防備に相手の縄張りに足を踏み入れるようなまねはしない。あるいは少なくとも、そうすれば何が起こるか心得ているはずだ。人に認めるつもりはないが、エリザだって、ちゃんとそうわかっていた。ただ、ひとつだけ予想外のものがあって驚いた。彼女に拒否されて、トーマスが浮かべた傷ついた表情だ。あれは単に自尊心が傷ついたから？　そうかもしれない。でも彼がふだん重ねている情事には、それほど深い感情は伴っていないという印象をエリザはずっと持っていた。情事というのがどれほど親密なものだろうと、そこにトーマスの心は関わっていないと思っていた。

エリザは彼の人生を彩ってきた女性たちを思い浮かべた。たしかにトーマスにはロンドンでのお楽しみの相手が大勢いた。では、家族はどうだろう？　近しい女性の家族はひとりだけ。母親であるガートルード・ドーナム――エヴァンストン子爵未亡人だ。

レディ・エヴァンストンは一〇年ほど前に夫を亡くしたあと、彼の領地からほとんど出ずに暮らしてきた。トーマスはひとりっ子で、父親の称号と領地を受け継ぐ唯一の跡取りとして育った。先代子爵が亡くなったとき、エリザはまだ一一歳だったが、その男性のことはよく覚えている。息子と同じように背が高くハンサムで、同じく奔放に広がる黒髪を持っていた。目はやはり青かったが、もう少し色が淡く、息子の目のようなはっとする鮮やかさはなかった。トーマスの目の色が誰に似たのかはわからない。エリザは彼の母親を知っているが、とげとげしく険しい顔についている目は冷たく光る黒いガラス玉のようだ。

母親はそんな感じだったが、父親は正反対の印象で、その人当たりのよさはトーマスが成長するにつれて息子に受け継がれたことが明らかになった。だからこそ、レディ・エヴァンストンは夫だけでなく息子にも敵意を向けるのだろう。彼女の夫はほかの女性たちとの情事を隠そうともせず、レディ・エヴァンストンはのちには自分もそういう行為を楽しむようになったものの、夫が妻にちっとも関心を向けないことや、息子がそんな夫とそっくりになっていくことに対して少なからぬ反感を抱いていた。思い返してみると、エリザはレディ・エヴァンストンが息子にやさしい言葉をかけているところを見た記憶がまったくない。そんな男性が愛を理解できなくても、当然ではないだろうか。

悲しい気分は振り払おうとしても振り払えなかった。

とにかくあの夜に意味があったとすれば、エリザさえ許せばトーマスは簡単に手を出してくるとはっきりしたことだ。本当は彼に応えたいのに、そうでないふりをするのはつらかった。それにどんなに忘れようとしても、舞踏会のときにトーマスに称賛されたことが頭から消えない。彼の言葉を聞いたとたん、いやおうもなく欲望の火が燃えあがったあの感覚が、いまも生々しく残っている。

〝とてもきれいだと、もうきみに言ったかな、エリザ〟

あの晩のなりゆきには、とにかく驚いた。これまでずっと、妹のように扱われてきたからというだけではない。トーマスが彼女のためにウィリアムとの関係を危険にさらしたことが信じられなかった。もちろんトーマスはその可能性を承知していたはずだ。では、どうして彼は親友を失う危険を冒してまで、あんなまねをしたのだろう？

その疑問が頭にこびりついて離れず、今日はハイドパークを散歩したり、誰かを訪問したり、手紙を書いたりする気にはなれなかった。それでこうして客間に隠れ、肘掛け椅子に丸まって紅茶を飲んでいる。エリザがロザから来た一番新しい手紙を読んでいると、小さく扉を叩く音が静けさを破った。

「はい？」彼女は手紙から目をあげずに返した。

扉が開く音がして、聞き慣れた執事の声が響いた。「失礼します。サー・ジェームズがいらしています」

エリザは手紙を持つ手から力を抜き、驚いてロバーツを見あげた。

「まあ、本当に？」手紙を大切にポケットにしまい、スカートの下に入れていた足を床におろして、あわてて髪やドレスに手をやる。「じゃあ、お通しして」

乱れた髪を撫でつけ、頬をつねって顔色をよくしているとすぐに足音が響き、エリザは背筋を伸ばして訪問客を迎える準備をした。

仰々しい身のこなしで入ってきたランドリーが丁寧にお辞儀をする。それから彼はようやくしゃべりはじめた。

「レディ・エリザ、お招きを受けてもいないのに訪ねてきた非礼をお許しください。今朝は公園でお会いできなかったので、どうしてもお顔を見たくて来てしまいました」手袋をはめていないエリザの手を取って唇をつけるランドリーを、彼女は見つめた。完璧に整えられた口ひげが肌にこすれて、くすぐったい。

「申し訳ありませんでした、サー・ジェームズ。そんなに寂しがってくださるとは思わなくて。お茶をいかがですか？」エリザは微笑み、長椅子に座るように促した。

彼が残念そうに首を横に振る。「それが、ゆっくりしていられないんですよ。馬を買う交渉の最中でして、このままタッターソールの馬市場に行かなければなりません」

「そういえば、この前お話ししたときにそんなことをおっしゃっていましたね。交渉がまとまりそうなんですの？」

「ええ、あともう少しです」ランドリーは重々しい口調で返した。「ただし、あなたの友人の子爵が邪魔をしないでくれれば、より簡単にことが運ぶんですが」

急に部屋の壁が迫ってきたような気がして、エリザは息苦しくなった。

「どういうことでしょうか？」弱々しい声で問いかける。

「驚かせてしまったようですね」ランドリーが彼女に推し量るような視線を向ける。「許してください。あなたがエヴァンストン卿から話を聞かれているのではないかと思ったものですから」

「舞踏会以降、二週間連絡を取っていません」罪悪感で胸が痛んだ。彼女は舞踏会のあと、トーマスに会っている。「彼があなたの邪魔をしていると知っていたら――」

「いやいや、違いますよ」ランドリーが立ちあがる。「あなたが彼に加担しているなどというつもりで言ったのではありません」ランドリーは部屋の中を行ったり来たりしはじめた。

それはこのあいだトーマスの屋敷を訪ねたときの彼の行動とまったく同じだったが、ランドリーにはトーマスに生まれつき備わっている優雅さがないと思わずにはいられない。

「何があったのか、どうか教えてください」

そう言われて、ランドリーはかすかにばつが悪そうな顔をした。「いえ、別に彼が何かしたという具体的な証拠があるわけじゃないんです。ただ舞踏会であんなことをしたあと、ぼくがあからさまに興味を示していた馬を彼が買ったのは偶然とは思えなくて」

顔が熱くなり、エリザは笑ってしまいそうなのを必死で我慢した。トーマスのことはよくわかっている。彼がその馬を買ったのは偶然ではなく、明らかにいやがらせだ。いけないと思いながらも、彼女の体を喜びが走り抜けた。トーマスはエリザの手紙に返事をよこそうとしないけれど、ランドリーにいやがらせをして欲求不満を吐き出しているのだろうか？　だとすれば、そんなまねをするくらいまだエリザが気になっているということで、そう思うといらだたしいのと同時にうれしかった。

いまの自分の表情はランドリーの不満に寄り添うものではないと気づいた彼女は、同情の色を顔に浮かべた。

「サー・ジェームズ、舞踏会ではあんなことがありましたが、馬の件はただの偶然ではないでしょうか」もぞもぞと身じろぎをする。「もしご希望でしたら、彼に訊いてみることはできますけれど」

ランドリーはすぐに足を止め、とんでもないというように言った。「いや、そんなことはなさらないでください。馬の件はもうどうしようもないですし、ぼくが不快な思いをしていると、できればエヴァンストン卿に知られたくない」

エリザはうなずいた。「でも、どうしてですか？　誤解を解くお手伝いができるかもしれませんのに――」

「ぼくは子爵にどう思われていてもかまわないんです。あなたさえ、わかってくださっていれば。ぼくたちが親しくなっているのを、彼は不快に思っているのではないでしょうか」

そのとおりだと彼女は知っていたが、あえてランドリーに問いかけた。「どうしてわたしたちの関係をエヴァンストン卿が不快に思うのかしら？」

ランドリーがあいまいな視線をエリザに向ける。「それは、いつもと違って彼の望むものが手に入らないからですよ」

彼女の口の中が急にからからになった。「彼がわたしを求めているとお思いなんですか？」

「彼はあからさまな行動を取っていますからね」上着を強く引っ張りおろしながら、ランドリーが答える。「はっきり言わせてもらえば、エヴァンストン卿は本当にずうずうしい。ことあるごとに、ぼくを侮辱しようとしている」

エリザは眉間にしわを寄せた。「舞踏会と馬の件以外にも、子爵はあなたを侮辱するようなことをしたんでしょうか？　わたしと彼が友人であることがご心配ですか？　それなら、はっきりおっしゃってください。彼がときどきどうしようもない行動を取るとしても、長年の友人関係を変えるつもりはありませんので」

ランドリーは体の両脇にゆっくりと手をおろした。「いいえ、そこを問題にしようとしたわけでは——」

「エヴァンストン卿がわたしに求愛しているのではないかと心配されているのでしたら、それはありませんので安心してください。でも、もし彼が求愛することにしても、それは彼の自由ではないでしょうか。わたしがどなたかの申し込みをお受けするまでは、彼だって好きにする権利がありますもの」

ランドリーが口元をぴくりと動かす。「たしかにそうですね。ぼくはただ、あなたに退けられたらエヴァンストン卿も思い知るだろうと思っただけです。彼は女性たちとあれほど奔放な関係を結んでいるんですから——」

我慢できずに、エリザは立ちあがった。「彼はわたしたち家族がつらい思いをしているときに支えてくれた、大切な友人です」

ランドリーが口をつぐんで彼女を見つめる。エリザは目の前の男性の求愛を台なしにする危険を冒してしまったことに気づいてうろたえた。しかも正当な理由から、関係を拒むことに決めた男性をかばったせいで。それでもいくら放蕩者だからといって、彼女の家族にずっと寄り添ってきてくれたトーマスをランドリーがおとしめるのを、ただ聞いていることはできなかった。エリザはため息をついた。

「すみません、サー・ジェームズ。けれど、なぜあなたがそれほどエヴァンストン卿を気になさるのかわからなくて。たしかに彼には欠点があります」心に痛みを感じながら、そう認める。「ただ、それほど厳しい目で彼を見ないであげてほしいんです。だって、この世に完璧な人間なんているでしょうか。少なくとも、わたしは会ったことがありません」

ランドリーが何か言おうと口を開き、結局そのまま閉じた。やがて、ふたたび口を開く。

「あなたを動揺させてしまいました。自尊心と勝手な決めつけから、いろいろ言ってしまったことをお詫びします」彼はエリザの手を取って唇をつけた。「できれば――近いうちにまたお訪ねすることを、お許しいただきたい」

頭をさげて急いで客間から出ていくランドリーを見つめながら、彼女は良心の呵責に襲われた。ずきずきする頭の痛みを追い払おうと手を押し当て、お気に入りの肘掛け椅子にぐったりと腰をおろす。

トーマスがいなければ、ロンドンでの滞在はどれほど違っていただろう。彼を憎むことはできないけれど、愛するのは論外だ。でも、ランドリーの鼻先から馬がかすめ取られた件については、ひとつだけたしかなことがある。エリザの口が心ならずも弧を描いた。

トーマスは本当に楽しませてくれる。

日が傾いて薄暗くなった頃、エリザはキャロラインの街屋敷に着いた。トーマスの新たな妨害について聞いたら、キャロラインは面白がるだろうか？　それともランドリーと同じように腹を立てる？　ただしエリザがランドリーに噛みついたと聞けば、キャロラインがうろたえるのは確実だ。だからその部分については、話さないほうがいい。

キャロラインと彼女のおばとの静かな夕食を楽しみに来たエリザは、ショールを外して執事に渡し、彼について客間へ向かった。ところが客間には誰の姿もなく、エリザは妙な予感にとらわれた。キャロラインが彼女を待たせることはほとんどない。しかも急いで紅茶と菓子を運んできた執事がびくびくしているような表情を浮かべていて、エリザの不安は募った。でも、心配するようなことがあるはずはない。親しい友人同士で過ごす、いつもどおりの夕べなのだから。

一五分近く経ったとき、階上からくぐもった叫び声のようなものが聞こえてきて、エリザは磁器のティーカップを落としそうになった。その場にふさわしくない大きな音をたててカップをサイドテーブルの上に置き、急いで客間を出て階段へ向かう。ところが階段の下にはキャロラインのメイドのメグが、目を見開いて立ちふさがっていた。

「そこを通してちょうだい」エリザは低い声でメイドに言った。

目の前の娘はぶるぶる震えている。「申し訳ありません、奥さま。レディ・キャロラインが誰も来させないようにとおっしゃって――」

エリザはいぶかしさに目を細めた。

「友人の様子を見に行きたいの。そこからどいて」

思ったよりも抵抗せず、メイドはすぐにどいた。エリザはスカートを持ちあげて階段をのぼり、レディ・フランシスの寝室の扉の前で止まった。木製の扉を通してものが落ちる音や錯乱したような怒鳴り声、それにキャロラインの声をひそめた懇願が響いてきて、中が混乱に陥っていることがわかる。エリザは扉を叩いた。

「入って、メグ。あなたの助けが必要なの」中から必死な声がする。

エリザは金属製の取っ手をまわして扉を押し開けた。するとキャロラインが見えたが、髪はぼさぼさで、ドレスの上半身は乱れている。彼女はエリザを見て目を見開き、押しとどめるように手を伸ばした。

「だめよ、エリザ。そこで止まって。お願い――」高まる感情に声がとぎれる。

けれども動揺したエリザは扉を開け放ち、キャロラインが警告した理由を目の当たりにした。いつもは上品きわまりないレディ・フランシスが灰色の髪を振り乱し、シュミーズ姿でベッドの上を走りまわっている。

「ウサギが小屋から逃げちゃったのよ！」レディ・フランシスはそう叫んだあと愕然としているエリザを見つめ、ベッドの上から身を乗り出して早口でささやいた。「急いでお父さまを連れてきて！」

キャロラインが涙で頬を濡らし、やりきれないといった声で叫ぶ。「言ったでしょう、おばさま。うちにはウサギはいないって」

「嘘つき！」

レディ・フランシスがベッドの横にあるテーブルからろうそく立てを取って部屋の向こうに投げつけたので、キャロラインはベッドに走り寄っておばを抱きしめた。彼女を止めるため、そして慰めるためでもあるのだろう。エリザはしばらくそのまま呆然としてふたりが揉みあっているのを見つめ、いったいどういうことなのか理解しようとした。レディ・フランシスは明らかに興奮し、錯乱しているが、友人がおばをなだめる慣れた様子から、初めての出来事ではないとわかる。キャロラインがここ何週間か特定の条件の集まりへの出席を避けていた理由が、ようやく判明した。

突然、エリザの頭にあるひらめきが浮かんだ。

「あら！」彼女は叫び、天蓋付きのベッドの足元に置いてあるベンチの下を見つめた。ベンチの前に行って膝をつき、両手で小さな枕をすくいあげる。その枕はおそらく、レディ・フランシスが暴れている際に落ちたものだ。「ここにいたのね！」

ベッドの上の動きが止まった。エリザが顔をあげると、友人とそのおばが同じ灰色の目で彼女を見つめている。ひとりは希望に目を輝かせて、もうひとりはぐったり疲れきって。

「連れてきて」レディ・フランシスが促す。

エリザは枕を大切に抱えながら立ちあがり、ふたりに近づいた。

「気をつけてね」

彼女はクッションをレディ・フランシスにそっと渡した。レディ・フランシスは受け取って腕の中におさめたそれを、疑わしげに調べている。エリザは友人にちらりと目をやり、ふたりは息をひそめて老婦人の反応を見守った。すると驚いたことに、レディ・フランシスはやさしくあやすような声を出しながら、くしゃくしゃになった毛布の山に寄りかかった。

「よしよし、ティッパーちゃん、もう大丈夫」彼女は歌うように言うと、顔をあげて懇願のまなざしを姪たちに向けた。「お願いよ、急いで。ほかの子たちも見つけてちょうだい」

キャロラインは一瞬間を置いてやるべきことを悟ると、ベッドから飛びおりてエリザと一緒にウサギ探しを始めた。何羽集めればいいのかはわからないが、幸いレディ・フランシスのベッドにはクッションがいくつもあったらしく、部屋のあちこちに放り投げられている。ふたりはそれらを集めてまわり、おそるおそるレディ・フランシスに差し出した。彼女はひとつひとつ丁寧に調べながら受け取った。

「ああ、クランペット。悪い子ね。それにディガー……」声がとぎれ、レディ・フランシスはいきなりキャロラインをにらんだ。「ちょっと、この子は何？　うちには三羽しかいないはずだけど――」

おばがまた興奮しそうになったので、キャロラインは余分なクッションを見えないところに放り投げ、おばの肩を撫でてなだめた。「みんな見つかってよかったわね、おばさま。この子たちはまたウサギ小屋に戻しておく？　それとも、もうしばらく抱いていたい？」

レディ・フランシスがクッションをきつく胸に抱き寄せ、かすれた声で言う。「この子たちが安心できるように、もうしばらく抱いていてあげたいわ」

「おばさまも休んだら？」エリザは言い、キャロラインと一緒にフランシスをベッドの上に座らせ、上掛けで下半身をしっかり包んだ。そのあいだも老婦人は、かわいいペットを撫でつづけている。キャロラインが咳払いをした。

「いま、お茶を持ってきてもらうわね。おばさまはゆっくりしていて」

ふたりは足音をひそめて部屋の外へ向かった。少しでも間違ったことをしたら、レディ・フランシスがごまかされたと気づいてしまうかもしれない。ようやく廊下に出てそっと扉を閉めると、エリザとキャロラインは目を見合わせた。キャロラインがすすり泣きを漏らし、あわてて口に手を当てる。エリザが抱き寄せると、キャロラインは友人にすがりついて泣いた。

「もう、キャロラインったら。どうして言ってくれなかったの？」

キャロラインははなをすすりながら顔をあげ、縁が赤くなった目をエリザと合わせた。

「いっときのことだったらいいなと思っていたの。だけど、どんどん頻繁に、しかもひどくなっていって……」涙声で打ち明ける。

エリザの頭にトーマスの姿が浮かんだ。ウィリアムに言えば喜んで助けてくれるだろうけれど、彼はクララとロザと一緒にケント州にいる。兄の親友がロンドンにいるのに、兄の手をわずらわせる必要はない。トーマスはこれまで何度もエリザを助けてくれた。そんな彼だからこそ、彼女は今日の午後、ランドリーに対して弁護したのだ。

ただし、いまはもう、トーマスが必ず助けてくれるという自信はない。

エリザはキャロラインを力づけるためにぎゅっと抱きしめ、それから体を離した。「どうすればいいか、目立たないように調べてみるわ。すぐにハンプシャーに戻るのが、あなたとおばさまにとって一番いいかもしれないわね」

キャロラインはうなずいた。涙がひと粒、鼻先まで流れて落ちる。彼女は暗い表情でため息をついた。「ようやくロンドンで興味を持てる男性を見つけたと思ったら、社交シーズンの途中でロンドンを離れなくてはならなくなるなんて、皮肉なものね。わたしがいなくなったら、ブラクストン卿は別の女性を見つけるわ」

「そんなことないわよ。どちらにしても、社交シーズンはもうすぐ終わるもの。兄に頼んで、いま計画しているハウスパーティにブラクストン卿を招待してもらいましょう」エリザは友人に励ましの笑みを向けた。「あなたとレディ・フランシスがハンプシャーまで戻る足を、なんとか確保しなくてはね。でも、二、三日はかかると思うの。そのあいだはなんとかふうにしていて」一度口をつぐんでから続ける。「トーマスの手を借りなくちゃならないかもしれないけれど、我慢してもらえる?」

キャロラインが小さく息をのむ。「だめよ、エリザ。あなたが居心地の悪い思いをすることになるわ」

エリザは手を振って友人の抗議を退けた。「ばかなことを言わないで。トーマスもわたしも、自分たちがどうすべきかちゃんとわかっているもの」

キャロラインはエリザの強がりを簡単に見抜き、ポケットからハンカチを出して鼻を拭きながら顔をしかめた。「本当はそんなことはないし、あなたもそれはわかっているはずよ。協力してもらったせいで、彼があなたにつけ込みでもしたら、わたしは――」

「本当に大丈夫よ、キャロライン。いままで手を出してこなかったんだから、トーマスはわたしに対して免疫があるんだと思うわ」

トーマスの屋敷の長椅子に座る彼女を前にしたときは、免疫があるとは言えなかったけれど。

思い出すと赤くなってしまう記憶を、エリザは急いで押し戻した。こんな話題はさっさと変えたほうがいい。彼女は階段の手すり越しに様子をうかがっているメグを呼び寄せ、夕食を三人分用意してレディ・フランシスの寝室に運んでほしいと頼んだ。メイドが足早に行ってしまうと、キャロラインはエリザに両手をまわしてきつく抱きしめた。

「ありがとう。本当に助かったわ」

エリザは体を引き、キャロラインの額にキスをした。「どういたしまして。今夜はレディ・フランシスをひとりにしないほうがいいかもしれないわね」

友人に笑みを向けながら、エリザはトーマスにすげなく断られるかもしれないと気を引きしめた。彼はいま、エリザと少しでも関わりたくないと思っているはずだ。

「お手紙が届いております、旦那さま」

やさしく包み込んでくれている柔らかい枕から、トーマスは頭を持ちあげた。カードゲームと飲酒にひと晩じゅうふけっていたせいで目が重く、視界がぼんやりとかすんでいる。彼は執事の姿をとらえると、ふたたび枕に頭を落とした。

「あとにしてくれ、バートン。いま忙しいんだ」

人気の紳士クラブすべての会員となっていることは、トーマスにとって救いであり呪いでもあった。〈ブルックス〉と〈ホワイツ〉、それにこのふたつよりやや落ちる〈パットナムズ〉は、いまの彼が切実に必要としている避難場所になってくれている。トーマスは運だけで勝敗が決まる賭博場のさいころゲームより、駆け引きがものを言う紳士クラブのカードゲームのほうが好きだった。どんなゲームにも運はついてまわるが、彼の運はホイストをするときに劇的によくなるのだ。もちろん勝つためにゲームをしている。だが彼らしくないと言われることもあるが、決してゲームにおぼれることはなかった。〝挑戦するのは楽しいが、すべてを失ってしまえば緊張感も何もない〟という、父親の死の直前の助言に従っている。

エリザとの関係についても父の助言に従えばよかったのだが、良識を失ったトーマスはそうしなかった。いつもなら前の晩に出会った気軽に楽しめる相手の隣で、なんの憂いもなく満ち足りた気分で目を覚ます。それなのに、いま彼はブランデーの飲みすぎで割れるように痛む頭を抱え、昨日着ていた服のままひとり寂しく横たわっていた。どう考えてもこれは、彼をめぐる状況が一八〇度変わってしまったという明らかな証拠だ。至福の喜びをともにしたいと願うただひとりの女性がこのベッドに来ることはなく、別の女性を代わりにしようとしても、まがいものとしか思えない。そんな女性とことを終えたあとの避けがたい失望に向きあえるとは思えず、トーマスは酒に逃げたのだった。エリザが彼を押しのけたときのしかめっ面を思い出すと、飲まずにはいられなかった。

三〇秒あまりも経ってから、トーマスはバートンがまだ部屋にいることに気づいた。執事は主人のすぐ横で寝室の薄暗がりに紛れ、つややかな銀のトレイを手袋をはめた手にのせて立っている。執事の行動が信じられず、トーマスはかすんだ目で見あげた。

「なんだ？　どこか別の場所に働き口が欲しいのか？」嚙みつくように言う。

それを聞いて、バートンが背中をこわばらせた。「いいえ、そうではございません。レディ・エリザからのお手紙をお持ちしただけです」

執事の口から彼女の名前が出たとたんに部屋の空気が重くなり、トーマスは体を起こして相手をにらみつけた。「彼女からの手紙はすべて捨てろと言ったはずだぞ」

「たしかにそう承りました。ですが短いあいだにもう三通目ですから、今回はそろそろご覧になりたいのではないかと」バートンが小さくお辞儀をする。

トーマスはぎりぎりと歯を嚙みしめた。「つまり、そうしたほうがいいとおまえが思っているということだな」

「旦那さまに対して意見を持つなど、わたしの立場ではめっそうもないことでございます」

執事は一歩前に出ると、象牙色の封筒が一通だけのっているトレイを差し出した。「ただ、旦那さまが考え直されるのではないかと思いましたので」

バートンの慇懃（いんぎん）無礼な行動にいらだちが募っていたにもかかわらず、トーマスは彼をからかうように軽やかに銀のトレイにのっている手紙に、暗がりの中で目を凝らした。素早くそれを取って、ぐしゃっと握る。

「ほら、手紙は取ったぞ。さあ、もう放っておいてくれ」

バートンは黙ってお辞儀をすると、手紙を読みやすいようにベッドの横にあるランプをつけた。「お着替えの手伝いに来るよう、従者に伝えます」主人に罵られる前に、執事は部屋を出ていった。

ようやく扉が閉まると、トーマスは知らないうちに詰めていた息を吐いて、手の中の手紙を見おろした。ようやく感じられるほどのかすかな香りが、静まり返った部屋の空気を通して漂ってくる。ジャスミン。エリザの香りだ。

香りは本当にかすかで、わざと振りかけたとは思えない。彼女が触ったことで、移ったのだろう。

彼女が触った……。エリザと触れあった記憶がよみがえり、トーマスは顎をこわばらせた。彼女の唇、肌、両手で探った体、髪のにおい……。

ちらちらする金色の光に照らし出された、エリザの美しい筆跡を見つめる。ずっと彼女を忘れようとしてきた。嘘ではない。本当にそうした。ウィリアムのいまいましい綿紡績工場の件だって、親友の妹について鬱々と考えているよりましだと思い、懸命に取り組んでいる。それなのにエリザに拒否されたという事実が、これまでに経験したことがないほどこたえている。それに彼女がほかの男と結婚すると思うと心配だった。ランドリーを始め上流社会に属する頭のかたい男たちは、快活なエリザと生気に満ちあふれた彼女の娘を礼儀作法という狭苦しい枠に押し込めようとするだろう。結婚にふさわしいそういう男たちと違って、トーマスはそのままの彼女たちが好きだが。

いま彼は、エリザを忘れて先に進みたいと思っている。彼女を手に入れられないのなら、そうしてもいいはずだ。それなのに彼女がこんなふうに手紙を送りつけてきたら、どうして先に進めるだろう？

もしかしたら、エリザは謝ってきたのかもしれない。彼に来てほしいという誘いの手紙かも。

いや、そんなはずはないとわかっているはずだ。

開いた手を見おろすと、手紙がくしゃくしゃに丸まっている。それ以上余計なことを考えないうちに、トーマスは手紙を広げて引き裂き、薄暗い部屋にまき散らした。

8

その日、トーマスからの手紙は届かなかった。その次の日も。返事がないまま時が過ぎるにつれて、エリザは返事が遅れている理由をあれこれ考え出そうとしている自分に気づいた。けれども、一番可能性の高い理由は信じたくなくて除外していた。トーマスは彼女と二度と話したくないから、という理由は。それなのにどんなに抑えてもその考えは浮かんできて、エリザは気分が落ち込んだ。彼とこのまま疎遠になるなんて、とても耐えられない。とくに繊細な気遣いを必要とする状況にあるキャロラインと彼女のおばのために、なるべくふつうでいようとしているいまは。

その午後、友人が何気なく明かしたある情報で、エリザの憂鬱な気分はさらに悪化した。キャロラインは調子がよかったおばに一番上等な昼間用のドレスを着せて、馬車でボンド・ストリートへ買い物に行ったらしい。そこで何やら贈り物らしきものを買って店から出てきたトーマスを目撃したというのだ。彼はキャロラインたちと短く言葉を交わしたあと、待たせていた馬車に乗り込んで去っていった。

そんな情報はエリザには関係ないのに、知ってしまうと旺盛な想像力であれこれ思い浮かべずにはいられなかった。大喜びしている女性の姿や、その女性はもしかしたら漆黒の髪をしていて、鮮やかな赤いドレスを着ているのかもしれないということを。

　想像が暴走しないように、今夜はフィッツウィリアム家の屋敷で開かれるパーティに出席するしかなかった。そうすればロンドンに出てきた目的を忘れずに自らの務めを果たせると同時に、トーマスのことばかり考えずにすむ。そこでエリザはキャロラインと話しあい、今夜のために光沢のある淡いラベンダー色のドレスを選んだ。イヤリングとネックレスはアメジスト、髪は金色の巻き毛が美しく見えるよう洗練された形に結いあげてある。パターソンはネックレスを留めながら女主人の美しさにため息をつき、エリザも今日の仕上がりには満足だと認めざるをえなかった。

　今夜はひとりでの参加なので、美しく装えていると思うと少しは自信がわく。未亡人である彼女はこうした集まりにシャペロンなしで参加できるものの、やはり連れが欲しかった。レディ・フランシスが変調をきたすのは夜が多いため、キャロラインは家に残るという判断をしたのだが、エリザは今夜のパーティの主催者夫妻とはさほど親しくないので、やや憂鬱な気分だった。

　地主階級のフィッツウィリアム夫妻は流行に敏感で、あちこちの夜会に忙しく出かけていく合間に自分たちも夜会を催して楽しんでいるらしい。もう子どもは成長し、結婚もしているのに、ふたりは精力的に社交シーズンに参加している。彼らがこんなふうに莫大(ばくだい)な富を誇示するのは上流階級を構成する貴族たちのあいだに確固たる地位を築きたいからなのだろうと、エリザは想像するしかなかった。こういうパーティを開くのには、おそらく相当な額の金がかかる。

行列に並んでフィッツウィリアム夫妻に挨拶したあと、エリザはクロークルームに行ってショールを預けた。それから頭上できらめいているクリスタルのシャンデリアに目を引かれたり、足を止めて金箔の壁や凝ったデザインのアキスミンスター織りの絨毯に見とれたりしながら、奥へと進んだ。廊下に敷かれた細長い絨毯の複雑な模様に見入っていたとき、突然、誰かの視線を感じた。顔をあげると、以前トーマスと一緒に劇場に来ていた黒髪の美しい女性と目が合った。彼女は今日も、この前と同じような色合いの真紅のドレスをまとっている。女性と視線が絡みあうと、エリザの心は重く沈んだ。もしかしたら少し気まずい思いをするだけですむかもしれないけれど、悪くすれば――。

トーマスが視界に入ってきて、黒髪の女性に腕を差し出した。トーマスはエリザに気づいておらず、連れの女性が彼の腕をさりげなく引いて誘導したので、少なくともいますぐにはエリザと見つからずにすむだろう。女性は彼をうまく客間に向かわせ、かすかな笑みとともにエリザと合わせていた視線を外した。

エリザは廊下に立ちすくんだ。ただちに帰るなどという失礼なまねはできないという思いと、逃げ出してしまいたいという圧倒的な思いとのあいだで、激しく気持ちが揺れ動く。礼儀作法を守ることの大切さは理解しているが、このままショールを受け取って馬車を呼び戻せば、誰にも気づかれないはずだ。トーマスに避けられているだけでもつらいのに、彼女の代わりにベッドを温めてくれる相手として選ばれた女性に見下されるなんて、耐えられそうにない。ボンド・ストリートで買っていた贈り物も、あの女性のためのものだろう。

招待客が次々に到着していて、このまま廊下でぐずぐずしているわけにはいかなかった。トーマスとはレディ・フランシスの件でどうしても話をする必要があるし、彼が手紙に返事をよこさない以上、話しあいの場としてこのパーティが最適とは言えなくても、ほかに選択肢はない。とにかく彼に以前と変わらない親しげな表情で近づき、あとはなりゆきにまかせるのだ。

エリザはみぞおちに手を当てて震える息を吐き、内心の恐怖とは裏腹な落ち着いた表情をつくった。預けたショールはそのままにしておこうとようやく心に決め、残りの廊下を進んで客間に入る。すると驚いた表情のラティマー男爵を含め、すぐにみなの注目を浴びた。

「レディ・エリザ！　これは驚きましたな」男爵が彼女の手を取って唇を当てた。「今夜あなたがいらしていたと聞いたら、サー・ジェームズは残念がるでしょう。ですが心配はいりませんぞ。あなたがどれほど美しかったか、彼にはよくよく伝えておきますから」いたずらっぽい表情で片目をつぶる。

エリザは優雅に笑ってお世辞を受け流しながらも、右側のすぐ近くにいるトーマスを強く意識していた。

「そんな必要はありませんわ。それよりもこれまでロンドンで何をしていらしたのか、教えてくださいな」彼女は控えめに返した。

ラティマー男爵がさっそくあれこれ話しだしたが、エリザは聞いていなかった。トーマスとその愛人の会話が聞こえないかと耳を澄ましていたのだ。けれどもほとんど聞こえず、ちらりと目を向けると、連れの女性が彼を部屋の反対側に引っ張っていくのが見えた。

隙を見つけられないことにいらだち、エリザはそんな自分をあざ笑った。何を期待していたのだろう？　トーマスが何もなかったかのように彼女のそばに来て、会話に加わるとでも？　そんな行動をあの女性が許すとでも？

そう簡単にいくわけはない。

「ところで、ぜひあなたに教えていただきたい」ラティマー男爵が声を大きくする。「われわれの共通の友人、レディ・キャロラインはどこにおられるのかな。しばらくお会いしていないし、彼女のご両親は今年じゅうに結婚を決めてもらいたいと心配しておられる」

話題が突然変わって、エリザはトーマスからしぶしぶ視線を引きはがした。「今夜は頭痛がするので寝ていると言っていましたわ。あなたがご心配なさっていたと、今度会ったら伝えておきますね」

男爵が不満そうに咳払いをする。「それはご親切に。だがレディ・キャロラインは、愛は移り気なものだと覚えておくべきでしょう」彼は白髪まじりの頭を客間の奥のほうに傾けた。「このままでは、ようやく見つけた求愛者を失うことになりかねませんぞ」

振り返ったエリザは、ブラクストン卿が今年デビューした若く美しい娘に少なからぬ注意を向けているのを見て、目を見開いた。ふたりのすぐそばには期待に満ちた表情の母親が立っている。友人の気持ちを思い、彼女は苦々しい怒りがこみあげるのを感じた。ブラクストンの関心がこれほどすぐに移り変わるものならば、おそらく彼は最初からそれだけの男だったのだろう。とはいえ、おばのためにあんなにも心を砕いているキャロラインには、この件について何も知らせないほうがいい。

男爵のほうに顔を戻そうとしたエリザは、トーマスも部屋の向こうからブラクストンの様子を眺めているのに気づいて動きを止めた。その表情からは何を考えているのかまるでわからなかったが、彼はエリザをちらりと見たあと、美しい連れの女性にすぐ目を戻した。

トーマスがこちらを見た。ただそれだけでこんなにもほっとしている自分に、エリザは動揺した。でも彼女を見たのだから、関心はあるはず。そして関心があるなら、それを利用して会話ができるくらい彼の注意を引けばいいのだ。キャロラインのために、友人としてそれくらいはしなければ。キャロラインはこのシーズン中に得た成果をすべて失おうとしているのだから。

心の中の思いを隠して、エリザはラティマー男爵に笑みを向けた。
「もちろん、レディ・キャロラインには心するように伝えておきます」
彼女は足を引いて小さくお辞儀をすると男爵から離れ、夕食の席に客たちを送り出している女主人のほうへと向かった。

トーマスは酔いにぐらぐらする頭をブランデーグラスからあげ、幸運を呪った。あるいは幸運に恵まれないことを、と言うべきか。いま、エリザは彼の視界の外にいる。だが夕食のあいだじゅう彼女の美しさに驚嘆の目を向けてしまわないためには、意志の力を総動員しなければならなかった。そして腹立たしいことに、エリザは隣に座っているどちらの男もその魅力のとりこにしていた。

本当ならランドリーが来ていないのでほっとしていいはずなのに、今夜はそれくらいでは心が安らがない。新たな崇拝者がランドリーの穴を簡単に埋めている。そして今後充分な時間を与えられれば、彼らの興味は必ずや真剣な関心へと変わるだろう。男たちがエリザをしつこいほど見つめ、彼女の発する一語一句に熱心に聞き入っていた姿を思い出すと、トーマスの中に目の前がかすむほどの嫉妬が広がった。

彼女の隣に座って気安い会話ができるのなら、何を差し出してもいい。しかし、それはかなわぬ夢だ。エリザがロンドンに来たのはトーマスのような男を探すためではなく、だからこそ彼女はこの前、彼を押しのけた。ウィリアムにも警告されているのだから、これ以上エリザを追いかけるのは愚の骨頂だとわかっている。それなのに彼女のことしか考えられなかった。かつての愛人であるヴィクトリア・ヴァーナムにも興味がわかない。彼女は何度も熱心にトーマスの注意を引こうとしているのに。

ロンドンに来て最初にエリザと会った、あのベルグレイヴィアでの夜以来、完全に彼女に取りつかれている。信じられないが、あれ以降ほかの女性とベッドをともにするのがくだらない時間の無駄としか思えなくなった。まったく興味を持てないのだ。ヴィクトリアに迫られてもまったく関心が向かず、彼女に責められたが、トーマスはただ肩をすくめただけだった。ヴィクトリアはとにかく負けず嫌いで、彼を失ってもただ自尊心が傷ついているだけだ。トーマスに愛情を抱いているわけではなく、いつも複数の男性と同時に関係を持っている。だが彼女には、トーマスと別れたという状況に慣れる時間が少し必要だった。いま彼はヴィクトリアを古い友人として、彼女はトーマスを劇場に行ったり社交界のさまざまな催しに出入りしたりする際のパートナーとして、互いに価値を見いだしている。それ以上の関係があるように見せているのはエリザに焼きもちをやかせるためで、ランドリーが馬を買うのを妨害したのも彼女のためだ。そんなことをしても何も変わらないかもしれないが、ランドリーにいやな思いをさせてやったと考えれば少しは満足感を得られる。しかし、何かが変われば こんな状況も――。

背中を平手で強く叩かれて、トーマスはわれに返った。テーブルのまわりにいる男たちを見て、夕食後のほとんどの時間を親友の妹を思って過ごしていたのだと気づく。

「やっと戻ってきたか」ブラクストンが煙草をふかしながら、トーマスをからかった。「いったい何をぼうっと考え込んでいた?」

ミスター・フィッツウィリアムが訳知りな笑みを浮かべる。「女だな」

「いつからぼくが女を思ってぼうっとするような男になったんだ?」図星を指されたトーマスは、むっとしてつぶやいた。

テーブルのまわりがどっとわいた。「そんなわけないか」フィッツウィリアムが言う。「女に対して、きみは考える前に行動するたちだ。だがそうやって妄想にふける価値のある女性をひとり選ぶとしたら、わたしはレディ・エリザ・カートウィックを推したいね」

男たちのあいだに同意のつぶやきが広がり、あちこちで新たな煙草の煙があがった。夕食の席で彼女にあからさまに興味を示していた男が、トーマスの向かいで声をあげる。

「まったくだ！　素晴らしい美人で、どこをとっても魅力的だよ」

フィッツウィリアムが考え込みながら言った。「社交シーズンの終わりまでに彼女に結婚を申し込む男が五人より少なかったら、驚きだな」ラティマー男爵に目を向ける。「きみと一緒にいたサー・ジェームズのことは、みんな気づいている。彼は熱心にレディ・エリザを追いかけているようだ。しかし久しぶりにロンドンへ戻ってきたきわめて魅力的な女性に求愛する機会をうかがっている男は、ほかにも何人もいるだろうな」

進行中の会話を必死で無視しようとしながら、トーマスはため息をついた。ロンドンは彼にとって、思う存分下劣な欲望にふけり、すべての憂いを忘れることができる聖域のような場所だった。けれども彼はいま、エリザがこの街をずっと避けてきた理由をようやく理解した。なぜトーマスの心をつかんで放さない彼女の笑みに、せつないほどの望郷の念が見えるのかがわかった。社交界の人々の口さがない噂話にさらされて、楽しいはずがない。自分の心の感じやすい部分が関わっている場合は、なおさらそうだろう。

幸い、フィッツウィリアムはそれ以上エリザの話を続けず、話題はもっと当たり障りのないものへと移っていった。やがて男たちは葉巻を吸い終えて立ちあがり、残っている酒を喉に流し込んだあと、応接間でカードゲームをしている女性たちのもとへと向かった。トーマスは胃が氷に変わってしまったかのように重苦しい気分だった。もう一度エリザの姿を見ることに耐えられるかどうかわからない。

だがそこへ向かう以外になく、応接間の入り口に着いたトーマスは、テーブルが並んでいる真ん中あたりにいる彼女を避けてどうやって部屋の奥まで行けばいいか慎重に探った。しかし、不運続きのいまの彼がそれをうまくやりおおせられるはずもない。エリザはすぐ彼に気づいて椅子の上で向きを変え、まっすぐに視線を合わせた。とたんにトーマスは複雑な形に結いあげた金色の髪に見とれ、喉元の宝石よりも明るく輝いている緑色の瞳に目を奪われた。しかもそのまま目線をさげ、ラベンダー色のシルクのドレスの豊かな曲線をたどってしまう。彼女の肌の甘い味を思い出し、トーマスはその狂おしい夢を忘れるために頭を振った。

エリザは彼を苦しめるために、わざと見せつけているのだろうか？

いや、それはうぬぼれだ。誰が出席していようと、彼女はいつだって一番美しい。

彼はすでに罠にかかっていたのに、頭のどうかした男のように、それでもエリザをよけて進もうとした。けれども彼女はトーマスの前に立ちふさがり、その試みはあっけなく潰えた。

エリザは愛想よく微笑んでいるが、目には不安が浮かんでいる。

「こんばんは、子爵閣下」

トーマスは彼女の向こうに見えるテーブルに必死に視線を据え、ぞんざいにうなずいた。

「エリザ」ささやくような声になった。

こんな場所で名前を呼ばれたことに驚いて、彼女が言葉を失っている。自分がなぜそんなまねをしてしまったのか、トーマスもわからなかった。何か言われる前に急いでエリザの横をすり抜けようとしたが、彼女が手を伸ばしてトーマスの手に触れた。肌の上をエリザの指先が滑るのを感じて、彼の心臓が激しく打ちはじめた。

「お願い、どうしても話がしたいの……大事なことなのよ」彼女がささやく。

トーマスはさっと手を引っ込めた。「わざわざぼくと関わろうとするほど重要なことなんてあるのか？ もう会わないほうがいいと、合意したと思っていたが」

取りつく島もない言葉にエリザがひるむ。「トーマス、わたしは――」彼女は言葉を切ってあたりを見まわした。人々が好奇の視線をふたりに向けている。「廊下で話せない？ そうしてくれたら、あとはあなたが望むなら二度と関わらないから」

ほかに選択肢が見つからず、彼はため息をついてうなずき、エリザを通して先に行かせた。向きを変えようとして、奥のカードテーブルから怒りの視線を送っているヴィクトリア・ヴァーナムの姿が目に入る。

ふたりは人でいっぱいの応接間をあとにし、人目のない場所を探して廊下を進んだ。エリザが裏庭に面した大きな窓の前で足を止めた。夜の庭は闇に沈んでいる。不安なときの癖で指先で髪に触れているエリザを見おろしたまま待っていると、ようやく彼女が顔をあげた。

「手紙は受け取った？」

「ああ」

エリザは置き場所を探すように落ち着きなく両手をさまよわせていたが、ようやくベル型のスカートの前で組みあわせた。「読んでくれた?」

「いや、読んでいない」

彼女の顔に傷ついた表情が浮かぶ。トーマスは正直に言ったことを後悔したが、すぐにエリザは胸を張り、顎をあげた。芯の強さと勇気を示すそのささやかな仕草に、トーマスは彼女を抱きしめたくなった。無関心なふりをしているエリザの見せかけを突き崩し、ちゃんとした未亡人はどうふるまうべきかという思い込みから解き放ってやりたい。だがそんなことをしても彼女に軽蔑されるだけだとわかっているので、衝動を抑え込んだ。

「最初の二通は、わたしたちの関係がこれほどこじれてしまったことを残念に思っていると、あなたに伝えたくて書いたの」エリザの声は震えている。

「それなら、もう知っている」

「三通目は、わたしにとって大切な人が困ったことになっていると伝える手紙よ」

トーマスは衝撃を受けてかたまった。答えを求めて彼女の目を見つめる。

「ロザに何かあったのか?」激しく動揺しながら、しゃがれた声を出した。

今度はエリザがかたまった。「いいえ――ロザじゃないわ。あの子は元気よ」

震える息を吸い、彼は目をそらした。「じゃあ、誰なんだ?」

トーマスの様子に目を凝らし、彼女が近づいて声をひそめた。「友人のキャロラインよ。急いで領地に戻らなくてはならなくなったの。おばさまの……健康がすぐれなくて」

「レディ・フランシスかい？　こういうときに手を貸してほしいと頼むくらい、ぼくを信用しているのか？」

信じられないというエリザの顔に、傷ついていた彼の自尊心はわずかに癒された。「どうしてそんなことを訊くの？　もちろん信用しているわ」

エリザが揺るぎない表情で見あげ、トーマスの視線は彼女の口に吸い寄せられた。いまなら簡単に彼女を抱きしめ、あの唇を奪える。そうしたら彼女は舞踏会の夜のように抵抗するだろうか？　それとも彼の胸に柔らかく身を預け、キスを返してくれるだろうか？　内に秘めている火のような情熱を解放して。

トーマスは歯を嚙みしめて妄想を抑え、目をそらして壁紙の模様を見つめた。こんな妄想を抱いているとわかったら、彼女は信用してくれなくなってしまう。

「それで、何が問題なんだ？」きしるような声で尋ねる。

「その……レディ・フランシスは最近、記憶に問題があるみたいなの。何度か現実がわからなくなって、暴れだしてしまったのよ。わたしも一度その場にいあわせて、あなたの手を借りたいとお願いすることにしたの」エリザは手袋をはめた手を揉みしぼった。「ふたりをなるべく人目につかないようにロンドンから連れ出してくれたら、心から感謝するわ」

「わかっているだろうが、キャロラインがいまロンドンを離れたら、ブラクストンとの仲はだめになる」トーマスはため息をついた。「最近キャロラインがいないために彼の関心がどうなっているか、きみも見たはずだ」

その言葉にエリザは身をこわばらせた。「キャロラインはもちろんその可能性に気づいているると思うわ。でもお願いだから、彼女にはそういう話をしないで。レディ・フランシスのことで手いっぱいの彼女に、ブラクストン卿は移り気だと教えて余計な負担をかけたくないから」

友人のために憤ったエリザは、顔を紅潮させて息を切らしている。トーマスはしぶしぶながら、彼女の美点を認めざるをえなかった。忠誠心だ。エリザはトーマスの行動にいくら不快感を抱いていようと、誰かが彼の悪口を言ったら必ず弁護するだろう。

トーマスは考え込みながら、彼女を見つめた。「キャロラインはきみのような友人を持って幸せだな」

「わかっているでしょう？　あなたもわたしの友人よ」エリザが静かに言う。

その言葉を無視して、トーマスは彼女の頼みを検討した。それからようやく心を決めてうなずいた。ふだんでもエリザの頼みは断れないのに、こんな緊急の頼みを断れるはずがない。

「いいだろう、わかったよ」ため息をつく。「ふたりを連れてロンドンを出て、ハンプシャーまで安全に送り届ける」

エリザが感謝を目にあふれさせた。「ありがとう。本当にありがとう、トーマス」そうささやいて、彼を抱きしめようとする。けれども彼女の手のひらが胸に軽く触れたとたん、トーマスは後ろに飛びすさった。わずかな接触なのに、そうするしかないほどの衝撃だったのだ。

「ごめんなさい――」

「やめてくれ」

打ちのめされたように、彼女が両手を引っ込める。「ごめんなさい――」トーマスは素早く話を変えた。

「頼みを引き受けるには、ひとつ条件がある」トーマスは素早く話を変えた。

エリザは狼狽（ろうばい）して眉をあげ、目をしばたたいた。わずかに頭を振り、きらきらと輝く紫色のイヤリングが揺れた。

「条件？」

問い返す無邪気な様子に、トーマスは考え直しそうになった。これまで彼女の頼みを聞くのに条件をつけたことはない。それを変えなければならない現状を嫌悪しながらも、アメジストの装身具だけをつけて彼のベッドに横たわるエリザの姿が頭に浮かんでしまう。自分はどうしようもないろくでなしだとわかっているが、エリザ・カートウィックがほかの男を退け、自ら進んでトーマスを選んでくれるという望みをどうしてもあきらめられない。

これは賭けだ。ただし、彼が過去にしてきた賭けとは違う。

目的を達成するための手段。

「そう、条件だよ」トーマスはクラヴァットを引っ張りながら言った。「これから受ける結婚の申し込みに返事をしないでもらいたい。きみがケントに戻るまで」

沈黙が返ってきた。エリザが拒否したら、助けを求められているのに背を向けるという紳士にあるまじき行為をしなければならなくなる。その重みをひしひしと感じながら、トーマスは呆然としている彼女の視線を受け止めた。エリザの前では、これまでずっと紳士であろうと努めてきた。彼女がこちらの表情を探っているあいだ、トーマスは息を詰めて待った。

「どうして？」驚きに打たれたまま、エリザが問いかける。

「それはきみが自分で考えてほしい」

彼女は脇におろした両手をぐっと握りしめた。「もしいやだと言ったら？」

ふたりの体が触れあう寸前まで、トーマスは近づいた。エリザは目を見開いたが、さがろうとはしない。互いの体が無言で求めあうように熱くなり、彼女の決心が溶けていくのがわかった。彼は身をかがめ、金色の髪が頰をくすぐるのを感じながら、エリザの耳にささやいた。

「どうする？」

彼女はトーマスの胸に目を据えたまま、何も言わない。

エリザの香りと体の熱を感じつつ、彼はしばらくそのままじっとしていた。彼女と親密に体を寄せあう感覚を記憶に刻み、身を起こす。「キャロラインと彼女のおば上に準備をしておくよう伝えてくれ。明日の朝、まだ暗いうちに出発する」

エリザが顔をあげた。「わたしも行きたいわ。ふたりの助けになりたいから」

「だめだ」にべもなく却下し、声を低くして続ける。「きみは社交シーズンが終わるまでロンドンにいるんだ」

彼女の顔につらそうな表情がよぎる。「トーマス、なぜなの？」

トーマスは顔をこすった。「この件は……余計な気を散らされずにすませたい」エリザほど、彼の気を散らすものはない。

エリザが彼を見つめた。怒りに顔が紅潮し、呼吸が浅く不規則になっている。「最近のあなたの行動を見ていると、わたしが夫を見つけるのを邪魔するためにロンドンへ出てきたんじゃないかという気がするわ」誰にも聞かれていないか廊下に目をやりながら、彼女は怒りをぶつけた。

ロンドンに着いたとき、トーマスにそんなつもりはまったくなかった。だが、いまは……。

彼はエリザの手を取って口元まで持ちあげ、低い声で言った。

「そうだとしたら、何か変わるのかな？」彼女の手の関節に唇を滑らせる。

驚きに言葉を失っているエリザの手を放すと、トーマスは客間のホイストのテーブルへと引き返した。社交界の人々が群れ集い、口さがない噂話の餌食にしようと貪欲（どんよく）な視線を向けてくるただなかへ。

9

ろうそくだけが照らす暗い客間に、レディ・フランシスのいびきが響く。エリザとキャロラインはそのかたわらで、静かに言葉を交わしていた。使用人たちは女主人の急な出発に備えてすでに階下に引き取っており、エリザは指先であくびを抑えながら、時を告げた大きな置時計に目をやった。夜中の三時だが、トーマスはまだ来ない。だが、それはよく考えてのことだろう。舞踏会や催し物の多くは、真夜中を優に過ぎてようやくお開きになることが少なくない。だから彼は人目を避けるため、それらの客が乗った馬車が通りからすっかりいなくなる時間を見計らって来るはずだ。

ここに来てエリザがいるのを見たら、彼はどう反応するだろう？　あれほど厳しく、来るなと言ったのだ。それでも彼女はいつものように、トーマスに会えるのが待ち遠しかった。彼のことが気にならなければ、夫探しはもっと順調に運んだはずだ。それなのにトーマスはなぜかロンドンにいて、彼女の気持ちをかき乱しつづけた。彼にはエリザに夫探しを楽に進めさせてやろうという気はなさそうだ。というより、難しくしようとしている。ケントに戻るまで誰の求婚に対しても返事をするなというトーマスの条件には腹が立つけれど、同時に心が浮き立ってもいる。それに彼は本当にそんな条件を守らせるつもりなのかという疑問も、頭をよぎった。拒否したら本当に手を貸してくれないつもりなのだろうか？　でも大切な親友の緊急時に、それを試すような危険を冒すわけにはいかない。

それに、夫探しがうまくいかないのをトーマスだけのせいにはできなかった。エリザだって、彼がまだ自分に興味を持ってくれていると知って、ぞくぞくするほどうれしいのだから。つまり昔も、いまも、これからも、夫探しの一番の障害は彼への気持ちなのだ。ランドリーを始め彼女に興味を示してくれている男性は申し分のない人ばかりなのに、トーマスと比べると物足りなく思えてしまう。放蕩者であるという評判や、噂を耳にしただけで短剣を突き立てられたように胸が痛むほかの女性たちとのつきあいにもかかわらず、彼を求めずにいられない。

トーマスへの執着について考え込みながら、エリザは手首にかかっている袖口のレースをうわの空で引っ張った。すると不意にキャロラインに問いかけられて、彼女はわれに返った。

「ねえ、トーマスがあなたに何を要求したのか、まだ話してくれていないわ」

エリザは目をしばたたいた。「要求って？」

「わたしたちを助けてくれることに対する見返りよ」

彼女は目をそらした。「彼はわたしに見返りを要求したことなんてないわ」

キャロラインの口の端がぴくりと動く。「だけど、今回は別なんじゃないかという気がするの」

友人の言葉を否定して事実を隠そうとしても無駄だと悟り、エリザはキャロラインを見つめた。それにキャロラインには、すでに何度も事実を隠してしまった。親友に対して、そんな態度を取りつづけるわけにはいかない。

「実はそうなの。今回は違ったわ」エリザは口早に認め、ふたたび袖口を引っ張った。

キャロラインが背中を伸ばし、灰色の目に険しい表情を浮かべる。「何を要求されたの？」

「たいしたことじゃないのよ。ただ――」

真鍮製のノッカーで扉を叩く音が響き、ふたりはびくりとした。

「トーマスよ。彼を連れてくるわね」エリザは立ちあがって、ダークグレーのスカートを撫でつけた。

ところが歩きだそうとするとキャロラインに手首をつかまれ、長椅子に引き戻された。

「彼とどんな取引をしたのか教えてくれるまではだめよ」

気がせいて、エリザは玄関のほうに目をやった。「あなたが考えているようなひどいことではないわ。ケントに戻るまで、誰の求婚にも返事をしないと約束しただけ」

キャロラインがエリザの手首を放し、驚いたように見つめる。その隙に、エリザはもう一度立ちあがって歩きだそうとした。

「彼は時間を稼いでいるんだわ」キャロラインが出し抜けに言う。

エリザは廊下に出る手前で立ち止まり、友人を振り返った。「なんのための時間？」

「もちろん、あなたを誘惑するためよ」

むっつりしたキャロラインの顔とは対照的に、エリザは体の奥が興奮に熱くなるのを感じた。一瞬、歓喜が体に満ちるが、いつもどおりすぐに罪悪感が取って代わる。キャロラインはエリザを良識あるきちんとした女性だと思っているし、父親もそう信じていた。それなのにトーマスの誘惑に屈して関係を持つという考えに引かれていることを、エリザは否定できなかった。そんなまねをしたら、ちゃんとした相手と結婚できなくなるとわかっているのに。これほど長く彼に抵抗してこられたことには自分でも驚いているけれど、これ以上誘惑が続けばどうなるかわからない。しかも、それがいつまで続くかわからないのだ。

せわしないノッカーの音が再度響いたが、エリザは駆けつけたい気持ちを抑え、自分で行くのはあきらめた。代わりに呼び鈴の紐を引き、そわそわしていることをキャロラインに悟られないように祈りながら座り直す。すぐに執事がトーマスを中に入れる音がして、彼がさっそくあれこれ指示を出している低い声が聞こえてきた。

こういうところがトーマスのすぐれた部分だと、エリザはとくにここ数年何度も実感していた。彼はトラブルが起こったときに、人を導く力を持っているのだ。誰かに必要とされるとトーマスは素早く駆けつけ、的確な助けを惜しみなく提供する。彼がいくら冷淡なふりをしようと、そこに思いやりの心があるのは否定しようがなかった。

トーマスが大股で客間に入ってきた。長身で黒髪の彼は薄暗い中でも見間違えようがなく、エリザはすぐに目を引かれた。首と頬に血がのぼり、赤みが消えるように必死で念じる。トーマスはキャロラインに小さくうなずいて挨拶をしたあと、エリザを見つけて急に足を止めた。その青い目からは、喜んでいないことが伝わってくる。

「どうしてここにいる？」彼がぶっきらぼうに問いかけた。その声が静かな部屋に響き、眠っていたレディ・フランシスが目を覚ました。

「まあ、いったい何事？　殿方がいるなんて――」

エリザたちは長椅子から立ちあがり、キャロラインが急いでおばの横に駆けつけた。

「覚えていないかしら、おばさま？」老婦人の腕をやさしく撫でながら言う。「エヴァンストン卿よ。彼がわたしたちをハンプシャーまで送ってくださるの」

レディ・フランシスが自分のほうを見て礼儀正しくお辞儀をした男性を、眠気の残った目で問いかけるように見つめた。

「ぶしつけにもおやすみのところにお邪魔してしまい、申し訳ありません。今夜はお手伝いさせていただこうと思って、うかがったんですよ」

ついいましがたトーマスにいらだちの目を向けられたというのに、エリザは彼の言葉を聞いて心が温かくなった。彼はエリザの頼みに応えて来てくれたのだ。部屋を横切ってトーマスのそばに立ち、腕に手をかける。彼が体をこわばらせても、懸命に気づかないふりをした。

「彼には前にお会いになっていますわ、レディ・フランシス。わたしの兄の屋敷であるロートン・パークで」

額を覆う灰色の髪の下で、キャロラインのおばが少女っぽい笑みを浮かべた。「もちろん、この方のことは覚えていますとも。ただ、こんな夜遅くにすてきな殿方がわが家の客間にいるなんて、予想していなかっただけですよ」

その言葉を聞いて、トーマスが低く笑う。部屋の外からトランクを運んでいる音が響いてきて、キャロラインとフランシスは振り返り、使用人に指示を与えるため出ていった。エリザはようやく彼の注意を自分だけに向けることができた。ろうそくの薄暗い光に浮かびあがる顔を見あげると、トーマスが見つめ返してきて、心臓が激しく打ちはじめる。

「来てくれてありがとう」

「きみは来ないことになっていたはずだ」彼はささやくように言った。

トーマスの非難を無視して、彼女は微笑んだ。「わたしは社交シーズンが終わるまでロンドンにいるという約束をしたわ。そしてここは……ロンドンよ」

彼が視線を合わせ、それから自分の腕にかけられているエリザの手を見た。「うまく言い抜けたな。さて、そろそろ離れてほしいんだが」

一瞬、彼女はトーマスの言葉を無視して逆に手に力をこめようかと考えた。上質なブロード地に指先を滑らせ、その下に隠れている筋肉の感触を楽しもうかと。結局手を離して後ろにさがったが、トーマスはエリザの迷いを感じ取ったように、好奇心に満ちた視線を向けてきた。

「もちろんよ。わたしはただ、レディ・フランシスたちの役に立てたらと思って来ただけだもの」手をあげてほつれ毛を整えたエリザは、彼がその動きを目で追っていることに気づいた。「ひとつ質問があるの」

トーマスが視線を合わせる。「なんだい？」

「わたしの夫探しを邪魔して、あなたにどんな得があるのかしら？」

「ならばきみは真夜中にぼくの屋敷まで来て、何を手に入れるつもりだったんだ？」

「答えよ」頬が熱くなるのを感じつつ、よどみなく返す。「残念ながら、あなたはそれを持ちあわせていないみたいだったけれど」

トーマスは皮肉っぽく笑い、天井を見あげた。「なるほど。では、いま質問してみたらどうかな」

エリザは大きく息を吸って、気持ちを落ち着けた。「あなたがわたしの頼みに条件をつけるなんて、理由はふたつしか考えられないわ。だから、どちらなのか教えて」

「そのふたつの理由とやらを聞かせてもらおう」

彼女はトーマスに近づき、体が触れあうほんの少し手前で足を止めた。彼の青い目が一瞬、欲望に曇る。彼をそんなふうにする力が自分にあると思うと、エリザはくらくらして落ち着きを失い、唇を湿らせた。

「あなたはわたしとベッドをともにしたいと思っているの？　それとも結婚したいと思っているの？」

その問いかけに、トーマスはなかなか言葉を返してこなかった。気のきいた切り返しも、辛辣な言葉も、エリザを赤面させるような絶妙なたわむれの言葉もなく、ただわずかに口を開け、驚きに打たれたように彼女を見つめている。

「当然あなたは自分が何を求めているのかわかっているはずよ。わたしがそのどちらにも同意できない理由も」エリザはトーマスの胸に指先を当てて伸びあがると、黒いまつげを伏せてゆっくりと目を閉じる彼を見つめながら、頬にそっとかすめるようなキスをした。「でも、今日はキャロラインたちのために力を貸してくれてありがとう」

エリザは部屋を出た。彼女の問いに対する答えを探しあぐねているトーマスを残して。

パターソンがカーテンを開ける音にまどろみから引き戻された瞬間、明るい陽光が顔に降り注いでエリザは目を覚ました。眠気にかすれたうめき声をあげ、上掛けの下にもぐって光から身を隠す。

「パターソン！」

何枚もの上掛けの生地を通して、くぐもった笑い声が聞こえてくる。「起こしてしまって申し訳ありませんが、もうすぐ午後の三時になりますよ」

エリザは驚いて上掛けをはねのけ、飛び起きた。「三時ですって？」

メイドが近づいてきて、ベッドの縁に腰かけた。器用な指でエリザの三つ編みをほどきはじめる。

「朝方のお帰りでしたから、できるだけ寝かせておいてさしあげたんですよ」パターソンが同情の目を向ける。「レディ・フランシスは無事に出発されましたか？」

「ええ」エリザは伸びをしながらあくびをした。「疲れたわ。だけどキャロラインたちのほうがもっと大変ね。ウィローフォード・ハウスまでは丸々二日はかかるもの。キャロラインとおばさまが馬車の中で少しは寝られるといいんだけれど。わたしは馬車では絶対に眠れないから……」馬車の事故で失った愛する家族を思い出して、口をつぐむ。

　エリザの三つ編みをほどき終えると、パターソンは豊かな髪に指を通し、敏感な頭皮を揉みほぐした。「そうですね。奥さまは無理でしょう」彼女はやさしい声で言い、ベッドの脇のテーブルに手を伸ばして銀のブラシを取った。編んであったために波打っている髪をそっと梳(と)かしながら、会話を違う方向へ導く。「途中で一泊なさるのですか？　それとも休まずに進みつづけるんでしょうか？」

「止まるのは馬を替えて食料と水を積み込むときだけだって、トーマスが言っていたわ。一箇所に長くとどまれば、いらぬ詮索を受けるって」

「そのとおりだと思います」メイドはうなずいてから続けた。「昨夜の子爵閣下のご様子は、いかがでしたか？」

「わたしを見て、いやそうな顔をしていたわ！」笑いながら言う。

　パターソンがにやりとした。「こちらも同じようにしてやればいいんですよ」

「そうよね。彼をいらだたせることはできたけれど、わたしのほうも彼にいらいらさせられちゃったわ」

「あの方にはそういう才能がありますからね。ですが今回のように、あの方にはなんの利益もないのに協力してくださるときは、奥さまも少しは甘い顔をしてさしあげればとも思いますけど」

「まあ、そうかもしれないわね」エリザは認めた。

「とにかく、無事に出発していただけてようございました。さて、奥さまにはもうお着替えと準備を進めていただかないと。やらなければならないことが山ほどありますよ」

エリザは額にしわを寄せた。「山ほどって？」

パターソンが部屋を横切り、化粧台の上にブラシを戻す。「たとえば、今朝は花とカードがたくさん届いています」

「花？　誰から？」

「それはたくさんの男性から。ですが、女性もひとりいらっしゃいました」

エリザは興味をそそられたが、メイドはそれ以上説明しようとしなかった。そこできっと大げさに言っているのだろうと思いながら急いで着替えて階下に行くと、本当に玄関ホールは花束でいっぱいだった。これ見よがしな豪華な花束ばかりが置かれている中で、一輪ざしの花瓶に生けられている美しい真紅のバラが異彩を放っている。

「まあ、パターソン、信じられない！」エリザは花束に近寄り、かがみ込んで眺めたり、においをかいだりして楽しんだ。ところがそのあいだも、視線は何度も一輪ざしのバラに向かってしまう。ほかの花束とはまったく雰囲気が違うところが奇妙だと思っているうちに、エリザは女性からの花もあるとパターソンが言っていたことを思い出した。

エリザは一輪ざしに添えられているカードを抜き取った。ほかのものと同じで、メッセージはなく名前だけが書かれている。

〝ミセス・ヴィクトリア・ヴァーナム〟

急にカードが燃えだしたかのように、エリザはあわてて手から落とした。

「どうかされましたか？」パターソンが心配そうに訊く。

エリザは目を見開き、首を横に振って、消え入りそうな声で言った。「このバラは――トーマスの愛人からみたい」

メイドはカードを調べ、戸惑ったようにかぶりを振った。

「どうしてあの方の愛人がバラを贈ってきたんでしょう」相手の意図を怪しみ、パターソンがむっつりと口を引き結ぶ。

そのときふたりの会話をさえぎるように玄関扉を叩く音がして、パターソンはあわてて女主人を客間に追いやった。エリザは長椅子に腰をおろし、両手の震えを止めようとしながら、玄関から切れ切れに聞こえてくる会話に耳を澄ました。細かい内容は聞こえないが、ひとつだけわかったことがある。

訪ねてきたのは女性だ。

不安が急激にわきあがって、エリザは落ち着きを失った。なんとか気持ちを静めようと深呼吸をしてみたが、ゆっくりと扉が開いてパターソンが心配そうな顔をのぞかせたとき、誰が訪ねてきたのかがわかった。

「ミセス・ヴァーナムです。お出かけになっていると伝えましょうか？」メイドは動揺しているエリザの様子をうかがっている。

「そんなことをしてもまた来るだけだから、意味のない居留守は使わないわ。どうしても会いたいというなら、そうさせてあげましょう。さっさと終わらせるのが一番よ」

パターソンは顔をしかめたが、うなずいた。「そうおっしゃるのなら」

エリザは立ちあがって両手を握りあわせ、歓迎されざる訪問者を待った。客間に入ってきた女性は予想どおり真紅の昼間用のドレスをまとい、黒髪の巻き毛を半分帽子で覆っている。エリザは苦々しさが喉元までこみあげるのを感じつつも懸命に笑みを浮かべ、礼儀正しくお辞儀をした。

「正式にお会いしたことはありませんけれど、ようこそいらっしゃいました。わたしは――」

「あなたが誰かはよく知っているわ、レディ・エリザ」相手は退屈そうに彼女を見た。「わたしはヴィクトリア・ヴァーナム。贈り物は受け取っていただけたと思うけれど」

矛盾に満ちた目の前の女性を見つめながら、エリザは不愉快な会話に備えて気持ちを引きしめた。

「ええ、たしかに受け取りました。でもわたしに失礼な態度を取るおつもりなら、どうして贈り物などしたのですか？」

ミセス・ヴァーナムは肘掛け椅子に座ると、たっぷり時間をかけてスカートを整えてから、顔をあげてエリザと目を合わせた。「なぜならエヴァンストン卿に関するかぎり、あなたが手に入れられるのはそれだけだからよ。いまもこの先も」

なんて興味をそそる展開なのだろう。エリザは長椅子に座り直して考えた。どうやらこの女性は、彼女を脅威と見なしているらしい。

「どうしてわたしがエヴァンストン卿とどうにかなりたいと望んでいると思うのかしら」

ミセス・ヴァーナムは甲高い笑い声をあげ、信じられないというようにエリザを見た。「すぐにわかったわ、あなたの行動を見ていたら。劇場のボックス席にも、パーティのホストのテーブルにも、彼を連れ出しに来たじゃない。それにいつだって彼をちらちら見ている」

明らかな事実に反論してもしかたがないので、エリザは黙って相手の敵意に満ちた視線を受け止めた。手のひらに汗がにじんでいるのをぼんやりと感じたが、スカートにこすりつけるのは我慢する。そんなまねをしたら、神経質になっていると悟られるだけだ。彼女は背筋を伸ばし、顎をあげた。

「あなたはなぜここに?」

「単純なことよ」ミセス・ヴァーナムが手を伸ばし、しみひとつない手袋に包まれた指先を眺める。「ちょっとした誤解を解いておきたいの。トーマスが少しでもあなたに興味を持っているという、あなたの誤解をね」彼女はにっこりした。「彼の興味はわたしがひとりじめしているのよ。とくに寝室での興味は。どうやらたくさんの男性があなたに花を贈ってきているようだから、その中のひとりに失意を慰めてもらえばいいんじゃないかしら」

嫉妬に襲われ、エリザはめまいがした。この女性はトーマスに対する権利を主張するためだけに、ここまで来たのだ。けれど、その主張に根拠があるかどうかは別として、トーマスがこんなばかげた行動を取る女性にいい感情を持つはずがない。

「よくわかりました」エリザはうなずいた。「あなたには敬意を表します。なるべく早く彼に手紙を書きますね。あなたとの関係についてきちんと知らされたことを、伝えておきたいと思いますから」

ミセス・ヴァーナムが黒い目を一瞬見開いたあとで細め、怒りに顔をゆがめた。「トーマスが求めている女はあなたではないのよ。彼の求める未亡人はあなたじゃない」

「仮にそれが事実だとして――」声が震えてしまった自分を心の中で罵る。「エヴァンストン卿との関係にそれほど自信のあるあなたが、わざわざそれをわたしに説明しに来る理由はなんなのかしら」

ミセス・ヴァーナムがいきなり立ちあがり、スカートをさっと払って整えた。「トーマスはわたしのものよ。たしかに彼もわたしも、ほかにあちこちで楽しんでいる。だけど最近の態度はとても許せない。あなたが同意してもしなくてもかまわないわ。どちらにせよ、今後彼に会うことは絶対に慎んでもらいますからね」

エリザも立ちあがって、あいまいに肩をすくめた。「何も約束するつもりはございませんので」

「彼には絶対に会わせないわ」

最後にもう一度険悪な表情でにらみつけると、ヴィクトリア・ヴァーナムは案内を待たずに廊下へ出て、自分で玄関の扉を開けて出ていった。しばらくして、パターソンが客間にやってきた。

「大丈夫ですか？」

「大丈夫よ」エリザは椅子の背をつかんで体を支えながら言った。

パターソンが近づいてきて、エリザを温かく抱きしめる。「なかなかうまくやり返されていましたね」

「本当に？」エリザはメイドの肩に顎をのせた。「そうだといいんだけれど。とにかく、こんなことがあったあとでトーマスとふつうに顔を合わせられるか、自信がないわ。あの女と彼が親しい関係にあると思うと――しかもいまも――」

「ミセス・ヴァーナムの言葉が本当かどうかは怪しい気がします。「ですが、言っているとおりだとしても……」パターソンがためらったあと続ける。「何か問題がありますか？　奥さまは、あの方とは違う種類の男性を求めておいでなのだと思っていましたが」

エリザは落ち込んで頭を垂れ、ため息をついた。

「自分が何を求めているのか、わからなくなってしまったわ」

トーマスはキャロラインと彼女のおばを屋敷の中に落ち着かせたあと、馬車から荷物をおろす従僕たちを手伝った。ウィローフォード・ハウスに着くと、レディ・フランシスは休息を取って元気を回復できるよう、すぐに寝室へ連れていかれていた。年配の女性に旅はこたえるので、必要な措置だ。馬車の中という人に聞かれる心配のない場所だったにもかかわらず、キャロラインはおばに問題があることを彼にほのめかしただけだった。しかし緊張にこわばった彼女の顔を見れば、問題が深刻であるのは明らかだ。

キャロラインは屋敷の使用人におばの不安定な状態を説明したあと、一階の食堂でトーマスと夕食をとった。急いで用意された食事は薄切り肉と焼いた野菜という簡素なものだったが、空腹な彼らにはごちそうだった。ふたりは穏やかな沈黙の中で、料理を口に運んだ。儀礼的な会話を交わさなければという義務感に空腹が勝り、しかもそのことをどちらも理解しているため、相手が気を悪くするのではないかと気にする必要がなかった。

キャロラインは心労がいくらかやわらいだようで、大きく息を吐いてワインをたっぷり口に含んだ。そして、細い脚を持ってグラスをぼんやりとまわしながら光の反射している縁をうつろな表情で見つめているトーマスに目を向けた。

「わたしたちを助けてくれて、ありがとう」

彼はまばたきをして顔をあげた。「どういたしまして。だが感謝なら、エリザにすればいい。彼女がここまでの足を手配しようと考えなかったら、きみたちはまだロンドンにいただろう」

「エリザには、もう何度もお礼を言ったわ。あなたに手を貸してもらうために彼女がどんな取引に応じたかを知ってからは、とくに」

トーマスは表情を険しくした。「きみには関係のない話だ」

「そうであるとも、そうでないとも言えるわね」キャロラインはグラスを持ちあげて、ワインをもうひと口飲んだ。それから彼と目を合わせ、雪のように真っ白なテーブルクロスの上にグラスを戻す。「いつもならエリザが何をしようとまったく気にしないけれど、親友である彼女がわたしのためにつらい思いをするとなったら話は別よ」

「つらい思い？」キャロラインの言葉が信じられずに目を見開く。「ぼくはこれまで一度だって、エリザにそんな思いをさせたことは――」

「彼女の婚約発表の夜、キスをしたんでしょう？」

トーマスは口をつぐみ、うなずいた。「ようやくきみに打ち明けたんだな」

「そういう行動は若い女性につらい思いをさせるとは思わないの？」

「キスが〝つらい〟だなんて思わないね。きみはぼくとキスをしたことがないから、そんなふうに言うのかもしれないが」皮肉をこめて言う。

キャロラインが彼をとがめるように見た。「あなたは答えにくい質問をされると、相手を攻撃してごまかそうとするのね。見抜けないなんて思わないで」

彼は皿の横にナプキンを置いた。「きみのほうこそ、ぼくの条件を受け入れることでエリザが少しでも犠牲を払っただなんて思わないでくれ。彼女は自分の意志で同意したんだ」

「エリザは大人だし、好きなように行動する権利があるわ。でも、〝犠牲〟に対するあなたの考え方には賛成できない。結婚を申し込まれても返事を保留にするなんて、彼女からしてみたら犠牲以外の何物でもないでしょう。だいたい、あなたの目的はなんなの？」

トーマスは怒りがふくれあがるのを感じた。「それはぼくだけがわかっていればいいことだ」はっきりとした口調で言う。

「そのせいで求婚者が去っていったらどうするの？」

「そんなやつは最初から彼女にふさわしくなかったんだ」

「あらそう。では、あなたはふさわしいというの？」

彼は耳障りな音を響かせて椅子を引くと、険しい表情で立ちあがってキャロラインを見おろした。「いいや」歯ぎしりをする。「だが、くそっ、そうなれるかやってみなくては」

考える前に口に出してしまい、キャロラインが驚きのあまりぽかんと口を開けているのを見てわれに返った。静まり返った食堂で呆然として立ち尽くすトーマスの耳に、思わず口をついて出た真実がこだまする。彼は顔をこすった。

なんということだ。

トーマスは息を吸い込んだ。それから吐いて、もう一度吸う。閉じていた目を開けると、キャロラインが黙って彼を見つめていた。大きく見開いた淡い灰色の目が強い光を放っている。トーマスは声を絞り出した。

「長旅で疲れたので、失礼する」

うなずくあいだも、キャロラインは彼から目を離さなかった。トーマスは素早く出口に向かった。

どちらもそれ以上ひとことも言わなかったが、同じ事実を鋭く意識していた。彼がエリザを愛しているという事実を。

エリザは広いハイドパークを目を細めて見渡した。白いシルクのパラソルを持って開き、木製のベンチの背にもたれて疲れたため息をつく。ケント州へと発つ日の午前中を、彼女は家で過ごすつもりだった。キャロラインとレディ・フランシスは無事にハンプシャーへ旅立ち、一緒に公園へ行く友人がいなくなったからだ。

けれども沈んでいる彼女を、パターソンが促した。新鮮な空気を吸って太陽の光を浴びれば少しは元気になるという忠実なメイドの勧めに従ったのだが、こうして来てみると、たしかに気分が変わったことは否定できない。それでも心が晴れたとまでは言えなかった。キャロラインたちが無事に領地に戻れたのはうれしいけれど、ふたりがいなくなったのは寂しく、彼女たちに同行してくれた黒髪の子爵の不在はさらに心にこたえた。

この一週間は、大勢の訪問者に会うことでほとんどの時間が過ぎていった。その多くは男性で、すでに何人かから結婚の申し込みを受けている。求婚の一歩手前という男性もいて、社交シーズンも終わりというこの時期になっての突然の人気の高まりに、エリザはついていけずにいた。

それに結婚を申し込まれるたびにトーマスを思い出し、彼とその男性を比べてしまう。いまはトーマスとの関係はこじれているものの、彼がエリザの頼みに応じて友人を助けてくれたという事実を思わずにいられない。また、夫を決めるのをしばらく保留してほしいという要求には心をかき乱され、彼がそんな要求をした理由を懸命に追い求めてしまう。

小道の向こうで、森バトの群れが地面をつついていた。中から大きな雄が抜け出して雌の近くに行き、得意げに胸をふくらませたり、お辞儀をしたりしながら、やさしげな声で鳴いている。雌は雄を無視して草地の上で餌を探しまわり、雄はそんな雌のあとを追う。まるで求愛のダンスだ。エリザは夏のあいだ、ロンドンのあちこちで見てきた男女の求愛を思い出した。もちろん、その中にトーマスは含まれていない。この雄にトーマスの魅力のほんの一部でもあったら、群れの雌はこぞって見とれ、気を引こうとするだろう。

そのとき駆けてきた馬がベンチのそばで止まり、ハトの群れがいっせいに羽ばたいて飛びあがった。エリザは目をしばたたき、馬上にいるのが誰なのか確かめようと、パラソルで光をさえぎりながら顔をあげた。

「レディ・エリザ。よかった。ここに来ればお会いできるかと思って、来てみたのですよ。今日の午後に発たれるという噂を聞いて」

ジェームズ・ランドリーが素早く馬からおりるのを見て、エリザは立ちあがった。彼がお辞儀をする。

「みなさんがわたしのことをどれほど気にかけてくださっているか知るたびに、驚いてしまいますわ」彼女は笑いながら言った。「ええ、お聞きになった噂のとおりです。荷造りはすんでいて、今日の午後に発ちます」

ランドリーはしっかりと手綱を持ち、乗馬用の鞭(むち)を脇にはさんだ。「出発前にお会いできてほっとしました。ご友人は誰にも別れを告げずに、この街を離れたと聞いていますし」

エリザはにっこりして手を振り、そういうことではないと否定した。「彼女は領地のほうに急用ができて、戻らなくてはならなくなっただけです」

「子爵もですか?」

ランドリーはついでのように軽く尋ねたが、実はその答えが大いに気になるのだとエリザにはわかった。そこで関心がないふりをして、眉をあげる。

「エヴァンストン卿のことはわかりません。わたしの兄と組んでいる事業が、何か関係しているのかもしれませんけれど」

彼は額にしわを寄せ、手袋をはめた指先で口ひげの片側を撫でつけた。「ではあなたが戻られる先には、彼がいるかもしれないんですね」

「そうかもしれません」エリザは体重を反対の足に移し、無頓着を装ってパラソルをまわしながら肩をすくめた。けれども本当は、心臓がものすごい速さで打っていた。ランドリーがこれから重要なことを言おうとしているという気がしてならない。トーマスに先を越されまいと意気込んで。

ランドリーがため息をついて視線をそらし、大通りで横に並んで乗馬を楽しんでいる紳士淑女を見つめる。彼はしばらく自分と対話するようにぶつぶつとつぶやいていたが、やがて首を横に振ってエリザに視線を戻した。

「もっといい機会を待ってと思っていたのですが――」

彼が話しはじめると思わず体が硬直した自分に、エリザは驚いた。いったいどういうことだろう？　彼女は結婚を念頭に、ランドリーとのつきあいを歓迎していたはずだ。

「何事にも一番いい瞬間というのがありますもの。当然ですわ」ランドリーの言葉をさえぎり、いまは〝一番いい瞬間〟ではないという彼の判断に賛成だと強調して大きくうなずく。ランドリーが先を続けると思うとひるんでしまう自分を、エリザは心の中で叱った。

いったい何をやっているの？

「だが、これ以上は待てないので――」

エリザは小さくあえいで横を向いた。「なんだか急に暑くなってきたと思いませんか？」そう言って手で顔をあおいだが、まったくの嘘というわけでもなかった。よくわからない感情の高まりで、体が急にほてってきたのだ。

葉の隙間からちらちらと光が漏れているカシの木を、ランドリーが見あげた。「ああ、まあ、そうですね。朝よりも気温があがっているようです。とにかくそれはそれとして――」

なんとか彼をさえぎりたくて、エリザは着飾って公園を行き来している男女の中に見知った顔を探した。すると意外なところから救いの手が差し伸べられた。

「レディ・エリザ！」

彼女は馬にまたがってゆったりと近づいてきたラティマー男爵に手を振り、足を引いてお辞儀をした。ランドリーも礼儀正しく帽子を取ったが、その顔には穏やかとは言いがたい表情が浮かんでいる。

彼女はほっとしていることを懸命に隠した。

「ラティマー男爵」ランドリーが挨拶を返しながらも、エリザに訴えるような視線を向ける。「長くはお邪魔しません。あちらからあなたが見えて、レディ・キャロラインについてうかがおうと思って来たんです」男爵が馬の上から大声で言い、白髪まじりの頭を振った。「あの娘はまたしても機会をつぶしてしまったようだ。いまはいったいどこにいるのか、ご存じかな?」

親友を非難されて、エリザは怒りがわきあがるのを感じた。後悔するような言葉を吐かず男爵との会話を終わらせられる可能性は、この時点でほぼなくなった。

「〝あの娘〟はわたしの友人で、ペンバートン公爵のご令嬢です。そして彼女がハンプシャーへ戻る必要があると判断するときはそれだけの理由がありますので、ご安心ください」エリザはふたりの男性を交互に見た。彼らは警戒するような表情を浮かべつつ、彼女の剣幕に魅了されている。

「た、たしかにそうかもしれませんな」男爵が口ごもりながら返す。「つい先日、公爵から手紙をもらったので、ちょっと訊いてみようと思っただけで……」

エリザはスカートを持ちあげて後ろに払った。「公爵閣下は毎年あなたに何通も手紙を出されているのに、ご令嬢がいまでも未婚なのは変だと思いませんか? 本当にお嬢さんを気にかけていたら、閣下は戻ってきて直接話をされるのではないでしょうか。その必要があるとわかっていながら、公爵閣下はひたすら旅を楽しんでおられる」彼女はそっけなくお辞儀をすると、ランドリーにもちらりと目を向けた。「サー・ジェームズ、お会いできて楽しかったです。またすぐにお目にかかれるとよろしいですね」

突然のなりゆきに意気消沈していたランドリーは、去っていくエリザを止めようとするように足を踏み出しかけ、思い直して手をだらりとおろした。「ええ、もちろんすぐにお目にかかれますよ。その日を指折り数えて待っています」

ふたりに背を向けると、エリザはうわの空で馬や歩行者をよけながら、来た道を引き返した。キャロラインの家族に怒りを感じると同時に、自分が取った行動に困惑し、ぞっとしていた。ただしランドリーの求婚をとりあえず避けられたのはほっとしたし、午後になったらようやくロートン・パークに向かえると思うとうれしい。ロートン・パークに戻れば、トーマスにも会える。

でも、そんなふうに感じてしまうのはよくない兆候だと彼女はわかっていた。

10

「お母さま！」

興奮した声とともに、馬車の開いた扉から布製の人形を片手にしっかりと握った幼い娘が飛び込んできた。エリザは急いで両腕を広げ、娘を受け止めた。聞いていると誰もが楽しくなるロザの笑い声と、エリザ自身の喜びの叫びがまじりあう。すぐにふたりは、頬を流れる幸せの涙をぬぐっていた。

「あなたと会えなくて寂しかったわ」エリザははなをすすり、ロザをきつく抱きしめた。

「クララおばさまやウィリアムおじさまと楽しく過ごせた？」

「うん。だけどやっぱり、お母さまがいないのはすごく寂しかった」ロザは緑色の目を輝かせたあと、悲しげに認めた。

エリザは娘の目にかかった金色の巻き毛を払い、そっと舌を鳴らして慰めた。我慢できず、ぽっちゃりした頬にキスをする。

「でも、ようやく戻ってこられたわ。いまは留守にしていたあいだにあなたがどんな冒険をしたか、全部教えてもらいたくてうずうずしているの」

開いたままの扉の横をそっと叩く音がして目を向けると、ロザの頭の向こうにウィリアムの微笑んでいる顔が見えた。

「長旅だったのに、まだこの馬車からおりたくないようだな、エリザ」彼は馬車の中をのぞき込んで見まわし、自分が所有している乗り物のクッションのきいた座席やしっとりと輝く壁の塗装に目を留めた。「わが馬車ながら、なかなかいい」そう言って片目をつぶる。

「ウィリアムったら！」エリザはふざけて兄の腕をぴしゃりと叩いた。

クララと結婚してから、ウィリアムは大きく変わった。引きこもって孤独に過ごしていたときの面影はどこにもない。彼はクララを救い、彼女はウィリアムを救った。悲劇的な事故のあとロートン・パークから消えていた笑いと光が、クララのおかげで戻ってきたのだ。エリザはそのことを喜びながらも、いまだに先が見えない自分の状況を懸念せずにはいられなかった。社交シーズンを終えたいまも、ロザと自分の未来を切り開けていない。

ウィリアムがにやりとして体を引き、馬車をおりるエリザとロザに手を貸した。すぐ外で待っていたクララが、待ちかねたようにエリザを抱きしめる。

「ああ、エリザ、あなたが戻って本当にうれしいわ」

「やっぱり家はいいわね」エリザは疲れた声を出した。「社交界の人たちとのおつきあいは本当に退屈で。それに楽しい噂話に目がないあの人たちをわたしごときが満足させられたか、自信がないの。メイドのふりをするなんていう大胆な冒険は、誰もができるわけじゃないから」兄嫁に向かって、いたずらっぽく微笑む。

クララも茶目っ気たっぷりに瞳を輝かせ、ウィリアムに愛情のこもった視線を向けた。「大胆な冒険と言うけれど、あれは絶望に駆られてしかたなくしたことだから」彼女は夫の手に手を滑り込ませた。「彼と出会うために、たくさんの運が必要だったわ。いい運も悪い運も。それにあなたの手紙には、ロンドンを発つ前に結婚の申し込みをいくつも受けたって書いてあったじゃないの」

エリザはため息をつき、屋敷の前の私道に視線を向けた。そこにはこういう特別な機会の恒例行事なのだが、使用人がずらりと並んでいる。

「それはそうなんだけれど――」

エリザの目が、彼女を出迎えるもうひとりの人物の上に留まった。漆黒の髪は太陽の光を受けて輝き、青い目は彼女が続きを話すのを待ってじっと見つめている。

「あら、トーマス!」エリザはあわてて膝を折り、彼にお辞儀をした。「ごめんなさい、気づかなかったわ」

彼も進み出てお辞儀をする。「きみの帰りを、ぼくもぜひ迎えたかったんだ」折り目正しい抑えた口調だった。

エリザはちらりとウィリアムを見た。兄の姿に、トーマスとのあいだにあったことを秘密にしなければ彼と兄の友情にひびが入ってしまうことを思い出す。

ほつれた髪をボンネットの下に押し込んで言葉を探しているうちに、クララと目が合った。彼女が無言の問いに対する答えを探るように、エリザを熱心に見つめる。

「さあ、早く中に入りましょう。暗くなる前にロザと散歩をしたいわ」エリザは少し明るすぎる声で、みなを促した。

ウィリアムが屋敷を手で指し示す。「もちろんそうしたらいい。ただし、ロザとの散歩にはリスたちとのお茶会が含まれているよ」エリザの驚いた顔を見て、彼は続けた。「心配はいらない。リスたちはなかなか行儀がいいからね。とくにミセス・フンボルトお手製のタルトをもらえたときは。お気に入りはラズベリーのタルトだよ」

その夜、寡婦用住居に戻ったエリザは、彼女の寝室でロザも一緒に眠らせることにした。ふたりはベッドの上で何時間も起きたまま、長い夏をそれぞれどう過ごしたのか伝えあった。そしてロザはクララと使用人たちが役を演じた劇について面白おかしく語ったあと、疲れに屈して眠りに落ちた。翌朝、目を覚ましたエリザは、娘が自分にくっついて丸まっているのを見て微笑んだ。眠っていても人形を大事そうに抱え、もう一方の手でエリザの髪を軽くつかんでいる。

ふたたび娘と過ごせる喜びに、エリザの心を重苦しく占めている問題からほんの少し気持ちをそらすことができた。問題というのは、ほぼトーマスのことだ。昨日エリザが到着したとき、彼はいつもと違って妙におとなしく、ウィリアムがいぶかしげにしていた。気をつけないと、すぐ兄に気づかれてしまう。クララがふたりのあいだに漂う緊張に気づいたかどうかはわからないけれど、これからトーマスと過ごす機会が多くなれば、たちまち明るみに出るだろう。

それに結婚問題の進展についてトーマスに報告しなければならないと思うと、それも心配だった。ほとんど話してもいない男性からの求婚は別として、ランドリーからはまだ申し込まれていないと伝えなければならない。彼が申し込もうとしたところを文字どおりさえぎったわけだが、正式に求婚されていないという事実は事実だ。そんな状態でトーマスのそばに行くのは危険すぎる。彼はエリザが無防備になるときを狙って、誘惑してくるだろう。

それから二日間、彼女とロザはロートン・パークと寡婦用住居を行き来して過ごした。ロザが気のきく使用人と甘やかしてくれるやさしいおじ夫婦に慣れてしまったいま、これからはそうするのがふつうになるだろうとエリザは考えていた。ところが戻って三日目の朝、パターソンが一通の手紙を持って寝室の扉を叩いた。

「お手紙です……ホーソーン・ハウスから」

受け取ろうと手を伸ばしていたエリザは一瞬かたまったあと、メイドの手から手紙を取った。

トーマスからの手紙だ。

「ありがとう、パターソン。さがっていいわ」彼女は口早に言った。

閉めた扉に背を向けてもたれ、手紙を握りしめる。恐れに胸が締めつけられたが、中身を見ずにはいられない。封蠟を破り、便箋を取り出して広げると、トーマスの筆跡で短い文章が記されていた。

〝親愛なるエリザへ
今日の午後、訪ねてもらえたらうれしい。
エヴァンストン〟

エリザは顔を上に向け、声を出してうめいた。彼とまたふたりきりで会うと思うと……。われに返って頭を起こす。だめだ。こんなことではいけない。彼女はさまざまな状況をくぐり抜けてきた、自立した女性なのだ。この前はトーマスの愛人と対決した。彼と会うのが、それよりも大変であるはずがない。それにその件について、彼にまだ文句を言っていない。さらに言えば、いくつかトーマスに訊きたいことがある。キャロラインと彼女のおばを助けてもらったため、事態が少々複雑になっているけれど。あれだけ骨を折ってもらったあとで、いきなり彼に突っかかるわけにはいかない。

エリザは化粧台に行き、引き出しの中に手紙を隠した。それから呼び鈴の紐を引いて、鏡に映った自分の姿を見つめた。朝起きたままなので、いろいろ準備が必要だ。

何気ない一日が、急に面白くなってきた。

ホーソーン・ハウスに馬車が着いたとたん、エリザは来なければよかったと後悔した。トーマスが彼女を迎えるために屋敷の外に立っているのが見え、胃が不快によじれはじめる。

彼は濃紺のモーニングコート、象牙色のベスト、軽い生地のズボンという非の打ちどころのない装いだ。濃紺の上下は彼によく似合っていて、青い目が引き立っている。紺と象牙色、漆黒の髪と肌の色。ふたつの組みあわせのコントラストに目を奪われたエリザは、自分の淡いピンク色のドレスを見おろした。こんなことを考えるべきではないけれど、似合っていると彼にも思ってもらいたい。

エリザはどきどきしているのを隠して馬車をおり、トーマスに歩み寄った。小さく笑みを浮かべて彼を見あげる。

「エヴァンストン卿」膝を折って挨拶をした。

トーマスも口の端をあげて、お辞儀を返す。「レディ・エリザ、今日は来てくれてありがとう。ロザとは離れていたあいだの埋めあわせができたかな?」彼は腕を差し出した。

「ええ、たっぷり」エリザはたくましい腕に手をかけた。彼に触れたとたんに走った喜びの波を懸命に抑え、なんとか声を出す。「キャロラインとおばさまを無事にウィローフォード・ハウスまで送ってもらったお礼を、まだ言っていなかったわね。本当にありがとう」

玄関前の階段をあがりながら、トーマスが彼女を見おろした。「礼は必要ない。見返りとしてぼくが何を求めたか、覚えてくれているかぎりは」

幸せな気分があっというまに怒りに変わり、エリザは足を止めた。トーマスの腕にかけていた手を外し、彼のことも立ち止まらせる。「それならもちろん覚えていますとも。あなたの出した条件はちゃんと尊重したわ……夫を見つけるという目標を危険にさらして。もし本当にだめになったら、あなたのせいですからね――」

トーマスが途方に暮れたような顔になり、そんな表情を向けられながらたどたどしく非難を続けるなんてとてもできないと、エリザは悟った。やがて彼の顔が楽しげな表情に変わり、失礼にも唇がにやりとゆがんだ。

「エリザ、ああいう深刻な頼みをぼくが断るはずがないと、本当はわかっていただろう？きみが条件を守るかどうか、ぼくには確信もなかったし。だが、守ってくれたと聞いてうれしいよ」トーマスは低い声でつけ加えた。

エリザは彼を見つめた。怒りをぶつけたいのに、まったく別の感情がわいてくる。トーマスはエリザの再婚に干渉しないと約束したのにロンドンで妨害を重ね、彼女に近づく男性にいやがらせをするなど、繰り返し腹立たしい行動を取ってきた。その半面、彼はエリザの頼みを聞いてくれた。直前に彼女に拒絶されていたというのに、助けてくれた。

不意にエリザは、彼がすぐ近くにいることを意識した。彼女が落ち着きをなくしたことに気づいたかのように、トーマスが親しげにふたたび腕を差し出す。

「お茶を飲みたければ、二階に運ばせておいたよ」

数分後、エリザは彼の客間に座って、温かい紅茶を飲んでいた。小さく切ったサンドイッチとビスケットも用意されており、あれこれ思い悩んでいたせいで少なからず空腹を覚えていた彼女にはありがたかった。すぐにふたりは昔からの友人同士としてくつろいだ会話を始めたが、エリザは彼が紅茶ではなくブランデーを飲んでいることに気づかずにはいられなかった。彼女がトーマスに心をかき乱されているように、彼もエリザのせいで落ち着きを失っているのかもしれない。

「ロザがこの夏、どんなことをして楽しんでいたのか教えてくれないか？　ぼくにも手紙を書いてくれると約束していたんだが、忙しすぎて無理だったようだ」トーマスがマントルピースにもたれ、ブランデーを少し口に含んだ。

エリザは笑い、サイドテーブルに皿を置いた。「実はね、この前ウィリアムが言っていたとおり、あの子はリスに夢中なの」

「リスだって！　なんであんなネズミみたいなちっぽけなやつが好きなのか、まったく理解できないな」

「いやだ、全然そんなふうではないわよ。毛がふさふさしていて、かわいいんだから――」

「犬だってそうだぞ」トーマスが納得できない様子で返す。

「人間によくなつくし――」

「ポケットにごちそうが入ってるとわかっているからさ」

エリザはため息をついて彼を見た。「いいじゃないの、トーマス。四歳の女の子が、ふさふさの尻尾が生えた小さな森の動物を好きにならないはずがないでしょう？」

「まあ、そうだな。実際、ロザとリスには共通点がいくつかある」エリザが面白がるような顔をしたので、彼は説明した。「どちらも愉快で生き生きしている」

「そしてかわいい」彼女はトーマスが忘れている事実を、厳しい表情で指摘した。

彼が笑う。「ああ、もちろんそうだ」

エリザは紅茶を飲んだあと繊細な磁器のカップを受け皿の上に戻し、トーマスと温かい笑みを交わした。

不適切な衝動に駆られずにトーマスとこうして親しく会話をするのは、本当に久しぶりだった。いまの彼はふたりの生き方の違いに目を向けず、友情に満ちた楽しいひとときを過ごすことに集中しているようだ。

〝彼は時間を稼いでいるんだわ〟

キャロラインの警告が脳裏によみがえる。トーマスを信用したいと思いつつ、エリザはその可能性を否定できなかった。そわそわして立ちあがり、窓の前に行って美しい自然に満ちた彼の領地を見渡す。久しぶりの平和なこのひとときを台なしにしたくはないけれど、彼に言わなければならないことがあった。

エリザは咳払いをした。「ロンドンで予想外のお客さまがあったの。あなたの知りあいよ。知りあい以上の方と言ったほうがいいかしら」

彼が眉間にしわを寄せた。頭の中であれこれ可能性を探っているのが見て取れる。しばらくして言った。「誰だい？」

自分の身を守るように、エリザはみぞおちの前で腕を組んだ。「ミセス・ヴァーナム」

トーマスにあからさまな変化はなく、表情も変わらなかったが、押し殺した感情に眼光だけが鋭くなった。

「それで、彼女がきみになんの用だったんだ?」

エリザはためらった。真実をそのまま告げれば彼の愛情を争っていると思われてしまい、ただでさえいつ燃えあがるかわからない状況に火をつけることになりかねない。でも、名前だけ告げて終わりというわけにはいかないのもわかっていた。

「あなたとの関係を、わたしにはっきり教えておきたかったみたい」

トーマスはもたれていたマントルピースから身を起こし、鋭い目で彼女を見つめた。「どういう関係だと言っていた?」

「そうね、とても……親密なものだとか」口ごもり、なんとか言葉にする。

彼が近づいてきてサイドテーブルの横で足を止め、グラスを置いた。そのグラスを不自然なほど凝視している。「もしぼくが彼女の言葉を否定したら……信じてくれるかい?」

エリザの体がじわじわと熱くなった。「何を信じればいいのか、わたしにはわからないわ。だからどうというわけじゃないけれど」

「そうだな」トーマスが静かな声で同意し、ようやく顔をあげて彼女と目を合わせたあと、視線を唇に落とした。「だからどうというわけじゃない……」

外から馬車の音が聞こえてきて、ふたりは会話を中断した。トーマスが窓辺に行って外をのぞき、いらだたしげに額にしわを寄せて体を引く。

「どうやらレディ・エヴァンストンがご訪問くださったらしい」

トーマスと母親とのあいだの緊張関係を知っているエリザは目を見開いた。「まあ、あなたは知っていたの？」

「いや、もちろん知らなかった。いつもいきなり来るんだ」彼は客間の扉を大きく開け放した。広い玄関ホールの大理石の床を進む大きな足音が近づいてきて、子爵未亡人が姿を現す。

レディ・エヴァンストンは身を縮めている執事を後ろに従え、堂々と部屋に入ってきた。

彼女は夫を亡くして何年も経つうえ、夫を愛していたというわけでもないのに、黒いクレープ地をたっぷりと使った喪服に身を包んでいた。つば広の黒い帽子に飾られた黒い羽根が、体の動きにつれて大きく揺れている。バートンは玄関での挨拶を途中で無視されてしまったらしく、彼女を追いながら懸命に最後まで終わらせようとしていた。

トーマスは手を振って執事をさがらせると、背中で手を組んだ。「こんにちは、母上。お寄りくださったのはうれしいのですが、あいにく客をもてなしている最中なんですよ」

レディ・エヴァンストンがエリザのほうに顔を向け、その動きで羽根が揺れる。鋭い容貌も相まって、エリザはウズラを思い浮かべずにはいられなかった。

「エリザ・カートウィックなら見えるけれど、お客さまというのはいったいどこにいるの？」彼の母親が冷たい目をひたと据えて問いかける。

離れたところにいるエリザにも、トーマスの怒りがふくれあがるのがわかった。

「レディ・エリザをお迎えしているんですよ。ぼくが招待したんです。だが母上は、招待されていないのに来られた」

レディ・エヴァンストンが突き刺すような目で息子をにらむ。「ここはわたしの家でしたからね。忘れたの？」

「いいえ。母上こそ、お忘れなのでは？　いまはぼくがここの主人です。いらしてくださるのはもちろん歓迎しますが、ぼくや友人のプライバシーは尊重していただきたい」

「友人ですって？　彼女をそんなふうに呼ばなくてはならないの？　もう何年も前から、彼女をベッドに連れ込んでいるんでしょうに。お父さまなら、そうなさったようにね」

エリザは衝撃で顔が凍りついた。子爵未亡人がそのままずかずかと進んで長椅子に腰をおろし、勝手にサンドイッチを食べはじめるのを、彼女は言葉もなく見つめた。トーマスの様子をうかがうと、怒りに瞳の色が濃くなっている。

「ぼくのことなら、どうとでも言えばいい」彼が声を険しくした。「あなたを止められる人間などいないんですから。でも、エリザを悪く言うのはやめてもらいましょう。さもないと、ぼくにも考えがあります」

エリザの胸が鋭く痛んだ。トーマスは母親からこんな扱いを受けても我慢し、エリザに対してだけ丁重に接するように主張している。こんな彼の姿を見るのは耐えられない。

「賭け事で財産を食いつぶし、女たちと遊びまわることで復讐でもするのかしら。あら、でも違うわね。それならいままでもやってきたもの」

「ぼくは家の財産を危険にさらしたことは一度もありません」

「あなたには跡継ぎをつくる義務があるのよ。妻を持たなくては。愛人ではなく」レディ・エヴァンストンが嘲るようにエリザを見る。

もう充分だ。

「やめてください」エリザは怒りとともに告げ、長椅子の上から嫌悪の表情を向けているレディ・エヴァンストンの前に立った。「あなたは息子さんをわざと誤解なさっています。彼には亡くなったご主人と似ているところがたくさんあるからなのでしょうけれど、わたしも彼のお父さまとは子どもの頃にお会いしたことがあります。いろいろと欠点もおありだったとはいえ、いい方でした。やさしくて。トーマスも同じです。いい人でやさしい。だからあなたが彼を悪く言うのを、黙って聞いてはいられません」

トーマスの母親は敵意に満ちた表情で押し黙り、エリザは呆然としている彼に目を向けた。

「今日は会えてうれしかったわ、トーマス。次はもっとなごやかな雰囲気で過ごせるといいわね」

スカートをひるがえして客間を出ると外に立っていた従僕と目が合い、彼女は早く家に戻りたくてたまらなくなった。

信じがたい状況にレディ・エヴァンストンが鼻息を荒くして、客間から出ていくエリザを見つめている。トーマスも母親に負けないくらい驚きに打たれながら、彼女を見送った。きっと自分はエリザの言葉を何箇所か聞き間違えたに違いない。そうでないとしたら、彼女はトーマスがまったく気づいていなかった感情を、彼に対して持っているということになる。それだけでも驚きなのに、彼の善良さに対するあれほど強い信頼を、悪意に満ちた彼の母親にぶつけるなんて……。

　まさかと思いながらも、胸の中に希望がわきあがった。ところがそのとき窒息したような奇妙な音がして、トーマスは右を向いた。するとエリザの怒りのこもった反撃に驚いた母親が、口をぱくぱくさせている。

「な、なんて失礼な――」

　彼は目を細めた。「教えてください。招かれもしないのに人の家に入ってきて、いきなり侮辱の言葉をわめき散らすのは失礼ではないのですか？」軽蔑をこめて母親を見おろす。「たしかにあなたはぼくを産んでくれました。たとえいやいやだったとしても。しかし、どうやらぼくは、あなたのわがままを許しすぎていたようだ」

　エリザに追いつかなくてはと気がせいて、トーマスはさっさと母親に背を向けて部屋をあとにした。無言の圧力をこめた視線を向けると、従僕が従順にうなずいて客間の扉を閉めた。オーク材の扉をはさんだ向こうでなら、母親には好きなだけサンドイッチを食べ、いらいらした気分に浸ってもらってかまわない。

　エリザが出ていって、まだそれほど経っていない。まだその辺にいることを願い、トーマスは玄関に急いだ。もし彼女が全速力で外に出て馬車に乗ってしまっていたら、自分も馬を出して追いつき、納得できるまで話をしよう。エリザはいつも彼を愚かな放蕩者だと言うけれど、それならなぜあんなふうに声を荒らげて弁護してくれたのだろう？　あの激しさを、友情だけで説明できるだろうか？

幸い、玄関のあたりからエリザの声が聞こえた。角をまわると、執事に話しかけている彼女の姿が視界に入った。

「エリザ、少し話がしたい」急いで声をかけ、広い玄関ホールに足音を大きく響かせて足を速める。

バートンがお辞儀をしてさがり、エリザがちらりとトーマスを見た。しかし、すぐに扉のほうを向いてしまった。

「ごめんなさい。騒ぎを起こすつもりはなかったんだけれど――」彼女がこわばった声で謝る。

彼はようやく追いつくと、エリザの肘をつかんで振り向かせた。大きく見開いた緑色の目が、一瞬泳いだあとトーマスを見つめる。彼女を求める気持ちがこみあげ、トーマスは息が詰まったが、歯を食いしばって質問に集中した。

「本気で言ったのか？」

エリザが動きを止め、目をしばたたいた。だが頬に血がのぼるのが見え、何を訊かれたのか理解しているのがわかった。そこで手をゆるめ、無言で答えを待つ。

「それは――あの……」

彼女が舌の先で唇を湿らせた。神経質になっているせいだとわかっているが、それを見てトーマスの欲望は一気に燃えあがった。必死に呼吸に集中するトーマスの前で、エリザが彼の顔以外のあらゆる場所に視線をさまよわせている。けれどもようやく顔をあげると、その目にはふたたびかすかないらだちが浮かんでいた。

「ええ、もちろん本気で言ったわ。あなたのお父さまが犯した罪は、お父さまだけのものだから。レディ・エヴァンストンがお父さまの罪をあなたにもかぶせているのは、公平じゃないと思う。いくら――」

角を曲がった廊下の向こうで、客間の扉が勢いよく開く音がした。エリザがびくりとするのを手に感じてトーマスが振り返ると、母親が従僕頭を従えて歩いてくるのが見えた。鼻をつんと上に向けたまま玄関に向かう子爵未亡人を従僕があわてて追い越し、先に扉をつかんで開ける。外へ出る前に、彼女は足を止めてふたりをにらんだ。

「女のためにわたしを無視するなんて、あなたは本当に父親そっくりだこと」

それだけ吐き捨てると、レディ・エヴァンストンは馬車へ向かった。従僕は主人に謝るような視線を向けながら外に出て扉を閉め、憤慨している彼女を追いかけた。トーマスは頭を垂れて、ため息をついた。少しして顔をあげ、もう一度エリザと目を合わせる。

「ぼくが父親にそっくりだというのは、あながち間違いじゃない」彼は認め、口をゆがめた。

「だからこそ、母もあんなふうにぼくを責めるんだ」

エリザの目が怒りに燃えあがった。「お父さまのいいところを受け継いでいることにも、目を向けるべきだわ。お父さまにはよい部分もたくさんあったんだから」彼女はそれだけ言うと玄関から出ていこうとしたが、トーマスが手を離さなかったので、腕が後ろに引っ張られた。「放してもらえるかしら。わたしも失礼するから――」

一度引っ張っただけで、エリザを引き戻して振り向かせることができた。何年も前のキスを思い出し、トーマスは自分を恥じた。あれは人生に倦んでいた男の気まぐれ、単なるおふざけだった。あの頃の彼は、誰かを大切に思うということを知らなかったのだ。だが、いまエリザを見おろすと、当時の自分があれほど何も見えていなかったのが信じられない。彼女はトーマスをひざまずかせることができる唯一の女性で、彼は生まれて初めて心からそうしたかった。

唇を重ねると熱い喜びがわきあがり、血管に入って体じゅうを駆けめぐった。エリザは驚きの声を漏らしたあと、キスに応えた。トーマスが望んではいたが、期待はしていなかった情熱をこめて。彼は身をかがめてキスを深め、エリザを味わった。彼女も口を開いて受け入れ、うめき声をあげ、上着をつかんでトーマスを引き寄せる。

欲望におぼれる彼の頭に、ある場面が浮かんだ。エリザを抱きあげて階上の寝室に運び、一度目は性急に奪う。そして二度目はもっとゆっくりと……。

しかしそこで、もしこの想像を実現させれば必ず伴う結果を思い出した。

トーマスは必死に衝動を抑えて彼女の腕をそっと外し、体を離した。彼は変わったのだと、エリザに見せなければならない。もっとましな男になれるのだということを。この前キャロラインに言ったように、少なくとも試してみなくてはならないのだ。

「エリザ」ささやくような声になり、咳払いをして言い直した。「レディ・エリザ……」

トーマスが離れたので、エリザは驚いて彼の広い胸を包むシャツを見つめた。彼女の体は初めての感覚にまだうずいていて、何が起こっているのか理解しようとしても、頭がついていかない。

トーマスにキスをされた気がするけれど、そんなことはとても信じられなかった。彼がデビューしたての無垢な若い娘ではなく、結婚経験があり子どももいる女を選ぶはずがない。それにエリザは、彼がこれまで相手をしてきた世慣れた未亡人でもないのだ。ヴィクトリア・ヴァーナムのように経験豊かな女性は、エリザが想像もできないようなやり方で彼を興奮させられるのだろう。

キスを記憶にとどめておくために、ひりひりする唇に指を滑らせ、呆然としたままトーマスを見あげる。ずっと張りめぐらせてきた防御の壁を破られてしまった。慎重に隠してきた情熱がいまや肌のすぐ下に、全身の細胞に、吐息の中にくすぶっていて、もしまたキスされるようなことがあったら、自分がどうなってしまうかわからない。

エリザを探るように見つめる彼の目には恐れが浮かんでいた。「許してくれ。こんなことをするつもりじゃなかった」

怒りに目をしばたたいて、エリザは彼を求めてやまない気持ちを振り払った。最後に男性と親密な時間を過ごしてから何年も経つ。これまで何度もランドリーとベッドをともにするところを想像しようとしたけれど、腹立たしいことに、想像の中の男性はいつもトーマスに姿を変えてしまった。目の前に立っている、稲妻みたいに強い光を放つ目の男性に。いまも彼女は雷に打たれたように衝撃を受け、何も言えずにいた。ずっとそうだったのだ。彼は視線ひとつでエリザを骨抜きにしてしまう。そんな彼にキスをされて、まだぼうっとしたまま立ち直れていない。彼女の空想からそのまま取り出したようないまのキスは、何年も前に交わしたキスとは似ても似つかない。まるで、この世でキスをしたい女性は彼女だけだと思われているように感じた。

もう一度謝られる前に、エリザはトーマスの頭を引きおろした。今度は爪先立ちになって伸びあがり、口を開いて貪欲に彼を受け入れる。全身の血が彼を求めて沸き立っていた。トーマスは最初こそ体を離そうとしたが、すぐに低くうめいて彼女をきつく抱き寄せた。エリザは彼の首に両腕をまわしたままぐったりと力を抜き、抱擁に身をまかせた。体が密着する感覚に、思わず声を出してあえいでしまう。彼女はのけぞってさらに体を押しつけようとしたものの、いまいましいコルセットが邪魔で充分にトーマスの感触を味わえず、心の中で悪態をついた。

ベルベットのごとくなめらかな彼の口に執拗にむさぼられ、エリザの体が震えだした。彼の両手が背中の下のくぼみをかすめ、さらに下へ向かおうとして、ぎりぎりのところで止まる。トーマスがキスをやめ、少しだけ唇を離した。

「エリザ、今日きみは来るべきじゃなかった」荒い息を抑えようとして、声がかすれている。彼は後悔しているかのように頭を振った。

エリザは当惑して額にしわを寄せた。脚に力が入らず、体が揺れてしまう。「でも、招待したのはあなたよ」

トーマスが低く乾いた笑いを漏らした。「招待というのは、礼儀正しいふるまいを保証するものではないってことだな。このままでは紳士らしくするという決心に反して、行きつくところまで行ってしまう」

激しく打っていたエリザの心臓が一瞬止まった。トーマスが彼女の背中の下のくぼみに温かく力強い手を置いたまま、強い視線を向ける。急に気温があがったような気がしたものの、おそらく彼の言葉に頰が熱くなったせいでそう感じるのだろう。いまのはエリザに対する警告だが、彼がわざわざそれを口にしたという事実に、何か重要な意味があると思えてならない。

大らかなユーモアの感覚があり、男らしくてハンサム、女性を惹きつけてやまない魅力にあふれているトーマスから、エリザはずっと目が離せなかった。けれど、たったいま見せてくれた彼女への気遣いで、トーマスへの気持ちが加速した。これまでずっと抑えてきたが、すでに彼への欲求は隠せなくなってしまっている。体をむさぼられると思っても、かつてのように自分を抑える歯止めにならない。トーマスはそうなると思っていたようだけれど。

彼が荒い呼吸とともに声を絞り出した。「やめられなくなる前に帰ったほうがいい」

エリザは顔をしかめ、彼の首の後ろにまわしていた手をおろして上着の下襟をつかんだ。もちろんトーマスの言うとおりだ。このままベッドになだれ込むことになれば、ひどい間違いを犯したと必ず後悔する。彼はエリザがロザのために必要としている、頼れる父親像に当てはまらないのだから。それにもしエリザがそれでいいと思っても、ウィリアムは絶対に許さないだろう。はっきり言って、エリザとトーマスが男女の関係になったとウィリアムが知った瞬間に、兄とトーマスの長年の友情は壊れる。そんなことになったら耐えられない。それにエリザ自身とトーマスとの友情はどうなる？　結婚前から取りつかれている熱病のような彼への気持ちを満たすために、それをすべて犠牲にする覚悟があるだろうか？

自分がいま感じているものを、エリザはひとつひとつ確認していった。トーマスの近さ、指先に感じる体のかたさ、さわやかで清潔な男らしい香り、口の中に残っている彼の味。目に映るトーマスの苦しげな表情、彼の忠告を無視してくれと無言で懇願しているまなざし……。

エリザは踏みとどまれなかった。ただひたすらキスがしたくて、唇をぶつける。トーマスは抗議の言葉をつぶやいたが、ほとんど聞き取れないうえに力がこもっておらず、彼女はすぐに口を開いて彼が差し入れてきた舌を受け入れた。トーマスが彼女を近くの壁に押しつける。おそらくかなり高価な年代物の花瓶が台から落ち、無数の小さなかけらになって足元に散らばった。

エリザは心配になってキスをやめ、抱きしめられたまま体をひねって床を見おろした。

「壊しちゃったわ――」

トーマスは割れた花瓶にまるで興味を示さず、優雅に結いあげた彼女の髪を長い指でつかんでのけぞらせ、あらわになった喉に唇をつけた。エリザが声をあげて身をよじるのもかまわずに、歯と舌と唇で首筋をたどる。彼女はとうとう我慢できなくなってトーマスの豊かな髪に指を絡め、自分から唇を重ねていった。

「エリザ」熱く濡れたキスの合間に彼がささやく。両手で胸のふくらみをつかみ、曲げた指先を胸元の生地の端にかける。そのまま手を下におろせば、胸があらわになってしまう。

「ああ、エリザ——」

彼女は頭がくらくらした。あえぐことも、声をあげることもできない。息すらできなかった。ただトーマスのものになりたくて、彼の両手や口を体じゅうに感じたくて、自分の中に彼を感じたくて、ほかには何も考えられなかった。

そのとき玄関の扉が開く音がして、執事が戻ってきたのがわかった。トーマスがさっと顔をあげ、エリザを見られないように自らの体で隠す。当然ながら、バートンは顔なじみのレディ・エリザがホーソーン・ハウスの主人と抱きあっているなどという事態を予想していないはずだ。さらに言えば、いつもはちりひとつ落ちていない大理石の床に陶器のかけらが散らばり、その中にふたりが立っているという事態は青天のへきれきであるはずだった。ところがその予想外の場面を執事は目の当たりにすることになり、必然的に彼の目には事態を正確に理解した光が宿った。しかし有能な執事であるバートンはすぐに自制し、身分にふさわしい控えめな態度を取った。

「メイドを呼んで片づけさせましょう。それからレディ・エリザの馬車は準備ができておりますので、いつでもお乗りになれます」執事は形ばかりのお辞儀をした。「ほかにご用はございませんか？」

「おまえが消えることだ。さあ、行け、バートン」トーマスは言い、懸命に息を整えた。

「かしこまりました」

執事は大柄な男性としてはかなり素早く、ふたりの前から消えた。するとトーマスはすぐさま振り向いて、一瞬の躊躇もなくエリザをすくいあげた。どうやら彼はこの玄関ホールで、自らの葛藤に終止符を打ったようだ。ロンドンの屋敷で同じように抱きあげられて運ばれたときのことを思い出さずにはいられない。ただし、あのときは足を怪我したためだったが、今日はまったく目的が違う。彼に運ばれた先に何が待っているかは明らかだ。

「トーマス――」エリザはあえぐように言い、彼がどういうつもりなのかを知ろうと、広い胸に手を当てて目をのぞき込んだ。

すると前のように言葉でやりあう代わりに、トーマスは有無を言わせぬキスをした。エリザが思わぬ展開にこわばらせていた手足から力を抜き、抵抗をやめて降伏するまで。それを見届けると彼は唇を離して、階段をのぼりはじめた。

トーマスの腕は岩のようにがっちりと揺るぎなく、足取りは決意に満ちている。彼はもう気を変えるつもりがないのだ。足をゆるめず、立ち止まりもしない。ベッドの上でエリザを組み敷き、ついに彼のものになった喜びにわれを忘れさせるつもりなのだ。

そんなことをさせてはいけないと、エリザは自分に言い聞かせた。ただしこれまでのところ、弱々しい抵抗はなんの効果もあげていない。トーマスの腕の中から出なければと思うのに、気がつくとクラヴァットを引っ張って結び目をほどこうとしている。そしてクラヴァットがゆるむと、あらわになった首の付け根にいつのまにか唇をつけていた。彼がうめき声を漏らし、それに応えるようにエリザの体に震えが走る。

寝室に入り、トーマスが大きな音をたてて扉を閉めると、彼女はびくりとした。ベッドの上におろされて、ふたたび恐慌をきたしそうになる。彼がエリザと目を合わせたまま一歩さがり、クラヴァットをむしり取って床に落とした。彼女は恐れと欲望、それにトーマスのすべてを自分のものにしたいという切迫した衝動にからめとられて、動けなかった。恐怖におびえる鳥の羽ばたきのように心臓がせわしなく打ち、シャツのボタンを外す彼の長い指の動きから目をそらせない。この同じ指がズボンの前を開けていくところを、エリザは想像した。彼女のスカートをまくりあげるところも……。

トーマスはこれから彼女を彼の妻にしようとしている。あるいは愛人に。あるいは恋人に。そのどれになるのだとしても、エリザは受け入れる。彼が望むことを。

〝彼は時間を稼いでいるんだわ〟

キャロラインの言葉が頭にこだました。エリザはあわてて体を起こしてベッドからおり、部屋の反対側まで逃げて大きな目でトーマスを見つめた。彼が凍りついたように動きを止め、床に落ちているクラヴァットに視線を落とす。

「きみが望むなら、そいつをつけ直してもいい」彼はのろのろと言った。

そのユーモアに満ちた言葉に、エリザは思わず笑いそうになった。「やめて、トーマス」

両手で目を覆う。「お願い、やめて」

一瞬ののち、彼が沈んだ表情で訊いた。

「エリザ、なぜだめなんだ？」

彼女は震える声を出した。「あなたの次の愛人にはなれないわ。未亡人が好きなことは知っているけれど」そう言って背筋を伸ばす。

「ぼくが求める女性はきみだけだ。未亡人かどうかにかかわらず」トーマスが静かに返した。

彼を信じたい。でも、その願望にすべてを賭けることになるのだ。エリザだけでなく娘の人生も。

気がつくと、彼女は首を横に振っていた。「もう帰らなくては」

トーマスが額にしわを寄せて後悔をにじませる。彼はエリザのほうに踏み出し、手を差し伸べた。「エリザ――」

「お願い、トーマス。やめて」

エリザはあとずさりしながら、彼のハンサムな顔が衝撃にゆがむのを見つめた。トーマスの顔はただハンサムというだけでなく、見とれてしまうくらい端整で美しい。彼を見ていると、心が締めつけられて苦しかった。

「わたしには夫が、娘には父親が必要なの。そしてそのどちらにも、あなたは向いていないわ。そう言われたからといって、あなたが傷つくことはないと思うけれど。いまこの瞬間は、ほんの少しそんな気分になったとしても」

けれどもトーマスは傷ついた表情で彼女を見つめていた。あきらめと絶望が顔に広がっていく。そんな彼を見ているのはつらかった。エリザはそれ以上何か言われる前にスカートを持ちあげ、トーマスの横を走り抜けて寝室の扉を開けた。階段を駆けおりて玄関ホールを抜け、外に出る。馬車に乗り込んで扉が閉まると、ようやく詰めていた息を吐いて大きくあえいだ。クラヴァットを外し、シャツの前を大きく開けたトーマスのいる世界は終わったのだ。屋敷の前にたたずんでじっと見つめている彼を残して、エリザの馬車は走りだした。

11

トーマスはペン先をきしらせながら署名をして椅子の背にもたれ、自分の意図がちゃんと伝わるように書けているか確認するために手紙を読み返した。怒りをにじませた文面で、ふたりの関係はすっかり終わったのだと確実にわからせたかった。もう完全に過去のものとなったのだと。

ようやく満足すると、彼は赤い蠟を火にかざして溶かし、封筒の上に垂らした。その上に印章を押しつけてから、手についたインクのしみを見つめる。眉根を寄せてこすってみたが完全には取れず、黒いしみを見ているうちに頭がずきずきと痛みはじめた。

トーマスはいらいらと袖を引っ張って、しみを隠した。サイドボードに目をやると、琥珀色の液体の入ったボトルが昼前の日の光を受けて誘うように輝いている。以前はしょっちゅうクリスタルのデカンターを空けて憂さを晴らしていたが、いまはブランデーでさえ、エリザが彼をほかの男たちより劣ると見なしているという事実を忘れさせてくれない。彼はあのさえないランドリーにさえかなわないと思われているのだ。

それにアルコールの酔いは、この腕の中でエリザが応えてくれているのを感じたときの至福の喜びとは比べるべくもない。従順にトーマスを求めてくれる彼女を目にしたときの歓喜は天にものぼるほどだった。あの喜びをまた味わえたら、どんなにいいだろう。彼女を忘れる方法などあるのだろうか……。

短いノックの音が響き、すぐに扉が開いた。

「失礼ですが、旦那さま、伯爵とのお約束に遅れてしまいます」

入り口に立ってこちらを見つめるバートンの顔には心配そうな表情が浮かんでいる。トーマスはやるべきことに気持ちを切り替え、封筒を表に返して手早く宛先を書きつけると、立ちあがった。

「心配しすぎだ、バートン。馬に乗っていくから、遅れは簡単に取り戻せる。それに重要な手紙だったんだ」トーマスは執事に歩み寄って手紙を渡した。「これを必ず次の便で出してほしい。ミセス・ヴァーナムにできるだけ早く受け取ってもらいたいんだ。どうしても伝えたいことがあるんでね」

「ミセス・ヴァーナムですか？　かしこまりました」バートンが好奇心のにじむ声で返したあと部屋を出ていこうとして、ためらいがちに足を止める。そんな執事を見て、トーマスは乗馬用の上着に手を伸ばしながら眉をあげた。

「手紙を持って、さっさと行け」

迷っているところを見つかってびくりとしたバートンの白髪が、窓から入ってきた昼前の陽光を受けてきらりと光る。「いえ、たいしたことではございません。ただちょっとお伝えしてておきたかっただけで……こほん……昨日はレディ・エリザをお迎えできてうれしかったと」トーマスは上着の袖に腕を通したが、執事が口ごもりながら続けるのを聞いて動きをゆるめた。「つまり、旦那さまはロンドンで……レディ・エリザから何度お手紙をいただいても返事をお書きになりませんでした。それで昨日はうれしかったのでございます。おふたりが、その――」

「おまえは謙虚な使用人が見るべきではないものまで見たようだな」トーマスは上着の袖を勢いよく引っ張りながら嫌味を口にした。

執事が手に持った手紙を見おろして赤くなる。「はい……そのとおりでございます。ただ、ひとつ申しあげておきますと、レディ・エリザのことは以前からとてもよいお方だと思っておりました」

「それはぼくも同じだ、バートン。だが彼女はいま、結婚の申し込みをいくつも受けている。おそらくそのうちのひとつを受けるだろう」感情が表に出てしまわないように、声を落ち着かせる。「彼女がぼくを受け入れることはない」

「ですが昨日は、説得する余地が充分にあるように見受けられました」

トーマスは感心しないという意をこめて執事を見た。「おまえの雇い主として、次からは見るべきでないものを見ないように忠告しておく。それに見かけは当てにならないものだ」

「よくわかりました、旦那さま」バートンが素早く言った。「しかしながら、わたしが耳にしたところでは……もちろん自ら聞きまわったわけではございませんが……レディ・エリザはミスター・カートウィックが亡くなられてから、男性に関して非常に慎重に生きてこられたようです。まったく関わりを持ってこられなかった、と申しあげてもいいかもしれません。昨日、旦那さまに会いに来られるまでは」

トーマスはただ鼻を鳴らし、革張りの椅子に放り投げてあった乗馬用の鞭を手に取った。いま聞いたことを深く考えるのは危険だとわかっていたが、彼は執事がわざわざエリザについて語ったことを少しばかり面白く思った。

「ロンドンでは、彼女はほかの男たちに求愛されていた。昨日は少しはめを外したのだろう。彼女も人間だからな」エリザに拒否されたことを思い出して心が痛むのを感じながら、執事の考えを退ける。

「僭越ながら、それは旦那さまが勝手にそう思っていらっしゃるだけでは？」

トーマスはむっとして執事をにらみつけた。「このことに関して、おまえの意見を求めた覚えはない」

「お許しください、旦那さま。ですが、どうにも放っておけなかったのでございます。愛というのは社会的な常識や枠組みにおさまりきるものでないとは思いますが、旦那さまがレディ・エリザとうまくいく可能性は、結婚をお申し込みになることで飛躍的に大きくなるのではないでしょうか」言いたいことを言い終えたバートンは、出すぎたまねをとがめられるのを予想しているように小さく頭をさげた。

トーマスは呆然として執事を見つめたあと、ゆっくりと手紙を指した。「次の便に必ず乗せるんだぞ。さあ、もう頼むからそこをどいてくれ。約束に遅れる」彼は早口に言い、バートンの横をすり抜けて部屋を出た。

出発が遅かったにもかかわらず、トーマスは快調に遅れを取り戻してウィリアムの屋敷に着いた。手に入れたばかりの栗毛の馬が、ロンドンの石敷きの道だけでなく曲がりくねった田舎道でもたぐいまれな走力を発揮したのだ。ランドリーが買おうとした馬を鼻先でかすめ取ったのはせめてもの腹いせだったが、もしあの男がエリザの心を手に入れたら――あるいはそうでなくとも彼女がランドリーの求婚を受け入れたら、そんな腹いせはわずかな慰めにもならなくなってしまう。

暖かい日で、厩舎(きゅうしゃ)に入るとトーマスは馬と干し草のにおいに包まれた。手綱を馬番の少年に渡してすぐに屋敷へ向かったが、一歩進むごとに期待が体に満ちる。そんな自分にいらだって、トーマスは頭を振った。昨日の出来事のあと、これほどすぐエリザと顔を合わせるのは不安だった。彼女を寝室に運んだ場面を数えきれないほど何度も思い出しているが、いまもまたそれがよみがえって体が熱くなり、彼は頭を冷やすために必死で工場のことを考えた。こんなふうに気持ちが乱れているのは、おせっかいな執事にも責任の一端がある。

今日ロートン・パークに来たのは、ウィリアムがマンチェスターにつくろうとしている綿紡績工場の用地取得について話しあうためだった。ロンドンではエリザを追いかけるのに多くの夜を費やしたが、昼間は不動産仲介業者や北部の繊維産業関係者と会って過ごした。

とはいえ、いまはビジネスにまったく意識が向かない。頭に浮かぶのはウィリアムの妹ばかりで、トーマスはその事実をうまく隠し通せるように心の中で祈った。エリザがキスを深めるために彼の頭の後ろにまわした手のうっとりする感触、体を押しつけられたときのぞくぞくした感じ、クラヴァットを外されてあらわになった首の付け根を愛撫した彼女の唇や舌の動き。それらを思い出して、トーマスはうっかりうめき声を漏らす。

これではいけないと、トーマスは顔をしかめた。気を引きしめ、エリザへの思いを心の奥に押し込めなくては。綿紡績工場の件に集中できなければ、何が起こっているのかウィリアムに知られる恐れがある。ウィリアムの警告を無視して妹を誘惑したいと考えていると、ばれてしまうかもしれないのだ。ふだんのトーマスは人の命令を無視することに大きな喜びを感じる。しかしロンドンでのエリザとのなりゆきは彼にも予想外の出来事で、制御する余地はまったくなかった。

トーマスは従僕のマシューに通されて書斎へ向かった。廊下を駆けていくやんちゃな少女のあとを追う美しい母親に出くわさないかと視線をめぐらせたが、幸いそんな気配はなく、書斎の扉を叩いたときの彼の頭は比較的まともに働いていた。

「入ってくれ」

トーマスはふだんどおりの気楽な態度で入っていき、ウィリアムの向かいにあるいつもの席に座った。深い色合いのモロッコ革が張られているマホガニー材の椅子から、友人を見る。ウィリアムはまとめた書類を机の上に軽く打ちつけてそろえてから脇に置き、トーマスへ注意を向けた。口の端をあげて笑みを浮かべる。

「ここを離れられないわたしに代わってロンドンでいろいろと動いてくれて、まずは礼を言うよ」

「どういたしまして」トーマスはにやりとするのを抑えようとして失敗した。「美しい新妻と関係を深めるきみの邪魔をしたくなかったからな」

ウィリアムが眉をあげる。「ああ、そうだな。まあ、きみのほうもきっと、ロンドンに滞在する利点を最大限に生かしたんだろう。もちろん常識の範囲内でということだが」

思わずわきあがった罪悪感を抑え、トーマスはあわてて話題を変えた。「当然だ。実際、不動産仲介業者のミスター・ペトリーは少々変わっているが、なかなか魅力的な男だったよ」

ウィリアムがトーマスをじっと見たあと、喉の奥で低く笑う。「彼との話を聞かせてくれ」

ため息をついて、トーマスは説明を始めた。「マンチェスターでもっと簡単に安く工場を始める方法はいくらでもあるのに、きみは最も困難で金のかかる方法を取ろうとしているとペトリーに教えてやったんだ」

ウィリアムは椅子の背にもたれてみぞおちの前で手を組み、金色の頭を不快げに傾けた。

「この計画の目的はスキャンランを財政的に叩きつぶすことで――」

「堅実な投資を目指しているんだとばかり思っていたよ」トーマスはこぼした。

「工場を買い取って、やつのポケットをふくらませてやる必要がどこにある？」

「ひとつには、すでに工場という枠組みが整っているからだ」トーマスは的確に指摘した。「それに工場の購入に際して払った金は、そのとき一度きりの金だ。事業がうまくいって、金が入りつづけるというのとは違う。最後に、やつの工場は小さいから、近くに規模の大きな工場ができると脅せば、おそらくそれほど金を出さなくても売る気になるだろう。やつのほうも、きみに負けないほどの悪感情を抱いていなければの話だが」

「ありえないな。その方法は絶対にない。やつの事業が立ちゆかなくなるまで追いつめれば、向こうから売りたいと懇願してくるさ」

「まあいい。そう言うと思っていたよ」トーマスはあきらめて言った。「だからペトリーに運河沿いで空いている建物を見つけさせた。きみが思い描いている規模の工場に充分な大きさだ。かなり手を入れなくてはならないが」

ウィリアムは控えめながら楽観的な目でトーマスを見た。「きみの判断を信用している。その建物の広さは、前に話しあった規模のものをつくるのに本当に充分なのか？」

「ペトリーもぼくも、大丈夫だということで意見が一致した。最終的に契約する前に、きみにも確かめてもらわなければならないが」

ウィリアムは机の上の書類の束を取って、トーマスに渡した。「もちろんそうするさ。必要な建築家と建設労働者はすでに確保してある。ミスター・ペトリーに連絡を取って、ロンドンで会う手はずを整えてくれないか？　そこから一緒に列車で北へ向かうのがいいだろう」

「今日のうちに手紙を送っておく」

ウィリアムが考え込みながらトーマスを見つめる。心の奥を見通すような緑色の目を見ていると、トーマスは落ち着かない気分になった。「ロンドンではずいぶんと奮闘してくれたんだな、エヴァンストン。どうやらまじめに過ごしていたらしい。きらびやかな社交生活や紳士クラブの誘惑に抵抗できないんじゃないかと思っていたが」

そのからかいにどう返したらいいかわからず、トーマスはただ肩をすくめた。「ときどきはきみを驚かせるのも楽しいからな」自分でそう言って、彼はたじろいだ。妹をいきなり追いまわしはじめたと知ったら、ウィリアムが仰天するのは間違いない。真実を知れば友人であるこの男はトーマスを脅威と見なすはずだと、彼の良心が警告を発する。

ロザが屋敷の中を走る騒々しい音に、ふたりは口をつぐんだ。エリザとクララがやんちゃな少女の後ろで静かに笑っている声がする。トーマスは扉のほうを振り返ったが、動悸がするのを隠して平然としているふりをした。

「奥方たちはずっと家にいたのか?」さりげなく尋ねる。

ウィリアムが立ちあがって表情を崩し、生まじめだった顔に喜びと言っていいようなものが広がた。「いや。今朝は妻と妹で、ロザを村まで買い物に連れていったんだ」彼はサイドボードに行って、自分とトーマスにブランデーを注いだ。「クララとエリザは来月に開くハウスパーティのことを、いくら話しても話し足りないらしい」しぶしぶその状況を受け入れているかのように、じっと目をつぶる。「ふだん使っていない西の翼棟も開けなくてはならないんだが、ミセス・マローンもひどく前向きでね」

トーマスも立ちあがり、ウィリアムのところへ行ってブランデーを受け取った。「いい計画じゃないか。この屋敷がまた活気づくのはうれしいよ」グラスをまわして、ブランデーが渦を巻くのを見つめる。「ぼくも招待状をもらえるのかな？　それとも、ぼくの顔はもう見飽きたか？」

ウィリアムが驚きの目を向けてきたので、トーマスはほっとした。「もちろんきみにも来てもらうさ」ウィリアムはグラスを取りあげてあおり、強いアルコールに勢いよく息を吐いた。「エリザの縁結び役をひとりで務めさせるつもりか？」

トーマスのグラスに入っている琥珀色の液体が、ぴたりと動きを止める。

「どういうことだ？」しゃがれた声で訊いた。「彼女はすでにロンドンで、何人もの男に求婚されたんじゃないのか？」

「まあ、たしかにそうなんだが、エリザがクララに打ち明けたところでは、みんなから一番の候補だと見なされていた男に求婚されそうになったとき、話をはぐらかしてしまったらしい」ウィリアムは残りのブランデーを飲み干すと、グラスをサイドボードの上に置いた。

その話を聞いても驚きはなく、トーマスは目をそらした。エリザはただ彼の要求に従っただけだ。

「返事を引き延ばしたということか？」

「いや、違う」ウィリアムが簡潔に返した。「どうやら申し込まれないように邪魔をしたらしい。つまり、ちゃんと申し込ませなかったんだ。そこでクララは今度のパーティにその男を招待して、始めたことを終わらせるのか見届けるつもりだそうだ」

トーマスは言葉もなく友人を見つめながら、残された時間を計算した。ウィリアムが工場の件でマンチェスターに行って帰ってくるまで、半月以上かかるだろう。彼が戻るのを待ってハウスパーティが始まり、ランドリーがやってきてエリザに正式に結婚を申し込む。時間はたいして残されていない。

だがそれよりも重要なのは、エリザがランドリーの求婚の邪魔をしたというくだりだ。なぜそんなまねをしたのだろう？

トーマスは咳払いをした。「なるほど」まだ酒がなみなみと入っているグラスをサイドボードの上に置く。

ウィリアムは口のつけられていないグラスにちらりと目をやって肩をすくめ、部屋を出ようと向きを変えた。「三人がどんないたずらを楽しんできたのか、話を聞きに行かないか？」

良心がふたたび頭をもたげ、トーマスはわずらわしい罪悪感を振り払って笑みをつくった。

「そうだな」

ウィリアムについて廊下へ出て、あたりを見まわす。そこには誰の姿もなく、静まり返っていた。トーマスは戸惑ってウィリアムを見た。

「一度戻って、またどこかに行ったのかな」

ウィリアムはその場で答えず、客間に向かった。しかし、そこにも三人はいない。トーマスは友人とともに今度は食堂へ行ったが、やはりひとけはなかった。だがウィリアムはそこで足を止め、目をつぶって微笑んだ。

「どこにいるのかわかったぞ」彼が声をひそめて笑いながらつぶやく。

ウィリアムは黙ったまま、食堂のすぐ近くにある緑色のベーズ生地が張られている扉に向かった。このような屋敷では、人々が上階と下階のあいだの目に見えない境界線を踏み越えることはめったにない。上流階級の人間と使用人はそれぞれ違う領域に属しているのだ。もともとウィリアムは、そういう社会的なしきたりにこだわるほうではなかった。家族のほとんどを失い、ロートン・パークで孤独な生活を送るようになってからはとくに。けれども使用人のひとりと恋に落ちて以来、さらに躊躇なく境界線を行き来するようになった。

クララは階下で過ごしているあいだに多くの友人をつくり、いまでもしょっちゅう彼らのもとへ行く。そしてロザもロートン・パークで働いているさまざまな人々に大いになつき、ふたつの領域を分ける扉を好きなときに出入りしていた。

ウィリアムが扉を開けると下から笑い声と話し声が聞こえてきて、ふたりは足元に注意しながら階段をおりていった。下の廊下を横切っていたミセス・マローンが主人たちの姿を見つけて驚いたように足を止め、あわててお辞儀をする。話し声にまじってロザの楽しそうな笑い声が響いてきて、家政婦長は使用人用食堂のほうをちらりと見た。

「お許しください、旦那さま。お嬢さまには何度も申しあげているのですが――」

「いいんだよ、ミセス・マローン。自分の手に負えないこともあるのだと、きみも受け入れなくてはならない。そして、これこそがそうなのだからね」ウィリアムは廊下におり立つと、にぎやかなほうに視線を向けた。

家政婦長は不満そうに口を結んだ。「はい、旦那さま」ふたたび厨房に向かって歩きだす。大きな鍵束が彼女こそ正義の象徴だと強調するように、がちゃがちゃと鳴った。

トーマスとウィリアムはおかしさに目を見合わせた。

「ぼくが日々どんなことに対処しなければならないかわかっただろう、エヴァンストン」

トーマスは噴き出したいのを我慢して、ウィリアムとともに料理人のミセス・フンボルトの陽気な声が響いてくる使用人用食堂へと進んだ。

「こちらのものにはアーモンドのペーストが使われているんですよ、ロザさま。そしてこちらはブラックカラントのジャムをのせたビスケットで……」

アシュワース伯爵とエヴァンストン子爵がそろって姿を現したのを見て料理人は絶句し、もともと赤かった頬を真紅に染めた。彼女は急いで後ろにさがると不器用にお辞儀をして、すぐ横の長いテーブルに座っている人々を心配そうに見た。

「旦那さま――」

一ダースの椅子がいっせいに引かれて床にこすれる音が響き、使用人たちが敬意を示すためにそれぞれお辞儀をした。クララが歩み出て、愛情もあらわに夫を抱擁する。よそでは貴族にあるまじきふしだらなふるまいだと見なされるが、ここでは伯爵がうれしそうに妻を見おろしているだけだ。

「ミセス・マローンがこめかみをぴくぴくさせていたよ。原因はきみではないのか、レディ・アシュワース？」

クララがダークブラウンの目を見開く。「でも、たいしたことじゃないのに！　わたしたちはただ、ミセス・フンボルトの新作を味見していただけなんですもの」

いままさに味見をしていた少女がおばの言葉を聞いてうれしそうに駆けてきて、ウィリアムの脚に抱きついた。

「リスたちにも味見をさせてあげるのよ、おじちゃま！」

ウィリアムは手を下に伸ばし、姪の小さな金髪の頭を撫でた。「そうだな。もちろん味見をさせてやらなくては」そう言って、菓子がのせられている皿に目をやる。「おまえが一番気に入ったのはどれか、教えてくれないか？」

ロザがウィリアムの手をつかんで引っ張っていくのをトーマスが見ていると、クララが振り返って微笑みかけた。彼は小さく会釈をし、人々が集まっているテーブルのほうにさりげなく視線を向けてエリザの姿を探した。ようやく見つけて、こっそりと見つめる。淡い黄色の昼間用のドレスをまとった彼女は、兄とミセス・フンボルトのあいだに身を隠すように立っていた。その姿はまるで、厚く雲が垂れこめた空から差しているひと筋の光のようだ。トーマスの視線を感じたのかエリザが振り向き、顔を赤らめて目を伏せた。

彼女を見たとたん、トーマスの体は熱を帯びた。昨日ふたりのあいだに起こったことを意識していなければ、エリザがあんなふうに彼の視線を避けるはずがない。

いけないとわかっているが、彼女をまたあんなふうに動揺させたい。脈打つ欲望が全身に広がり、トーマスは両手をきつく握りしめた。気持ちをそらすものが必要になり、歩み出て会話に加わる。

「どうだ、アシュワース？ アーモンドとカレント、どちらが好みなんだ？」こんな会話をしている自分を間抜けだと思いながら尋ねる。

ウィリアムは口を動かしつつ、トーマスを見つめて考え込んでいる。しばらくして、ようやく口の中のものをのみ込んだ。「どちらでもない。全部うまいが、わたしが好きなのはヘーゼルナッツのビスケットだな」料理人に向かって片目をつぶる。

「わたしもそれが好き！」ロザが叫び、そのクッキーを二枚取ってトーマスのほうに向かってきた。途中で一枚を口の中に押し込み、残った一枚を彼に差し出す。

「ちゃべて！」もぐもぐと口を動かしながらの言葉は、何を言っているのかよくわからない。トーマスはぎこちなくあたりを見まわすと、片膝をついてクッキーを受け取った。それを味わったあと、おいしさに感動しているように見えることを祈りながら眉をあげる。

「やあ、本当にうまいな。だけどリスたちは気に入るかな？」母親の美しい緑色の目をそのまま小さくしたような、かわいらしい目をトーマスは見つめた。

ロザの瞳がぱっと輝く。「食べさせてあげなくちゃ！」

戻ってきたミセス・マローンが、リスたちの試食会を取り仕切るのは当然自分だとばかりに使用人を解散させた。メイドや従僕が次々にお辞儀をして、食堂から出ていく。

トーマスは立ちあがった。「犬のほうが面倒ではないんじゃないのか?」まわりにも聞こえるように、わざと大きくウィリアムにささやく。

エリザが以前のトーマスとの会話をほのめかす言葉を聞いて、金色の巻き毛で隠れた顔にかすかな笑みを浮かべる。それだけで、彼女が理解したのだとトーマスにはわかった。

ロザはごちそうがのった皿をしっかりと持ち、みんなを引き連れて厨房の裏口に向かった。ぴょこぴょこと人をよけながら進んでいく少女のすぐそばに、母親のエリザがいる。ウィリアムとクララは後ろからゆっくりついてきているので、ようやくトーマスがエリザに話しかけられる隙ができた。エリザがそわそわした様子で振り返り、足を速めて追いついてくる彼を見つめる。

「トーマス、だめよ」彼女は声をひそめて言った。

外に出るといきなり強い八月の日差しが降り注ぎ、ふたりは目をすがめた。前にいるロザが光や暑さをものともせずに勢いよく歩いていくのを見ながら、トーマスはエリザに少し身を寄せた。

「ぼくたちが以前はよくおしゃべりしていたのを、みんな知っている。いきなりまったく話さなくなったら、かえって変だと思われるんじゃないか?」

エリザは人目を気にしてもう一度振り返り、会話の内容が聞こえるほど兄が近くにいないことを確認してから顔を戻した。「そうかもしれないわ。でもそれは……昨日のことがある前までの話よ。いまはもう、わたしたちは話をするべきじゃないと思う」

「つまり、ぼくと話すのが大きな危険をはらんだ行為になったと思っているんだね」

その言葉に、エリザの白い肌がさらに白くなった。「あなたとはこんなふうに話をしているだけで、とんでもないことになってしまうかもしれないもの。一緒にいるだけでも――」

「そうなのか？」彼の唇に思わず笑みが浮かぶ。

彼女はしまったという顔をしてトーマスを見あげたあと、視線をふたたび前に向けた。

「そういう意味じゃないわ」

「では、どういう意味なのかな？　ぼくと一緒にいると、われを忘れてしまうと言っているように聞こえたが」

「わたしたちは話をするべきじゃないと言ったのよ」エリザは口を引き結んだ。

彼女の胸元から頬骨の上まで、じわじわと赤みがのぼっていく。耳の先まで赤くなった。口ではトーマスを拒絶するようなことを言っているが、この姿を見ると本当はそうではないとわかる。エリザは彼を求めているのだ。ただし、その気持ちがしっかりとした強い感情に根差したものであるのかはわからない。これまでトーマスは、彼女への愛情をはっきり口にしたことはない。しかし最近ロンドンやケントで交わした会話からすると、エリザがいつそれに気づいてもおかしくないように思える。そしてもし彼女が気づけば、トーマスに対して警戒するような態度が弱まるか、彼を完全に遠ざけるか、いずれかになるだろう。

これまでのやり方を変えなければならない。ロンドンでは嫉妬心をあおって、エリザの注意を引くのに成功した。あの街で彼女は大勢の男に囲まれていたから、必要な作戦だったのだ。しかし、ここではそんな手に訴える必要はない。エリザをからかうのは楽しいけれど、そんなことをして彼女を手に入れる役に立つとは思えない。

エリザは傷つきやすく、無防備な気分になっている。だからトーマスの心の内をいくらか明かせば、彼女の不安をやわらげられるかもしれない。だがそうすることを思うと額に汗がにじみ、彼は目を泳がせて木の上に向けた。

「エリザ、ぼくのロンドンでのふるまいからはわからなかったかもしれないが――」

「やめて!」彼女が警戒心をあらわにしてさえぎる。

「ぼくはあのような行為よりもっと多くを求めているんだと、知っておいてほしい」

エリザが石畳の小道の上で足を止めた。まっすぐ立っていられないとでもいうようにトーマスの袖をつかもうとして、さっと手を引っ込める。その様子にトーマスは歩みをゆるめたが、彼女が懸命に脚を動かすのを見て、ふつうの速さに戻した。先に芝生のところに着いていたロザが、リスを見つけて喜びの声をあげる。

「もっと多くって?」エリザが弱々しい声で訊いた。

どう答えればいいのだろう?

こういうことは、思っていたよりもずっと難しい。女性を誘惑するのは簡単だが、エリザのような賢明な女性に愛してもらおうとしても、なかなかうまくいかない。しかしトーマスはハンプシャーで自分の本当の気持ちに気づき、すべては変わったのだ。彼女への気持ちと欲望は強く結びついているものの、いまのトーマスは刹那的な喜びを追い求めるだけではなく、彼女の心も体もすべて手に入れるまでは満足できない。彼女の心臓の鼓動ひとつひとつまで自分のものにしたい。

こんなふうにひとりの女性のすべてを手に入れたいという衝動に駆られるのは初めての経験だった。だからこんなふうにエリザに率直に問いかけられても、どう答えていいかわからない。

「全部ってことだ」なんとか口にする。

エリザの歩く速さは変わらない。「そんなの嘘よ」

今度はトーマスが彼女の言葉に驚いた。

「なんだって？」

「トーマス、あなたは昨日どんな結果になるのかまるで考えずに、わたしを寝室へ連れていった。あなたが何を求めているのかは明らかよ。それが変わったのなら、わたしにはわかったはずだわ」

ふたりはロザに近づいた。少女は草の上にしゃがみ、地面の上にそっと置いた皿の上を動きまわっている赤リスを観察していた。小さな生き物は興奮して尻尾を動かしながら、さまざまな種類のクッキーのにおいをかいでいる。ロザに声が届くところまで行く前に、トーマスはエリザの腕に手を置き、耳元に顔を寄せた。彼女は首を横に振ったが、一瞬動きを止めた。

「いや、エリザ、きみにわかるはずがない」彼は語気強くささやいた。「ぼくは本当の気持ちを隠していたんだ。自分自身からも。どうしても隠せなくなるまで」

彼女が目をしばたたいた。やがてはっと気づいたような表情になったが、そのときウィリアムがやってきてトーマスの背中を親愛の情をこめて叩き、そのまま通り過ぎて森のそばにいるロザのところに行った。またしても罪悪感に襲われ、トーマスは歯を食いしばった。

クララがふたりに近づいて、陽気にエリザを誘った。「さあ、行きましょう。リスたちがどれを選んだのか、見てみなくちゃ」

「ええ、そうね」エリザがほっとしたようにささやく。

クララはトーマスに上品にお辞儀をすると、エリザに親しげに腕を絡めてロザのほうへ向かった。けれどもその前に一瞬振り向き、すべて見抜いていると言わんばかりに目をきらめかせて彼を見つめた。

12

仕事のためとはいえ、エリザはウィリアムが半月以上も家を空けるのがいやだった。兄がいないあいだは、トーマスがロートン・パークに滞在するとクララに聞いてからはなおさらだ。

屋敷にとどまるようウィリアムを説得しようとしたがうまくいかず、その結果ハウスパーティの直前まで戻らない兄に代わって一カ月近くもトーマスがロートン・パークにいるという状態に、彼女なりに対処する心の準備をしなければならなくなった。対処といっても、とにかくトーマスを無視するしかない。けれどもそれは芝生の上での衝撃的な告白以来、飛躍的に難しくなっている。彼が単なる欲望ではなくもっと深い感情を持ってくれていると思うと、切望に胸が締めつけられた。でも、惑わされてはならない。ランドリーが来て、やりかけの求婚をしてくれるまで、なんとか持ちこたえるのだ。トーマスはきっとすぐに、傷ついた自尊心を癒してくれる女性を見つける。昔エリザにキスをしたあと何事もなかった顔をしてすませたように、今度も彼女を忘れるだろう。

ランドリーの求婚を喜び勇んで受け入れる気にはなれないものの、エリザとロザの将来を考えれば、彼との結婚が最善の道だと確信している。トーマスを永遠に失うことになると思うと絶望する気持ちもあるけれど、これまでの友情や最近分かちあった予想外の親密な瞬間にもかかわらず、彼はエリザのものではない。トーマスとのあいだに望めるのは、せいぜい体の喜びだけだ。そのためにつくられたような男性である彼とベッドの上で過ごす時間はたとえようもなく素晴らしいだろうが、夫を選ぶのにそれを基準にするつもりはない。

まぶしいほど晴れた気持ちのいい日で、エリザとクララは裏の中庭で紅茶を飲んでいた。屋敷の北側にある中庭は午後も半ばになれば耐えがたい暑さになるけれど、この時間は穏やかな日差しが心地いい。トーマスが到着する前にこうしてクララとふたりで過ごして気を紛らわせられることを、エリザは感謝していた。また彼と顔を合わせると考えただけで、胸が震えて苦しくなる。

息を吸って心を落ち着けると、彼女はまわりの美しい景色を楽しんだ。何度見ても見飽きることがない。中庭を囲む堂々とした石壁に、淡い色合いのバラ——ブラッシュ・ノアゼット——が優雅に絡みついている。敷石の隙間を緑色の苔が覆い、大気にはふんだんに咲いているエリザの大好きなサクランボ色のシャクヤクの香りが漂い、明るい色の花のあいだには黒と黄色の縞(しま)のマルハナバチが飛びまわっていた。

ロザは歌を歌いながら膝丈のスカートの下で短い脚を思いきり動かし、髪に結んだ光沢のある白いリボンをなびかせて走りまわっている。そんなときにもいつものように色あせたピンクのドレスを着たお気に入りの人形を手に持っている娘を、エリザは見つめた。

「ねえ、ロザを見て。本当に楽しそう」クララがあふれんばかりの愛情をたたえた目を姪に向ける。幼い少女の楽しそうな声を聞きながら、彼女は話を変えた。「ところでハウスパーティのことなんだけど、まだ寒くなっていなかったら……」

クララがパーティのアイデアをあれこれ話しているあいだ、エリザは集中できなかった。髪をなびかせ、草木のあいだを野生児のように駆けているロザを見ていると、自分が小さかった頃の記憶がよみがえる。この庭でウィリアムやトーマスとよく追いかけっこをしたものだが、ふたりとの年の差を考えれば、おそらく彼らはエリザにつきあって子どもっぽい遊びをしてくれていたのだろう。

いま思い返せば、あのふたりには感謝しかない。けれどもこれまでは、彼らのやさしさを意識したことがなかった。とくにトーマスのやさしさについては。彼は親戚でもなく、ただ兄の友人というだけで、子ども好きですらなかった。それなのにあんなふうに接してくれたということは、トーマスは人に思わせているよりもずっとやさしい人間なのかもしれない。認めたくはないけれど。あれから何年も経って、ようやくエリザは当時の彼のやさしさと、いま彼女の娘に向けてくれるやさしさ——不器用で、やや距離を置いたものではあるにせよ——について考えをめぐらせている。

「エリザ？」

びくっとして、彼女はクララを見た。「何？」

「ぼんやりしているみたいね。わたしが話してることを聞いていた？」

「もちろんよ。ハウスパーティのための屋外の企画でしょう？」何を話していたかあわてて思い出し、エリザは言った。

漠然とした返答だったが、クララは満足げにうなずいた。「そうなの。それで先週、招待状を送って……」

エリザはうっかり、ホーソーン・ハウスを訪ねたときのことを思い出してしまった。トーマスがあげたうめき声や、唇を合わせたときのブランデーの味がはっきりとよみがえる。所有欲もあらわに彼女の背中を滑ったトーマスの両手……ドレスの布地越しに感じたかたい胸板……彼の両腕の中にすくいあげられたときの感覚……。

〝もっと多くを求めているんだ〟

〝全部ってことだ〟

トーマスがそんなふうに思っているなんて信じられない。これまではずっと、彼女の片思いだったのだ。自意識が芽生えたその日から、彼はエリザにとって男性という異なる性の輝かしい見本だった。トーマスへの欲求がくすぶりはじめてから、彼女は成長して大きく変わった。でも彼がエリザを求めるようになったのは、それほど前ではないはずだ。いったい、彼の気持ちはいつ生まれたのだろう？　この夏、ロンドンで？　それが知りたくてたまらない。

そしてトーマスは本当に、彼女への気持ちが愛と呼べるほど強いものに変わったのだと言おうとしたのだろうか？

エリザの頭はずきずきと痛んだ。朝の太陽を避けて目を閉じると、クララがそっと手を重ねてきたのですぐに開ける。

「大丈夫？」クララが心配そうに見つめていた。

「ええ、ごめんなさい。話の途中だったのに――」

「エリザ、何かあったの？」眉をあげた義姉の目には、絶対に聞き出そうという決意がうかがえる。

エリザは中庭に目をやった。ロザは腹這いになって頬杖をついている。鳥のさえずりにまじって、娘が苔のあいだを這いまわっているさまざまな生き物と話をしている声が聞こえた。

「ロザ！　服が汚れてしまうわよ」エリザは鋳鉄製の椅子から立ちあがって呼びかけた。くすくすと小さな笑い声だけが返ってきた。娘の手の上を歩いている虫はいま、小うるさい母親についてのロザの考えをたっぷり聞かされているに違いない。

クララは笑い、磁器のティーカップを持ちあげて紅茶を飲んだ。「どうってことないわ。あなたが子どもの頃は、もっとおてんばだったんじゃない？」

「まあ、そうね。ドレスを着たまま木のぼりをしたものよ」当たり障りのない話になったことにほっとして、エリザは腰をおろした。

「まさか！」

「本当よ」エリザは楽しくなってにやりとした。「ウィリアムやトーマスと遊んでいたんだもの。不思議ではないでしょう？」

「それもそうね」クララが目に笑いをにじませ、少し間を置いて続ける。「ところで、トーマスはどうしているの？」

義姉の声音を聞いて、彼との関係を疑われているのかもしれないとエリザは感じた。

「元気にしているんじゃないかしら。どうして？」

「別に理由はないのよ」クララは目の上に手をかざして日の光をさえぎりながらロザの姿を探し、生垣の後ろにいるのを見つけた。「ただ、わたしの勘違いかもしれないけれど、あなたたちふたりのあいだが最近ちょっとぎこちない気がして」

「あら、そうかしら」なんとか笑い声をあげる。「なんて言うか、あなたもトーマスがどんな人か知っているでしょう？　人をからかうのが好きで、わたしも二〇年くらい我慢してきたけれど、とうとう限界に達しちゃって」

クララがエリザに視線を戻して目を合わせたが、表情からは何もうかがえない。「よくわかるわ。どこでやめるべきか、よくわかっていない感じだものね」

エリザは会話の方向に不安を覚えながらうなずき、紅茶をひと口飲んだ。するとクララがさらに質問を続け、エリザは驚いた。

「いままでに受けた結婚の申し込みは、全部断ってしまったんですって？」

思わず力が入り、受け皿の上に音をたててティーカップを置いてしまった。夫探しの現状と、それにはトーマスの意向が大きく関わっていることを思い出すと、動揺せずにはいられない。

「ええ、もう手紙を出したわ」エリザは両手に視線を落とした。「ただ、サー・ジェームズが社交シーズンのあいだずっとわたしへの興味を示しつづけてくれたことに、少し驚いているの」

クララが低く笑う。「あら、わたしはちっとも驚かないわ」彼女は目を輝かせて身を乗り出した。「サー・ジェームズの話を聞かせて。彼って、ものすごくロマンティックなの？」

「まあ、そうね。一度なんて舞踏会で何度もダンスを申し込んでくるから、まわりの注目を浴びてしまったわ」エリザはそのときのことを思い出して笑ったが、激怒したトーマスが興味津々のみなの前でどんな行動に出たかも思い出して笑いを引っ込めた。

ランドリーは昔ながらのロマンティックな男性だ。礼儀正しくてやさしく、一緒にいれば称賛の目を向けてくれる。花と手紙を適度な間隔で贈ってくれるし、最後にはきちんと求婚しようとしてくれた――エリザのせいで完遂できなかったけれど。一方、トーマスはロマンティックなたちではない。ロマンティックという言葉の持つ本質的な意味を考えれば。でもトーマスにはどこか心やさしいところがあって、呪縛が解けて彼から自由になれたと思うたびに、なぜかふたたび引き寄せられてしまう。

クララが小さく首をかしげたので、エリザは焦って言葉を探した。「サー・ジェームズはすてきな人よ。劇場に連れていってくれたし、舞踏会で踊ったり、ハイドパークを散歩したりしたわ。みんなに尊敬されている家の出だし」そう言ってから、あわててつけ加える。「彼の知りあいに何人も会ったけれど、落ち着いた信用できる男性だと誰もが言っていたわ」

クララは口をぴくりと動かし、椅子の背にもたれた。「たしかにすてきな人みたい。ロートン・パークで彼に会うのが楽しみだわ」義姉が考え込むような様子でまだ庭で遊んでいるロザに視線を向けたので、エリザは彼女が真実に気づいているのではないかという気がして怖かった。ランドリーは舞踏会を沸かすことはできても、エリザの血を沸かすことはできない。そしてトーマスにはそれが簡単にできる。クララはロンドンから戻ってからのエリザと彼の様子をずっと目にしてきた。

トーマスが求婚者への返事を遅らせるようエリザに求めたのは、彼を拒否したことへの仕返しだろうかと何度も考えた。以前の彼なら、そういうまねをしてもまったく不思議はない。でもあれこれあった夏のあとでそう考えてもしっくりこず、ありえないと思いつつも、トーマスが彼女を求めているというのがたどりついた唯一の答えだった。もし彼が本当にエリザに愛情を抱いているのなら、彼女が再婚に向けて動きだしたことは行動を起こす充分な動機になっただろう。

そう考えるとトーマスこそ、どうしようもないロマンティストだと言わざるをえない……。

そのとき従僕がやってきて、ふたりは背筋を伸ばし、クララが彼に笑みを向けた。

「どうしたの、マシュー?」

「お邪魔して申し訳ありません。エヴァンストン卿の馬車が私道に見えました」

「ありがとう、マシュー」クララは返した。「玄関の前でお迎えしましょう。ロザ! トーマスが着いたわよ!」庭に向かって声をかけると、バラの茂みの後ろからぽっちゃりした愛らしい顔がのぞいた。

「やったあ！」

エリザとクララは屋敷の横をまわって私道に向かった。彼の馬車が建物の前に止まるのと同時に玄関に着く。エリザは馬車の後ろで栗毛の馬にまたがっているトーマスをちらりと見やった。彼が馬に乗るのを好むことは知っているが、ランドリーの鼻先からかすめ取った馬にわざわざ乗っているのが意味ありげだ。彼女はぴったりした乗馬用の膝丈ズボン(ブリーチズ)に包まれた魅力的な下半身からなんとか視線を外すと、クララとロザの横でトーマスと目を合わせ、膝を折ってお辞儀をした。

「こんにちは、子爵閣下。素晴らしい馬を手に入れたお祝いを言いたいところだけれど、そのときの事情についてたまたま知る機会があったから、やめておくわね」

クララが眉をあげ、期待に満ちた笑みを浮かべる。「ぜひ教えて、エリザ。トーマスは醜聞を起こすのに長けた人だけれど、馬を手に入れるなんていう単純なことにまで秘密めいた事情があるなんて、気になってしかたがないわ」

トーマスが敏捷(びんしょう)な身のこなしで砂利敷きの私道におり立ち、かすかに驚きの表情を見せながらエリザに警告の視線を送った。

「よしてくれ。ちょっとした偶然というだけで、醜聞だなんてとんでもない」

とがめるように見られて、エリザは自分の過ちに気づいた。ランドリーが大いに興味を示していた馬をトーマスが買ったのだとここで言えば、彼がエリザの最も有望な求愛者にいやがらせをしていると公に非難することになる。トーマスがロンドンで彼女に好意を示した男性を蹴散らそうとしたと知ったら、ウィリアムは激怒するだろう。そうなれば、ふたりのあいだの友情が壊れかねない。

エリザが焦ってトーマスを見つめていると、ロザが駆け寄って彼の脚に抱きついた。

「こんにちは！」うれしそうに見あげる。

娘の思わぬ介入に、エリザはほっとした。トーマスはよろめいて踏みとどまり、しゃがんで片膝をついた。

「こんにちは、ミス・ロザ」少女が片手にしっかりとつかんでいる擦り切れた人形を見て、低く笑う。「きみに贈り物を持ってきたよ。ぼくが荷物を開けるまで、待ってもらわなくちゃならないが」

ロザの目が、思わず笑ってしまうほど大きくなる。「ほんと？」

「ああ、本当だ。いい子で待っているんだぞ」トーマスは請けあい、片目をつぶった。

ロザが芝居がかった声でうめき、絶望したように彼の首に抱きつく。トーマスはためらいがちに両手をさまよわせたあと、やさしく少女を抱きしめた。クララが微笑んでふたりを見つめ、使用人一同とともに立っている従僕のマシューとチャールズに無言で合図をする。ふたりはあわてて馬車から荷物をおろしはじめ、トーマスは立ちあがった。

「子爵閣下にしばらく落ち着く時間をあげましょう」クララはロザの小さな手を取って、玄関に向かった。「でも、その馬の話を聞くのを忘れたわけじゃありませんからね、トーマス。

逃げられたと思わないで」振り返って彼をからかう。

トーマスは従順にうなずくと、エリザにたしなめるような視線を送った。「わかったよ。いつでもご都合のいいときに、つまらない話をお聞かせしよう」

クララとロザが屋敷の中に消える。「きみはもう少し口に気をつけたほうがいい。混乱を起こしたいというなら話は別だが」トーマスに身を寄せてささやかれると、エリザはいけないと思いながらもどきどきするのを抑えられなかった。

彼の皮肉っぽい口調に思わず言い返す。「あなたこそ、すでに混乱を引き起こしているんじゃないの？」

「ぼくが？」トーマスが眉をあげて見つめた。それから彼女の顔にゆっくりと視線を這わせる。

そのあいだ、エリザは黙って見つめ返すことしかできなかった。わざとらしいくらい丁重に腕を差し出されて顔をしかめる。トーマスの紳士的なふるまいを使用人の前で無視すれば、伯爵の友人と妹が反目しあっているらしいという余計な噂話の種になるだけだ。しかたなく彼の腕を取り、ふたり並んでクララとロザのあとを追った。

「まわりに人の目があって運がよかったわね」エリザは憤りを言葉でぶつけるしかなかった。

トーマスがふたたび階下におりたとき、客間にある南向きの窓からぼんやりと差し込む午後の陽光は、すでに琥珀色の輝きを帯びていた。気温が高いうえ、ここに住む一家とは親しいことから、彼は堅苦しく礼儀を守る必要はないと考えて上着とベストを部屋に置いてきていた。客間に入るとクララとエリザも同じように考えたのがわかったが、一番薄いドレスに着替えても何枚も布地を重ねたスカートに身を包まなければならないことに変わりはなく、彼は同情を禁じえなかった。

エリザはかわいそうになるほど暑そうで、なめらかな頬が赤くなっている。トーマスは彼女がベルグレイヴィアでのパーティの夜にも顔にうっすらと汗を光らせていたことを思い出した。ランドリーが彼女を庭まで追ってきたあの夜、彼女は汗を拭くためにレティキュールからハンカチを出し、トーマスの名刺を敷石の上に落としたのだった。あのあとエリザは、決まりの悪い思いをする原因となった名刺を捨ててしまっただろうか？　それとも感傷的な思いから、手元に残しているだろうか？

立ちあがったクララとエリザに挨拶をされ、トーマスはわれに返って礼儀正しく会釈を返した。ロザが明るい笑顔でソファにあるパウダーブルーのクッションの上で飛び跳ねており、そのたびに手に持った人形がぱたぱたと揺れている。けれども母親が振り返って手を差し出すと、ロザはすぐに床におりてきちんとお辞儀をした。

幼い少女の目にいつも見えるいたずらっぽい輝きに、トーマスは思わず楽しい気分になった。ロザを見ていると、自分が子どもだった頃を思い出す。しかし今日にかぎっていえば、ロザがこれほど興奮している理由はわかっていた。彼は脇に抱えてきた箱をゆっくりと差し出しながら、ふたたび腰をおろしたクララの横に座った。

「ミス・ロザ、きみはお母さまがロンドンに行っているあいだ、とてもいい子にしていたんだろうね」そう言って、ちらりとクララに目を向けて確認する。「どうだった？」

クララが彼の言葉に調子を合わせ、膝の上で上品に手を組みあわせる。「ええ、とても。あんないい子は見たことがなかったわ」

向かい側の椅子に座っているエリザが、トーマスの持っている箱を見つめながら何やら考え込んでいる。そこには娘への贈り物の中身を知りたいという以上のものが感じられ、彼は好奇心をかきたてられた。

そのあいだもロザは文字どおり期待に身を震わせ、母親に人形を渡して前に出た。「がんばっていい子にしてたの」スカートの前でもじもじと手を握りあわせながら、一生懸命に言う。

少女の真剣さに、トーマスはつい笑いだしそうになった。「きみなら、きっとがんばったとわかっているよ。だからご褒美をあげよう」彼はロザに箱を渡した。箱にはロザの目の色に合わせて選んだ鮮やかな緑色の太いリボンがかけてある。

ロザの目がうれしさで丸くなったのを見て、トーマスは強い喜びが胸にあふれるのを感じた。経験のない感情に喉が締めつけられ、息が詰まる。思わずエリザに目を向けると、彼女はひどく興味を引かれた様子で、ほっそりした指を唇に当てていた。ちらりと彼と目を合わせたが、考え込んだ表情のまま笑みを浮かべない。それとは対照的に、クララは楽しげに大きく微笑んでいた。

「開けてみて、ロザ！　何をいただいたのかしら」

ロザがリボンを引っ張ってほどき、箱の蓋を開けると、中には磁器の人形が入っていた。金糸を織り込んだ象牙色の柔らかいドレスをまとい、ふつうの人形のように絵の具で描かれているのではない本物そっくりの金色の髪の毛が生えている。その髪は真ん中で分けて両横で三つ編みにし、それを耳の後ろにまわしたあと頭の上で合わせてまとめた、ヴィクトリア女王そっくりの最新流行の形に結われていた。静かな客間に、ロザが息をのむ音が響く。彼女は小さな指の下でつやつやと輝いているバラ色の頬の人形の顔をうっとりと見つめた。

「とってもすてきなお人形」うやうやしい口調で言う。

クララがよく見ようと身を寄せた。「まあ、本当だわ、トーマス。こんなにすてきなお人形をどこで見つけたの？」

「ボンド・ストリートにときどき行く小さな店があるんだ」彼は笑みを浮かべて返した。

ロザが詰め物をした箱から人形を取り出し、赤ん坊を抱くように胸の前に抱えた。それを見てクララがくすくす笑う。「そのお人形では床掃除をしないようにね、ミス・ロザ」

「絶対にしない。すごく気をつけるもの」ロザがあふれんばかりの感謝をこめてトーマスを見あげると、彼は動けなくなった。少女が身を寄せ、彼の頬にキスをする。「ありがとう」

愛情のこもった仕草に少し当惑しながらもうれしさがこみあげ、トーマスはうなずき返して微笑んだ。「どういたしまして」

ところがエリザを見て、様子がおかしいことに気づいた。頬が真っ赤に染まり、息が荒くなって胸が激しく上下している。いったいどうしたのだろう？

「エリザ？　どうした――」

彼女がいきなり立ちあがり、その勢いで少しふらついた。「ごめんなさい……ちょっと新鮮な空気を吸いに行ってくるわね」

クララがロザに腕をまわす。「ええ、もちろんよ。ここは本当に暑いもの。ロザはわたしが見ているわ」

小さく手を振って感謝を伝えると、エリザはあわてて部屋を出ていってしまった。ロザが目を見開いてクララを見あげる。

「お母さまは病気なの？」

「いいえ、そうじゃないわ。暑くて気分が悪くなっただけ」クララがトーマスに視線を移したときには、彼はすでに椅子から立ちあがり、扉まで半分ほど進んでいた。「でも、様子を見に行ってもらったほうがいいかもしれないわね。念のために」

エリザは庭のそばにある石造りの擁壁の上に座ったが、息をしようとするたびにしゃくりあげてしまった。目を閉じて、暗い中に明るい光の点が見えるまで手のひらの付け根を押し当てる。こんなふうに反応するなんて、ばかげているとわかっていた。しかもトーマスがいる前で。すべては彼女がくだらない想像をしていたせいだ。

キャロラインと彼女のおばからボンド・ストリートでトーマスを見かけたと聞いたとき、

愛人への贈り物を買ったのだと思い込んでしまった。多くの女性と浮き名を流してきた悪名高き放蕩者のエヴァンストン子爵がボンド・ストリートで小さな女の子のために贈り物を選んでいたなんて、誰が思うだろう。エリザの娘のための贈り物だったなんて。

彼女の頭の中はぐちゃぐちゃだった。もしトーマスがロザを心から気にかけているのなら、エリザへの気持ちは浮ついたものではないという彼の主張を無視するのは難しくなる。あらゆる予想に反して、トーマスは彼女との関係を単なるたわむれではなく真剣なものにしたいと本気で望んでいると思う以外になかった。本当に彼は、これまでほかの女性と分かちあってきたほんの何時間かの快楽以上のものを、エリザに求めているのだろうか？

どうすればいいのかわからず、彼女は両手に顔をうずめた。トーマスにはいいところがたくさんある。でもウィリアムもエリザも、彼の持つ致命的な欠点を無視できなかった。彼女の兄はトーマスの最悪の部分を知っている。ふたりが学生だった頃からずっと、トーマスが他人によく思われようなどとみじんも考えずに行動しているところを見てきているのだ。しかもトーマスは親友の家族を大切に思っていたにもかかわらず、エリザが婚約した夜に彼らの信頼を裏切った。ちょっとした好奇心という言い訳のもとに、貪欲なキスをして。あのとき彼女は、トーマスにとっての忠誠心は欲望の赴くまま都合よくねじ曲げられるものなのだと学んだ。彼がそういう自分勝手なところを見せたのは、あの一度だけではない。エリザがロザを産んだ夜も、トーマスはいつもの日と変わらず悪癖に浸っていた。出産の翌朝、彼が泥酔して階段に座り込んでいるところを、ミセス・マローンが発見したのだ。

そういう苦々しい思い出はあるものの、先代子爵が亡くなってからトーマスはきっと寂しかったのだろう、とエリザは同情せずにはいられなかった。母親からひどい侮辱を受けるたびに、彼は父親の愛を永遠に失ってしまったことを痛感したに違いない。その寂しさから親友とその家族に引き寄せられ、ここへ頻繁に来ていたのだ。無謀なくらい過剰な放蕩も、それが原因かもしれない。

けれど、いつのまにか彼は変わっていた。

エリザはスカートの繊細なモスリンの生地を握りしめた。ウィリアムは絶対に意見を変えないだろうし、トーマスとの関係を夢見て希望を抱けば、ロザの将来を危険にさらすことになる。そんな関係を求めるなんて、自分はどういう母親なのだろう。自らの感情を優先するあまり、きちんとした判断ができなくなるなんて。そう思うのにトーマスに対する気持ちは日増しに大きくなり、心を惑わせる。

近づいてくる足音に、エリザは体をこわばらせた。男性の足音だ。すぐにトーマスが現れ、日が落ちて薄暗くなってきた庭に、彼女への懸念をたたえて明るく輝く彼の目が見えた。

「エリザ?」擁壁の上に並んで腰をおろしたトーマスに心配そうに声をかけられ、彼女は顔をそむけた。

「なんでもないわ」彼には来てほしくなかったと思いつつ、熱くなった顔をさっと手でぬぐう。「ただちょっと——」

顎の下にそっと指を差し入れられるのを感じて、思考が停止した。トーマスが彼女をやさしく振り向かせて青い目で見つめ、まだらに染まった頬に視線を走らせる。

「なんでもなくはない。きみは動揺している。なぜだい？」彼は眉間にしわを寄せて、手を離した。

あなたのせいよ。

「いいえ、本当になんでもないの。少し暑かっただけ……」

トーマスが静かに笑ったので、彼女は驚いた。彼が体を引き、わからないというように見つめる。「エリザ、きみがこれまでに耐えてきたことを考えたら、少しばかり暑いというだけでこれほど弱ってしまうなんて想像もできなかったよ。だがここでもロンドンでも、最近のきみはそうらしい。意外だが」彼は肩をすくめた。

昏の両端が自然にあがるのを感じながら、エリザは彼をにらんだ。「あくまでもわたしをからかうつもりなら、中に戻ってちょうだい。追ってきてほしいなんて、頼んでいないんだから」

「追わずにはいられなかった」トーマスがため息をつく。「正直に言ってくれ。きみはキャロラインから、ぼくがボンド・ストリートで買い物をしていたと聞いていたんじゃないのか？　それなのに、どうしてこんなに動揺しているんだ？」

エリザは口を開いたが、言葉が出てこなかった。彼にどこまで正直に言えるだろう。

「ええ、そうよ。あなたがボンド・ストリートで贈り物を買っていたことは、キャロラインとレディ・フランシスから聞いていた。だけどそれは……別の人のためだとばかり思っていたから」

彼が視線を険しくした。「なぜそんなふうに思った？」

「自分がしょっちゅう女性と浮き名を流していることを、あなたは忘れているのかしら。はっきり言うと、ロンドンではミセス・ヴァーナムと一緒だったでしょう？」エリザは苦々しさを隠せなかった。

一瞬、沈黙がおりる。

「ベルグレイヴィアのパーティできみと会ってからは、そういう意味で女性と過ごしたことはない」

社交シーズンに入って初めてトーマスと顔を合わせたのが、ベルグレイヴィアでのパーティだった。ランドリーと出会ったのもあの夜で、庭に出たふたりをトーマスが追ってきたのだ。エリザは彼を見つめた。ふたりが息をする音が奇妙に大きく響き、後ろから漂ってくるシャクヤクの甘い香りが強くなったように感じられる。

いまの言葉が本当なら、彼はもう何カ月も女性と過ごしていない。

「どういうことか、よくわからないわ……」

トーマスが顔を伏せた。「いや、わかっているはずだ」

エリザは唇をきつく結び、急に激しくなった動悸を無視しようとした。そうしないと、白いリネンのシャツをつかんで彼を引き寄せてしまいそうだ。

「でも、ミセス・ヴァーナムは――」

「彼女は嘘をついたんだ」

エリザは彼を見つめ、必死に言葉を探した。「だけど、あなたは子どもが好きだったことなんてないわ。それなのにロザに贈り物を買っていたなんて、どうしてわたしにわかるの？」

それを聞いて、トーマスは傷ついたような顔をした。「ぼくはずっとロザを気にかけてきたつもりだ」

「それはそうかもしれない。けれど、あなたが絶対に子どもは欲しくないと言っていたのを、わたしははっきり覚えているわ」

彼が真剣な表情になる。「そうだ。なぜなら、自分が子どもを心から気にかけているところが想像できないからだ。子どもなんて恐ろしい重荷としか思えない。だがロザがぼくにとって家族同然の存在だということも、否定できないんだよ」トーマスは頭を振って目をそらし、立ちあがった。「ぼくは戻ったほうがよさそうだ――」

エリザは思わず彼の手をつかんで引き止めた。その動きにどちらも驚き、彼女は自分の手を誰か別の人間のもののように見つめた。

「ごめんなさい、トーマス」勇気を失う前に謝る。「あなたはいつだってロザにやさしかった……子どもは好きじゃないと言っていたのに」

トーマスは力強く温かい手で彼女の手を包んでじっとしていたが、しばらくしてそっと彼女を引っ張って、自分の前に立たせた。ふたりの体が近すぎて、彼から伝わってくる熱がエリザの肌をじりじりと焼く。気まぐれなそよ風がまわりの空気を乱すと、森を思わせるすがすがしく男らしい香りが鼻をかすかにくすぐった。エリザはうっとりするほど官能的だったキスを思い出して、体が次第に彼のほうへと傾いていくのを感じた。もしトーマスがこのまま身をかがめてくれれば、きっとまた喜んで身をゆだねてしまう。

「お願い、キスしないで」彼女は動揺してささやいた。

彼はエリザの目を見つめたあと、焼けつくような視線を体にさまよわせた。

「次にぼくたちがキスをするのは、きみがそうしてほしいと頼んだときだ」トーマスが静かに言う。

彼女は胸の前で腕を組み、挑むように眉をあげた。けれども本当は、トーマスの言うとおりになるのではないかと怖かった。いまもキスしてほしいと懇願してしまわないよう、自制心を総動員して必死に耐えている。エリザはなんとか怒りを奮い起こそうとした。

「キャロラインに警告されたわ。あなたはわたしを誘惑するための時間を稼ごうとしているって」

トーマスは険しい表情で彼女を見つめると、おもむろに口を開いた。「レディ・キャロラインはそんなことを思っていない」

予想外の言葉にエリザは何も返せず、屋敷へと戻っていく彼を呆然と見送った。

13

「踊っていただけますか？」

サー・ジェームズ・ランドリーが手袋をはめた手をエリザの手に軽く添え、ダンスフロアへと導いていく。踊りはじめの位置に着くと、彼女はスカートをひるがえして彼と向きあった。

音楽が始まり、ふたりは踊りだした。ランドリーのリードは控えめながら的確だ。ターンをしたり、ステップを踏んだりするあいだ、彼は青い目に笑みを浮かべてエリザを見おろしているが、彼女はどうしてそんな気持ちになるのかわからないまま、かすかな失望を覚えた。

舞踏室に軽快なワルツのリズムが響いている。こうしてランドリーの求愛を受けているのは、エリザが望んだことだ。彼のように尊敬できる男性なら、きっとロザのいい父親になってくれる。ランドリーがウエストに置いた手に力を入れてエリザを勢いよくまわすと、彼女はめまいがした。でもそれはいやな感じではなく、彼女はゆっくりと目をつぶり、これから結婚する男性の腕に安全に包まれながら、ダンスフロアを滑るように進む感覚を楽しんだ。

ふたりはくるくるとまわりつづけた。ランドリーに引き寄せられたとき、いつもの彼とどこか違う感じがした。より大きく、より印象的で、より心を惹きつけられる。音楽が本来の速度よりどんどん速くなっていくのを、エリザはぼんやりと意識した。ランドリーが彼女に身を寄せてきて、首の横に熱い息がかかる。

「きみがどんなに美しいか、もう言ったかな、エリザ？」

全身の神経が一気に目覚めた。彼女は目を閉じたまま、自分の口が弧を描くのを感じた。

「あなたはそんなことをわたしには言わないはずですわ」

また勢いよく体をまわされる。

「きみが聞こうとしないだけだ」

エリザは顔をしかめた。何かがおかしい。ぱっと目を開けると、驚いたことに彼女はトーマスの腕の中にいた。

音楽がさらに速くなっていく。

ランドリーを見つけなくてはいけない。それなのに彼女は、トーマスの腕の中から出ていきたくなかった。一瞬失望を覚えたランドリーの目と違って、トーマスの目は電気を帯びているごとく鮮やかな青だ。腕は温かくて力強く、その腕でもっと引き寄せられたいと思わずにいられない。彼がどれだけ強くエリザを求めているか、感じられるくらい近くまで。

「どういうことか、よくわからないわ」抗議するあいだも、ふたりは新たなターンに突入していく。いまや彼女はめまいがするだけでなく、どこが床でどこが天井かもわからなかった。

唐突に曲が終わり、くるくるまわっていた体が止まった。トーマスに引き寄せられ、彼女は息ができなくなった。

「いや、わかっているはずだ」彼がささやく。

エリザはあえぎながら目を覚ました。誰もいない寝室に荒い息遣いが響き、胸の中では心臓が激しく打っている。薄い紗(しゃ)のカーテンを通して入ってくる月の光に、シーツが足元でくしゃくしゃになっているのが見えた。

彼女は汗まみれのナイトガウンを指でつまむと、慎重に肌から引きはがした。体を転がしてベッドからおり、濡れた服を脱ぎ捨てる。それから着替えを探すために母親のものだった衣装戸棚に裸のまま向かい、足をぶつけてしまった。エリザは痛みに声をあげ、しゃがんで爪先をつかんだ。おそらくこれは墓の中にいる母親が、ばかなまねをしている娘を叱ってくれたのだろう。

少なくともエリザは眠っているときでさえ、トーマスが正気を脅かす深刻な脅威だとわかっていた。もしかしたら彼は、エリザのロンドンでの夫探しの成果のすべてを台なしにするかもしれない。片親で育った彼女はずっと母を求めてきたが、いまほど母親にそばにいて、教え導いてほしいと思ったことはなかった。

爪先の痛みはやがて引き、エリザは服を探すために立ちあがった。きれいなナイトガウンを見つけて頭からかぶり、暗闇の中で震えながら、これからどうすべきかを考える。ようやくある考えが浮かび、彼女は火を灯したろうそくを持つと、扉を開けて廊下に出た。そのまま静かに階下の図書室へと向かう。

いまのエリザにどうしても必要な応援を求める手紙を書くために。

二週間後、トーマスはエリザに避けられていると確信していた。彼女のロートン・パークへの訪問はどんどん減っている。毎朝クララが馬車で寡婦用住居に向かうが、戻ってくるときは、ほとんどいつもロザだけを連れていた。

エリザについても、彼女の兄についても、トーマスはやり方を間違え、後悔は山ほどある。しかし間違ってばかりの彼の人生でも、今回のことについては避けようのない結果があまりにも大きかった。ウィリアムが真実を知れば、当然の権利としてトーマスとの関係を断ち切るのは確実だからだ。

エリザを追いかけるなどという行為が簡単に許されるはずがないし、そもそも最初に釘を刺されている。もしトーマスの試みが成功し、彼女が応えてくれていたら、友人の怒りがどれほどすさまじかったかは想像に難くない。だから、いまこうしてエリザに避けられているのも当然で、友の信頼を裏切ったトーマスをウィリアムが軽蔑しても驚きはない。

その朝、トーマスは朝食室に座ってむっつりと考え込みながら、コーヒーを飲んでいた。どうしても食べ物を口に入れる気にならず、朝食は皿の上で冷たくなっている。クララが静かに部屋へ入ってきてトーマスをちらりと見たあと、サイドボードまで歩いていってコーヒーを注いだ。それから彼の向かいに来て腰をおろし、じっと見つめる。

「トーマス」

彼はカップから目をあげた。「なんだい？」

「彼女と話すべきよ」

トーマスはかたまった。クララを見つめ、彼女がどれだけ事情を知っているのか、なんと返せばいいのか考えをめぐらせる。彼は咳払いをした。

「失礼……誰と話すべきだって？」

伯爵夫人は呆れたように目をぐるりとまわし、コーヒーを飲んだ。それからカップを受け皿の上に戻し、非難するように彼を見る。「あなたがどんな目でエリザを見ているか、わたしが気づいていないとでも思っているの？」

トーマスは背筋を伸ばし、顔をしかめた。「レディ・アシュワース、それはきみには関係ない」

「力になろうとしているのよ。わからない？」クララが声をやわらげる。「わたしの見立てが間違っていなければ、あなたには助けが必要だわ」

「そうだとしても、きみは手を出してはいけない。関わってはだめだ」

「どうして？」

「ウィリアムが……認めていないからだ。ぼくがエリザを追いかけていると知ったら、彼はきっとぼくとの関係を断ち切る――」言葉を切り、横を向いて小声で悪態をつく。

クララが眉をあげた。「じゃあ、やっぱりあなたは彼女に求愛しているのね？」

トーマスは立ちあがって窓辺に行き、最後にエリザと話した場所をこわばった表情で見つめた。

「まあ、そう言ってもいいだろう」庭に目を据えて返す。トーマスの腕に手をかけ、ダークブラウンの目

椅子を引く音が響き、クララが隣に来た。トーマスの腕に手をかけ、ダークブラウンの目に真剣な表情を浮かべて見あげる。

「それなら、ウィリアムとも話したほうがいいわ」

トーマスは笑い、その冷たい響きが静かな部屋にこだました。「もう遅すぎる。ぼくが少しでも自分を抑えられていたら、エリザを危うく誘惑してしまいそうになる前に、彼と話をしていたよ」

クララの手が彼の腕から滑り落ちる。「あなたが何をしたんですって?」

「エリザはあなたを……拒否したの?」

「聞こえたはずだ」

「ああ」

クララは目をしばたたいた。「それなのに、まだエリザを追いかけているのね」

「まあ、そうだ」いらだって頭をぐいとあげる。

「ようやくいくらか事情がわかったわ」クララがため息をついて彼を見た。「トーマス、やっぱりウィリアムと話さなくてはだめよ。彼が戻ったらすぐに。そしてそれまでに、エリザと話をしないと」

「ウィリアムとはもう話した。エリザがロンドンに発つ前の日に話があると言われて、彼女

には手を出すなと釘を刺されたよ」

「彼がそんなことを？」クララが目を見開く。

「ああ。それでもぼくは、彼女の愛情を手に入れようと試みた。間抜けにも。その結果、ぼくはふたりとも失おうとしている」

「まあ、そんなのつらすぎるわ」彼女の声には同情があふれている。「でも、いまやめてはだめよ」

トーマスはクララに警戒のまなざしを向けた。「エリザを愛しているのかどうか、訊かないのか？」言葉の重さを紛らわすように、ぶっきらぼうに言う。

クララは小さな子どもにするようにトーマスの腕をやさしく叩き、思いやりをこめて彼を見た。

「ええ、訊かないわ。だって愛していることは、どう見ても明らかですもの」

クララが来てロザを連れていったあと、エリザはすぐに家を出た。昼間のあいだ娘に会えないのはいやだが、一緒にロートン・パークへ行けばトーマスのすぐ近くに身を置くことになってしまう。そして手の届くところにいる彼にどんなことができるか、エリザはよく知っていた。最近、彼女は夢に悩まされている。それにトーマスとまたキスをするときのことを思うと、怖いのにわくわくした。もうすぐランドリーが来るのだから、こんな状態ではいけないとわかっているのに。

午前中からすでに気温が高かったが、風はまださわやかだった。エリザは大きく深呼吸し、そうやって息が吸える心地よさを楽しんだ。今日は淑女としてのたしなみであるコルセットはつけずに、鹿革のブリーチズをはいて散歩に来ている。彼女はブリーチズをよくはいているけれど、それだけではさすがにまずいと思い、乗馬服の下に着るようにしていた。これはハンプシャーの領地という外の人間の目がない場所だから許されるぜいたくで、今日はそれにボタンアップのブラウスを合わせている。こういうブラウスはイングランドのなだらかな丘陵地帯ではなくアメリカの荒野に生きる女性にこそふさわしいが、誰に見せるわけでもないし、ロンドンで何カ月も社交界の人々に媚びる生活をしてきたあとなので、ささやかな自由を楽しむこと自体が抵抗しがたい魅力だった。それにコルセットとドレスという格好では、彼女の目的が果たせない。

　エリザは細長い葉についている朝露をブーツで蹴散らしながら、目的の場所へと進んでいった。運が味方をしてくれれば、キャロラインはほかの招待客より早く今日にも着くだろう。レディ・フランシスの状態は改善しているとキャロラインが手紙に書いてきたので、来てほしいと安心して頼めた。キャロラインは慎重に計画を立て、信頼できる使用人や友人などなじみのある人々におばを託す手はずを整えてからロートン・パークへと出発した。キャロラインはこれまで一貫してトーマスを信用せず、彼の動機を疑っていたから、いまエリザが心から必要としている支えになってくれるだろう。

　丘の上のオークの木が見えてきた。その木はいつもと変わらず、空に向かって堂々と枝を伸ばしている。今朝ベッドの中で、エリザは突然ひらめいた。子どもの頃に果敢な挑戦が失敗に終わって以来、結局あの木にのぼっていない。ウィリアムやルーカスやトーマスはのぼったのに。彼女はうまくいかずに足首をひねってしまったけれど、あのときは子どもだったし、邪魔なスカートをはいていた。でもブリーチズをはいて万全の準備をしてきた今日は、必ずあの木のてっぺんまでのぼるつもりだった。

突然こんな挑戦を思い立つなんて、まったく意味をなさないのはわかっている。それでもエリザはやめるつもりはなかった。木の前に立って両手をごつごつした樹皮にかけ、ブーツの先を幹のくぼみにかける。それから手を伸ばして一番低い枝をつかみ、足を蹴りながら体を持ちあげた。彼女の体重を完全に支えられる太さの枝に到達するまで、しばらくかかった。それからも同じ手順を繰り返した。枝をつかんでくぼみに足をかけ、蹴り出しながら体を引きあげる。ひたすらこれを繰り返して、上に立つのにちょうどいい枝にようやく手を伸ばせるところまで来た。

下を見おろしたいという誘惑に駆られたが、バランスを崩すだけだと思い、我慢した。ただ目的の枝だけを見つめ、木の中心部へと突入していく。まとめた髪がひと筋こぼれて目にかかったので、頭を振ってどけてから慎重に左足を伸ばし、目的の枝にかけた。枝を押して大丈夫か試してから、体重を移す。

その瞬間、枝が折れて垂れさがった。

同時にエリザも落下したが、考える前に手が動いて隣の枝をつかんでいた。力を振りしぼって体を引きあげ、安全な枝の上によじのぼる。そして、すぐに木のぼりを再開した。枝をつかんでくぼみに足をかけ、蹴り出しながら体を引きあげる……。

小さな枝が肌をこすり、髪を引っ張った。でも、ゴールはもうすぐそこだ。ほどなくして彼女は安全に行きつける一番高い場所に着き、古いオークの木の葉が茂る中に立っていた。眼下の景色を見渡し、わくわくしながら頭を振る。

「やったわ！」誰にともなく叫んだ。

へとへとになっていたエリザは枝に腰をおろした。顔から髪を払いのけようとして自分が泣いていたことに気づいたが、驚きはない。最近はいつも感情が揺れていて、つねに強く冷静でいなければならないことが、ときどき重荷に思えてしまう。ある男性を愛しているのに別の男性と結婚しようとしているせいでずっと苦しく、こうして体を使って行動するといい気分転換になった。昔のぼれなかった木にのぼり、自己満足に浸るだけだとしても。

エリザはため息をつき、木の幹に頭をもたせかけた。どうして何もかも思いどおりにならないのだろう？　考えてみると、人生が思いどおりになったことなど一度もなかった。生まれたのと同時に母親を失ったのが始まりで、母の不在は彼女の心にずっと影を落としてきた。とはいえ、自分を哀れむ気持ちはない。父や兄には愛されてきたし、友人にも恵まれ、上流社会で母親なしに育つ娘が直面する醜い現実から守られてきたとわかっているからだ。上流社会というのはやさしい場所ではない。人々は笑顔の裏で他人を狭量に裁き、悪意に満ちた噂話につねに飢えている。

ウィリアムは家族を奪われた馬車の事故のあと、心に傷を負って苦しんだ。そしてエリザとウィリアムの絆は、父親と兄とレジナルドの死をともに悲しむことで、切っても切れないほど強くなった。ウィリアムが悲しみの淵からようやく抜け出せたのは、最近結婚した愛する妻によるところが大きい。

そして今度はエリザが前に進む道を探している。大切なのは、幼い頃の自分がまわりから守られてきたように、ロザを守ること。レジナルドはやさしく、いい夫だった。ほとんど知らない男性の妻になるということに最初はなじめなかったけれど、当時の彼女はそれを義務と受け止めて努力し、レジナルドは自分が夫としてふさわしい男性だと結婚生活の中で証明した。そしてエリザにふたたび、義務を果たすべきときが来ている。ロザにとって一番いい男性が、彼女にとってはそうではないのが悲しかった。ロザのことを考えれば、トーマスを選ぶべきではない。いくら自分をごまかし、彼を選んでも大丈夫だと思い込もうとしても。そうであってほしいと、どれほど彼女が望んでも。

堂々めぐりの考えを振り払い、エリザは泣いている自分にいらだちながら汗まじりの涙を拭いた。呼吸が整うのを待って、慎重に木をおりはじめる。一番下の枝まで来ると、彼女は一瞬そこにぶらさがってから、地面に飛びおりた。

するとそこには、馬にまたがったトーマスがいた。彼はぽかんと口を開け、信じられないというようにエリザを見つめている。

「いったい全体、きみは何をやっているんだ?」そう訊いたあと、彼女のブリーチズに目を留めた。「それにきみが着ているそれはなんだ?」

エリザの体に震えが走った。会わなくなって何週間も経っているのに、トーマスはなぜこんな間の悪い瞬間を選んで来たのだろう? 寡婦用住居は遠くないのだから、これまでいくらでも馬に乗って訪ねてこられたのに、淑女にふさわしいとは言えない服を着て汗と汚れにまみれているときに来るなんて。彼女は頬が熱くなったが、動揺しているのをトーマスに悟られるのは絶対にいやだった。

「知りたいのなら教えてあげるわ。わたしは木にのぼっていたのよ」手を打ちあわせて汚れを払いながら、つっけんどんに返す。

トーマスはまだ驚きから立ち直れずに、彼女を見ていた。「ああ、それは見た。のぼっているというより、ひょいひょい跳んでいるみたいだったが」

エリザは思わずにんまりした。「本当に?」

「あんなものは初めて見たよ」彼が頭を振る。「自分の目が信じられなくて、ここまで来たんだ。そうしたら、最初に思ったような不法侵入のやんちゃな少年ではなくきみだとわかって、どれほど驚いたか――」

「少年?」

「ブリーチズをはいていたからね」トーマスがにやりとする。「遠くから見たら、男の子にしか見えなかった」彼は少年とは違う部分を確かめるようにエリザの腰に視線を走らせたが、彼女がさらに赤くなったのを見て、それ以上は説明しなかった。「邪魔をしたくなかったが、おりるのに苦労しているようだったから、近くまで来たんだ」

どう返していいかわからず、エリザは黙って彼を見つめた。トーマスは彼女がやりたいようにやれるよう手を出さずに、そのうえで助けが必要になったときのために見守ってくれていたのだ。

彼に心を許してはならないいくつもの理由が、エリザの頭をよぎった。彼に誘惑されて、もう少しで体を許してしまうところだった……しかも一度だけでなく。

「なんて言えばいいのかしら――ありがとう」彼女は口ごもった。「でも見てわかるとおり、わたしは大丈夫よ。もう家に戻るわね」

彼女は丘を下りはじめた。トーマスから充分に離れるまではと、足を急がせる。

「エリザ――」

その声にこもった感情に、彼女は前に進めなくなった。無言の絶望。そして懇願。エリザはこわばった表情で彼と向きあった。トーマスのそばに長くいればいるほど、誘惑に屈する危険が大きくなる。彼といると理性が麻痺(まひ)してしまうのだ。

「何かしら」

トーマスが表情を曇らせた。「ぼくのためにロートン・パークを避けないでほしい」

彼女は首を横に振った。「いま、あなたのそばに寄るわけにはいかないの。危険にさらすものが大きすぎるから。あなたはきっと好きなことを言い、好きなようにふるまうわ。これまでいつもそうだったように」

そして彼が好きなように言ったりしたりしたことに、喜びを覚えてしまうのが怖い。

「本当にそう思っているのか？」トーマスの眉間のしわが深くなる。

「ええ」

エリザは彼の目を避けて胸に視線を据えていたが、荒い息に上下しているかたい胸板に指を滑らせたいと思っている自分に気づいた。まばたきをして顔をあげると、トーマスの青い目には驚くほど深い感情が浮かんでいて、彼女は胸を突かれた。誠実さすら垣間(かいま)見えて、落ち着かない気分になる。放蕩者のままでいてくれるほうが、彼の言葉を無視しやすいのに。

「結果を考える前にしゃべってしまうことが多いのは否定しないが、きみを気遣わずに行動したことはないよ」

「婚約した夜に客間でしたキスはどうなの？」

トーマスの目がきらりと光る。「いいだろう、あれはそうだ。あの夜は心の赴くままに行動した」

「舞踏会でみんなを唖然とさせたときは？　ランドリーの鼻先からわたしをさらったでしょう？」

「あのときはランドリーがきみを独占して、まわりからひんしゅくを買っていた」

「じゃあ、あのあとわたしを誘惑しようとしたことは？」エリザは詰め寄った。

「きみがやめてと言ったときにやめた」

そのとおりだった。彼女はもどかしさに息を吐いた。「ホーソーン・ハウスに行ったとき、危うくあなたの寝室で誘惑されそうになったわ」

彼の目が強い光を帯びる。「ああ、そうだ。だが、もしぼくにきみを気遣う気持ちがなかったら、〝危うく〟なんてものじゃすまなかったはずさ」

「ほらね。やっぱりあなたは自分の行動を恥じてなどいないのよ」ようやく彼を追いつめたと思い、エリザは声をあげた。

トーマスが体を寄せ、彼女の顎に指を滑らせる。するとエリザの高揚していた気分は一気に冷めた。「恥じてはいないが、きみがいまでもぼくの意図を単なる誘惑だと思い込んでいることを残念には思っているよ。そうではないのに」

エリザは彼を見あげた。急に空気が張りつめ、自分が息をする音が気になる。とりあえずいまは、呼吸そのものが止まっているけれど。

「そうじゃないの？」小さな声で訊いた。

トーマスがうなずく。

「だけど……ありえないわ」

「なぜ？」エリザの心を推し量るように、彼がじっと見つめる。「ぼくには無理だとウィリアムが思っているから？」

彼女はあとずさりした。「いいえ。あなたには無理だと、わ、た、しが思っているからよ」

エリザは向きを変え、さっさと丘を下りはじめた。こうする以外に選択肢はない。とどまればトーマスの目に激しく傷ついた表情が浮かぶのを見て、自分も胸にナイフを突き立てられたような痛みを覚えることになる。本当に彼はエリザのために、ほかの女性との関係をきっぱり断ち切ったのだろうか？　過去にそんな彼を一度も見た覚えはないけれど、だからといってありえないというわけではない。

トーマスが素早く追いついて、エリザのウエストをつかんだ。すかさず彼女の前にまわり込んで、ブーツを履いた足で行く手を阻む。「頼む、聞いてくれ――」

「やめて」心臓がものすごい速さで打っていた。「サー・ジェームズがもうすぐここに来るの。あなたとは結婚できないわ」

彼が丈の高い草が生えている地面に片膝をつき、エリザの心臓は止まった。

「お願いだ、エリザ。ぼくと結婚してほしい。ランドリーなんかくそくらえだ」

体が動かず、彼女はただトーマスを見つめた。聞き間違いに決まっていると思いながらも、足の下の地面がぐらりと傾いた感覚から、自分の耳は正しく聞き取ったのだとわかる。だがどうしても言葉が出てこなくて、エリザはひたすら首を横に振り、トーマスに愛されているという夢のような出来事に流されそうになりながら、必死で彼の肩をつかんで押しやった。

「トーマス――だめよ……無理なの……」それ以上、言葉が出てこない。

きちんと断らなくてはならない。そうでないと、ランドリーが来るまでこんなことが続いてしまう。それなのにどうしても、決定的な拒否の言葉が口から出てこなかった。

トーマスが彼女の手を取って唇に当て、猫のようにしなやかに立ちあがる。男らしくてたくましい彼の動きに、エリザはいつものように息をのんだ。じっと見つめているトーマスが、彼女には与えられない返事を期待しているのがわかる。

「いま返事をくれなくていい」彼は愛情のこもった軽いキスを、エリザの手に繰り返した。「どれだけ時間がかかってもかまわないから――」

「いいえ」エリザはさえぎり、ついにささやいた。「あなたとは結婚できないわ」

トーマスが雷に打たれたように硬直して彼女を見つめた。やがて永遠とも思える時間が経ったあと、エリザの手を放す。

「なぜだ？　ぼくには考えてみるだけの価値もないのか？」しゃがれた声で訊いた。

彼女は口を開いたが、言葉が出てこなかった。ただ首を横に振り、許してほしいと心の中で懇願する。

トーマスがぎりぎりと歯を噛みしめ、顎の筋肉が引きつった。打ちのめされた表情の彼の目に、怒りの火花が散る。「ぼくには少なくとも、真剣に考えてもらえるだけの価値があると信じていた。ぼくはきみの夫に値する男じゃないときみの父上とウィリアムは考え、手を出すなとはっきり警告したが、それに対してぼくは異議を唱えるつもりはない」感情の高まりに声が割れる。「だが、きみまでが――」彼はエリザに指を突きつけた。

考える前に体が動き、彼女はトーマスに飛びついて抱きしめていた。そうすれば、彼に与えた苦痛を少しでもやわらげられるとでもいうように。けれどもトーマスはもう彼女に触れるのも耐えられないらしく、両手をあげて後ろにさがろうとした。

「放してくれ――」彼が声を絞り出す。

エリザは涙があふれそうになって目を閉じ、トーマスを抱く腕に力をこめた。離れられないように彼の背中で腕を組みあわせ、つらそうな顔を見なくてすむように胸に顔をうずめる。彼女の胸も生々しい傷を負って激しく痛み、じっとしていることしかできない。

トーマスの抵抗が徐々に弱まり、激しかった心臓の鼓動がふつうの速さまで静まった。やがて彼がエリザに腕をまわし、ふたりはそのまま黙って抱きあっていた。手を離してそれぞれの方向に歩み去れば、ふたりの関係は永遠に終わる。そうすれば、こうして抱きあったことは単なる思い出に変わるのだ。

彼の体のぬくもりに包まれながら、エリザはいますぐ立ち去るべきだとわかっていた。だが、どうしてもそれができない。目を閉じて頬をシャツに包まれたかたい胸につけたまま、いつまでもこうしていたいと思ってしまう。トーマスと一緒になってはいけない理由は山ほど思いつくのに、彼の心を傷つけた自分を憎まずにはいられない。欠点はあっても、トーマスは大切な友人だった。

クロウタドリの歌うようなさえずりが丘に響き、エリザはわれに返った。彼が抱きしめていた手をゆるめて、ウエストのあたりまでおろす。彼女が少し体を引いて見あげると、トーマスの手にふたたび力が入った。

「こんなことをしていてはいけないわ——」エリザは口を開いた。

トーマスが身をかがめ、彼女の額にそっとキスをする。ウエストにあった手が動き、片手が首の後ろに、もう一方の手が背中にまわってエリザを引き寄せた。「ああ、そうだな」

彼の感触に体が熱くなり、エリザは思わず声をあげた。夢の中と同じように世界がまわりだし、このうえない幸福感に目が閉じる。抱きあっていたら気持ちは高まるばかりなのだから、少しでもトーマスから離れなければならない。それなのに、もっと体を寄せあいたい、もっと彼の熱を感じたい、もっと彼だけで満たされたいという思いに負けてしまう。

トーマスが敏感な首筋に開いた口をつけ、熱いキスをした。エリザはうめいて彼の肩をつかみ、体をそらした。ふたたび世界が回転したが、今度は柔らかい草の上に寝かせられたからで、トーマスはその体勢で畏敬の念をこめて彼女を見おろした。男性からこんなにうやうやしく見つめられるのは初めてだ。たったいま求婚を断ったところだというのに、体はそんなことに関係なくうずいて、彼を求めている。体は真実を知っているのだ。ほかの誰がトーマスを夫としてふさわしくないと判断しても、彼女はこれからも目もくらむほどの激しさで彼を求めつづけるだろう。けれども理性がそれに屈することを拒み、エリザは意志の力を振りしぼって彼を押しのけた。

「トーマス、お願い――」不安に呼吸が速くなる。

ふたりのあいだに立ちこめていた欲望の霧が少しだけ晴れた。「絶対にきみを傷つけないよ、エリザ。このままきみを奪ってはいけないと、ちゃんとわかっている」トーマスが指先で彼女の顔の輪郭をなぞった。

エリザはその言葉を信じたが、彼はかがみ込んで頬にキスをした。それからまぶたにも……鼻の先にも。息が乱れ、ふたたび彼への欲望が燃えあがる。顔をあげて唇を合わせようとしたが、よけられてしまった。顎に沿って軽いキスを繰り返す彼の唇をもう一度必死にとらえようとしたものの、耳たぶをそっと噛まれて、エリザの欲望がさらに高まる。

彼女は欲求不満に顔をしかめて小さくうめき、まぶたを開けた。いま口を開けば、やっとの思いでトーマスに言ったことを裏切る言葉がこぼれてしまう。エリザは彼にキスしたくてたまらなかった。トーマスが彼女を苦しめようとするかのように両手を体に這わせ、顔をあげて問いかけるように見つめる。

「キスしてほしいかい？」コルセットをつけていない胸に軽く手を滑らせながら、彼が問いかけた。

エリザは唇をきつく結んで、首を横に振った。彼の前で弱みを見せたくない。

トーマスが微笑み、彼女の胸の先端が押しあげている薄い布地の上に指を走らせる。エリザは無言の懇願に背中をそらし、思わず小さな喜びの声を漏らした。彼がシャツのボタンを上からゆっくりと外していく。中に手を入れてやさしく胸を包まれると、彼女の頭の中はぐるぐるまわりだした。トーマスの息も荒く、欲望が高まっているのがわかる。

「くそっ、エリザ。キスしてほしいと言ってくれ」かすれた声で要求する。「でないと何もできない」

それでも彼女が言葉にしようとしないので、トーマスはシャツの生地をどけ、目を合わせたまま顔をおろしていった。彼の口を胸に感じたら、どうなってしまうだろう？　それならキスのほうが安全なのではないだろうか？

「キスして、トーマス。お願いよ――」エリザはささやいた。

トーマスが彼女の言葉を理解して顔を紅潮させ、動きを止める。でもそれは一瞬で、彼はすぐ胸に唇をかぶせた。

エリザは息が吸えなくなって声をあげ、本能が導くまま奔放に背中をそらした。トーマスの豊かな黒い巻き毛に指を絡め、引き寄せる。彼が胸の先端を交互に舌で愛撫すると、エリザはたまらずさらに体をそらして押しつけた。地面に置いた頭を激しく振り、必死で意味のある言葉を口にしようとする。

「ち――違うの。キスをして。お願い」

トーマスがようやく胸から離れ、目線が合うまで顔をあげた。彼の胸も激しく上下している。「いまのはキスにならないのかな」

たしかにいまのもキスなのかもしれない。エリザはトーマスを見つめ、それから彼の頭を引きおろして、飢えたように唇を重ねた。彼も待ちかねていたように性急に応え、エリザの口をむさぼる。それは彼女が何週間も夢見ていたとおりのキスだった。

トーマスが飢えた獣のような欲望に満ちたうめきを漏らすと、エリザはこれまで経験したことがないほど興奮した。両手を思うままに動かして彼の体を探り、たくましい筋肉に触れ、広い背中をたどり、力強い線を描く顎に指を滑らせる。彼は最後にもう一度握ってからエリザの胸を放し、空いた手を新たな探索に出発させた。腹部を撫で、下腹部を過ぎて、脚のあいだへと差し入れる。そして長い指で、ブリーチズの薄い生地越しに敏感な場所をこすりはじめた。エリザは驚きのあまり声をあげ、喜びが手足に広がるのを感じながら彼の腕に爪を食い込ませた。

「ああ、エリザ……そうだ」彼が唇を合わせたままうめいて、手の動きを速める。新たな喜びの波が彼女の体を駆けめぐった。

エリザは圧倒されていた。彼女に覆いかぶさるトーマスの姿、寄せあった体の感触、熟練した手が生み出すこのうえない快感。すべてが重なってぎりぎりまで追いつめられ、彼女は横を向いてあえいだ。

「ああ、トーマス――」

いますぐわたしを奪って。

自分が口にしようとしたことの重大さが、恐ろしい勢いでエリザを打ちのめした。絶対に一緒にはなれない男性に、言ってはならないことを言ってしまうところだった。もう少しで。彼の腕の中で喜びにおぼれるために、ほかのすべてを忘れて。ロザやウィリアム、それに亡くなった父親やレジナルドなどどうでもいいかのように、簡単に。

頭の中がぐるぐるまわっている。これは悪夢だ。

恥ずかしさにエリザは小さく声をあげ、身をよじってトーマスの下から抜け出した。急いで立ちあがり、手早く乱れた髪や服を直す。彼はエリザを放したが、いつもは鮮やかな青い目が先ほどと同じつらそうな表情を浮かべ、色濃くなっているのがわかった。

現実がよみがえり、耐えがたい重みで彼女にのしかかる。トーマスの欠点を見て見ぬふりをして、現実から逃れることはできない。いくら彼がそばにいると、心が喜びに歌いだすからといって。もうすぐランドリーがここに来る。そうしたら最初から予期していたとおり、彼の求婚を受けるのだ。キャロラインはエリザが道から外れないように手伝ってくれるだろう。

「わたしがあなたを求めているのはわかってるでしょう？」震える声で言った。「お願いだから、正しいことをするのをこれ以上難しくしないで。わたしたちは一緒にはなれないのよ」

「わかったよ、エリザ」彼女と向かいあって立ったトーマスが声を詰まらせる。「悪かった……こういうことは起きてはならなかった。だが、ぼくは――」

彼は言葉を切って沈黙し、目をそらした。手を開いたあとまた握り、打ちのめされたように広い肩を落とす。最後に、奇妙なほどうつろな目をエリザに向けた。

「よくわかった。きみとランドリーの……幸せを祈っている」

トーマスは礼儀正しくお辞儀をすると、馬に乗ってロートン・パークへと駆けていった。それを見送りながら、エリザの心は張り裂けそうだった。彼女はいま、求婚者を退けただけではない。

子どもの頃からの友人を失ってしまったのだ。

14

キャロラインに言わせれば、男性はたいてい身勝手だ。彼女の手の中でくしゃくしゃに丸められた羊皮紙が、その理由を如実に示していた。ブラクストン卿からの手紙には、ノーフォークのキング家の娘との婚約が急遽決まったため、せっかくのロートン・パークへの招待を辞退すると記されていた。ふたりは社交シーズン中に出会い、あっというまに恋愛関係に発展したという。言うまでもなく、ロンドンを離れる前はキャロラインが彼から求愛されていたのに、ブラクストン卿もその婚約者も不都合なことはなかったことにするつもりらしい。

隣に立っているクララが小さく咳払いをした。「残念なお知らせでごめんなさい、レディ・キャロライン」いたわりのまなざしを向ける。「でも、あなたに先に知らせておくべきだと思ったから。エリザから聞いたわ。社交シーズン中、その男性に好意を抱いていたそうね」

キャロラインはごくりと唾をのみ込み、こみあげる涙を必死に抑えてから言った。「お気遣いをありがとう。でも――」屈辱のあまり言葉を失い、手紙を伯爵夫人の手に押し返す。両親に見捨てられ、求婚者にも心変わりされた。あとどれだけ上流社会の嘲笑の的にならなければならないのだろう？　キャロラインは頭を振った。「当然ね」

クララが目を見開く。「どうしてそんなことを言うの？　あなたには、こんなひどい仕打ちを受けるいわれはないはずよ」

「ええ。でも社交シーズンが終わる前に、わたしがロンドンを離れたから」客間を見まわし、声を落とした。「おばの具合がよくないの。ときどき幻覚を見たり、幻聴が聞こえたりするみたいで……物忘れもひどいし……」キャロラインは言葉を濁し、クララとふたたび視線を合わせた。「この数カ月間、ずっと隠していたのよ」

「まあ、お気の毒に」クララはキャロラインとともに長椅子に腰をおろし、慰めるように両肩を抱いた。「訊いてもいいかしら？　どうやって人目につかないようにロンドンを離れたの？」

キャロラインは悲しげな笑みを浮かべた。「それがまったく思いもよらない方法で、エヴァンストン卿が手を貸してくれたの。エリザの頼みに応じて」クララの表情が変わったのに気づいて続ける。「ええ、わたしも最初は驚いたわ。でも子爵は秘密を守ると約束してくれたし、立派な紳士であることを証明してみせた。ただ――」彼女は釈然としない気持ちで言い添えた。「彼はエリザにひとつだけ条件をつけたみたいなの」

「どんな条件を？」伯爵夫人のダークブラウンの目が好奇心で輝く。

「子爵がケント州に戻るまで、結婚の申し込みにはいっさい返事をしないようにと」

クララはクッションにもたれ、じっと考え込んだ。「彼は時間を稼ごうとしたんじゃないかしら」小声で言う。

「そうなの！」思わず声が大きくなった。「わたしもエリザに同じことを言ったわ」

「ということは、あなたは彼の思いに気づいていたのね？」

キャロラインは唇を噛んだ。「ええ。だけど、なんとなく彼の気持ちが変化したような気がして」

「どういうこと？」クララは尋ねた。

「社交シーズンの初めの頃は、エヴァンストン卿は単なる楽しみのためにエリザを誘惑しているんだと思っていたの。でもハンプシャー州で彼と話しているうちに、もしかしたら彼は真剣に――」

「真剣に彼女を愛していると？」

キャロラインは黙り、当惑してクララを見つめた。

「ええ」

「その件についてエリザと話したことはある？」

「わたしがここに来てから、エリザは子爵の話をいっさいしたがらないの。サー・ジェームズから求婚されたら、受け入れるべきだと思っているみたいで。でも、彼女がエヴァンストン卿を思いつづけているのはたしかよ。いつからなのかはわからないけれど」キャロラインは考えをめぐらせ、やがて結論を導き出した。「おそらく何年も前から」

「いまもトーマスを愛していて、サー・ジェームズにはほとんど愛情を感じていないとすれば厄介ね」クララが浮かない顔で言う。

キャロラインは眉根を寄せた。「彼女が無理をして、サー・ジェームズとの結婚を受け入れようとしているとしたら？　本当はエヴァンストン卿こそが……まさかこんなことを言うなんて、自分でも信じられないけれど――」

「トーマスこそが彼女にふさわしい男性なのに？」クララは声をあげて笑った。「どうやら、その可能性がありそうね。思いがけない展開だけれど。でも、ロザは？」

キャロラインは頬がかっと熱くなった。後ろめたさを覚えてうつむく。トーマスとあの少女がロートン・パークの廊下で楽しそうに踊っていたのを、思い出さずにはいられない。その事実をエリザに伝えていなかったことも。

「ロザも彼のことが好きよ。一緒にいるのを見たことがあるの」キャロラインは打ち明けた。「彼のほうもロザを大切に思っているわ。自分の感情を表すのに慣れていないだけで」

「そうね」クララがうなずく。「たしかに彼が感情を表すのがもっと上手だったら、わたしたちは固唾をのんで、エリザが間違った相手からの求婚を受け入れるのを見守るなんて事態に陥っていないでしょう」

キャロラインははっと気づいた。「だけど伯爵はどう思うかしら？」

クララは耳たぶにぶらさがる真珠のイヤリングをそわそわと指先でもてあそんだ。「ええ、夫とトーマスの関係が状況をややこしくしているのよ。トーマスにはウィリアムと話をするよう勧めたんだけれど、エリザとの関係がこじれてしまったとすれば、わざわざウィリアムに打ち明けようとは思わないでしょうね」眉をひそめ、こくりとうなずく。「サー・ジェームズは二日後にここへいらっしゃるわ。その前に、わたしたちがひと肌脱いだほうがよさそうね」

「どうやって？」キャロラインは尋ねた。どうにかして友人の助けになりたかった。自分自身の夫探しは残念な結果に終わってしまったけれど、エリザが同じ運命をたどらないためなら、なんでもするつもりだ。いえ、彼女はもっとひどい運命に遭うかもしれない。聡明で活気にあふれたエリザが愛のない結婚生活に身を置くと考えるだけで、ぞっとする。何しろ相手の男性は彼女を血の通った女性ではなく、社会的地位を誇示するための光り輝くトロフィーと見なしているのだから。

クララが立ちあがり、キャロラインに手招きをした。「わたしは力になってくれる友人に恵まれているの。階下にもいるのよ」いたずらっぽい笑みを浮かべる。

数分後、ふたりはあまり人目につかない西翼の寝室で、信頼できる数人の使用人と内密の話をしていた。クララが義妹のために立てた大胆な作戦を、キャロラインは信じられない思いで聞いた。でも考えてみれば、クララは自分自身のために思いきった行動に出て、首尾よくやりとげた女性だ。そのときの計画に比べたら、今回の作戦は子どもだましのようなものだろう。

「さてと」クララが口早に言った。「これはかなり型破りな計画よ。けれど安心してちょうだい。わたしの言いつけに従った行動が規則に反していたとしても、あなたたちが罰せられたり、職を失ったりすることは絶対にないから」彼女がアビゲイルに意味ありげな視線を送ると、忠実なメイドは黙ってうなずいた。

「まあ」メイド頭のアメリアが額をぴしゃりと叩く。「どういうことですか、奥さま?」

クララはアメリアに微笑みかけた。「よく訊いてくれたわ。きわめて慎重さを要する件で、あなたたちの力を貸してもらいたいの。すでに知っているかもしれないけれど、今週末、レディ・エリザがサー・ジェームズ・ランドリーから求婚されそうなのよ」

黒髪のメイドのステラがミセス・フンボルトに不安げな視線を投げると、料理人は興味をそそられたように身を乗り出した。

「ええ、奥さま。それがどうかしたんですか?」

「それで、エリザが別の男性からの求婚を受け入れる機会をつくってあげたいの」

「お相手はどなたです?」ミセス・フンボルトが驚きと興奮で頬を紅潮させる。

クララはひと呼吸置いてから言った。「トーマス——エヴァンストン卿よ」

沈黙が流れたあと、料理人が笑いだした。ミセス・フンボルトはおかしそうに息をあえがせ、ふくよかな胸を手で押さえた。ところがクララが真顔で見つめているのに気づき、笑うのをやめて、愕然とした表情で伯爵夫人を見た。

「まじめに言ってるんですか?」

「大まじめよ。サー・ジェームズから結婚を申し込まれる前に、エリザにもうひとつの選択肢を検討する機会を与えてあげたいの」

「あらまあ！」驚きが熱狂に変わったらしく、料理人は声を張りあげた。「サー・ジェームズに傷んだジャガイモでもお出ししましょうかね。そうすれば求婚どころじゃ――」

「奥さま、わたしにいい考えがあります」アビゲイルが出し抜けに言った。「時機をきちんと見定めなければなりませんが、それほど手間はかかりません」

キャロラインの記憶が正しければ、クララが婚約者から逃げ出し、ロートン・パークの使用人として身を隠す計画を手助けしたのはアビゲイルだったはずだ。

メイドがうまい計画を思いついたと知り、クララは口元に笑みを浮かべた。

「ありがとう、アビゲイル。やっぱりあなたは頼りになるわね」

金曜日の午後。客が次々に到着し、その中にはサー・ジェームズ・ランドリーの姿もあった。

ハウスパーティはロンドンで開かれる催しに比べればささやかではあるものの、この日のために西翼が開放され、ふたたび命を吹き返した。ロートン・パークでハウスパーティが開かれるのはほぼ五年ぶりなので、ふさわしい規模と言えるだろう。

残念ながら、トーマスはパーティを欠席するつもりだった。

思い返せば悔やまれることばかりだ。長年、エリザとこの屋敷で一緒に過ごしてきた。家族があの悲劇に見舞われ、悲しみに沈み込んでいたときも。それなのに友人の妹という理由だけで片づけ、彼女の魅力に気づかずに時間を無駄にした。ウィリアムと彼の父親から、エリザの結婚相手にふさわしくないと言われたときも、そのとおりだと納得した。エリザ・カートウィックはトーマスに愛想を尽かしたのだ。信頼できない人間だと自ら証明してきた男と、わざわざ苦労する気になれないのは当然だろう。身を引き裂かれる思いだが、頭では理解できる。

だから当たり前の結果として……失意の男となったわけだ。ひどく打ちのめされているのは、これほど心を動かされた女性はエリザが初めてだから。何が大切なのかようやくわかったのに、もう手遅れだった。愛を勝ち取れるだけの信頼をはぐくむこともできないまま、彼女は階下で別の男からの求婚を受け入れようとしている。エリザはトーマスを気まぐれな男だと思っているのだ。それは事実だが、彼女への思いだけは本物だと確信できる。

〝ラ・ドゥーラ・エキスキーズ〟フランス語がふと頭に浮かんだ。陳腐な表現だが、いま自分が直面している暗い感情をよく表しているように思える。文字どおりに訳すと〝激しい痛み〟だ。思いが報われなかっただけでなく、愛する人から受けたのは言いようのない苦しみだった。

トーマスはすでに荷造りをすませ、今夜のうちにここを離れるつもりだった。エリザが別の男と結婚の約束をする姿を見たくないし、とても見ていられそうにない。この一週間、ウィリアムの前では何事もないかのようにふるまってきたが、それももう限界だ。人目につかないように馬車をまわしてほしいと頼んでおいたが、使用人たちが指示どおりに秘密を守るという確証はない。トーマスとしては騒ぎを起こさずにこっそり屋敷を出ていき、ロンドンに逃げ込んで、酒を飲んでいやなことを忘れてしまいたかった。

肩をすぼめるようにして上着をまとい、帽子をつかむ。そろそろ階下にいる客たちは、夕食の前に客間に集まっている頃だ。男性陣は黒と白の正装、女性陣は美しいドレスに身を包んでいるだろう。みなに不在だと気づかれる前に早く立ち去らないと――。

静かなノックの音がして、トーマスは扉に目をやった。

胸の内で悪態をつく。誰だか知らないが、こんなに簡単に出発を邪魔されるとは。夕食にふさわしくない服装をしているのを見られたら、ウィリアムとエリザにも伝わってしまう。

「誰だ？」きつい調子で応じた。

「アメリアです、閣下」くぐもった声が聞こえた。

メイドだ。彼はいらだちのため息をつくと部屋を横切り、扉をほんの少しだけ開けた。

「なんの用だ？」

赤毛の娘は素早くお辞儀をした。「お邪魔して申し訳ありません。レディ・アシュワースが閣下にお話があると図書室でお待ちです」トーマスが目を細めて見返すと、彼女はさらに言った。「夕食の前に少しお話ししたいとのことです」

困惑して頭を振る。「なんのために？　彼女は階下で客の相手をするのに忙しいんじゃないのか？」

「閣下とのお話がすみ次第、お客さまのもとへ行かれるそうです」

彼はその場に立ち尽くし、無言で考えた。クララがわざわざ会いたいと言っているのなら、断りなく出ていくわけにはいかないだろう。トーマスは扉を閉めて低く悪態をつくと、ふたたび扉を開け、驚いているメイドをにらみつけた。

「案内してくれ」いらいらと言う。

アメリアは彼の服装に視線を走らせてから、きびきびした足取りで階段をおり、客間にいる人たちの声が聞こえない場所をうまく選んで進んだ。にぎやかな話し声や笑い声が玄関ホールから聞こえたとたん、トーマスの胃が締めつけられた。まもなくエリザとランドリーの婚約をみなで祝うことになるだろうが、それまでには立ち去りたい。今夜は月が明るいから、あの栗毛の馬で一刻も早くこの場所から離れよう。

図書室のそばまで来たとき、伯爵夫人付きの黒髪のメイドが中から出てくるのが見えた。彼女はこちらをちらりと見やり、廊下の奥へ早足で立ち去った。

どうも妙だ。もっとも今夜はクララが忙しいから、客や夕食について大事な知らせを伝えに来ただけかもしれない。アメリアに視線を移すと、あいかわらず生まじめな表情をしている。

アメリアが図書室の扉を引き開けて脇へよけたので、彼は中に足を踏み入れた。扉が閉められて初めて、明らかに何かがおかしいと気づいた。その疑念を裏づけるように、部屋にいる女性がはっと息をのむ。どう見てもクララではない。

書棚の前に立っている女性は……エリザだった。肩越しにこちらを振り返り、彼女も驚きの表情を浮かべた。

エリザがくるりと向きを変える。壁の突き出し燭台の光が、サファイアブルーのサテンのドレスと金色の豊かな髪を照らし出した。言うまでもなくとても美しいが、愕然としたまま見つめあううちに、トーマスはますます心がかき乱された。

「こ、これはどういうこと？」エリザがうろたえる。「わたしはメイドのステラに呼び出されて、キャロラインとここで会うことに――」

遅ればせながらはたと気づき、彼女の言葉が耳に入らなくなった。

なんてことだ。ふたりとも、まんまとだまされたわけか。

女性たちを信用して、いろいろ打ち明けたことが悔やまれる。彼女たちが余計な世話を焼くかもしれないと予測しておくべきだった。トーマスは思いきって、エリザの大きな緑色の目を見つめた。

「どうやらレディ・アシュワースとレディ・キャロラインが一枚嚙んでいるようだな。気にしなくていい。ぼくは失礼するから……」

「どうして正装をしていないの？」エリザが震える声で尋ねた。

彼は歯を食いしばり、こぶしが白くなるほどきつく帽子を握りしめた。

どうにか醜態を演じずにすむ方法はないだろうか？

「すでに言ったとおりだ」やっとの思いで言う。「今夜のうちに発つよ」

エリザが苦しげな表情になった。状況が違えばうれしく思えたかもしれないが、いまは直視できない。素早くきびすを返してノブをまわしたとき、小さな声で懇願され、トーマスは手を止めた。

「行かないで」

振り返り、エリザをじっと見る。「行かなければどうなるんだ？　ランドリーからの求婚を断るのか？　ぼくの欠点に耐えられるようになるのか？　なあ、エリザ、このままではまずいことになる。ぼくとしては、これ以上状況を悪くしたくない。もう失礼するよ」彼はふたたび扉のほうを向いた。

スカートの衣ずれの音がしたかと思うと、エリザが駆け寄ってきて腕に触れた。彼女が傷ついた表情をしているのを見て、ますます腹立たしさを覚えた。

「トーマス、わたしは――」

「ぼくに触れないでくれ、エリザ」言葉をさえぎり、彼女の手を引き離す。「いまはだめだ……いや、もうやめてくれ。耐えられない」乱暴に扉を押し開けた。

エリザがまた触れてきた。「行かないで、お願い――」

トーマスはさっと振り返ると帽子を床に落とし、彼女の肩に両手を置いた。その瞬間、理性が吹き飛んだ。エリザをあとずさりさせて図書室の中へ戻すと、近くの書棚に押しつけ、最後にもう一度唇を奪った。

それが間違いだった。エリザの甘い香りを吸い込んだとたん、彼女は決して手に入らない存在なのだと改めて思い知らされた。下唇に軽く歯を立てた瞬間にエリザが漏らした甘い懇願は、かなえられないままだろう。刻一刻と理性が失われていくのを感じたが、それでもトーマスは抱き寄せずにはいられなかった。むしろ、またしても理性をかなぐり捨てたくなる。自分は彼女に罰を与えようとしているのか？　なんてばかなまねを。エリザの情熱に合わせて、彼は夢のようなキスに熱心に応えた。これではまるで、彼のほうが罰を受けているみたいだ……。

そのとき、開け放したままの扉のほうから伯爵の大声がした。

「妹から離れろ、このろくでなしめ」

ウィリアムの視線を感じ、ふたりはその場に凍りついた。トーマスは抱擁を解いて彼のほうを向き、降参のしるしに両手をあげた。

「ウィリアム、これはその……違うんだ」

彼の目が憤怒に燃える。「なんだと？　だったら、いまのはなんだ？」

「いや、もちろん見たとおりなんだが、そういう理由ではなく――」

言いかけたとき、ウィリアムが殴りかかってきた。トーマスは頭をさげて素早く脇に寄り、相手のこぶしをかわした。

「やめて！」エリザが叫び、兄にしがみついて制止しようとした。

ウィリアムは妹の手を振りほどき、両手を震わせながらトーマスに近づいた。「だったら、どんな理由か言え」怒気を含んだ声を出す。「数々の女たちに飽きたのか？　なんとなくそういう気分になっただけか？　それとも妹がふさわしい相手と結婚する機会を台なしにしたいのか？」

「どれも違う」降伏を示すために両手を宙にさまよわせたまま、トーマスは警戒しながら答えた。「たしかにきみには正直に打ち明けていなかった。ぼくの気持ちは――」

「ほう」ウィリアムが脅すような口調で言い、さらに一歩詰め寄る。「ならば、いったいどういう気持ちなんだ？」

「もうやめて！」エリザが声をあげ、兄とトーマスのあいだに割って入った。「わたしも悪かったのよ！」

トーマスは首を横に振り、彼女を脇に追いやった。「違う。ぼくはきみの名誉を傷つけるつもりは――」

案の定、エリザを押しやったとたん、ウィリアムが飛びかかってきた。トーマスの胸ぐらをつかんで壁に叩きつける。トーマスのほうが背は高いが、怒りがウィリアムに強さを与えているようだった。トーマスとしては、友人を説得するのに暴力に訴えたくはない。ウィリアムが腹を立てるのも当然だ。自分の妹がふしだらな生活を送ってきた男と一緒にいるのを目撃したら、妹思いの兄ならば誰でも頭に血がのぼるだろう。

ウィリアムは歯を食いしばり、トーマスの上着をつかむ手に力をこめて大きく揺すった。

「自分のしたことを説明してみろ！」

クララが駆け込んできた。彼女はぴたりと足を止めて状況を見て取り、エリザのそばへ行って、慰めるように肩を抱いた。

「ウィリアム！　彼はエリザの名誉を傷つけていないと言っているわ」

しかし、ウィリアムは妻の言葉が耳に入っていないようだ。いまはまだ。トーマスは親友の怒りに満ちたまなざしを受けながら、慎重に言葉を選んだ。もっとも、友情はまもなく永遠に失われるだろうが。「ぼくはロンドンで過ちを犯した」かすれた声で打ち明ける。「言い寄ったんだ……きみの妹に」

ウィリアムははっとしてトーマスから手を離し、驚きに目を見開いてエリザを見つめてから、ふたたびトーマスに怒りの視線を向けた。

「なんだと？」

後悔に喉を締めつけられたが、トーマスはため息をついて、とにかく話を続けた。「社交シーズンのあいだじゅう、ロンドンで彼女の邪魔ばかりしていた。いけないことだと知りながら」壁から離れる。「いや、せめて先にきみに打ち明けておくべきだった。彼女への気持ちを」

「きみの気持ちだと？」ウィリアムが声を荒らげる。

トーマスは思わず両手を握りしめたものの、衝動をぐっと抑え、ゆっくりとこぶしを開いた。「彼女はとても美しい女性だ。心惹かれたとしても不思議はないだろう？　ぼくのような罪深い男でも」

一歩も引かない構えで、ウィリアムはトーマスをにらみつけた。「ふざけるな」吐き捨てるように言う。「いつのまに妹に――いや、相手が誰であれ、女性にただうっとり見とれているだけの男になった？　たいそうご立派な倫理観じゃないか。きみの女好きは――」

「たしかにぼくは欠点だらけだ」トーマスは憤然としてさえぎった。過去に犯した過ちの数々が、またしても頭に浮かぶ。「さらに言っておくと、そのすべての欠点をエリザは知っている。ぼくの求婚はうまくいかなかったと聞いて、きみは胸を撫でおろすだろうな」そこで言葉を切り、みじめな顔でちらりとエリザを見た。「その場で断られたよ」

彼女の真剣なまなざしに、トーマスは思わず目を奪われた。エリザはどこか不安げにこちらを見ている。そこで彼はまたしてもウィリアムに書棚に押しつけられ、きちんと分類して並べられた書物が床にばらばらと落ちた。クララが夫に鋭い非難の声を投げる。

「結婚を申し込んだのはいつだ？」

胸を押さえつけられ、苦しいうめきを漏らした。「今週だ」

「サー・ジェームズの先手を打とうとしたのか？」

胸ぐらをつかまれたまま、トーマスは体の位置を変えた。「ああ、そうだ」

「だったら答えろ。結婚の申し込みを断られたのに、なぜ今夜、うちの屋敷の図書室で妹にしつこくつきまとっているんだ？」ウィリアムは怒りの形相で尋ねた。

そろそろ忍耐の限界に達しそうだった。この屋敷を離れたかったのは、みじめな思いでエリザの婚約の茶番劇を見るのはごめんだったからだ。ところが、この苦しみはまるで茶番だ。しかも観客までいる。女性たちは言葉を失い、こちらをじっと見ていた。

トーマスはウィリアムの腕を振り払った。胸を張り、険しい顔でにらみつける。「いいかげんにしてくれ。ぼくはしつこくつきまとってなどいない。彼女に別れを告げていただけだ」

「ほう、それはそれは」ウィリアムはふんと鼻を鳴らし、少しも面白くなさそうに笑った。「きみはあちこちに唇を這わせないと別れの挨拶ができないのか。しかもいやがっている女性に――」

いわれのない非難を受けて憤りを覚えたが、トーマスは一歩踏み出し、必死に怒りをのみ込もうとした。「口を慎め、アシュワース」不機嫌な声で言う。「ぼくは女性に無理やり迫ったことは一度もないぞ」

予想どおり、効果てきめんの言葉だったようだ。

ウィリアムが胸元を狙って肩から突進してきたが、今度はよける場所があまりなかったせいで壁にぶつかり、そのままふたりして床に倒れ込んだ。ウィリアムが馬乗りになってまた殴りかかってきたものの、トーマスはどうにかこぶしをかわし、大きく体をひねった。エリザとクララがやめてと叫んでいる。

「事実を知りたかったんじゃないのか？」トーマスはぜいぜいと息を切らし、絨毯敷きの床の上を転がりながらウィリアムと取っ組みあった。勢いよく投げ出した脚でうかつにも書棚を蹴ってしまい、分厚い革綴じの本がそこらじゅうに散乱した。「どうやら現実を受け入れられないようだな」

よろめいた弾みを利用して、ウィリアムを床に押さえつける。しかし長く持ちこたえられそうになかった。言うべきことを早く言わなくては。トーマスは身を乗り出し、声を落とし て告げた。

「そうとも、ぼくはきみの妹に求婚を断られたし、ロンドンで言い寄ったときも拒否された」友人がひどい悪態をついたが、めげずに先を続ける。「だが社交シーズンが終わってケント州に帰ってきたら、ランドリーがうまくことを運ぶ前に、やはりどうしても彼女から結婚の承諾を得たいと思った。もう少し早く気づくべきだったよ……そうすればもっと時間をかけて彼女を説得して――」

トーマスは言いよどみ、ウィリアムから手を離した。伯爵の金色がかった緑色の目が敵意に燃えている。トーマスは体を起こして床に座り込み、立ちあがってエリザのほうを向いた。彼女はクララと、乱闘のさなかにやってきたに違いないキャロラインにはさまれて立っていた。エリザのきらめく目を見つめ、またしても思いが高まらないように、ごくりと唾をのみ込む。

そのときウィリアムに背後から肩をつかまれたかと思うと、くるりと向きを変えられ、強烈な右フックを食らった。大きく頭を揺さぶられて、目の前に星が散る。女性たちがいっせいに息をのんだ。エリザが駆け寄り、兄を引き離そうとする。

「もうやめて！」彼女は大声で言った。

ウィリアムが身を振りほどき、後ろによろめいたトーマスに大股で歩み寄った。「どうせ……そんなことだろうと思ったよ。この状況をどうやって申し開きするつもりだ？」

「きみの妹を愛しているんだ！」トーマスはかすれる声で、心の奥底からわき起こる感情をよく考えもせずに叫んだ。ウィリアムを押しのけ、流れ落ちてくる血でかすむ目を懸命に開いて、唖然としている友人を見据える。「最初は自分の気持ちに気づいていなかったし、たしかにやり方を間違えたと思う。だがどこまでも彼女を追いかけ……なんでもするつもりだった。この気持ちをわかってもらうために……」喉が締めつけられたが、頭を振ってどうにか話を続ける。「友情を失うのを覚悟のうえで、いちかばちかの賭けに出たんだ」

部屋の隅からエリザの声が聞こえた。「トーマス——」

素早く頭をめぐらせ、冷たい視線で彼女を黙らせた。「愛情を重視すべきときでも、きみが家族の意見を大切にすることはわかっている……場合によっては、愛そのものよりも」急に静まり返った図書室を歩き、トーマスはエリザに近づいた。「きみの選択は正しかったと家族に認められたら安心するだろう。でも、ランドリーはきみがどれほどかけがえのない女性かわかっていない。どんなに努力しても、きみとロザとともに歩む人生の真の価値が理解できないだろう」

エリザがまばたきをした瞬間、ひと粒の涙が頬を伝った。トーマスは目を閉じ、やっとの思いでウィリアムのほうを向いた。こんなことは、もううんざりだ。そろそろ審判を受けるときだ。

「きみとは絶交だ」ウィリアムが冷ややかに言い放ち、扉を指さした。「出ていけ」

トーマスはその場に立ち尽くし、幼なじみの男を見つめた。ウィリアムは敵意のこもった目で最後の決断を下した。トーマスは腰をかがめて帽子を拾いあげると、乱暴に頭にのせた。背筋をしゃんと伸ばし、乾いた笑い声を漏らす。

「正直さの代償がこれか」吐き捨てるように言って、重苦しい表情の女性たちを見まわした。

「言っておくが、謝る気はないぞ」

トーマスは向きを変え、大股で図書室をあとにした。けれども心の中では、自分がどれほどみじめなのかわかっていた。

15

エリザは目の前に置かれた見事な料理をぼんやりと見つめた。食欲がなく、せっかくのごちそうを味わえないのが悲しかった。その代わりにマンダリンソースのかかったキジ肉をフォークでつつき、フォークを置いてグラスを手に取ると、ワインを喉に流し込んだ。

クララは今夜のパーティのために最善の努力をしてきた。それだけに、自分自身もウィリアムもキャロラインもエリザも、パーティをまったく楽しめないのが残念だった。テーブルに等間隔に置かれた銀の枝付き燭台のろうそくが、ほのかな光を投げかけている。そのまわりに上品に飾られた生花は秋らしい赤色がよく引き立っているし、クリスタルのグラスは頭上で輝くシャンデリアに負けないほど美しくきらめいていた。招待客は料理の合間に礼儀正しい会話を交わしていて、サー・ジェームズ・ランドリーはエリザの真向かいに座っているが、エリザのほうはテーブルの中央に置かれた生花の陰に身を隠し、なんとか会話を避けようとしていた。それどころか、今夜トーマスが座るはずだった場所をじっと見つめている。

晩餐会が始まる直前、彼のために用意された食器と椅子が人目につかないようすみやかに片づけられ、両側の席の間隔が広げられていた。

エリザは涙がこみあげるのを感じ、またワイングラスに手を伸ばした。思いきってテーブルの上座に視線を向けると、兄はにこりともせずに晩餐に耐え、周囲の会話に興味を示すふりをしていた。ウィリアムが一瞬顔をあげ、困惑した表情でこちらを見つめて、ふたたび隣にいる女性に注意を戻す。女性は休暇で温泉保養地のバースへ行ったという話を、とりとめもなくしゃべりつづけている。

〝なぜあいつに言い寄られていることを言わなかった？　もっと早くやめさせられたのに〟晩餐会に呼ばれるまでのほんのわずかな時間に、図書室でウィリアムから尋ねられた。自分の答えで兄が納得したのかどうかはわからない。

〝まさか彼が本気だとは思わなかったの……彼自身も気づいていなかったようだし〟

でも正直に言えば、ウィリアムにトーマスを止めてほしくなかったのだ。追いかけられるのは悪い気はしなかった。それどころか楽しんでさえいた。そんな恥ずかしいことをどうして白状できるだろう？　多くの女性たちと同じようにトーマスに魅力を感じたばかりか、彼を受け入れたくてたまらなかったということを。友人として、求婚者として、そして夫として。

トーマスは本気で求婚したのだとエリザにはわかった。まだ完全に信じていなかったときも、誠実さは感じていた。けれども彼がエリザを激しく追い求めれば求めるほど、兄とトーマスのあいだに揉め事が起きる可能性が高まるのもわかっていた。だからこそ、トーマスとの関係が深まるにつれ、ウィリアムに秘密にしなければならないことも増えたのだ。

トーマスはロザのよき父親にはなれないと長年思っていたにもかかわらず、エリザはもはや確信が持てなかった。それればかりか、ランドリーの子どもに対する考えを知らないことにいまさらながら気がついた。ロザのことが最も重要な関心事だったはずなのに、お膳立てされた出会いだったせいか、ランドリーと子どもについて話をしたことは一度もない。もっとも、彼もエリザの事情はよく理解しているはずだ。彼女の身に起きたことについて、上流社会で知らない者はいないのだから。でも考えてみれば、自分はランドリーの長所だけを見て、トーマスの短所だけを見ていたのかもしれない。吐き気がこみあげてきて、エリザはフォークを置き、指の背で口元を押さえた。

ふうっと息を吐き、生花越しにランドリーの様子を見る。彼はすぐさまエリザの視線をとらえて微笑んだ。おそらく晩餐のあいだじゅうずっと、この機会を探し求めていたのだろう。ランドリーにためらいがちな笑みを返し、テーブルの下手に目をやると、キャロラインとクララが沈んだ目でこちらの様子をうかがっていた。

ようやく晩餐会が終わり、女性陣はカードゲームをするために退席した。男性陣がその場に残っていると、従僕のマシューとチャールズが葉巻とポートワインを運んできた。エリザはもう、うわべを取りつくろうことはできなかった。身を乗り出し、先に立って客間に入ろうとしていたクララの肘に触れる。かたわらにいたキャロラインも廊下で立ち止まり、心配そうに眉根を寄せて、少し間を置いてから会話を聞かれないようにそっと扉を閉めた。

「今夜はもう帰ってもいいかしら？」エリザは弱々しい声で言った。「落ち着きを取り戻せば、明日はもっとお行儀よくふるまえると思うの。とにかく――」重苦しい雰囲気に耐えかねて唇が震え、言葉を切る。「とにかく少し時間が欲しいの」

クララはエリザを脇へ連れていくと、打ちひしがれた目でちらりとキャロラインを見た。

「エリザ、本当にごめんなさい……」

「遅かれ早かれ、いつかは明るみに出ていたわ」エリザははなをすすった。「ほっとするべきだってわかっているの。サー・ジェームズと結婚するにしても、もう心を乱されずにすむわけだから。だけど、どうしても頭から離れなくて……トーマスの表情が……あのときの……」息を詰まらせ、力なく頭を振る。「わたしを愛していると言ったときの」彼女はため息を漏らした。

エリザが静かに涙を流すと、クララが抱き寄せ、頭をやさしく撫でてくれた。

「あなたにとって、彼がどれほど大切な存在なのかわかるわ、エリザ。お互いを大事に思いあっているのね」

「愛している、と彼は言ったわ」エリザは身を引き、友人たちを見つめた。「本心から言っていたと思う？」

クララがエリザの頬を撫で、悲しげに微笑む。「ええ」

キャロラインのほうを見ると、神妙な顔でうなずいた。

「そろそろ行かないと」エリザはクララの腕から離れると涙をぬぐい、乱れたドレスを直した。「もし誰かに訊かれたら、明日の午後に姿を見せると伝えておいて」身を乗り出し、義姉の頬にキスをする。「ありがとう」かぼそい声で言った。

そそくさとキャロラインと抱擁を交わしたあと、エリザはほかの客に見られないうちに急いで立ち去った。どうしてもランドリーと顔を合わせたくなかった。近いうちに結婚を申し込まれる可能性が高く、そうなれば返事を求められるはずだ。けれどもいまは、そのことを考える気にはなれなかった。

クララはアビゲイルの手を借りてドレスを脱ぎ、シュミーズ姿で座っていた。髪からピンを抜きはじめたとき、ウィリアムが寝室に入ってきた。彼は重たそうに扉を閉めると、そこに寄りかかってため息をついた。クララは彼と目を合わせるのを避けた。

「いったい何が起きているんだ？」ウィリアムはいらだちを隠そうともせずに言った。「しかも、わたしよりもきみのほうが前から事情を知っていたような気がするのはなぜだ？」

非難めいた含みのある言い方にクララは顔をしかめ、化粧台の前に座ったまま夫のほうに向き直った。

「エリザがロンドンから戻ったときに、いくつか気づいただけよ。でも、前から薄々感じていたわ。エヴァンストン卿はあなたの妹に特別な感情を抱いているんじゃないかって。たぶん、あなたも気づいていたはずよ」皮肉っぽい口調でさらに言った。「エヴァンストン卿は自分の気持ちをうまく隠せていなかったもの」

ウィリアムはふんとせせら笑うと、扉から体を起こした。上着を脱いで無造作に椅子の背にかけ、ベッドの端に腰をおろす。「エヴァンストンは程度の差こそあれ、昔から女性に見境がなかった。彼がエリザに関心を抱いたら困るから、はっきり釘を刺しておいたんだ。恋愛をするなら別の男にしておけと――」

「あなたがエリザに恋愛のことで忠告を？　しかも、はっきりとそう言ったの？」

クララの小ばかにしたような口ぶりに、ウィリアムは一瞬黙り込んだ。「ああ、そうだ。何が悪い？」彼は答えた。「エヴァンストンにも警告した。わたしは曲がりなりにも家長であり、エリザの兄なんだぞ」

「メイドと恋に落ちた人が？」クララは驚きの声をあげた。

ウィリアムが決まり悪そうに口元をゆがめる。「実際はメイドではなかっただろう……」

ふたたび鏡のほうを向き、髪から最後のピンを引き抜くと、ダークブラウンの豊かな髪が滝のように背中に流れ落ちた。ウィリアムが称賛の目で眺めているのが、鏡に映った姿で見て取れる。クララは思わず顔をほころばせた。夫の目を引きつけたと知り、いつものように体がうずきだす。

「お言葉を返すようですけれど、あなたの妻選びもかなり型破りだったじゃない」彼女は図星をつき、髪に指を通して巻き毛をほどいた。「ご存じのとおり、上流社会から見れば、クララ・メイフィールドもふさわしい結婚相手ではなかったわ。それに忘れてはいけないのは、正確にはエヴァンストン卿はかなり望ましい結婚相手のはずよ」

背後にいるウィリアムがしかめっ面で、白いベストを脱ぐのが見えた。「そうだとしても、わたしに断りもなく、目を盗んでエリザを口説いていたという事実を許すわけにはいかない。妹に近づかないように警告していたんだからな。それに忘れてはならないことがもうひとつある。彼は気まぐれで、無節操で、評判の悪い放蕩者だ。機会さえあれば、いつも快楽にふけっているんだぞ」彼が言い返す。

「以前はそういう人だったことは知っているわ」クララは思案しながら言った。「でもエリザとの交流の中では、彼のそういう面を見たり聞いたりしたことはないし、ケント州に帰ってきてからは一度もないと断言できる。実際のところ、放蕩生活を送っていた頃に、彼は何人の女性に結婚を申し込んだの？　いままでに彼が愛を公言した女性は何人いた？　あなたがよく考えなければ答えられないほど、まれなことなんじゃない？」

ウィリアムが言葉に詰まる。「わたしは――」

「もうひとつ言わせてもらうと、エヴァンストン卿がエリザを心から愛していると信じているのはわたしだけではないの」クララはなおも続けた。「レディ・キャロラインも確信しているわ。ロンドンの社交シーズンが始まる前は、彼女はエヴァンストン卿のことをよく思っていなかったのに」椅子から立ちあがってウィリアムに近づき、両手で顔を包み込む。うっすらと生えた無精ひげが手のひらをこすった。彼が目を閉じ、ため息をつく。愛情が胸にこみあげ、クララは夫を見おろした。「ねえ、あなたは上流社会で自ら身の破滅を招いた女性を選んだのよ。本当にエリザに選択の自由を与えないつもりなの？　どこから見ても、彼女は放蕩者のエヴァンストン卿に心を奪われているのに？」

ウィリアムは両手で顔を包まれたままじっとしていたが、いきなりぱっと目を開いた。「なぜエリザがエヴァンストンを愛していると思うんだ？」

「ロンドンで、エリザがサー・ジェームズからの求婚を先延ばしにしたのはそのせいよ。彼女はあなたと亡きお父さまを喜ばせたいと思っているのに、ふたりが禁じた男性への思いをどうしても断ち切れずにいる」クララは頭を振り、ウィリアムの頰をそっと撫でた。「彼女が不憫でならないわ。多くの悲しみに耐えてきたのに、自ら選択する権利さえ与えられないの？心はすでに決まっているようなのに」

ウィリアムはじっと考え込み、不安の色をにじませた。「もしそのとおりだとしたら……彼が本当に変わったのなら……」

「エヴァンストン卿を屋敷から追い出したのは大変な間違いだったわね。友人を侮辱したばかりか、傷つけてしまったんですもの」クララはベッドの隣に腰をおろし、ウィリアムの手を取った。「曲がりなりにも家長で、もうじき本当の家長になるわけだから、何か手を打つべきよ。あのふたりのために」

ウィリアムがうなずく。「朝になったらエリザと話してみよう――」彼は言葉を切り、目を見開いた。「待ってくれ。どういう意味だ、〝もうじき本当の家長になる〟って？」

夫のおびえた目を見つめながら、彼の手を自分のおなかに当てさせた。「あと八カ月もしたら、あなたは父親になるって意味じゃないかしら」

信じられないという顔でウィリアムは動きを止めたが、しばらくしてクララの体を持ちあげて膝にのせ、あえぐような喜びの声をあげた。

「やさしく扱って！」彼女が笑い声をたてたとたん、ウィリアムは熱烈なキスをした。手足の力が抜け、耐えがたいほど欲望が高まる。彼は薄いシュミーズの上から両手でクララのおなかを撫でたあと体を引き、崇拝の目で見つめた。

「本当なのか？」興奮を抑えきれない様子で身を乗り出し、彼女の首筋に歯を立てる。

クララは喜びに身をよじった。「ええ、本当よ」やっとのことで答える。

朝になったらエリザとエヴァンストンの問題を見直すという暗黙の約束が交わされると、今夜、伯爵夫妻はその話をもうおしまいにした。


エリザは重苦しい気分で窓辺に座り、窓の向こうの美しい朝の景色を眺めていた。金色に輝く木漏れ日が眼下の庭園を明るく照らしている。ため息をつき、片手で頬杖をついたままうなだれた。トーマスの苦悩の告白について考え、それでもランドリーからの求婚を受け入れなければならないと思うと眠れなくなり、ほとんどひと晩じゅう、同じ場所に座っていたのだった。

ぽたりという音にはっとして見ると、窓の下枠にひと粒の涙がこぼれ落ちていた。木の枝から見張りを続けている灰色とオレンジの配色のコマドリを見つめたまま、頰を伝う涙を手でぬぐう。そのとき、朝食を必死に探していたコマドリが地上に舞いおりたかと思うと、のたくるミミズをくちばしでくわえて土の中から引き抜いた。

寝室の扉が小さくノックされる音がして、エリザはわれに返った。

「どうぞ」

扉が開き、パターソンがためらいがちに姿を見せた。「奥さま」茶色の目を丸くし、心配そうに尋ねる。「少しお話をさせていただいてもよろしいでしょうか？」

エリザは窓辺に座ったままそわそわと体を動かし、肩にかけたショールを巻き直すと、無言で気だるそうにうなずいた。

メイドは部屋に入って扉を閉め、前に進み出て、心配と思いやりのにじむ表情で女主人をしげしげと見た。「昨夜は何も聞かせていただけませんでしたが、何にお悩みなのか教えてくださいませんか。何かお役に立てることがあるかもしれません」

「どうもありがとう、パターソン。でも、どうしようもないことなの」窓に視線を戻す。「今夜、サー・ジェームズから求婚されるはずだし、トーマスは行ってしまった。たぶん永遠に。彼とお兄さまの……意見が衝突したせいで」

パターソンが目を見開いた。「何をめぐって意見が衝突されたのですか？」

「わたしのことなの。わたしたちが図書室で抱きあっているのをお兄さまに見られてしまって」

メイドはあんぐりと口を開け、すぐさま閉じた。「まあ……そうでしたか」ぎこちなく咳払いをして、床に視線を向ける。「ええと、その……つまり……そのようなことが行われるのは今回が初めてだったのでしょうか？」

エリザは首を横に振り、コマドリに目をやった。鳥は地上から近くの木へ飛んでいく途中で、せっかくつかまえた獲物を落としてしまった。身じろぎひとつせず枝に止まっている姿は、喪失感を受け入れているようにも見える。

「エヴァンストン卿は奥さまを誘惑しようとされたのですか?」

「彼はわたしを愛しているとお兄さまに言ったの」エリザは答え、目を閉じた。

パターソンが近づいてきて、温かな手で彼女の冷たい手を握った。「本心からおっしゃったと思いますか?」

閉じたまぶたから涙がこぼれ落ちる。エリザはうなずいた。

「お兄さまにそんなことを言うなんて、それ以外に理由がないもの。だけど結局、あのふたりの関係がこじれただけだったわ。いいえ、たぶん友情は終わってしまった」

メイドはエリザの隣のソファに腰をおろした。「奥さまもエヴァンストン卿を愛しておいでなのですね?」

思わず嗚咽(おえつ)が漏れ、空いているほうの手で口をふさいだ。「今夜、サー・ジェームズから結婚を申し込まれそうなの」思いを打ち消し、消え入りそうな声で言う。「それなのに、彼がロザについてどう思っているのかもわからないのよ」エリザは自嘲気味につけ加えた。

「奥さまにお嬢さまがいらっしゃることはご存じのはずですが」

「ええ、そうね。でも新たな夫探しの最終局面を迎えたいまになって、彼がどんな父親になるのかわからないままだと気づいたの」呆れて頭を振る。「ロザのことを一番に気にかけていたから、トーマスは信頼できないとずっと思っていた。けれど、いまさらながらに悟ったのよ。解決策を持っているはずだと信じていた男性も、別に答えを持っているわけではないんだって」

パターソンが何か考えをめぐらすような表情でエリザを見る。「ゆうべは一睡もできなかったのですか？」

目の下のくまが、その質問に対する答えを表していた。

「でしたら、とにかく身支度をいたしましょう。ロートン・パークへは何時にいらっしゃるんです？」

「一時までには行こうと思っていたけれど」

パターソンがこくりとうなずいた。「時間は充分にありますね」

温かい風呂にゆっくり入ったおかげで気分がよくなり、寝室でメイドに打ち明け話をしてから数時間後には、エリザはすっかり回復した。ロザが階下におりてきたので、紅茶とパンとジャムで軽い朝食をとりはじめたが、まもなく二体の人形も加わった。あいかわらず陽気な娘に元気づけられ、ふたりはおかしな顔をしあったり、ティーカップを持ったままくすくす笑いあったりした。やがて執事が現れて、母娘の遊びは中断された。

「奥さま、失礼いたします」ロバーツが言う。「お客さまがいらしています」

エリザは驚いて視線をあげた。「あら、どなたなの？」

「サー・ジェームズ・ランドリーです。フローレンスを呼んでおきました」執事はお辞儀をして、それとなくロザに目をやった。「そのほうがご都合がよろしいかと思いまして」

予期せぬ来客の衝撃から立ち直ると、エリザはランドリーの訪問の目的に気づいた。椅子からゆっくりと立ちあがり、娘を見おろす。豊かな金色の巻き毛を緑色のリボンで一部だけ結ってある。トーマスからの贈り物に添えられていたリボンとやけに似ていた。

「いいえ」しばらくしてエリザは答えた。「ロザにも一緒にいてもらうわ」

ロバーツは平手打ちでも食らったような表情になった。「奥さま」醜聞を招きそうな気配を察したのか、鋭く息を吸い込む。「お客さまは邪魔が入るのを快く思わないのでは――」

「むしろ邪魔に入ってもらいたいの！」きつい口調で言い返したが、すぐさま後悔した。「ごめんなさい、ロバーツ。とにかく彼を客間へご案内してちょうだい」

執事はそそくさと立ち去った。ロザも立ちあがり、椅子に座らせていた人形たちを抱えると、飛び跳ねながらエリザを追い越し、廊下の角を曲がって姿が見えなくなった。

「ロザ！」彼女は呼びかけた。「待って――」

男性がはっと息をのむ音が聞こえた。エリザも角を曲がると、ランドリーが廊下に呆然と立っていて、同じように微動だにせず立ち尽くしている娘と向きあっていた。

「こんにちは」ロザがもじもじして言う。

ランドリーは少女の向こうにいるエリザを見つけると、顔に困惑の色をありありと浮かべたまま、誰かを探すように素早くあたりに目を走らせた。

「こんにちは、レディ・エリザ。その子の子守はどこですか？」さっと手をひと振りしてロザを指し示す。

なんとか好意的に解釈しようと思い、エリザは平静を保ってロザに歩み寄ると、両手を娘の肩に置いた。

「この子は」質問を無視して言う。「わたしの娘のミス・ロザ・カートウィックです」ランドリーが眉をあげたので、エリザは手で指し示した。「客間へどうぞ」

ランドリーがこわばった顔でうなずき、あとに続く。客間の扉の前で、ロバーツが口を引き結んで待っていた。その隣に黙って立っているパターソンは必死に笑みを隠している。

ロザは暖炉の前の床に座った。美しい朝ではあるけれど、今朝にかぎって夏の暖かさが影をひそめていた。徐々に秋へと向かっているらしく、暖炉の炎が放つ熱が心地よく感じられる。エリザとランドリーは小さな円テーブルをはさんで肘掛け椅子に座った。彼が口を開いて何か言いかけたとき、ロバーツがティーセットを運んできたが、すぐに部屋を出て扉を閉めた。ランドリーがティーカップを手に取ると、エリザはようやく客人のほうを向いた。

「驚きましたわ、サー・ジェームズ。今日の午後にまたお会いすると思っていたので」

ランドリーは背後でロザが静かに遊ぶ音が気になるようだが、紅茶をひと口飲み、かすかな笑みを浮かべた。「ええ、まあ、慣例には反しますが、正直に言うと、あなたが昨夜早めにお帰りになったので、今日こそふたりきりでお話しする機会を得ようと思いまして」

彼はテーブルに置かれた受け皿にカップを戻し、膝の上で両手を組んだ。ロザの人形たちが楽しい時間を過ごしている様子が聞こえてくる。ランドリーの表情が刻一刻と変わっていくのを、エリザは興味津々で眺めた。

「今日うかがったのは……ほかでもない……よろしければ、わたしと——」ランドリーが顔をしかめ、とがめるようなまなざしで肩越しに振り返ってから、エリザのほうに身を乗り出した。「それにしても、本当に子守を雇っているのですか?」

「ええ」彼女は頬がかっと熱くなるのを感じた。

ランドリーが探るようなまなざしを向けてくる。「その子守はいま、不在なのですか?」

「いいえ、おりますわ」

ロザが急に立ちあがり、人形を両腕に抱えたままソファのまわりを走りまわった。だが、磁器の人形のほうは大事そうに抱きかかえている。やがて少女は足を止め、ソファにどすんと着地したかと思うと、小さな足をばたつかせて絨毯の上におり立った。それからふうっと息を吐き、母親のほうを見てにっこりする。エリザもつられて一緒に笑いだしたとき、ランドリーが彼女の手に自分の手を重ねた。エリザは当惑して彼をじっと見た。

「ご主人を亡くされてから、いろいろとご苦労されたでしょう」ランドリーは低い声で言い、励ますように微笑んだ。「しかも男手のない家を切り盛りしながら、頼れる人を見つけるのはなかなか大変なことです」悔しいことに、彼はエリザの手をぽんと叩き、さらに身を乗り出した。「ですが、ご安心ください。ぼくを夫として受け入れれば、もうわずらわしいことに悩む必要はなくなります」

エリザは言葉を失い、思わず娘に目をやった。ロザは人形をほったらかしてソファにきちんと座り、ふたりの会話に聞き耳を立てている。

ランドリーに悪気がないことはわかっていた。たしかに上流社会のしきたりでは、子どもたちは有能なメイドと一緒に子ども部屋で過ごし、日中のごく短時間しか姿を見せない。けれどエリザもウィリアムもそのような育て方をされなかったし、ロザも生まれたときからそうだ。ロザは大人たちの前で自由に自分の意見を述べる。だがランドリーが愛敬のある娘にこんなふうに抵抗を示すのは……どう考えても大問題だ。

エリザは彼の手の下から自分の手をそっと引き抜き、遠慮がちに咳払いをした。

「いまのは結婚の申し込みと考えてよろしいでしょうか？」

ロザが目を大きく見開いた。ベルベット張りのソファから、大きな緑色の目でエリザの様子を観察している。

ランドリーは背筋を伸ばし、クラヴァットをまっすぐに直してから、かすかに微笑んだ。

「そんなに驚くことではないはずです。社交シーズンのあいだじゅう、はっきりと意思表示をしていたはずだ」また手を重ねてくる。「でも、そのとおりです、レディ・エリザ。ぼくはあなたを妻として受け入れたい。それがかなうなら、これ以上喜ばしいことはありません」

その言葉が気に障った。何度も繰り返されたトーマスからの懇願との違いを意識せずにはいられない。ランドリーがエリザの手を握ろうとした。すぐそばでふたりのやりとりを見ているロザなど、まるで存在しないかのように。彼はロザには目もくれなかった。年月を重ねるにつれてふたりが親しくなる可能性はあるけれど、いまのようにうっとうしい存在と見なすようになるのではないだろうか。

右肩を軽く三回叩かれ、不安な物思いから覚めて振り向くと、ロザが隣に立っていた。小さな両手は真新しい磁器の人形を握りしめている。エリザが身を乗り出すと、ロザが耳元でそっとささやいた。

「でも、お母さま、トーマスは？」

エリザは思わずぎくりと身を引いたが、ロザはなおも心配そうなまなざしを向けている。ロザにいつにない娘の真剣さに、彼女ははっとした。ロザはまだ幼いけれど、直感の鋭い子だ。ロザにいっさい相談せずに決断を下すのは、娘を正当に評価していないことになる。何しろエリザの次の夫は、この子の父親になるのだから。

エリザは目配せをして、いまはその件については黙っているようロザに伝えた。そしてランドリーのしつこい手から自分の手をもう一度引き抜き、彼と視線を合わせた。

「少し考える時間をいただけますか？」

ランドリーは衝撃を受けたようだ。何か言おうと何度か口をぱくぱくさせたあと、ようやく頭の中を整理したらしく、口ごもりながら答えた。

「ぼくは——いや、ええ、もちろんです。しかし……いままで充分に考える時間はあったはずでは……つまり……ぼくから求婚される可能性について。もしかして、ぼくに何か足りないところでも？」

エリザは椅子から立ちあがり、ロザの手を取った。「いいえ、そんなことはありません、サー・ジェームズ。あなたは立派な方です。わたしがある事情について、きちんと考慮していなかっただけなんです。そういうわけですから、いまこの場でお返事することはできません」

ランドリーも立ちあがり、眉間にしわを寄せて沈んだ表情を見せた。「何を悩んでいらっしゃるのか知りませんが、あなたの迷いが消えるのなら、どんな質問にもお答えしますよ」

呼び鈴の紐を引くために、エリザはロザの手を引いて部屋を横切った。ところがロザは途中で手を離してソファに突進し、布でできた人形を手に取った。「いえ、もうお尋ねすることはありません。ご理解いただき、ありがとうございます」エリザは穏やかに微笑んだ。

「長くお待たせすることはないと思いますわ……今日じゅうにお返事します」

ロバーツが客間の扉を開けたので、ランドリーはわけがわからない様子のままお辞儀をして、退出せざるをえなくなった。エリザは扉を閉めてもたれかかると、娘を見おろした。

「さあ、話してちょうだい」

「あの人と結婚するの？」ロザが訊いた。

「いま考えているところよ」少し間を置いてから尋ねる。「どう思う？」

「お母さまはトーマスと結婚するんだと思っていたわ」

エリザは片膝をつき、両手をロザの肩に置いた。「どうしてそう思ったの？」

少女が目を伏せる。「じゃあ、違うの？」

トーマスと結婚すると考えただけで、胸が躍りそうになった。娘の口から聞くと、現実になる可能性がますます高まるような気がする。

「誰と結婚するか、まだ決めていないのよ」

ロザが目を輝かせて、エリザを見つめた。「よかった。だったらトーマスと結婚して。いまの人は好きじゃない」

娘があまりにはっきりと自分の意見を述べたのがおかしくて、エリザはくすくす笑った。けれども兄とトーマスの少し前のやりとりを思い出し、すぐ真顔になった。ふたりは信頼関係が壊れたせいで絶交したのだ。以前はトーマスと結婚するなんて考えもしなかったけれど、いまは万にひとつの可能性さえなくなってしまった。

親友だと思っていた相手から人格を厳しく否定されたトーマスのことを考えただけで、涙で目がかすむ。自分のせいで彼をいっそう苦しめたと思うと、いたたまれなかった。トーマスはいまこの瞬間も、エリザのことを口汚く罵っているかもしれない。

扉が静かにノックされ、彼女はいらだちのため息をついて立ちあがった。今日はどうして邪魔ばかり入るのだろう？　袖口で涙を拭く。

「どうかした？」

ロバーツがトレイを持って、ふたたび姿を見せた。「奥さま、ロートン・パークからお手紙です」

クララからの短い手紙だろうと思ったが、たちまち心が沈んだ。トレイにのっていたのは、見慣れた筆跡でエリザの宛名が書かれた手紙だった。
アシュワース伯爵――兄からの呼び出しの手紙だ。

トーマスはふらつく足取りで〈パットナムズ〉の裏口から外へ出た。ひどく酔っているせいで視界がかすみ、足元もおぼつかない。しかし幸い、女性のひとりが両腕を抱えてくれていた。女性たちは大声で笑いながら、トーマスを通りまで引きずっていくと、リネンのシャツに覆われた胸に物欲しげに手を這わせた。

トーマスは目を閉じた。いま自分の体に触れているのが、泥酔した裕福な貴族を食い物にするやかましい女たちではなく、エリザだったらよかったのに。以前なら、この手の女たちが家までついてきてもかまわないと思っただろう。悲しみに打ちのめされていても、いまなおエリザに心を奪われていることを、彼は思い知らされた。女たちから身を振りほどこうとして、でこぼこした地面でつまずく。

「ちょっと、気をつけて!」左にいる女が声を張りあげた。「そこに縁石が――」

次の瞬間、薄汚れた縁石に足を取られてどすんと尻もちをつき、うめき声をあげた。彼の体を支えきれなくなった女たちもスカートをふくらませて地面に倒れ込み、息を弾ませる。トーマスは見苦しくないように、どうにか体を起こして地面に座ろうとした。

誰の目を気にしているんだ?

友人たちも、もちろんエリザ・カートウィックも、もともとトーマスを立派な人間だとはと受け止められるようになるだろうか？　こんな愚かな行いをやめれば、なんとかエリザに愛される資格を得られるだろうか？

やっとのことで前かがみの姿勢で座り、両腕で膝を抱え込んだ。わが身に起きたことを忘れるため、未練を断つために深酒をしたあげく、ロンドンの薄汚れた道端に座っている。どうやって家に帰ればいいんだ？　これまで何度となく通った場所なのに、したたかに酔っていて思い出せない。

「もう、閣下ったら。ずいぶん酔っていらっしゃるのね」もうひとりの女が言った。しかしどう見ても、彼女も同じくらい酩酊（めいてい）している。彼女の友人が陽気にはやしたてると、トーマスは女たちの存在がうっとうしくなった。そもそも、一緒に飲もうとこちらから誘ったわけではない。彼は感覚のない唇を舌で湿らせた。

「もうここでいい」ろれつのまわらない口調で言う。

そのとき敷石を踏みしめる男の靴音が聞こえ、トーマスはもうひとりの存在に気づいた。こんな状態を人に見られたくないが、いまさら避けられそうにない。不思議なことに、さっきまで一緒にいた女たちが姿を消していた。彼はぼんやりかすむ目で、新たに現れた男を見あげた。相手が手袋をしていない手を差し出してくる。

「手を貸したほうがよさそうだな」男がしゃがれた声で言った。

泥酔していて、相手の正体を気にする余裕はなかった。得策かどうかもわからないまま、差し出された手を取る。男はトーマスをぐいと引っ張って立たせた。ウィリアムに殴られた左目が腫れているせいで、ふだん飲みすぎたとき以上に視界がきかない。男が縁なし帽をかぶっていることだけは、かろうじて見分けられた。

「これはどうも」トーマスは荒い息をしながら言った。ブランデーのにおいがぷんぷんするはずだ。正直なところ、手を借りられたのはありがたかった。ここ数日は、さんざんな目に遭っていたからなおさらだ。「お名前は？」

「とくに名乗るほどの者じゃないさ」男はトーマスの手をきつく握りしめたまま答えた。「それより、ミセス・ヴァーナムがよろしくと言ってたよ」

その瞬間、警戒心が全身を駆けめぐった。よろめきながら身を引いたが、それより早く脇腹にナイフが刺さり、焼けるような痛みが走る。自分が鋭く息をのむ音を聞いたところで、トーマスは膝からくずおれた。襲撃者がまた話しかけてきたが、どこか別の世界から聞こえたような気がした。

「あんたをちょっと痛めつけてくれと彼女に頼まれたんだが、自分の好きなようにやらせてもらう」

男はナイフについた血をズボンで無造作に拭いた。痛みで正気を取り戻したトーマスは、急いで去っていく男の足音が建物のあいだに響き渡るのを聞いた。しかし次の瞬間、地面が目の前に迫ってきて、そのまま暗闇へと引きずり込まれた。

16

エリザはマシューに案内されて廊下を進んだ。意外にも、屋敷の中に客の姿が見当たらない。注意深くあちこちに視線をさまよわせる。予定されているウィリアムとの面会を終える前に、ランドリーと顔を合わせたくなかった。

「みんなどこへ行ったの?」エリザは尋ねた。

従僕はこちらに目をくれ、礼儀正しくうなずいた。「伯爵閣下はひと足先に狩猟パーティからお戻りになりましたが、男性のお客さまはみなさんまだ野外にいらっしゃいます。天候に恵まれたので、奥さまは女性のお客さまたちと庭園を散歩されています」

マシューは書斎の扉の前で足を止め、静かにノックした。そのままじっと待ったが、兄の応答がない。もう一度ノックしようと彼が手をあげたとき、扉が勢いよく開き、ウィリアムが姿を見せた。外に出ていたせいで金髪が少し乱れているし、まだ狩猟用の茶色い服とブーツを身につけたままだ。マシューが後ろへさがると、ウィリアムは従僕に向かって軽く微笑んだ。マシューがお辞儀をし、そそくさと立ち去る。兄はエリザに目を向けた。

「入ってくれ」堂々とした身ぶりで部屋の中を示す。「おまえがかまわなければ、話したいことがあるんだ」

エリザはうつむいた。緊張のあまり、兄と目を合わせることができない。スカートの裾を引き寄せると、ウィリアムの横をすり抜け、室内に足を踏み入れた。

「もちろんよ。呼び出されて来たのに話をしなかったら、ばかみたいでしょう」

机と向かいあわせに置かれている二脚の椅子のひとつに座ると、ウィリアムを待った。兄は小さく噴き出した。

「たしかにそうだな」彼は穏やかな口調で言い、扉を閉めた。いつものように机をはさんで座るのではなく、エリザの隣の椅子に腰をおろすと彼女のほうを向き、使い古された茶色い革張りの椅子の背に腕をのせた。

「エヴァンストンを愛しているのか？」しばらくして、ウィリアムは単刀直入に尋ねた。エリザが驚いて目を見開いたまま黙っていると、兄は片手をあげた。「いや、言い直させてくれ。いつからエヴァンストンを愛しているんだ？」

お兄さまは知っているんだわ。

とうとう兄に知られてしまったという恐怖と安堵が、手足の先にまで広がった。

いままで真剣に考えないようにしていた事実をはっきりと自分で認めた瞬間、エリザの全身を衝撃が貫いた。ただトーマスにのぼせあがっているだけなら、軽く受け流せたはずだ。

わたしはトーマスを愛している。

目にどっと涙があふれてきた。

ハンカチを取り出そうとレティキュールの中をかきまわすのに忙しくて、ウィリアムの顔にさまざまな感情がよぎったことに気づかなかった。シルク地のレティキュールからハンカチを引っ張り出し、涙を押さえてから、顔をあげて兄と目を合わせる。

「どうしてわかったの？」彼女ははなをすすった。

「いや、たとえわかっていなかったとしても、おまえのその反応を見れば一目瞭然だったよ」ウィリアムは頭を振った。「エリザ、わたしに包み隠さず話してくれていたら――」

彼女の目が怒りに燃えた。「よしてちょうだい。お父さまに正直に話したわ。忘れたの？お兄さまが自分の意見を無理に押し通したんでしょう」

ウィリアムは身をかたくしたが、少なくとも後ろめたい表情を浮かべた。

「たしかにそうかもしれない。だが、これだけはわかってくれ。あれはおまえのことを心底思って下した決断だったんだ」

「わかっているわ」

「それに五年前のエヴァンストンは、おまえがロンドンで会った男とは違っただろう。今週、おまえに求婚した男とも。さらに言うなら、わたしが腹を立てていると知りながら、おまえへの愛と尊敬を熱く語った男ともまるで別人だった」ウィリアムは椅子の背から腕をあげて身を乗り出し、膝に両肘をついてエリザの視線をとらえた。「もっともな理由があったから、父上は彼に近づくなと言ったんだ」

「じゃあ、いまはどうなの？」エリザはハンカチをいじった。

兄がため息をつく。「エヴァンストンは真剣におまえを愛しているとクララに指摘されたよ。驚いたことに、おまえの友人のキャロラインまでもがそう断言したそうだ。それに彼はロザのいい父親になるだろう。何しろ、彼がロザに気遣いを示すのを目にしたのは一度や二度ではないからな。正直なところ、エヴァンストンの真剣な告白には心を動かされた。もっとも、まだ殴り足りないぐらいだが」ウィリアムはいらだたしげに椅子の肘掛けをぴしゃりと叩いた。「まったく、おまえがわたしに事情を話してくれていたらな。まさか、あの男が心を入れ替えておまえにふさわしい男になりたいと思っていたとは。彼はおまえに求婚しておきながら、その件に触れもしなかった……ただの一度もだ！」

エリザは頭を振った。「さぞかし驚いたでしょうね」

「ああ、そのとおり」ウィリアムは立ちあがり、片手を差し出した。「だが、エヴァンストン自身が誰よりも驚いているようだった。悪名高き放蕩者のくせに、本物の愛のことになると痛々しいほど不慣れなんだからな。そこで、話を進めるが」

差し出された手を握ると、ウィリアムはエリザの手を引っ張って椅子から立たせた。彼女は兄を見あげた。「どんな話？」

彼は体を寄せ、エリザの頬に軽くキスをして微笑んだ。

「その気があるのなら、今度はおまえのほうから求婚するべきじゃないかな」

天にものぼる心地というのは少し大げさだろう。なぜなら、エリザはまだかなりの不安を感じていた。書斎を出ると、兄への温かい気持ちがこみあげた。物事をありのままに見て、ふたりの結婚を認めたうえで、トーマスに会いに行くべきだと勧めてくれた。

彼はどんな反応を示すだろう？　地獄に落ちろと罵られるだろうか？　それとも懇願すれば、彼の防御の壁を突き崩せる？　エリザは神経が高ぶっていた。もう一度……もう一度だけでいいから……なんとかトーマスを説得して、自分の気持ちを伝える機会を与えてもらおう。そのために必要なことはなんでもするつもりだ。もう手遅れかもしれないけれど。

それでも口元が自然にほころんだ。ランドリーの求婚を断るとき、きちんと敬意を払って笑みを抑えられればいいけれど。ウィリアムはトーマスとの結婚を許可してくれたものの、よく考えてみれば、エリザのほうから許しを乞うたわけではなかった。これまではトーマスに惹かれてしまう自分が許せなかった。目もくらむほど魅力的とはいえ、結婚相手としては難がある男性だったからだ。ところが彼を愛することを自分に許したとたん、ランドリーを結婚相手に選んでいたらと考えるだけで胃がむかむかした。娘の育て方に関する貴族らしい考え方にも、どうしても賛成できなかった。

トーマスならロザを愛してくれるだろう。彼はロザの前ではわずかながら警戒をゆるめていたし、エリザの家族みんなに愛情を示してくれていた。それなのに、家族の判断であんなふうに踏みつけにされたのだ。少し前まで浮かんでいた微笑みが、エリザの顔からすっと消えた。

客人たちがもう外出から戻っているのではないかと思い、彼女はひとけのない廊下をそわそわと見まわして、誰もいない部屋をのぞき込んだ。すぐにでもトーマスに会いたくてたまらないけれど、出発する前に対処しなければならないことがいくつかある。やがて屋敷のどこかから、数人の女性の声が響いてきた。急いで玄関へ向かうと、クララとキャロラインがいた。エリザの笑顔を見て、事態が好転したのではないかというかすかな期待に顔を輝かせたふたりは、彼女が強く抱きしめたとたん狂喜乱舞した。三人の背後にいる女性たちが何事かとこちらに目を向けて、くすくす笑う。

「トーマスに会いに行くわ」エリザは友人たちに小声で打ち明けた。「わたしの夫になってほしいと頼んでみる」

クララが歓声をあげ、キャロラインは目をきらめかせて笑った。三人はさらにきつく抱きあった。

「サー・ジェームズにはもう返事をしたの？」キャロラインが訊く。

エリザは首を横に振った。「まだなの。出発する前に会って話したいけれど、あまり長くは待てないわ。ロザのことだけれど――」

「それはまかせて」クララがすかさず言った。「ロザと子守のために迎えの馬車を出すわ」

エリザは安堵して肩の力を抜き、感謝をこめて友人たちをまた抱きしめた。

「ありがとう、本当に何から何まで。わたしとトーマスが図書室で顔を合わせるように、あなたたちが仕組んだんでしょう？」

キャロラインは驚いてみせたが、クララはもっともらしい言い訳をするどころか、いたずらっぽい笑みで自分の策略だと認めた。「わたしが連れ去られたせいで、あなたの計画した舞踏会が台なしになってしまったでしょう。だからわたしのハウスパーティで、ちょっぴり奔放なふるまいをする機会を与えてあげるべきだと思ったの」

三人で笑いながら最後にもう一度抱きあったあと、クララがマシューを呼び、馬車を屋敷の前にまわすよう命じた。エリザは自分が生まれ育った屋敷の前の階段に立った。降り注ぐ陽光が肌を温めてくれる。自ら選択した新たな人生が始まろうとしていた。新鮮な空気を深く吸い込んで気持ちを奮い立たせたとき、私道から馬のひづめの音が聞こえてきた。

「エリザ！」背後でウィリアムの声が聞こえた。「ちょっと待て！」

兄のほうに向き直ると、封をした手紙をエリザの手に押しつけてきた。赤い封蠟はまだ完全にかたまっておらず、触れてみると温かかった。

「エヴァンストンに会ったら、この手紙を渡してくれ」ウィリアムの顔に罪悪感がよぎる。「もっとも、彼が読んでくれるかどうかわからないが」

ふと思い出し、エリザは羊皮紙に指を滑らせた。「彼は以前、わたしの手紙を無視したことがあるの」笑みを浮かべる。「できるかぎり努力してみるわ」

「エヴァンストンはおまえのことを心から愛しているといまならわかる。努力など、これっぽっちも必要ないさ」ウィリアムが彼女の背後に視線を走らせ、こちらにやってくる男性陣に会釈をした。「ちょうどよかった。彼のもとへ行く前に、この場ではっきりさせておいたほうがいい」

その瞬間、ランドリーがエリザの視線をとらえた。いい返事を期待させまいとして彼女は警戒の表情を浮かべ、結論をほのめかした。ウィリアムがエリザより先に階段を駆けおりる。

「諸君！ 朝のお楽しみのあとに、奥のテラスでブランデーを一杯やるのも悪くないだろう？」

男性陣からいっせいに賛同の声があがると、ウィリアムはさりげないふうを装って屋敷の脇へまわった。残されたエリザは階段の一番下に立っているランドリーと向きあった。彼は顔を伏せ、足元の砂利を見つめたまま、ポケットに両手を突っ込んだ。彼が気取りのない態度を見せたのは、これが初めてのような気がする。

「レディ・エリザ」

エリザは階段をさらに二段おり、正面から彼と向かいあった。「サー・ジェームズ」

「ぼくの申し出をよく考えてみたのですね」

いたたまれなくなり、彼女はレティキュールを握りしめた。「ええ、あなたのような方と結婚する女性は幸せだと思います。でも、わたしは求婚をお受けすることはできません」

ランドリーは顔をゆがめ、視線をそらした。「エヴァンストン卿が、あなたの決断に何か関係しているのですか？」

「いいえ」ランドリーがその名前を出したのに少し驚きつつも、きっぱりと否定する。「お断りすることにしたのは、わたしたちのあいだに考え方の不一致があると感じたからです」

「そんなことを言っても、どうせエヴァンストン卿からじきに求婚されるんでしょう」ランドリーは鋭い口調で言った。「彼があなたをもてあそんでいるだけでなければいいが」

エリザは同情のまなざしでランドリーを見た。求婚を断られ、気分を害したようだ。でも、そのおかげで話はずっと簡単になった。

「お言葉を返すようですが、あなたは彼のことをよくわかっていらっしゃらないようですね」

わたしのこともよくわかっていないけれど。

彼女は礼儀正しくお辞儀をした。「あなたの幸運をお祈りします。心から」

「ぼくもです」ランドリーはしぶしぶという様子でお辞儀をすると、エリザの脇を大股で通り過ぎ、階段をのぼって屋敷に入った。みなとブランデーを飲む気分にはなれないようだった。

紅葉した葉がまだかろうじて木に残っているとはいえ、日がめっきり短くなったので、エリザは一分たりとも時間を無駄にしたくなかった。寡婦用住居に立ち寄って計画を伝えると、ロザは大喜びした。やはり娘のために正しい選択をしたのだと確信する。小さなトランクに荷造りをし、エリザはホーソーン・ハウスを目指して出発した。道中ずっと、起こりうるあらゆる結果を想定していた。失敗、成功、激怒、歓喜……ありとあらゆる状況を思い浮かべ、心の準備をした。

だから、ホーソーン・ハウスの主人が不在だと知って愕然とした。応対に出た家政婦の話では、トーマスはロンドンの屋敷へ行っていて、いつ戻るかわからないという。エリザはこわばった笑みを浮かべて家政婦に礼を言い、馬車に戻った。なんだか胸騒ぎがした。

今度はロンドンを目指し、夜の闇の中をひた走った。ラッカー塗りのかたい板に頭をもたせかけ、馬車の外を流れる暗い景色を見つめる。前夜はトーマスのことを考え、眠れぬ夜を過ごした。今夜は愛する人々が負傷し、命を失ったあのおぞましい馬車の事故の記憶に苦しめられるだろう。馬車は転覆して大破し、乗っていた人たちの命が奪われたのだ。

あの事故が起きて以来、エリザは馬車の中で眠ることができなくなった。おそらく今夜も一睡もできないだろう。頭が羽目板にぶつかるのにうんざりしながら目をしばたたき、窓の外の暗い景色を見分けようとしたが、しまいにはいらだちのため息をついてカーテンを閉めた。また求婚の筋書きを思い描いてみる。今度はかたくなに、ある場面だけを何度も頭の中で再現した。

成功する場面を。絶対に成功させてみせる。

それ以外の結果は受け入れられない。でも、自分はトーマスの愛を拒絶してしまった。彼は愛を与えてくれたのに、邪険にあしらい、ふたりの関係を台なしにした……考えるだけでもつらいけれど、恐ろしいことに何から何までそれが現実だ。

目頭が熱くなり、エリザはまぶたを閉じた。ほかのことを考えよう……ほかのことならなんでもいい。踏みかためられた未舗装の道を打つひづめの音に耳を澄ませ、異なる速度で進む馬の足音を聞き分けようとした。けれどひづめの音を何度数えても、失敗するかもしれないという不安はぬぐいきれなかった。

さらに数時間が過ぎ、やがて疲労が極限に達した。エリザは座席のクッションにもたれかかり、ぼんやりと宙を見つめた。空にのぼった太陽が、われ関せずといった様子で世界を見おろしている。ついに道が変わり、聞き慣れた石畳の音が響いてくると、彼女は放心状態から覚めた。ついにトーマスのロンドンの屋敷の前で御者が馬車を止め、エリザはほつれた髪を急いでピンで留め直した。目元をぬぐい、顔色が少しでもよく見えるように両頬をつねる。

トーマスの家に到着したとたん、エリザは決意を新たにした。真っ暗な夜のあいだは自分の感情におぼれていたけれど、いまはもう違う。彼はこの屋敷の中にいる。すぐ近くに。トーマスの愛を取り戻すためなら、なんでもするつもりだ。彼が勇気を奮い起こして差し出した愛は、もう二度と払いのけられることはないと信じてもらわなくては。これからはトーマスの愛にたくさんの愛で応えよう。迷うことなく彼を父親に選んだロザの尊敬の念によって、愛はより強固なものとなるだろう。

不安をかなぐり捨て、何層にも重ねられたバラ色のモスリンのスカートの裾を引き寄せると、エリザは馬車からおり、屋敷の玄関に続く階段をのぼった。手袋をはめた手で真鍮製のノッカーをつかみ、勢いよく三回ノックして待つ。心臓の鼓動が耳の中で轟(とどろ)いていた。前回この扉をノックしたとき、トーマスは彼女を花嫁のように抱きあげ、中へ運んだ。あのときの親密さを思い出して、肌が燃えるように熱くなる。

予想どおり、バートンが応対に出た。ところが予想に反して、執事の顔には驚きとともに心配と不安がはっきりと刻まれていた。彼は厳しく定められている使用人の礼儀作法を無視して、ただならぬ様子でいきなりエリザの手を取った。

「ああ、レディ・エリザ。ちょうどいいところにお越しくださいました」大声で言い、急いで彼女を中へ招き入れる。エリザは黙って従ったものの、ようやく何かがおかしいと気づいた。

不安が募り、執事を見あげる。「バートン、何かあったの?」

彼はエリザを階段へと促した。「それがエヴァンストン卿が――」執事が苦しげな表情を浮かべて言いよどんだとき、彼女はようやく握られた手を引き抜いた。

「何かあったの?」いらだちを抑え、ゆっくりと繰り返す。

「どうかお許しを。旦那さまが〈パットナムズ〉の前の路上で倒れているのを発見されて以来、われわれ使用人はかなり動揺しているのです。旦那さまが何者かに襲われ――」

エリザは恐慌をきたしそうになり、バートンの袖をつかんだ。「彼は寝室にいるの?」

執事が無言でうなずくと、エリザは彼を押しのけ、階段を駆けのぼった。トーマスの寝室がどこにあるのかわからないので片っ端から扉を開けてみるつもりだったが、幸いにも一度目で見つかった。

オーク材の重い扉を押し開けると、勢いよく壁にぶつかって大きな音をたてた。寝室は乱雑に散らかっており、室内を暗くしてあった。メイドが驚いて悲鳴をあげ、抱えていた清潔なシーツの束を落としてしまい、そのせいでろうそくが倒れそうになる。

「奥さま、失礼ながら――」

エリザはまったく意に介さなかった。いまこの瞬間に気にかけているのは、トーマスの姿を見ることだけだ。どうしても彼に伝えなければならない。自分にとってトーマスがどれほど大切な人なのかを……彼以外の男性と結婚するつもりはないと……。

四柱式ベッドの青みがかった灰色のカーテンが開けられていた。薄暗がりに目を慣らしながらベッドに近づくと、トーマスの輪郭を見分けられるようになった。体の半分がシーツに覆われている。どうやら眠っているらしく、顔は横を向いていた。エリザは思わず驚きと称賛の目を注ぎ、広い胸を見てごくりと唾をのみ込んだ。たくましい筋肉と魅力的な黒い胸毛が、ほのかな光に照らされている。

こんなときに不謹慎だ。すぐさま感情を抑え込み、トーマスの怪我の状態を調べた。目のまわりに黒いあざができているのは、激怒したウィリアムに殴られたせいだ。悲しみがどっと胸に押し寄せたが、腹部にきつく巻かれている包帯に視線を移した。メイドがさらに近づいてきた。

「傷はあちら側です。旦那さまは脇腹を刺されたのです」

冷たい指で心臓をつかまれたような恐怖に襲われ、エリザは息をのんだ。メイドを呆然と見つめ、ベッドに横たわるトーマスに注意を戻す。彼は大理石の像のように蒼白(そうはく)な顔をしている。身を乗り出し、胸にそっと両手を走らせると、指先が湿布の端に触れた。ああ、よかった。とにかく治療は受けたようだ。

体に触れられたせいで、トーマスが身じろぎをした。エリザはベッドの頭のほうへ移動し、たくましい首に手を滑らせた。肌が温かい。熱すぎる。

「トーマス、わたしの声が聞こえる？」静かに声をかけた。

エリザの声に気づいたらしく、彼がゆっくりと首をめぐらせた。物憂げにまぶたが開き、異様なほど熱っぽい目があらわになった次の瞬間、トーマスは嫌悪感を示すようにびくっと身を引いた。

「あっち へ行け」うめき声とともに顔をそむけ、彼は枕に頭を沈めて、ふたたび意識を失った。

「アヘンチンキのせいです」一時間後、ドクター・ブラウンは廊下に出ると、安心させるように言った。医師は寝室の扉をそっと閉めた。「瞳孔縮小、頻脈、多量の発汗、幻覚症状。あなたを誰かほかの人と思い込んでいるのでしょう」

本当にそうだろうか。バートンによれば、トーマスはこの二四時間で一度しか意識を取り戻しておらず、それが先ほどエリザの声を聞いたときだという。彼の反応が好ましいものでなかったのが個人的には心配だけれど、いまは容体が快方に向かうことが先決だ。トーマスがエリザと縁を切ることに決めたのであろうとなかろうと。

そう考えただけで胸が締めつけられる。彼女は咳払いをし、胸の前で腕を組んだ。「何かお手伝いできることはありませんか？　彼が回復するまで、わたしが看病します」背後でバートンが安堵のため息をつくのが聞こえた。

「子爵閣下にとっては何よりでしょう」初老の医師は同意してうなずいた。「では……シーツを頻繁に交換してください。数時間ごとに湿布を貼り替えて、傷の具合を調べなければなりません。昨日入念に傷を縫いましたが、化膿（かのう）する可能性も充分にあります」ドクター・ブラウンは心の中でひとつひとつ確認するように、老いた目をちらりと天井に向けた。「夜風に触れさせてはいけません。最低でも一日に一回は部屋の換気をするように」

エリザは眉をひそめた。「工場やテムズ川のにおいで、日中の空気のほうが危険ではありませんか？」

医師が肩をすくめる。「たしかにロンドンの空気は理想的とは言えませんが、最善を尽くすよりほかありません。いまの閣下の状態では田舎に運ぶのは難しいし、道中で命を落とさないともかぎらない。湿らせたシーツを吊るして窓を開ければ、汚染物質が入ってくるのをかなり防げるはずです」

不安を覚えつつも、エリザはこくりとうなずいた。「薬はどうしましょう？　アヘンチンキを大量に服用しなければならないのですか？」

「現時点では、傷口が開かないように鎮静状態を保っておきたいのです。幸いにもナイフの刃は臓器を傷つけませんでしたが、閣下が痛みにのたうちまわって回復が妨げられるような事態は避けたい」ドクター・ブラウンは黒い革の鞄（かばん）を持ち、すり足で階段へ向かった。「湿布に使う薬草をたくさん置いていきましょう。ラードか油とまぜてから、患部に当ててください。くれぐれも傷口に直接塗らないように」

白髪の医師のあとについて玄関ホールに向かう。「それでも、もし傷口が化膿してしまったら?」心配になって尋ねた。

ドクター・ブラウンは黒い帽子をかぶり、まじめな顔でこちらを向いた。「そうならないことを願いますよ。ですが、もしそうなった場合はヒルに血を吸わせます」

エリザは背筋がぞっとした。礼を言って医師を見送ると、バートンが扉を閉めた。ふたたび寝室に戻ってトーマスに目をやったとたん、悲しみがこみあげて両手に顔をうずめる。熱い涙を手のひらにこぼしていると、執事が近づいてきて彼女の両肩をつかんだ。エリザは手をおろし、疲れきった顔でバートンを見あげた。

「この一週間のうちに、子爵閣下とあなたさまのあいだに何があったのかは存じません。わたしが知っているのは、いまあなたさまがここにいらして、閣下のお力になろうとしていることだけです」バートンが頭を振る。窓から差し込む夕暮れの光を受け、黒髪にまじっている白髪がきらりと光った。「これという理由はありませんが、閣下にはいつ何が起きてもおかしくありませんでした。長年、旦那さまにお仕えしてきましたが、もっと早くにこういう事態が起こらなかったのが不思議なくらいです」

エリザは力なくため息をついた。「彼はわたしがそばに寄るのもいやみたいなの。近づくだけでいやな顔をされるのに、どうやって力になればいいの?」

「口ではそう言っておられましたが、率直に申しあげて、現時点において旦那さまに選択の自由はありません」バートンが自信ありげに彼女を見る。「わたしが請けあいます。旦那さまは間違いなく、あなたさまにそばにいてもらいたいはずです。いま最も必要としているのは、あなたさまなのですから――」自分の身分を思い出したらしく、彼は言葉を切った。「これはわたしの愚見ですが」

執事の顔を見ると、そこには誠実さと思いやりが表れていた。エリザは体を引いて涙をぬぐい、悲しげな笑顔を見せた。

「ありがとう、バートン」

彼はやさしく目を細めたが、すぐさま身をかがめ、礼儀正しくお辞儀をした。「ご用がありましたら、なんなりとお申しつけください」

エリザは短くうなずいた。「じゃあ、始めましょうか」

トーマスは浅い眠りの中に入ったり出たりして、まったく眠っている感じがしなかった。あの悪臭漂うロンドンの路上で引きずり込まれた暗闇がさらに深くなり、水面近くでもがくたびに、流れに引きずりおろされる。もどかしくてたまらないが、冷たい深みにいるあいだは苦痛を感じないのがせめてもの救いだ。とりあえず、脇腹の焼けるような痛みはやわらいでいる。

静かな声が漂ってきたかと思うといったん遠ざかり、また聞こえた。だが、どうでもよかった。何もない空間を漂うことに満足していた。

「トーマス、わたしの声が聞こえる?」

またしても流れに引きあげられた。エリザの声だ。いや、そんなはずはない。あの運命の日、図書室から足早に立ち去るときに、背中に感じた視線を覚えている。あれがいつの出来事であろうと。この場所では、時間はほとんど意味がない。二日前なのか、二年前なのかも思い出せない。どうでもよかった。

それでもトーマスは声のするほうに向かって泳いだ。もうあらがえなかった。もう一度エリザの姿をひと目見て、この手で触れ、笑い声を聞けるのなら。暗闇の中を苦労しながら進み、ありったけの意志の力をかき集めてまぶたをこじ開け、首をめぐらせた。

ベッドの隣でヴィクトリア・ヴァーナムが横たわっていた。

〝ミセス・ヴァーナムがよろしくと言ってたよ〟

肩にまとわりつく漆黒の巻き毛は、無数の蛇がシューシュー音をたてているようで、ギリシア神話のメドゥーサを思わせる。彼女の手に握られたナイフの銀色の刃が、暗闇の中できらりと光った。

「あっちへ行け」トーマスはぞっとしてうめいた。

次の瞬間、冷たい波が襲ってきて、光のない深い場所にふたたび沈んだのでほっとした。あれから何時間か経ったのだろうか? 数日か? それとも数年? 確かめるすべはないが、また人の声が何度か聞こえた。ときどき苦い液体が喉を流れていくのを感じ、それとともに人の声も何もかも、少しのあいだ消え去った。

この底知れぬ深い穴ではひとりきりだが、少なくともここは安全だ。トーマスは引力に身をまかせ、何もない世界を漂った。

「そろそろアヘンチンキの量を減らして、様子を見てみましょうか」

彼女がまた現れた。エリザが夢の中に。そもそも、彼女はどこかへ行っていたのだろうか？　それとも最初からずっとここにいたのか？　トーマスはまた力を振りしぼって上方を目指した。ひとりでに眼球があがって白目になるのを感じた。

「――リザ」ぼそりとつぶやくと、右手をひっくり返されたような感じがした。

柔らかな両手でそっと顔を包まれる。ひんやりした手で撫でられて、速い流れの中を水面へと導かれた。

「愛しい人、わたしはここよ」

怒りがこみあげて顔をそむけ、底知れぬ深みに引き返そうとした。エリザであるはずがない。彼女は自分を愛していないのだから。エリザはトーマスが立ち去るのを止めなかった。彼の心を打ち砕いた。だから夢に出てきたこのエリザは偽善者だ。彼女がいまどこにいるのか知らないが、ここでないことだけはたしかだ。誘惑の声に屈するつもりはない……すでにさんざんな目に遭ったのだから。偽善者の声になど耳を貸すものか。

底知れぬ深みにいるのが急に息苦しくなり、渦巻く安らぎの暗闇が蒸し暑い不快な穴へと変わった。トーマスは激しい非難の声をあげたものの、またしても脇腹の焼けるような痛みがぶり返した。初めはうずくく程度だったが、どんどん強烈な痛みに変わっていく。深みも生ぬるくなり、そのうち熱くなった。もはやひんやりとした心地いい場所ではない。そのとき、静けさの中に男のうつろな叫び声が響いた。声の主は自分だと、トーマスは心のどこかで気づいた。

「だめよ、トーマス。落ち着いて」女性の手で頭をそっと撫でられ、思わずそちらに顔を向けた。

エリザの声だ……彼女の香りまで感じる。

いまやトーマスは水面近くを漂っていた。なんとも滑稽だ。生きているあいだにエリザを手に入れることができず、死んでもなお彼女に苦しめられるとは。地獄のごときこの世界がどこであれ、エリザの声が聞こえ、手の感触もわかるのに、彼女をわがものにすることはできない。決して手に入らないのだ。

笑いながら、あるいは涙を流しながら、叫びだしたい気分だった。どちらでもかまわないのに、彼は何もできなかった。熱した万力で肋骨（ろっこつ）を締めあげられているように、ほとんど息もできない。せめて……この痛みがおさまれば……息ができるのだが……。

看病をしていたエリザは、トーマスが落ち着いた状態から急にひどく苦しみだしたので、おそるおそるのぞき込んだ。ぱっと立ちあがると呼び鈴の紐を引き、扉に歩み寄って勢いよく開ける。

「バートン、お医者さまを呼んでちょうだい」廊下に向かって叫んだ。自分の声がうろたえているのがいやでたまらない。「彼の様子がおかしいの！」

執事の大声の返事にも心配がにじんでいた。「かしこまりました！」

トーマスのそばに引き返すと、ベッドに身を乗り出して彼の手を握りしめた。顔を見る勇気はないし、荒い呼吸音を聞くのもつらい。数分後、ようやくバートンが姿を見せた。執事は寝室に入ってくると、目を凝らして主人を見つめてからエリザに視線を移した。

「体の向きを変えるのを手伝って」彼女は指示を出した。「傷の具合を確かめられるように」

トーマスは大柄な男性だ。しかもエリザは睡眠不足なうえに、切迫した事態に直面して両手がいつものようには動かなかった。彼女の渾身の力とバートンの精いっぱいの力でどうにかトーマスの向きを変え、包帯を外して湿布をはがす。乱暴な扱いに、トーマスが不満の声をあげた。エリザは素早く手を伸ばし、彼の頭を撫でた。トーマスが苦しむ姿を見るのは耐えられない。

ついに傷口があらわになった。彼女は信じられない思いで見つめ、顔をあげてバートンと視線を合わせた。執事もエリザに劣らず、恐怖におびえた表情をしている。

傷口が化膿していた。

「でも……どうして？」愕然としてつぶやく。「三時間おきに湿布を貼り替えて、あんなに気をつけていたのに……」

必死に頭をめぐらせていた彼女は、どすんという静かな音で扉のほうへ目をやった。ドクター・ブラウンが床に鞄を置いた音だった。

「残念ですが、こうした矛盾は往々にして起こります」医師はずれた眼鏡を直し、同情の目でエリザを見た。「万事うまくいっていても、非常に悪い方向へ容体が急変する場合もあるのですよ」

17

エリザは現実とは思えない恐怖感に襲われながら部屋の隅に座り、医師が診察する様子を見守った。ばかげているけれど、心のどこかでなんとなく、こうなった原因は自分にあると思った。最初の数日が過ぎて希望を持ってしまったのだ。傷口は順調に治っていたし、アヘンチンキの副作用にも、予定どおりうまく対処できていたから。

ところがいま、トーマスはベッドの上で苦痛に身をよじり、熱に浮かされてわけのわからないことをつぶやいている。傷が治癒する過程で感染症に打ち勝てることもよくあるらしいが、エリザは気がつくと最悪の事態を恐れていた。ロンドンに駆けつけてなすすべもなく見守っているあいだに、愛する男性が暗い寝室で命を落としてしまうのではないかと。

ここへ来て数日が過ぎ、エリザはようやくクララとウィリアムに手紙を書いて現状を知らせ、突然連絡がとだえた理由を説明した。トーマスの母親――レディ・エヴァンストンにも同様の手紙を送ったものの、彼女からの返事を期待していいのかはわからなかった。

エリザは肘掛け椅子でうとうとするか、トーマスが寝ているベッドの端に突っ伏して居眠りをする以外、何日もろくに眠っていなかった。バートンはできるかぎり気にかけ、彼女をときおり部屋から連れ出しては紅茶やトーストを口にするよう勧めた。エリザは執事の懇願に素直に従った。食欲はまったくなかったけれど、看病をしている自分までが病気になるわけにはいかなかった。

トーマスが苦しむ姿を見るのは悲しくてたまらないのに、疲れすぎて泣くことさえできなかった。こんな感覚に襲われるのは、二年前に家族の命が奪われ、大きな喪失感に打ちのめされたとき以来だ。あのときはもうほとんど手遅れだった。神の加護を祈ろうと、死者のために慈悲を乞おうと無意味だった。願いはかなえられなかった。けれどもウィリアムだけは重傷を負ったにもかかわらず、エリザが徹夜で看病をするうちに意識を取り戻した。いま、まさにトーマスにそうしているように。あのつらい時期は神を呪いたい気分になったものだが、彼女は気がつくとまた神に祈っていた。

神さま、どうか……彼を愛する機会をお与えください。

その機会を自ら何度も遠ざけてしまったのだと思い、エリザの心は沈んだ。

初老の医師は診察を終え、トーマスの胸にシーツをかけ直すと、部屋の隅にいるエリザに呼びかけて物憂げなため息をついた。

「明日、もう一度診察にまいります。容体が悪化していたら、ヒルか瀉血(しゃけつ)か、実行可能な治療法を検討します」エリザが意気消沈しているのを見て、低い声でつけ加える。「子爵閣下は屈強な男性です。感染症に打ち勝つと信じるに足る根拠は充分にありますよ。とはいえ、保証はできませんが」

エリザはぼんやりとうなずいた。「わかりました」

血液を体外に出す治療など受けさせたくなかった。エリザの母は彼女を産んだあと感染症にかかり、大量の瀉血を行ったために命を落としたからだ。医師は母の死因は感染症だと言い張ったらしいが、家族はそんな言い分を真に受けるほど愚かではなかった。あんな治療は二度と繰り返されてはいけない。自分が関わっているかぎりは。

ドクター・ブラウンが鞄から四つの壺とガラス瓶をひとつ取り出し、そばに控えていたバートンに手渡した。

「新しいアヘンチンキと、湿布に使う薬草と解熱作用のある混合薬です。発熱が続く場合は、この混合薬を一日に三回、一回につき大さじ二杯を投与してください。まだアヘンチンキを湿布に塗っていなければ、試してみるといい。痛みがいくらかやわらぐはずです」

エリザはバートンとちらりと視線を交わした。彼もまた、強い薬を使いすぎるのを心配しているのだ。

「彼はアヘンチンキのせいでひどく取り乱したんです。すでに口から体内に入っているのに、皮膚からも吸収させたら危険が増すのではありませんか？」どうしても訊かずにはいられなかった。

医師は少し気分を害したようだ。「たしかに危険は増すかもしれません」ぶっきらぼうに答える。「しかし、患者が感染症にかかった時点ですでに危険は増しているのです。これは必要な治療です」

「わかりました」いらだちをうまく隠せていることを願い、エリザは椅子から立ちあがった。「容体が変化したらお知らせします。お力添えに感謝いたしますわ」

ドクター・ブラウンは鞄をぱたんと閉め、お辞儀をした。「では、失礼」

医師を見送って扉を閉めると、彼女はようやくため息をついた。ベッドに引き返して椅子に座り、苦しそうにこぶしを握っているトーマスの手を撫でる。

「レディ・エリザ」執事は小声で言った。「少しおやすみになってください。こう申してはなんですが、あなたさまは何日も眠っていらっしゃいません。お戻りになるまで、わたしが閣下のお世話をさせていただきますので」

エリザは首を横に振り、トーマスの手をきつく握りしめた。「いいえ、バートン、わたしは彼のそばを離れないわ。でも部屋を出ていく前に、薬をのませるのを手伝ってもらえるかしら」

ふたりがかりで意識が朦朧（もうろう）としているトーマスにどうにか薬をのませ、さらに水も少し飲ませた。傷口の湿布を貼り替えると、バートンが主人の体をまっすぐに支えているあいだに、エリザが包帯を巻いた。トーマスは今度も抵抗しなかったものの、バートンにぐったりもたれかかっていたので、青白い顔の執事は頬だけが赤くほてっていた。

数時間が過ぎて日が暮れた頃、エリザははっと目を覚まし、極度の疲労のせいでいつのまにか眠ってしまったのだと気づいた。ベッドから頭をあげてトーマスの顔を見ると、彼は浅く速い呼吸をして、マットレスの上で苦痛のうめきを漏らし、身もだえしていた。いやな予感がして、おそるおそる額に手を当てる。肌がやけどしそうに熱い……さっきよりもずいぶん熱くなっている。燃え尽きてしまいそうなほど。

「だめよ――」

呼び鈴の紐に飛びついて引くと、すぐにバートンが姿を見せた。エリザのうろたえた表情を見たとたん、執事は目をみはり、無言でその場に立ち尽くした。

「ボウルに冷たい水を入れて持ってきて。それと……スポンジも」

バートンがうなずいて部屋を出ていき、エリザはトーマスのもとに戻った。いままでは彼の前であまりしゃべらないように気を遣っていた。前回あんなにひどい別れ方をしたので、彼女の声を聞いてトーマスが落ち着くどころか、ひどく動揺するのではないかと心配だったからだ。ここに着いた日に彼が怒りの反応を示したせいで、なおさらそう思った。けれどもいまは、そばで話すこともできず、トーマスをどれほど大切に思っているかも伝えられないまま彼が命を落としてしまうのではないかと心配でたまらない。

「トーマス」強い口調で語りかけ、無精ひげで黒ずんだ頬の曲線をなぞった。「エリザよ。わたしの声が聞こえる？」

その声にトーマスが反応した。目はしっかり閉じたままだが、鋭く息を吸い込み、苦しげに眉を曇らせた。つらそうな姿を見て気の毒になったものの、とにかく話を続ける。

「あなたはロンドンにいるのよ。具合が悪いのは怪我をしたせいなの」

トーマスが黒い眉をぎゅっと寄せ、顔をゆがめた。「……が……よろしくと言ってたよ……」ひび割れた唇のあいだからつぶやく。

何を言っているのかさっぱりわからない。そのときバートンが指示されたものを持ってきて、ベッドのかたわらのテーブルに置いた。エリザは礼を述べ、スポンジを手に取ると、陶器のボウルの上で軽く水を絞った。トーマスの黒い髪にスポンジの水を垂らしたとたん、彼がぶるっと身を震わせ、ため息を漏らした。

「わたしはここにいるわ、愛しい人」絶望感で喉が締めつけられる。彼女は腰をあげ、ベッドの端に座った。「わたしが必要なら、ずっとそばにいるから」冷たいスポンジを彼の額に滑らせる。「あなたが許してくれるなら、いつまでもずっと」そっとささやいた。

エリザは顔をあげ、悲しみを抑え込んだ。悲しみに屈するわけにはいかない。いまのトーマスにはどうしても彼女が必要だ。ボウルの水に指を浸してから彼の口元に持っていき、水を一滴垂らした。反応はない。また意識を失ったようだ。

バートンが次の薬を運んできたので、ふたりでなんとかトーマスにのませた。

「奥さま、部屋の空気を入れ替えましょうか？」

エリザは首を横に振った。「いいえ。早朝の時間帯がいいわ。まだ空気が澄んでいるうちに」椅子の背にもたれる。「その代わりに寝具を交換しましょう。清潔なリネンでいくらか気分がよくなるかもしれない」

使用人をもうひとり呼び寄せ、三人がかりでどうにかトーマスの大きな体を動かし、マットレスのシーツをはがして新しいものと交換した。彼は身震いしてうめき声を発したが、寝具を交換し終えると、いくらか落ち着いたようだった。

暗い夜はまだ続いた。エリザはつきっきりで看病したが、熱はまだ高かった。トーマスはひどく苦しそうなのに汗をかいていない。汗をかかないことには熱はさがらないだろう。もしさがるとすればの話だけれど。

彼の苦しみをやわらげるために、エリザは冷たい水を染み込ませたスポンジで頭や肩や胸を拭きつづけた。状況が違えば、この行為に興奮を覚えたかもしれないが、いまはとにかく彼と関わりを持ちたかった。そばに付き添っているのを感じてほしかったし、目覚めるのを待っていると伝えたかった。

エリザはトーマスに語りかけ、歌を口ずさみ、彼の武勇伝についてもたくさん話して聞かせた。さらに、ロンドンの社交シーズン中は彼のふざけた行為に腹を立てていたけれど、内心ではうれしかったのだと打ち明けた。必死に本心を見せないようにしていたが、トーマスが関心を示してくれたことが――こっそり誘うような視線を送ってきたり、丁々発止のやりとりをしたり――かけがえのないものに思えたし、ふたりで分かちあった一瞬一瞬が愛おしく感じられる、と。

レティキュールから手紙を取り出し、ベッドのかたわらのテーブルに置いて、体が回復したら読んでほしいと言った。そしてウィリアムと会ったこと、彼が判断を誤ったと認めたこと、トーマスの愛を取り戻すためにすぐ会いに行くべきだと言われたことを伝えた。

エリザは意を決して、ロザが自らトーマスを選んだことも告げた。娘が彼と結婚してほしいとはっきり言ったときの様子を話して聞かせたあと、わたしも娘もあなたと一緒に家庭を築けたらうれしい、と震える声で告げた。

でもあんなひどい仕打ちをしたあとで、トーマスがこの結婚を望むだろうか？　望まないとしても無理はない。いまはただ、彼の回復を願うばかりだ。

明け方の薄明かりが、カーテンの隙間からかすかに差し込んできた。トーマスが何やら小さくつぶやき、シーツをたぐり寄せてぎゅっと握った。エリザは心配になって彼の様子をうかがってから窓際へ行き、カーテンを引き開け、勢いよく窓を開け放った。ひんやりしたすがすがしい風が入ってくる。病室での日課に入る前に、部屋の空気を入れ替えたかった。

彼女は陰鬱な顔で窓にもたれ、きれいに手入れされた庭園を眺めた。ロンドンは土地がかぎられているため、たいていは小さな庭園だが、ここも例外ではなかった。しかし配置のせいか、さほど狭く感じない。目で見ているよりも、実際はもっと広いのかもしれない。そのとき、もうひとつの現実がぼんやりと目に浮かんだ——丹精に育てられたシダとツツジの鉢植えのあいだで踊るロザの姿が。あとをついていくエリザとトーマスは手を取りあって——。

「レジナルド……彼女が悲鳴をあげている」

全身の血が凍った。力のない小さな声だったので、本当に聞こえたのかどうかも定かでなかった。トーマスのほうに視線をやると、ベッドにうつぶせに寝ていた。身じろぎもせずに。

夜通し熱にうなされていたことを考えると、妙な感じがした。

自分が窓辺でぼんやりしているあいだに誰かが部屋に入ってきたのかもしれないと思い、

部屋の隅の暗がりをうかがった。何も見当たらないのでベッドに近づいてみて、エリザははっとした。トーマスの唇がたしかに動いていて、かすかなささやき声が口から漏れている。何を聞かされるのかと思うと不安でたまらないが、とりあえず彼のほうに身を乗り出した。トーマスはまぶたの下でしきりに眼球を動かし、顔をしかめ、歯を食いしばっていた。

「彼女を励ましてやってくれ……悲鳴をあげているじゃないか」

高熱のせいで意識が混濁しているのかもしれない。でも、なぜかこの幻覚に真実の要素が含まれているような気がした。聞きたくはないけれど、知っておくべき真実が。

「トーマス」血の気のない彼の頬を撫でた。「誰も悲鳴なんてあげていないわ。何もかも順調だから――」

トーマスが激しくもがいてエリザの手から逃れ、険しい表情を浮かべた。

「産婆にまかせて彼女を放っておくなんてだめだ」

エリザは動きを止めた。彼がなんの話をしているのか思い当たり、さっと身を引いて目を見開く。トーマスの声は弱々しいながら、なぜか怒りと決意に満ちていた。

「彼女の力になってやってくれ……さもなければぼくが」

男性は女性が出産する部屋に立ち入るのをかたく禁じられている。無作法とされており、夫といえども許されない。ところがロザを産んだとき、長く苦しい分娩(ぶんべん)のあいだに、いつのまにかレジナルドがそばに付き添ってくれていた。エリザは彼の存在に思いもよらぬ慰めを得たのだった。

そういえば、ずっと前にウィリアムが言っていた——ロザが生まれた翌朝、トーマスが階段で酔いつぶれていたと。その一件でミセス・マローンは、トーマスのことを悪く思うようになったのだ。だがエリザはいまになって、必死に真実を理解しようとした。

わたしの苦しむ声を聞いて、いても立ってもいられなくなったのだとしたら？

もしかして彼自身も気づかぬうちに、あのときすでにわたしを愛していた？

まさか……。

エリザはベッドに這いあがり、震える両手で彼の青ざめた顔を包んだ。

「トーマス、わたしはここよ！」言葉にすすり泣きがまじる。「ここにいるわ！　あなたはひとりじゃない！」

彼の体を抱きしめ、熱を持った首筋に顔をうずめて口づけした。さらに顎の線からざらついた熱い頬、乾いた唇へと唇を這わせる。トーマスの唇はまだ動いていた。四年前の出来事にとらわれ、エリザの亡き夫への懇願を続けているのだ。

「ひとりじゃない」彼は息をあえがせ、おうむ返しに言った。

目のまわりのあざにキスをすると、トーマスはため息を漏らした。なだめるようにやさしく撫でているうちに、彼はだんだん落ち着きを取り戻し、やがて口を閉じた。エリザは後ろに手を伸ばしてボウルの中のスポンジを手に取り、軽く絞ってから、熱のこもった額を湿らせた。

「愛しているわ、トーマス」彼女はささやき、手を止めてあふれる涙を袖口でぬぐった。

「わたしの声が聞こえる？　愛してる。あなたはもうじき目を覚ますのよ」ほかの誰でもなく、自分に言い聞かせるようにうなずく。「必ず目を覚ますわ」

彼のために、感じている以上に確信をこめて言った。

そっと肩に手を置かれるのを感じて、エリザはとぎれとぎれの夢から覚めた。またしてもいつのまにか眠っていたらしく、はっと飛び起きるとバートンが目の前に立っていた。トーマスのかたわらでベッドに横たわっているのを目撃された恥ずかしさは、執事のうれしそうな顔を見たとたんに薄れた。バートンは唇に人さし指を当ててから、主人のほうを指し示した。

はやる気持ちでトーマスに目をやると、ふだんと変わらない顔色に戻り、頬の血色もよくなっていた。高熱のせいで息をするのもつらそうだったのに、いまは呼吸が正常に戻っている。汗もびっしょりかいていた。実を言うと、彼に寄り添って眠っていたせいで、エリザも寝汗をかいていた。

彼女は歓声をあげて、ベッドから転げ落ちそうになりながら慣例を破って執事を抱き寄せ、喜びを分かちあった。ふたりは大急ぎで目の前の仕事に戻り、呼び鈴を鳴らして手伝いの使用人を呼び寄せると、トーマスの湿布を貼り替え、薬をのませ、ベッドのシーツをはがして清潔なものと交換した。まもなく、石けんを溶かした湯を入れた大きなたらいが運ばれてきた。バートンがまだ意識が戻っていない主人の体を、湯を含ませたスポンジで拭きはじめる。

エリザは急に邪魔者になったような気がして、ちょっと失礼と言って席を外した。トーマスが回復のきざしを見せたのはうれしいけれど、彼がいつ目を覚ましてもおかしくないと思うと別の不安がこみあげてくる。

だからそれから数日間は、トーマスがまた屋敷を管理できるようになったときに家事がうまくまわるように、屋敷を切り盛りするのに精を出した。エリザとバートンで手の空いている使用人に仕事を割り振り、エリザは自分の用事をすませて、バートンは彼女の手を借りずに主人の世話を続けた。ときおり廊下や玄関ホールなどで顔を合わせると、執事が横目でエリザの様子をうかがっているのを感じた。けれども彼女はまっすぐ前を向いたまま、急に態度を変えたのは恐怖心からトーマスを避けているのではなく、状況の変化に応じただけだというふうを装った。

警戒とためらいを覚えつつも、彼女は何度もトーマスの寝室の前で足を止めた。彼と向きあう勇気があればと思いつつ冷たい金属製のノブに触れるものの、そのたびに回復の邪魔をしてはいけないと心の中で言い訳をして、ノブから手を離した。そして足早に階段をおりて図書室に向かい、本を読んだり、愛する人たちに近況を知らせる手紙を書いたりして気を紛らわすのだった。

ある晩、トーマスの屋敷の玄関扉がそっとノックされた。エリザは驚いて手紙から顔をあげ、応対に出る使用人が近くにいるかどうか様子をうかがった。彼女が看病から離れたため、バートンは階上で主人の世話にかかりきりになっているはずだ。来客が誰かはわからないが、せめて玄関を開けて応対に出るくらいのことはできるだろう。

手紙を脇に置いて肘掛け椅子から立ちあがり、足早に客間を出た。玄関の扉をさっと開けると、そこにいたのは親類でも知人でもなく、ぼろぼろの服を着た少年だった。清潔とは言えない身なりをした小柄な少年が、大きな青い目で不安げにエリザを見つめる。青白い頬は黒いすすで汚れていた。

「すみません、旦那さまはいますか?」

彼女は唖然として少年を見た。冷たい夜気が吹き込み、石炭の煙とテムズ川のにおいをかすかに感じた。

「エヴァンストン卿は当分、誰とも面会できないの。代わりにわたしが用件を聞きましょうか?」

少年は足をそわそわと動かし、両手をポケットに突っ込んだ。くたびれた茶色い靴は足に合っていない。

「いいえ、奥さま。あるご婦人に言われて、旦那さまの体の具合を訊きに来ただけなんです。だから手ぶらで帰りたくなくて」

その瞬間、心臓をつかまれたような不快感を覚え、エリザは真顔になって少年を見おろした。「そのご婦人というのは誰なのか、訊いてもいいかしら?」

「いいですけど、ぼくにはわかりません。ここに住んでる旦那さまについて聞き出してこいって言われただけだから」少年はしきりに目をしばたたいた。

「そう、わかったわ。実はエヴァンストン卿は気分がすぐれないの」エリザは険しい表情で答えると、スカートのポケットに手を滑り込ませ、小銭入れを取り出した。中からクラウン銀貨を一枚取り、少年の手のひらにのせる。少年は目を丸くして銀貨を見つめてから、黙ってこちらを見あげた。彼女は少年の手を取って指を丸め、ぴかぴか光る銀貨を握らせた。

「でも——これはどうして?」

エリザは微笑んだ。「わざわざ来てくれたお礼よ。さあ、そろそろそのご婦人のもとに戻ったほうがいいわ」

少年はうなずき、いちおうお辞儀らしきことをしたものの、銀貨をもらって当惑するあまり、礼儀を守るのも忘れて暗がりの中へ駆け込んだ。エリザは急いでマントを取ってきてはおり、フードをかぶって暗い通りへ出た。少年のあとを追い、彼をここへ差し向けた女性の正体を突き止めるつもりだった。すでに察しはついているが、予想が当たっているとすれば、その女性とは初対面ではないはずだ。

夜の闇に紛れて姿を見られないように注意しながら、少年を追って石畳の道を進んでいく。少年が近くの路地に素早く入っていったので、エリザはすぐそばの建物に体を押しつけ、歩みをゆるめてじりじりと進みつつ、会話らしきものが聞こえないかと耳を澄ませた。ほどなく彼女の努力は報われた。

「それだけ?」不快感もあらわな女性の声が聞こえた。「わたしは彼がどんな様子なのか知りたかったのよ。単に〝気分がすぐれない〟ということではなく」

です」

「すみません、奥さま」少年の声が震えている。「でも、それしか教えてもらえなかったんです」

女性はレディらしからぬうめき声を発した。「それだけじゃ何もわからないでしょう。とっとと失せなさい」

少年が路地の奥へ走り去っていくのを確かめてから、エリザは前に進み出て姿を現した。マントのフードの陰になってよく見えないけれど、ヴィクトリア・ヴァーナムの魅力的な顔に驚きの表情が広がったのに気づいて満足感を覚える。

「ご自分で子爵のお見舞いにいらしたらよかったのに」エリザは静かな声で言った。「わたしは善意の人を追い返したりしません。たとえあなたでも」

ヴィクトリアは取ってつけたような心配顔になった。「あら、本当に？　人づてに……聞いたものだから……エヴァンストン卿が暴漢に襲われたって。ただ知りたかっただけ――」

「彼が生きているかどうか？」エリザはさえぎった。「本気で心配しているのですか？　だとしたら、なぜ使い走りの少年に様子を見に来させたんです？　あなたは気おくれするような人ではないでしょう？」

ヴィクトリアの顔に罪悪感がよぎる。彼女が視線をそらし、唇を嚙んだのを見て、エリザは何かがおかしいと感じた。必死に記憶をたどり、熱に浮かされてトーマスが発した言葉を思い出す。

〝……が……よろしくと言ってたよ……〟

エリザは目を見開いた。

「あなたの仕業だったの！」声を荒らげる。「あなたが人を雇って彼を襲わせたのね！」

ヴィクトリアはびくりとしたが、それでも視線を合わせようとしない。だが居心地悪そうにもぞもぞ体を動かしているのが、彼女がこの事件に関与している何よりの証拠だ。

「早合点しないで――」

「なぜなの？」エリザはすごむように目を細めた。

ヴィクトリアがため息をつき、ようやく顔をあげてエリザと目を合わせた。「彼が心変わりしたからよ」かすれる声で言う。「そんなことが起きるとは思ってもみなかったわ。だけど信じて……あの男がナイフを持っているとは知らなかったの」

エリザは凍りついた。全身に鳥肌が立つのを感じ、こぶしを握りしめる。「でも、痛い目に遭わせるつもりだったんでしょう」ヴィクトリアの足元の地面に大きな鞄が置かれているのが目に入った。「もうロンドンを離れる準備ができているようね。賢明な選択だわ。わたしが治安判事を呼ぶ前にそうするべきよ。そしてここを離れたら、もう二度と戻ってこないほうがいいと思うわ」冷ややかに言った。

トーマスのかつての愛人は黙ってうなずき、鞄の持ち手をつかんだ。彼女がそそくさと立ち去るのをエリザは見送った。足音が路地に幾重にも響き、やがて何も聞こえなくなった。

それから五日ほど経つと、家事の大半は適切に行われ、書くべき手紙は一通もなくなった。

エリザは隙を見てこっそり部屋を抜け出し、トーマスの浴槽で温かい湯につかった。湯に髪を沈め、さらに顔までつかり、揺らめく水面を見あげる。不安も一緒に洗い流せたらいいのに。心の準備をしておかなければならない。つきっきりで看病し、一緒に危機を乗り越えても、トーマスはすでに彼女に心を閉ざしているかもしれない。

湯の中でぶくぶく息を吐いてから浴槽を出て、うわの空でタオルに手を伸ばした。トーマスへの真剣な気持ちを信じてもらうよりほかにないのだ。それがだめなら……ひとりで家に帰ることになる。そう考えるだけで気分が沈んだ。物思いに沈んだままタオルで体を拭き、ゆったりしたモスリンのドレスを着ると、豊かな金髪をピンで無造作にまとめた。こんなだらしない格好をパターソンが見たら、彼女は言葉を失うだろう。けれどもいまはひどく気分が落ち込んでいて、そんなことにかまっていられない。

その日の夕方。図書室のサイドボードに置かれたクリスタルのブランデーのデカンターが、秋の夕日を受けてきらきら輝いていた。今日も医師が往診に訪れ、しばらくして帰っていった。エリザはトーマスの体調についてメイドたちに尋ねたあと、ふたたび階下に逃げ込んだ。日課の手紙はとうに書き終えて郵便で送ってあるが、がらんとした図書室にひとりで座る。トーマスと向きあいたくないなんて理屈に合わないけれど、実際にそう思っていた。ふたりで話をしなければ、彼に拒絶されることもない。以前にエリザが彼にそうしたように。そんなことが起こらないよう、トーマスと距離を置こうとしていた。

玄関のほうからバートンの足音が聞こえてきたと思ったら、形ばかりのノックのあと、執事が図書室に入ってきた。

「旦那さまはすっかり意識が戻られて、この四日間はベッドで体を起こしていらっしゃいます」

エリザは小さく微笑んだ。「本当によかったわね、バートン。お医者さまからも聞いたわ」手元にちらりと視線を落とす。「彼の具合はどう？」

「少々お疲れではありますが……じっとしていられないようで……ドクター・ブラウンは〝雄牛のように強靭だ〟と」バートンが眉根を寄せ、いぶかしげにエリザを見る。「率直に申しあげますが、ご自分の目でお確かめになってはいかがでしょうか」

「ええ、もちろん」彼女はうなずいたが、執事の声にかすかな非難の響きを感じてたじろいだ。「そのつもりよ。でも、その前に――」

「いまはいかがですか？」バートンはやけに明るい口調で言い、一歩さがって扉のほうを身ぶりで示した。

エリザがためらっていると、執事は無言で図書室の扉を閉めてから、思いやりに満ちた表情を浮かべてこちらにやってきた。

「閣下はあなたさまを愛していらっしゃいます」声をひそめて言う。「そしてはっきりと愛を告白されたのに、あなたさまは気おくれしていらっしゃる。なぜなのか、わたしにはさっぱり理解できません」

「そうでしょうね」エリザはむきになって言い返した。「あなたにはわかりっこないわ。だって、わたしがどんなふうに彼を拒絶したのか見ていないもの。わたしとわたしの家族のせいで、彼がどれほど傷ついたか――」

「それは違います」バートンがさえぎる。「わたしは旦那さまの様子を、この目で見てまいりました。あなたさまに拒絶されたあともずっと」彼は身を乗り出した。「長くお仕えしておりますが、こんなことは初めてです。何度失敗してもくじけずに……あなたさまへの愛を貫こうとされた。報われぬ愛のために」

〝きみの妹を愛しているんだ！〟トーマスはウィリアムに向かって叫んだ。〝どこまでも彼女を追いかけ……なんでもするつもりだった……友情を失うのを覚悟のうえで、いちかばちかの賭けに出たんだ〟

恥ずかしくなって、エリザはうなだれた。トーマスを愛しているという事実を受け入れたいまでも、彼の愛を受け入れられずにいる。彼はロザを産んだ夜に味方をしてくれた人。ロンドンでからかわれたり、困らされたりして、どうしても頭から離れなくなった人。自分に求婚してくれた人……。

気がつくと、またしてもトーマスの寝室の扉の前に立っていた。深く息を吸い込み、オーク材の表面をそっとノックする。返事がないので、少しだけ扉を開けて中をのぞいてみた。

彼は枕の山にもたれて眠っていた。部屋に入って扉を閉め、しげしげと眺める。トーマスの具合が悪かったときは、こんなふうに見つめるのは自らの気持ちが許さなかった。エリザが真っ先に気づいたのは、上半身裸の彼を見ると、心穏やかではいられないということだ。

以前は看病の必要があったが、いまこうして目の前で眠っているトーマスはかなり回復し、数日前よりも健康そうに見える。彼女は体の奥にうずくような感じを覚えた。

さらに近づいてみると、つややかな黒髪は洗われ、くしで梳かしてあった。無精ひげもきれいに剃られている。顎の線を指でなぞり、なめらかな肌の感触を確かめたくてたまらないけれど、必死にその衝動を抑え込む。トーマスは病みあがりだ。それにまだ、彼の気持ちを確かめていない。

それでも、悲しみのあまり思わずキスをしたときの感触がよみがえった。つい最近の出来事なのに、遠い昔みたいに感じられる。いまはトーマスにキスをしてはいけないような気がした。不安で彼と距離を置いていたにもかかわらず、いまはその不安のせいでその場から動けない。エリザは心を決めて歯を食いしばり、ベッドに近づいてかたわらに座った。

「トーマス、わたしの声が聞こえる?」

前回この言葉を口にしたとき、彼はほとんど反応を示さなかった。ところが今回はゆっくりと頭をめぐらせてこちらを向いた。目を覚ましていたのだ。トーマスは青い炎を思わせる目で彼女を見つめた。

「やあ、エリザ」声がかすれているのは、しばらくしゃべっていなかったせいだろう。

彼女は期待を抱き、会話を続けた。「具合はどう?」

トーマスは口元にかすかな笑みを浮かべた。「蒸気機関車にひかれたみたいな気分だ」ゆっくりと目を閉じてから、また開いてエリザを見る。「バートンから聞いたよ。何日もずっと看病してくれたと。最初は信じられなかった」

「どうして?」

彼は痛みに顔をゆがめ、枕にもたれたまま、さらに上体を起こした。「そうだな、まず第一に、きみが姿を見せるはずがないと思った。何しろあんな別れ方を――」

「やめて、お願い」罪悪感で胸が締めつけられ、あわてて言う。

トーマスは話を続けようとせず、黙って探るように彼女を見た。

「暗い闇の中にいても、きみの声が聞こえたよ」

エリザは目を見開いた。「本当に?」

彼がうなずく。「うれしい言葉が聞こえてきたから、夢を見ているに違いないと思った」

トーマスの目がかすかに光った。もしかして、からかっているのだろうか?

「ごめんなさい、トーマス」膝に置いた手を落ち着きなく動かしながら、エリザはささやいた。「あなたにひどい仕打ちをして」

彼はしばらく考えてから言った。「きみは自分が正しいと思うことをしたんだろう?」用心深い口調だ。

エリザは顔をあげ、視線を合わせた。「もしわたしがサー・ジェームズの求婚を断ったと言ったら? それが正しい選択だと信じているとしたら?」

トーマスは口を開いて何か言いかけたが、すぐにまた閉じて視線をそらした。

彼女はベッドに身を乗り出し、さっきからそうしたいと思っていたとおりにトーマスの顎の線を指でなぞった。肌が触れあったとたん、彼は身をかたくしたものの、それでもおとなしくされるがままになっていた。

「あんなひどい目に遭わせてしまったけれど、あなたが許してくれるかもしれないというわずかな希望を抱いて、あのあとすぐにロンドンへ向かったとしたら？　それが正しい選択だと信じて」

トーマスが口元をゆがめる。「エリザ、やめるんだ」

「それが正しい選択だと、ロザも信じているとしたら？　それにウィリアムも？」

彼がはっとしてエリザの視線を受け止めたが、何も言わなかった。

おびえながらも、彼女は思いきって話を続けた。「もし」たくましい胸に手をやり、心臓のあたりに触れる。「レジナルドと結婚する前からあなたを求め、愛していたとしたら？」

トーマスのまなざしが鋭くなった。「嘘だ」

「嘘ではないと言ったら？」

言葉では抵抗していても、彼の体が熱を帯びてくるのを感じた。瞳孔も開き、青い海の中の黒い光が大きくなっている。黒々した胸毛を指先でなぞったとたん、彼をいっそう間近に感じ、エリザの体も熱くうずきだした。高い頬骨に唇を寄せると、トーマスがゆっくりと目を閉じた。

「わたしが気づいていなかっただけで、本当はあなたが誰よりもふさわしい求婚者だったとしたら？」

「〝ふさわしい〟は大げさだ」ぼそりと言う。

エリザは唇を重ね、彼を黙らせた。キスは最初のうちやさしく、だんだんと激しさを増していった。押しのけられるかと思ったが、トーマスは両手で彼女の頭を抱えると、自分のほうに引き寄せてキスを深めた。彼が舌を差し入れてきたので、エリザは唇を開いて受け入れ、動きに合わせて自ら舌を絡めた。トーマスの息遣いが荒くなり、喉の奥から低いうめき声が漏れる。

エリザは未練たっぷりにキスをやめて体を離し、彼を見おろした。期待に胸が躍っていたが、それでもまだ不安だった。

「トーマス」息をふうっと吐き、哀願する。「わたしが愚かだったわ。あなたを失うのは耐えられないの。お願いだから、わたしと結婚すると言って。あなたのいない人生なんて考えられない」

たったいま情熱的に唇を重ねたにもかかわらず、彼は無関心を装い、うんざりしたように顔をそむけたが、すぐにいたずらっぽい笑みを浮かべた。

「いいだろう。だがその前に、きみにも苦しみを味わわせてやらないと」からかいの口調で言う。

ずっと重くのしかかっていた不安がようやく取り払われ、興奮で胸がときめいた。「わたしにひざまずいて懇願させるつもりなの？」期待に満ちた目で尋ねる。

「それができなかったら、自分がだめな人間に思えるだろうな」

彼女はトーマスの鼻先に軽く口づけた。「わたしがあなたをひざまずかせてみせるわ」

「ほう、きみにできるのか？」彼が小ばかにしたように笑う。

トーマスはふたたびエリザを引き寄せて唇を奪い、舌で口の中を探ったが、彼女が情熱的に応えはじめると唇を離した。エリザは小さく不満の声を漏らし、今度は自分が主導権を握ることに決め、ベッドにあがって彼にまたがった。その性急さにトーマスは軽く笑ったものの、エリザが彼の上に腰をおろしたとたん真顔になった。スカートの生地越しに、彼の欲望の証が感じられる。彼女は膝の上で身をよじり、ぞくぞくしながら下腹部を密着させた。でも、だめ……こんなふうにあわただしく体を重ねたくない。トーマスとひとつに結ばれるのをずっと夢見てきたのだから。

彼はエリザをからかおうとして必死に気のないそぶりを見せていたが、その試みは失敗に終わった。うめき声を発して腰を押しつけ、待ちかねたように豊かな胸のふくらみを両手で包み込んだ。ドレスの生地が薄いので触れられるたびに快感が走り、思わず反応してしまう。エリザがあえぐと彼はうめき声を発し、モスリンのドレスの上から胸を撫でまわした。

「間違いなく、医師の言いつけにそむく行為だな」トーマスが息を切らして言う。「でも、どうなろうとかまうものか」

彼はドレスのボディスを引きおろしてふくよかな胸をあらわにすると、飢えた目で見つめた。エリザは驚いて息をのんだ。

「ああ、この瞬間を何度夢に見たことか」トーマスはざらついた声で言い、親指で胸の先端を愛撫しながら、身を乗り出して肩から鎖骨へと唇を這わせた。「きみは……なんてきれいなんだ」彼がささやいた。「まさにぼくの理想どおりだよ」

胸のふくらみに触れてから先端を熱い口に含み、強く吸う。エリザがせつない声をあげると、舌でやさしく転がしてから身を引き、とがったつぼみを指先でもてあそんだ。次いで反対側の胸にも、容赦なく責め苦を与えはじめる。

エリザも何か気のきいた言葉を返したかった。あなたのおかげで、こんなにも幸せを感じていると。周囲の忠告と自分で立てた人生設計があったにもかかわらず、ずっと前からあなたしかいなかったのだと。だが、いまのエリザには彼の名前を叫び、豊かな黒髪に指を絡ませて、さらに強く体を押しつけることしかできなかった。

まだ体が完全に回復していないはずなのに、トーマスの下腹部はかたく張りつめている。エリザはシーツの中に手を滑り込ませて屹立(きつりつ)したものに触れ、感嘆のため息をついた。愛撫を始めると、彼が喉からかすれたうめきを漏らした。もう少しで彼の命が奪われそうだったことを思うと、こんなふうに触れる機会を得られたのがうれしくてたまらない。

「あなたが欲しいの、トーマス」吐息まじりに言う。「ずっと前からあなたが欲しかった」

トーマスは喉の奥で低い声を発し、いたずらっぽい笑みを浮かべてエリザの両手をどかせた。「そんなふうに触れられたら、始まる前に終わってしまいそうだ」彼女の首筋にささやきかける。「もっとゆっくり時間をかけて……」

彼がスカートの中に手を入れ、開いた腿のあいだに指を滑り込ませてきた。親密な触れ方に全身がびくっと震える。

「わたし――ああ……」息遣いが小刻みになった。

トーマスはゆっくりと官能的な探索を始め、指先でやさしくもてあそんだ。彼女は身もだえしながらあえぎ声をあげた。小さな円を描くように愛撫されるたびに、興奮がどんどん高まっていく。彼が指を奥に沈めた。エリザの内側がぎゅっと締めつけ、たちまち体の中で欲望の炎が燃えあがった。トーマスがそんなに努力しなくても、高まる緊張をいまにも解放してしまいそうだ。思わず叫び声をあげると、彼がエリザの腰に手をまわして抱きかかえた。

「さあ」トーマスの声はかすれ、眉の上に汗が光っている。自制心が消えつつあり、手の動きがどんどん速くなっている。「そのときのきみの声を聞かせてくれ――」

かぶりを振った拍子に金髪の房がピンからこぼれ落ち、顔をくすぐった。「いやよ」愛撫に陶然としながら息も絶え絶えに言い、トーマスの胸に両手をついて体を持ちあげ、やっとの思いで彼の手から離れた。「まだだめ」ひとつになって歓喜の瞬間を迎えたら、もっと強烈な快感を味わえるはずだ。エリザとしては至福のときを奪われたくなかった。今度ばかりは……とうとうトーマスと結ばれるのだから。彼女は衝動的にシーツを引きはがした――ふたりのあいだに残っていた唯一の障壁を。

膝をついて身を乗り出し、奪うようなキスをすると、トーマスもそれに応えて彼女の下唇に軽く歯を立てた。抑えがたい欲求が全身を駆けめぐり、暗く謎めいた期待で体がとろけそうになる。

「本当にいいのか？」

ええ、もちろん。長年、彼に恋い焦がれていたのだ。欲望と拒絶のはざまで翻弄されつづけてきて、もうこれ以上は我慢できない。エリザは冗談めかしてちらりと視線を落とすと、トーマスの上に腰をおろし、熱く潤った秘所を信じられないほど張りつめている高ぶりに押しつけた。

彼が驚いて息をのみ、満足げに半ば目を閉じる。エリザは腰を前後に動かした。ゆっくりとじらしてから、トーマスを迎え入るつもりだった。彼のむきだしの肩に指を食い込ませ、甘いため息を漏らして、互いの体を言葉のいらない場所へといざなう。ぴったりと密着した部分だけが答えを知っている謎を解き明かしたくてたまらない。

「きみの中に入りたい」トーマスが身を乗り出し、またしても誘うように彼女の胸を味わって、震える息を吐いた。「きみに敬意を払えるぐらいに回復していたらよかったんだが」

「うーん……」エリザはささやき、もう一度腰を動かした。「お医者さまが言っていたそうよ。あなたは〝雄牛のように強靭だ〟って」みだらな笑みを浮かべて応える。抑えがたいほどの切望がどんどん高まっていた。

「その程度かい？」トーマスが涼しい顔をしてみせたので、彼女は抱きあったまま噴き出した。

不遜な発言をたしなめたいのに笑いが止まらない。「ねえ、トーマス、あなた――」いきなり彼が腰を突き出したので、今度はまったく別の理由で名前を呼んだ。エリザの口元から笑みが消え、トーマスの動きに合わせて息遣いも荒くなる。

「答えてくれ……本当なのか？」

そう問いかけられ、彼女は恍惚(こうこつ)状態から覚めた。快感に朦朧としながら目をしばたたく。

「本当って何が？」

彼がまた腰を揺らし、エリザははっと息をのんだ。こわばりを何度も秘所に押しつけられ、彼女は官能のとりこになった。トーマスがどんな答えを求めているのかわからない。それどころか、何も考えられない。

「きみ以外の人たちが言っていたことだ」

その言葉でエリザははっきりと理解した。いままでに何度も傷つけられてきたから、きちんと確かめておきたいのだ。体の奥の脈動に気づかないふりをして、トーマスの顔を両手で包み込み、真剣なまなざしを向けた。彼の目に不安の色がにじんでいるのに気づき、胸が締めつけられる。

「すべて本当よ、トーマス」彼女はささやきかけた。「何もかも。みんなあなたを愛しているし、帰ってきてほしいと思っているわ」頭をさげ、額を寄せあう。「わたしもあなたを愛してる。だから帰ってきて」

「エリザ」トーマスが感きわまった声を出す。「その言葉が聞きたかったんだ」欲望に突き動かされ、荒々しく唇を重ねながら、エリザは彼の手を借りてドレスを頭から脱いだ。何気なく選んだゆったりしたドレスを着ていなかったら、こんなに簡単に脱げなかっただろう。

流行のドレスと違ってボタンがずらりと並んでいないので、ドレスはすぐに床に放り投げられた。続いてシュミーズも。

エリザはゆっくりと息を吐き出し、彼の見事な体にうっとりと見とれた。そそり立つものに触れ、なめらかな感触を楽しむ。トーマスが息をのんでさらに深く枕にもたれ、身を震わせてかぶりを振った。

「きみにしてあげたいことがたくさんあるのに。この瞬間を待ち焦がれていたんだ……ずっと」彼女が高ぶりに手を滑らせると、トーマスは歯のあいだから言葉にならない声を発した。

「そうでしょうね。でもいまは、体力を消耗しないようにしないと」激しく唇を重ねてから微笑む。「わたしにまかせて」

彼が眉をあげた瞬間、エリザはこらえきれずに腰を沈めた。ずっと認められなかった欲望を、無数の妄想の中だけで満たしてきた欲望を、ついに解放したのだ。トーマスの声が響き、彼女のあえぎ声をかき消した。かたいものが侵入してきて、内側が押し広げられる。彼のすべてを受け入れようと身をよじり、さらに腰を沈めると、ついにエリザの中は完全に満たされた。トーマスを自分の中に感じる喜びで、早くも高みにのぼりつめてしまいそうだ。

「ああ……」すすり泣くような声を漏らし、めくるめく快感をどうにか抑え込もうとした。彼も緊張が高まっているらしく、頭を横に傾けてまぶたをひくつかせている。

「頼む、まだやめないでくれ」トーマスは息も絶え絶えに言った。

「だけど、もう――」

トーマスが小声で悪態をついた。エリザは彼の胸に両手をつき、試しに腰を揺らしてみた。鋭い快感に貫かれ、また動きを止める。

「ああ」彼がいらだちをにじませた。「エリザ、続けてくれ」

トーマスが彼女をつかんで引き寄せ、腰を突きあげる。ふたりとも、もう長くは持ちこたえられそうにない。互いの喜悦の声がまじりあった。一瞬、エリザはトーマスが激しく動いているのが心配になったが、すぐに理性も自制心も吹き飛び、彼の上で動きを速めた。

徐々に互いにとって心地いいリズムを見つけながら、ふたりは絶頂を目指した。本能に従って腰を揺らすうちに、体の中からめまいがするような緊張が高まってくるのをエリザは感じた。できるだけ長く結ばれていたいけれど、もう耐えられるだけの自制心がない。ふたりとも、もうずっと耐えつづけている気がする。それにこれからは、いつでもゆっくり時間をかけられるだろう。

動きがさらに激しさと速さを増していき、苦悶(くもん)の声とともに絶頂へ向かって一緒にひた走る。全身を熱が駆けめぐった瞬間、トーマスが彼女のヒップを痛いほどきつくつかみ、最後にもう一度突きあげて大きくうめいた。身を焼かれんばかりの快感に貫かれ、エリザはのけぞって声を絞り出し、彼とともに高みへのぼりつめた。しばらくして気がつくと、ふたりとも放心状態で疲れた体をベッドに横たえ、身を震わせていた。

彼女はゆっくりと忘我の状態からわれに返った。まだ手足がかすかに震えているが、上体を起こし、半ば閉じたトーマスの目を見つめる。エリザは微笑んで彼にもう一度キスをしてから、脇腹の怪我の具合を気にしながら反対側にぐったりと横たわった。呼吸を整えつつ、ふたりきりのひとときを楽しむ。しばらくすると、彼女は称賛とからかいのまじった目でトーマスを見つめた。

「寝込んでいたわりにはお見事だったわ、閣下。わたしのほうは、あなたに懇願させることはできなかったけれど」

トーマスが首を横に振る。体力を消耗したせいで、まだ少し息が乱れていた。「忘れたのかい？　この数カ月間、ぼくはもう少しでひざまずいて懇願しそうだったじゃないか」彼はいたずらっぽく言うとエリザを抱き寄せ、髪に顔をうずめて深く息を吸い込んだ。「何度も自分に言い聞かせなければならなかったよ。ぼくはひどい苦痛にのみ込まれたわけじゃなく、きみは実際にここにいるんだと。もっとも、熱のせいで幻覚を見るのも悪くなかったが」

エリザは黙ったまま、彼の肩に顔を押しつけた。これほどの幸せを感じるのは何年ぶりだろう。ふたりはもうじき結婚して、自分はトーマスの妻になる。ロザにとっても彼は最高の父親になるだろうと思うと、ますます心が安らいだ。ようやく自ら選択できたことに、安堵の気持ちがこみあげた。しかも、これは正しい選択だ。

徐々に呼吸が落ち着いてきた頃、トーマスが身をひねってベッドの脇のテーブルに目をやり、小さな苦痛のうめきを漏らした。傷が完全に治っていないので、まだつらそうだが、ほんの一週間前の状態を考えれば奇跡のような回復ぶりだ。

エリザは心配になり、身を起こして彼の様子をうかがった。

「傷を悪化させてしまったかしら」後ろめたさを覚える。「もう少し薬をのむ?」

トーマスはかぶりを振った。「いや、ただ、テーブルの上に封筒が見えたから」

「あら、そうだったわ」エリザはベッドの足元からシーツを拾いあげてふたりの体を覆い、テーブルの上にある手紙を取って彼に手渡した。ふたたびベッドに丸まって横になり、トーマスのぬくもりを味わう。彼の胸を覆う毛が、敏感になっている胸の先端をくすぐった。

「すっかり忘れてた。兄からよ」

トーマスは目をみはり、羊皮紙を受け取って封蠟をそっとはがすと手紙を開いた。一枚の紙片がシーツの上にひらひらと舞い落ちたが、彼は気にも留めずに文面に目を走らせている。エリザは固唾をのんで見守っていたものの、最後には好奇心が勝った。

「兄はなんて?」

こみあげる感情を抑えているらしく、トーマスの目はきらきらと輝いていた。咳払いをして、横目でこちらを見る。「書いてあることをそのまま読むと、〝高貴なるアシュワース伯爵でさえ、ときとしてばかなことをしでかしてしまうようだ〟」

エリザは噴き出した。「あら、そんなこと、みんな知っているわ」くすくす笑いながら言う。「ほかにはなんと?」

トーマスがごくりと唾をのみ込んでから続ける。「ぼくがきみに求婚したことによって、彼と正式な兄弟になることも頭に入れておくようにと。それから、きみとロザにふさわしい男性はぼく以外には考えられないそうだ」

彼はふたたび手紙を読みはじめたが、すぐに視線を落とし、さっきシーツの上に落ちた紙片を手に取った。「それと追伸には、あるご婦人をよろしく頼むと書いてある。〝きみの名刺をレティキュールに入れて持ち歩くぐらいだから、すっかりきみに夢中だ〟と」

トーマスはにやりとして小さなカードに視線を落とし、エリザに見えるようにその向きを変えた。左上の角が折れていて、黒いインクで名前が記してある。

彼女はあんぐりと口を開け、頬をピンクに染めた。

「どうして？　でも、そんなはずは――」

トーマスの目がいたずらっぽく光る。「ぼくの名刺を持ち歩いているのを見つかったのは、これが初めてじゃない」

暖炉の炎の中に投げ入れたのではなかった？　いいえ、レティキュールの中にしまい直したのだ。収集癖のある人が、がらくたを後生大事に取っておくように。恥ずかしさで全身がかっと熱くなった。

そういえば、ウィリアムと最後に会ったのはロートン・パークの書斎だった。エリザは泣きだして、レティキュールの中をかきまわしてハンカチを探し、そのときに……。

うろたえて顔をあげるとトーマスと視線が合った。彼は大声で笑いだしたが、すぐに痛みを感じたらしく、わずかに顔をしかめた。

「そうよ」彼女はいらだちを覚えつつも認めた。「ええ、ずっと持ち歩いていたの。ロンドンにいるあいだも、ケント州に戻ってからも。だから――」膝をついて身を起こし、トーマスの指のあいだから白いカードを引き抜く。「これは返して」

ベッドからおりようとした瞬間、トーマスがウエストに手をまわしてベッドに引き戻した。エリザは甲高い悲鳴をあげたが、たくましい腕と彼の素肌のぬくもりを感じて抵抗をやめた。トーマスが耳元に唇を這わせてきたので身もだえする。

「そうしたいなら、手元に置いておけばいい」彼はかすれる声でささやいた。「だがぼくへの忠誠に対するご褒美をあげるまでは、きみを放すわけにはいかないぞ」

そしてトーマスは怪我を負っている体で可能なかぎりのことをして、エリザに対する感謝の意を表した。

18

馬車がトーマスの田舎屋敷(カントリーハウス)であるホーソーン・ハウスの私道に入った。階段の最上段に、バートンが胸を張って立っているのが見える。馬車が完全に止まったら、従僕たちがすぐさま行動を起こし、トランクをおろして荷ほどきを始めるだろう。光沢のある黒い馬車がもう一台、停まっていた。車体の片側にエヴァンストン家の紋章が大きく描かれている。御者がいらだたしげにいななく馬たちの世話をしていた。その馬車を見てトーマスは目を見開き、うなだれてため息をついた。

「母上だ。いつものことながら連絡もなしに。ようやく傷が癒えたと思ったら、今度は母上と対面しなければならないのか」彼は非難がましい目をエリザに向けた。「もっとも、きみが事前に知っていたというなら話は別だが」

彼女は笑い声をあげ、両手をあげて降伏の仕草をした。「わたしはあなたの体の回復具合を先代の子爵夫人にお知らせしていただけよ。でも、まあ……もしかしたら……ケント州に帰る日も伝えたかもしれないけれど」

トーマスは無言でエリザを見つめ、低い声で言った。

「なんだって？」

そのとき馬車ががくんと揺れて止まり、彼女はトーマスの手を軽く握った。

「ごめんなさい。あのようなお母さままでも、ひとり息子の安否は知らせておくべきだと思ったの。でもまさか、お母さまに元気になった姿を見せないつもりじゃないでしょうね？」彼の手を自分の唇に持っていき、愛情のこもった目で見つめる。「ひとつ言い訳をさせてもらうと、お母さまから手紙の返事は来なかったの。だから今日、ここにいらっしゃるとは思っていなかったわ。本当よ」

トーマスはまだいらだっていたが、いくらか態度をやわらげた。「まあ、ほかの人間はともかく、きみだけは母がどんな人間なのか知っておくべきだな」クッションのついた座席にぐったりともたれる。「母と会わずにすむなら、また意識を失いたいぐらいだよ」

エリザがたしなめるように舌を鳴らし、身を乗り出して、彼の引き結ばれた口元にキスをした。「それはないでしょう、トーマス。もっと寛大な気持ちになってちょうだい。たしかに過去にはお母さまにひどいことを言われたかもしれないけれど――」

「母からやさしい言葉をかけられたことなど、覚えているかぎり一度もない」つぶやくように言う。

「もしかしたら、お母さまはようやくあなたの身を案じる気になったのかもしれないじゃない？　機会をあげたらどうかしら？」

エリザのきらめく緑色の瞳を見つめ、彼はじっと考え込んだ。彼女はトーマスを説き伏せようとしているが、目に共感の色も浮かんでいる。エリザが小さなため息をついた。「けれど、どうしてもお母さまに帰ってほしいと思っても無理はないわ。もともとわたしが到着の日を知らせたせいですもの、お引き取り願うよう話してくるわね」

母親に会わずにすむ方法を提示してくれたとはいえ、屋敷の中に入って彼女と話をしたほうがエリザは喜ぶだろう。よし、試してみるか。長い会話をしろと言われたわけではないのだから。

トーマスは低くうなってうなずくと、エリザの頬にキスをした。「この埋めあわせはあとでしてもらうぞ」その言葉に彼女が顔を赤らめる。どうやら喜んでお仕置きを受けるつもりらしい。

金属製の踏み段をおり、手を貸してエリザも馬車からおろした。

「バートン」エリザが大声で呼びかける。「客間にお茶を運んでちょうだい」

彼女に敬意を抱いているらしい執事はうなずき、素早く行動に移った。「かしこまりました、奥さま」小気味よい返事をする。「わたしから、ひとこと申しあげてもよろしいでしょうか、閣下」バートンが主人と視線を合わせた。「おふたりそろってお帰りになられて、大変うれしく存じます」

トーマスはにやりとしてエリザを見た。「きみは早くも、うちの使用人の称賛を得ているようだな」彼女をからかう。

エリザが応えようとしたとき、ゆっくりした足音が聞こえ、ふたりはそちらに顔を向けた。

いつのまにかレディ・エヴァンストンが屋敷の中から姿を現し、玄関前の階段に立っていた。ためらいがちで不安げな様子を見せて——そんなことは彼女にとって、おそらく生まれて初めてではないだろうか。しかも父が亡くなって以来、かたくなに着用しつづけていた黒い喪服姿ではなく、鮮やかな紫色の半喪服を身につけている。帽子も、頭から羽根が突き出ていた真っ黒なものから、落ち着いた灰色の帽子に変わっていた。トーマスは驚いて眉をあげた。

「こんにちは、母上」ゆっくりと言う。

隣にいるエリザが無言のまま、彼の手をぎゅっと握ってきた。彼女はレディ・エヴァンストンに向かってうなずき、礼儀正しくお辞儀をした。

「奥さま」

レディ・エヴァンストンは黒い目でふたりを交互に見てから、息子を見据え、薄い唇の端をゆがめて笑みらしきものを浮かべた。

「こんにちは、トーマス。かなり回復したようね」彼女はトーマスを上から下まで眺めまわし、健康状態を見定めようとした。「レディ・エリザから聞きました。ひどい怪我を負ったのだとか。でも、そもそもどうしてそんな事態を招いたのかしら」

くそっ、また始まるぞ……。

事実をごまかして、批判がましい母親をなだめるつもりはないが、かといって母の反応を待っている気にはなれなかった。エリザの手を軽く握り、どうにか気持ちを奮い立たせる。トーマスは咳払いをした。「まったく皮肉な話ですよ。かつての愛人が暴漢を雇って、ぼくを襲わせたんですからね。ぼくがエリザを愛していると知って、悪い考えを起こしたようです」

母がまぶたを半ば閉じて、非難の目でトーマスを見る。「たちの悪い女に引っかかったわけね。自業自得というものよ」レディ・エヴァンストンがエリザにちらりと視線を投げると、彼女もにらみつけんばかりに先代の子爵夫人を見返した。母がとがめるように口をゆがめる。「あなたが無事でよかったと、わたしは言っているの」鼻をつんとあげた。「そういう事情なら、犯人はつかまらないのでしょうね」

トーマスはうなずいた。「ええ。ですが、ミセス・ヴァーナムから謝罪をほのめかす手紙を受け取りました。手紙を送ったあと、どこかへ姿をくらましたようですが。彼女はぼくを殺すつもりはなかったそうです。自分がないがしろにされたことへの強い不快感を表そうとしただけで」エリザのウエストに腕をまわして頭を振る。「どのみち、もうどうでもいいことです」

「そう」レディ・エヴァンストンが進み出て、私道にいるトーマスとエリザと並んで立った。「それならいいわ」胸の前で手袋をはめた手を組みあわせる。「では、あなたたちふたりは結婚するつもりなのね？」

トーマスがエリザのこめかみに唇を押し当てると、彼女はうれしそうに微笑んだ。

「ええ、そのとおりです」喜びで胸がいっぱいになり、彼は答えた。人生が一変したことに、まだ驚いている。あれほど苦戦していたのに、ついに戦いに勝ったことがいまもときどき信じられない。

「それなら贈り物をさせてもらうわ」レディ・エヴァンストンが肩越しに馬車のほうを振り返ると、それが合図だったように装飾のついた小さな箱を持った従僕が現れた。従僕から箱を受け取ると、彼女はしかつめらしい顔つきでそれを見つめてから、目をあげてエリザのほうへ差し出した。

「これをあなたにあげます。気に入るかしら」

エリザが金箔張りの箱を開けた。中から大きなエメラルドの指輪が現れ、雲の切れ間から差し込む太陽の光を受けてきらりと輝いた。彼女が小さく息をのむ。うやうやしい手つきでクッションから指輪を取り出し、宙に掲げて眺めた。指輪の中央には鮮やかな緑色に輝く宝石がついていて、その周囲にはきらきら光る小さなダイヤモンドがあしらわれていた。

怪我の療養に専念していたため、トーマスはエリザに贈る指輪をまだ見つけておらず、大至急なんとかしなければならないと思っていた。さっと顔をあげて母と視線を合わせ、首をかしげて尋ねる。

「これは母上の結婚指輪ではないですよね？」

レディ・エヴァンストンは嘲笑を浮かべてトーマスを見た。「争いが絶えなかった結婚の記念品で、あなたの花嫁を呪うつもりは毛頭ありませんよ」ずけずけと言う。「でも、わたしの母は父と幸せな結婚生活を送ったの。それは母の指輪よ」

「ご存じだったんですか？」エリザが堅苦しい口調のまま、感きわまった様子で尋ねた。

「エメラルドはわたしの誕生石だと」

たしかに婚約指輪には一般的に誕生石が使われるが、母が幸運な偶然の一致を自ら計画するとは思えなかった。

「いいえ」レディ・エヴァンストンが静かに言う。「けれど幸先がいいわね」

ためらいながらも、エリザは敬意と注意を払って指輪を指に滑らせた。大きさはぴったりだ。彼女がうれしそうに顔を輝かせてトーマスを見あげる。彼は眉をあげて微笑んだ。

「よく似合っているよ」そっとささやく。エリザが喜ぶ顔を見たとたん、胸がいっぱいになった。

レディ・エヴァンストンに近づくと、母が身をこわばらせた。長年のあいだにふたりのあいだには厚い壁が築かれていたので、条件反射の反応だったのだろう。トーマスは母が落ち着くのを待ってから、身をかがめて頰にそっとキスをした。愛情を示す行為に、レディ・エヴァンストンは不機嫌そうな表情を浮かべつつも一瞬目を閉じた。トーマスは身を起こし、新種の深海生物を発見したような目で母を見た。

「ありがとう、母上」ぶっきらぼうに言い、気恥ずかしさを覚えて視線をそらす。「ぼくにどんな欠点があろうと、まもなく結婚する欠点ひとつない女性に免じて目をつぶってくださるわけですね」

エリザがとがめるように鼻を鳴らし、トーマスの腕を小突いた。

レディ・エヴァンストンは愉快そうにエリザを見てから、息子に視線を戻した。「トーマス、あなたにどんな欠点があろうと——かなり多くの欠点があるのは間違いないけれど、あなたが結婚しようとしている女性は独立独歩の人よ。それはあなたが思っている以上に貴重な資質で、わたしが夫を亡くしてから唯一身につけたことでもあるの。そして何より、あなたもようやく改心する気になったようだし。そういえば、わたしに新しく孫ができるんですってね——もしかしたら、息子よりも親しくなれるんじゃないかしら」レディ・エヴァンストンはためらいがちな視線をエリザに送った。

「きっとロザもあなたと親しくなりたいと思うはずです」エリザはそう返したが、急に不安げな表情になった。「ただ、先にお伝えしておきたいのですが、かなり型破りな子で……」

レディ・エヴァンストンが大きくかぶりを振ってさえぎる。「何十年も前からあなたの一族を存じあげているのよ、レディ・エリザ。そんなことぐらいで、わたしが驚くと思っているの？」彼女は身を乗り出し、秘密めかした目でふたりを順に見てから声をひそめた。「わたしも昔は泥んこ遊びが大好きだったのよ。母と洗濯担当のメイドを、よくいらいらさせたものだわ」

エリザは口をぽかんと開けたが、次の瞬間に噴き出した。「そういうことでしたら、ふたりは気が合いそうですね」興奮気味に言う。

トーマスの隣で、エリザが彼の母親と気軽におしゃべりをしている。もうじき一緒に暮らす屋敷の私道に立ち、わが家の先祖伝来の指輪をはめて。この一年に起きたさまざまなことを思うと、とても信じられない。幸せで胸が張り裂けそうだった。

体が熱くなるのを感じ、トーマスはエリザとふたりきりになりたくてたまらなくなった。不都合な欲望を必死に抑え込み、屋敷を身ぶりで示して、心にもないことを母に告げる。

「ご一緒にお茶でもどうですか?」もうじき妻となる女性へのみだらな妄想に気を取られながら、儀礼的に訊いた。

レディ・エヴァンストンはその誘いを一笑に付し、ふたりの横をすり抜けて、待たせてある馬車に向かった。「とんでもない。長居をするつもりはありませんよ。第一、あなたたちは帰ってきたばかりでしょう。長旅で疲れて休みたいはずだわ」

「休みたい」心底ほっとして、トーマスはおうむ返しに言った。「ええ、そのとおりです」

彼はエリザのウエストに手をまわした。手綱をさばく音とともに、母の乗った馬車が揺れながら砂利をざくざく踏みしめて私道を走り去っていく。ふたりはぴかぴかの黒い輪郭が見えなくなるまで手を振って見送った。やがてトーマスはエリザをさっと抱き寄せると、優美な顎をつかんで上を向かせ、情熱的に唇を奪った。彼女は驚いて小さな声を漏らしたが、喜んで素直に従った。ところが思い直したらしく、彼の胸を押し返し、周囲に不安げな視線を投げた。なぜかこの場に使用人がひとりもいないのは、おそらく偶然ではないだろう。

「ここではだめよ、トーマス」熱っぽい口調でささやき、考え込むような顔で落ち着きなく視線をさまよわせる。「二階へ行かない?」

衝動を抑えきれなくなり、彼はエリザの肘をつかんで大股で屋敷の中へ向かった。彼女が欲しくてたまらず、高揚感が全身を駆けめぐっている。エリザの愛を勝ち取って以来、もう何度となく思ったことだが、自分はこの世で一番幸運な男だ。

「図書室がいい」トーマスはエリザを連れて石の階段をのぼり、玄関を入った。二階がやけに遠く感じられる。くるりと体の向きを変えた瞬間、彼女がトーマスの下腹部のこわばりを感嘆のまなざしで見つめていることに気づいた。緑色の瞳がきらりと光るのを、彼は見逃さなかった。とうとう誘惑にあらがえなくなり、エリザを抱き寄せ、ふたたび荒々しく唇を奪う。やっとの思いで唇を離して、なんとかまた邸内を歩きはじめた。

「そんな目で見つめられたら、図書室までたどりつけそうにない」トーマスはささやき、彼女を自分のほうに引き寄せた。

ふたりがどうにか着いたのは客間だった。奥まった部屋ではないが、目的を果たすことはできるだろう。トーマスは扉をしっかりと閉めてエリザのほうに向き直り、彼女の首を両手でつかんで唇を軽く嚙んだ。エリザが興奮して熱い息をこぼす。

「最後にこの部屋へ来たときのことを覚えているかい？」

彼女は目をしばたたき、周囲に視線を走らせた。口元に笑みを浮かべ、魂を奪うようなキスを返してくる。

「ええ……お茶とサンドイッチと……」ドレスの上から胸を愛撫すると、エリザは言葉をとぎれさせた。「お母さまが怖い顔で……」息をあえがせて笑い声をたてる。

トーマスはドレスのボディスを引きおろし、かたくとがった胸の先端をあらわにした。バラ色の頂を指先でつまんでから、頭をさげて口に含む。エリザは背中を弓なりにして小さな悲鳴をあげ、彼の広い肩をつかんで引き寄せた。

「ぼくが覚えているのはきみのことばかりだよ」柔らかな胸のふくらみにささやきかける。頭をあげてまた激しく唇を奪いながら、鎖骨に手を這わせた。「きみはピンクのドレスを着ていて……とてつもなく美しかった。長い社交シーズンのあいだ、ずっと避けられていたからね」彼女を扉に押しつける。「まるで拷問みたいだったが、あのときにまだ望みはあると思ったんだ」

「あの日、もう少しであなたを受け入れるところだったわ」エリザがささやき、とろんとした目をゆっくりと閉じたとき、彼はドレスのスカートに手をかけた。「あんなに強く誰かを求めたのは初めてだった」

スカートをたくしあげ、ストッキングをはいた形のいい脚をあらわにする。もう一度唇を奪ってから、高ぶりを感じてほしくて下腹部を押しつけた。エリザがはっと息をのんだので、ますます興奮が高まった。

「ぼくはもうきみのものだ。今度はクラヴァットを外さないでもらえるかい?」

たくしあげたスカートをエリザの手に持たせると、彼女の小さな笑い声は次第に薄れていった。トーマスは片手を彼女のウエストにまわし、腿のあいだの秘められた部分にもう一方の手を滑り込ませた。ああ、すっかり準備が整っている。彼女は泣きそうな声をあげ、顔を赤らめた。指を差し入れたとたん、息遣いが速くなる。

「ああ、トーマス」エリザがあえいだ。

そのとき扉をノックする音が聞こえ、ふたりはその場に凍りついた。

「誰?」彼女がどうにか応える。

「奥さま、ご要望のとおり、お茶をお持ちしました」

バートンだ。あいかわらず手際がいい。トーマスはみだらな笑みを浮かべると、執事がすぐ向こう側にいる扉にエリザを押しつけ、ドレスの下に忍び込ませた指をまた巧みに動かした。彼女が目を見開き、気を取られながらもちゃんと応対しようとする。

「わたし――ええ……」必死に声を絞り出した。「運んでちょうだい……図書室へ……お願い……あっ」

エリザが最後に小さなあえぎ声を漏らしたので、トーマスは微笑んだ。ありがたいことに、バートンはふたりのいたずらをなんとか無視しようとしているらしい。

「はい、すぐに」執事は簡潔に返事をした。

「ありが――」

トーマスはもう一度キスで口を封じた。ティーセットのかちゃかちゃという音がして、バートンの足音が遠ざかると、エリザがこらえきれないとばかりに腰を押しつけてくる。

「意地悪な人ね、閣下」彼女は唇を引き離し、息をあえがせて口をとがらせた。

「いや、むしろ」いたずらっぽく言い、愛撫のリズムを速める。「すごく親切だろう」

エリザのあえぎ声がいっそう大きくなり、美しい目がゆっくりと閉じられた。どうやら歓喜の瞬間が近づいているようだ。彼女が愛撫に身をゆだねる姿は、決して見飽きることはないだろう。いますぐに絶頂へ導くこともできるが、それだけでは物足りない。

指を引き抜いたとたん、エリザがぱっとまぶたを開けた。緑色の瞳に困惑とかすかな非難の色を浮かべたものの、トーマスがひざまずくと、驚きに目をみはった。手を彼女の腰にまわし、親指で円を描くように秘所を愛撫する。

「ここにキスをしてあげようか？」狂おしいほどの欲望で声がかすれた。腿の内側の感じやすい肌を唇でなぞってから、最も敏感な部分に熱い息を吹きかける。エリザの息遣いが荒くなった。

「ああ、いいわ――」

脚をさらに大きく開かせ、口でやさしく愛撫する。彼女は磨きあげられた木製の扉に頭をもたせかけ、甘えるような声を漏らした。舌を滑り込ませて快楽の芯を舌で弾くと、エリザは悩ましげにスカートを握りしめて腰を突き出した。さらに唇をすぼめ、柔らかな秘所に口づけして執拗に舌を這わせるうちに、彼女はとうとう高まる衝動をこらえきれなくなったようだ。

エリザが歓喜の瞬間を迎える声を聞いたとたん、彼も期待で興奮が頂点に達した。やがて彼女が静かになると、トーマスはさっと立ちあがり、ズボンの前のボタンを外した。エリザはオーク材の扉にもたれたまま息をのみ、満足感と切望にかすむ目で見つめている。彼は猛(たけ)り立ったものをあらわにすると、エリザの丸いヒップをつかんで体を持ちあげ、扉に押しつけた。

「おかえり、愛しい人」トーマスはエリザの唇にささやきかけ、最も楽しい方法で彼女の帰宅を喜んで迎えた。

翌日の午後、エリザとトーマスはロートン・パークに到着した。ロザが家政婦長の腕から身を振りほどいて玄関から飛び出し、蒸気機関車のような勢いで母親の胸に飛び込んできた。トーマスが笑いながらエリザの肩に手を置いて体を支えてくれたので、彼女はどうにかバランスを取り、娘からの愛情たっぷりの抱擁に応えた。困り果てた表情をしているミセス・マローンにうなずいてみせると、家政婦長はお辞儀をして立ち去った。エリザはさらにきつくロザを抱きしめた。

「お母さま！　今日帰ってくるとは思ってなかったわ！」ロザは両手に持った人形たちを抱え直した。「二階にいたら、窓から馬車が見えたの！」

エリザはロザの金色の巻き毛に顔をうずめてから、体を引いて娘の顔を見つめた。「あなたを驚かせようと思ったのよ。おじさまとおばさまの言うことを聞いて、おりこうにしていた？」

「うん、お母さま」ロザは自信たっぷりに言ったが、すぐさま黙り込んだ。もじもじしながらトーマスをちらりと見あげ、緑色の目で探るようにふたたび母を見る。幼い娘からの無言の問いかけに、エリザは頭を軽くさげてやさしく微笑み、小さな手を握った。「トーマスともうすぐ結婚すると言ったら、喜んでくれるかしら？」

ロザが大きな目をさらに大きく見開いた。エリザとトーマスを交互に見つめるうちに、興奮が見る見る高まっていく。

「本当？」

トーマスがさっと片膝をついて笑いかけると、ロザは彼の胸の中に飛び込んだ。その勢いで人形がトーマスの頭にぶつかったが、彼はくすくす笑い、ロザをさらにきつく抱きしめた。彼の顔にはさまざまな感情が浮かんでいる。トーマスはロザの頬に熱烈なキスを浴びせてから、ゆるい巻き毛を耳の後ろにかけてやり、真顔で少女を見つめた。

「聞いたよ。ぼくはきみに感謝しないとな。少なくともきみが言い聞かせてくれたおかげで、きみの母上は道理がわかったらしい」トーマスが茶目っ気たっぷりに片目をつぶると、ロザはにっこり笑い返し、身を乗り出して言った。

「ほんとにお母さまったら、何を考えてるのかしらね」

トーマスが声をあげて笑う。娘が彼に熱い称賛のまなざしを向けているのを見て、エリザも思わずくすくす笑った。ロザがふたたび身を乗り出す。

「わたしね、お父さまがいないの」大事な秘密を打ち明けるように小声で言った。

彼が驚いてエリザに視線を移す。彼女は口を開こうとしたが、その前にトーマスがロザに目を戻して言った。

「父上はいるよ。きみは覚えていないだろうけどね。ぼくがひとつだけ覚えているのは、父上はきみを心から愛していたということだ」彼は少女の髪を撫でた。「そしてぼくも、きみと母上を愛している。だから最高の父親になれるよう、精いっぱい努力すると約束するよ」

ロザは目をぱちくりさせたが、たちまち顔にゆっくりと笑みが広がった。娘がトーマスの首にしがみつき、もう一度ぎゅっと抱きついたので、エリザも頭を傾け、彼のこめかみに軽くキスをした。トーマスがゆっくりと目を閉じる。ハンサムな顔に、驚くほど満ち足りた表情が浮かんだ。

しばらくして三人が立ちあがったとき、屋敷の玄関からクララが姿を現した。ふだんは厳格なミセス・マローンでさえ、目の前で繰り広げられた場面に思わず心を動かされたようだ。クララは前に進み出ると、家政婦長の腕にやさしく手をかけた。

「ミセス・マローン、お部屋の用意は整っているかしら？　少し早めの到着だったようだけれど」

家政婦長は目頭を押さえながらもむっとした表情を浮かべ、女主人に向かって言った。

「わたしはいつもあらゆる不測の事態に備えております、奥さま。もちろん早めの到着にも」

クララが訳知り顔に微笑む。「尋ねるまでもなかったわね」彼女はエリザとトーマスに向かって手を差し出した。「さあ、中に入って休んでちょうだい。ウィリアムが出迎えられなかった理由がわかるわ」

ロザが真っ先に飛び出し、階段を駆けのぼった。うれしそうな笑い声が玄関ホールに響いている。エリザはトーマスの温かな手の中に自分の手を滑り込ませた。そんなささいな行動にさえ、思いもよらない大きな喜びを感じる。彼はエリザの視線をとらえると、握りしめた手を口元に持ちあげてキスをした。

トーマスのきらきらと輝く目が愛おしげにやわらぐ。知りあって何年も経つのに、彼がこんなにはっきりと愛情を表現するのは初めてだ。彼はずっと自分の思いを隠しながら、エリザの気を引くような態度を取りつづけていた。彼女のほうも、トーマスは救いようのない放蕩者なのだと自分に言い聞かせ、心をなだめてきた。けれどもいまはもう、うわべを取りつくろったり、気持ちを隠したりするのをやめ、ふたりはただ愛しあっている。

クララのあとに続いて階上の回廊に行くと、豪華な正装に身をかためたウィリアムが、真紅のベルベットで覆われた木製の踏み段の上に立っていた。周囲の床には大きな掛け布が敷かれ、イーゼルの前に座った画家が、第五代アシュワース伯爵の立派な姿を肖像画に描いている。

兄はエリザとトーマスにちらりと目を向けたが、糊のきいた青い上着の下襟をしっかりと握りしめたまま、恥ずかしげな笑みを口元に浮かべた。

「こんなに早く到着するとはあんまりだぞ。きちんと挨拶さえできないじゃないか」

画家が黒い口ひげをぴくりと揺らして唇を引き結び、いらだちのため息をついた。「閣下、お話を控えていただけるとありがたいのですが」

ウィリアムが目をぐるりとまわしてみせる。「挨拶どころか、話すことさえ許されないんだからな」

エリザは噴き出した。「これはなかなかの見ものだこと！」大声をあげて前に進み、画家がさまざまな色と筆使いで兄によく似たハンサムな肖像画を描く様子を眺める。彼女は感謝と称賛のこもった目をクララに向けた。「ようやく肖像画を描いてもらう気になったのね」

クララは微笑んでエリザに歩み寄り、画家と愛する夫に代わる代わる目をやった。「ええ、そうなの」夫に向かって片目をつぶる。

クララに腕を握られ、エリザは彼女のほうを向いて目を合わせた。そして視線を落としたとき、クララがもう一方の手をおなかにそっと当てるのを見て、はっと義姉を見つめた。

「後世にウィリアムの名を残さなければならないと思ったの」クララがうなずく。「彼がもうじき父親になることがわかったから」

エリザが歓声をあげ、クララの胸に飛び込んできつく抱きしめると、彼女も笑って抱擁を返した。エリザは喜びの涙をぬぐった。「なんてうれしい知らせなの！」

ロザが回廊の隅で遊ぶのをやめ、興奮の面持ちで見あげた。「クララおばちゃまのおなかに赤ちゃんがいるの？」

エリザが答えるより早く、トーマスが大股で部屋を横切り、ウィリアムに近づいた。画家が椅子から立ちあがって、イーゼル越しにいらだたしげな視線を投げる。

「申し訳ありませんが、閣下、いまはご遠慮いただけると――」

トーマスは友人に話しかけるために、いかにも彼らしいやり方で画家を黙らせた。ウィリアムが警戒して、わずかに体に力をこめたことにエリザは気づいた。ウィリアムは踏み段からおりると、トーマスが差し出した手をぎゅっと握った。ふたりはかたい握手を交わし、深い尊敬の念とともにじっと見つめあった。

「おめでとう、友よ」トーマスが心をこめて言う。

ウィリアムは握ったままのトーマスの手を、自分のほうに引き寄せた。「それにわれわれは兄弟でもある」

一瞬、回廊が静寂に包まれた。トーマスは必死に平静を保とうとしている。ウィリアムは許しを与えると、ふたたびトーマスをそばに引き寄せ、もう一方の手で背中をぽんと叩いてから彼をじっと見た。

「だが、これだけははっきり言っておくぞ。妹を泣かせるようなまねをしたら、命はないと思え」ゆがんだ笑みを浮かべて言い添える。

「ウィリアム！」女性たちが声をそろえて叫んだ。

トーマスは陽気な笑い声をたて、両手をあげた。「いいだろう」エリザをやさしく見つめる。「でも、そんなことにはならないさ」

ロザは人形を抱きしめたまま大人たちの真ん中に立ち、答えを求めて目を丸くしている。

「クララおばちゃまのおなかに赤ちゃんがいるの？」もう一度、問いかけた。

エリザは片膝をつき、幼い娘の頬にキスをした。「ええ、そうよ。クララおばさまとウィリアムおじさまに赤ちゃんが生まれるの」

ロザの表情が変わった――母親がもうじき結婚すると聞かされたときのように。ロザは掛け布の上を走りまわり、床に集められた道具につまずいた次の瞬間、クララに抱き止められた。ウィリアムもふたりに近づき、抱擁に加わる。

「赤ちゃんはいまからわたしと遊びたい？」ロザが訊いた。「ミセス・フンボルトのお手伝いをして、ちっちゃなお菓子を焼いたり、お茶を飲んだり、それから――」

「まあまあ、落ち着いて」ウィリアムが笑顔で言った。「赤ん坊はお乳をたくさん飲んで、ぐっすり眠って、遊ぶ体力をつけなくちゃいけないんだ。とはいえ、這って動きまわるようになったら、たくさん一緒に遊べるだろう」

ロザはにっこりして、エリザとトーマスに視線を向けた。「お母さまにも、また赤ちゃんが生まれる？」

その口調に嫉妬の色はまったくなかった。たくさんの小さな友だちに囲まれて遊ぶのが楽しみで、わくわくしているようだ。エリザは顔が赤くなるのを感じた。おそるおそるトーマスを見あげると、彼はにやりとした。

「わたしは、そうね、ええと――」エリザは口ごもった。

ウィリアムは目をぐるりとまわし、クララに身を寄せた。トーマスはすぐにでも試みるだろうと言ってからかおうとしたとき、妻がいたずらっぽく口をゆがめて一瞥(いちべつ)をくれたので動きを止める。

「何も言わないで」クララはそう忠告してからエリザの指輪に目を留め、大きく息をのんだ。「まあ、すてきな指輪ね、トーマス。体が回復するのに長くかかったから、宝石のついた婚約指輪を用意する時間はなかっただろうと思っていたのよ」

トーマスが口元にかすかな笑みを浮かべた。「実を言うと、母がその仕事を引き受けてくれたんだ」彼がエリザの手を持ちあげた瞬間、ダイヤモンドがちりばめられた石座の真ん中でエメラルドがきらりと光った。ロザが大げさに感嘆の声をあげたので、クララはくすくす笑いを漏らした。トーマスの低い声が静かに響く。

「この指輪は祖母のものだったらしい。そしていまはエリザのものだ」トーマスはエリザの目を見つめたまま、彼女の手を唇に持っていき、自分の手を彼女の唇に持っていった。

その瞬間、そこにいたほかの人たちはどこかへ消え去った。けれどもエリザの兄の咳払いが聞こえ、ふたりは現実に引き戻された。彼女は顔を真っ赤にして、人前であからさまに愛情を表現するのは少し控えたほうがいいかもしれないと思った。

「ところで妹よ、おまえにひとつ訊きたいことがあるんだ」ウィリアムが笑いをこらえながら言う。「いつになったら寡婦用住居を出るつもりだ？　ぐずぐずしていると追い出すぞ」

エピローグ

一八四七年一月
イングランド、ケント州
ロートン・パークの寡婦用住居

エリザは冷たい石壁に背中を押しつけて身を隠し、呼吸を整えた。吐き出す息が凍てついた空気中を白く漂っている。ロザの甲高い笑い声が中庭にこだましているのに気づき、エリザはくすりと笑った。娘は標的に命中させたに違いない。その標的は、ほぼ間違いなくトーマスだ。首を長く伸ばしてみると、夫の陽気なうめき声のあとに、彼のもとから走り去るロザの興奮した声がまたしても聞こえた。

肌寒い天候にもかかわらず、幾重にも重ねられたドレスとマントの下に汗をかいていた。今日の午後は雪合戦に加わるつもりはなかったのに、ウィリアムとクララとキャロラインが参戦したとたん、あまりに楽しそうで誘惑にあらがえなくなったのだ。ウィリアムは身重の妻がはしゃぎすぎないための見張り役のつもりらしいが、伯爵夫人に本気で雪玉を投げつけようとする者などひとりもいないし、彼女は大事を取って石のベンチに座っていた。だが、目的のためには手段を選ばないクララが容赦なく雪玉を投げつけるのを止める手立てはなかった。ウィリアムは妻のふるまいにわざと驚いてみせ、トーマスは大笑いして彼女の戦術を称賛した。

エリザはひと呼吸置いてから、壁越しにトーマスの様子をうかがった。彼はロザをおんぶして氷の張った敷石を駆けまわり、ロザはほかの人たちに雪玉を次々と投げつけている。雪玉を当てられたキャロラインとウィリアムが、驚きの叫びをあげて逃げ出した。ロザがきゃっきゃと笑う。厚いフェルトのボンネットの下からのぞく顔は得意満面だ。一方、クララはベンチに座ったまま、トーマスへの攻撃を続けている。

夫のたくましい体つきを見たとたん、エリザは体が熱くなるのを感じた。以前の彼は悪名高き放蕩者だったけれど、いまは妻を一途に愛し、エリザだけに渇望を宿したまなざしを向けてくる。トーマスがベッドで情熱的なのは驚くことではなかったが、寝室でも、日々の生活でも、彼がいつも幸せそうなのがいまだに不思議なくらいだった。

トーマスが視線をさまよわせ、エリザを見つけた瞬間、いつものように彼女の体の奥に電流が走った。エリザはすぐさま身をかがめ、目の前の壁を見つめたまま、さらに身を低くした。この壁に隠れているのも、そろそろ限界のようだ。彼はみんなを呼び集めて近づいてくるだろうか？　それともひとりで忍び寄ってくる？

後者でありますように。

砂まじりの雪を踏みしめる足音がこちらに近づいてきた。エリザはその場にじっとして、耳を澄ませた。キャロラインにしては重い足音だし、兄の声は遠くのほうから聞こえる。どうやらトーマスが行動を起こしたらしい。

エリザはしゃがみ込むと、彼に見つかる前に武器を調達しようと思い、手袋をはめた手でさらさらの白い雪をつかんだ。まずまずの出来の雪玉を手早く三個つくり、勢いよく立ちあがって、壁の向こうへ投げる。雪玉はトーマスの胸に命中した。しかも彼が驚愕の表情を浮かべたので、エリザはいっそう満足感を覚えた。

「やったわ！」彼女は声を張りあげた。「つかまえた！」

けれどもトーマスの顔にオオカミみたいな笑みが広がった瞬間、自分が困った状況に陥ったことにようやく気づいた。身をひるがえして逃げる間もなく、彼が素早い身のこなしで壁のこちら側にやってきたので、エリザは息をのんだ。手首をつかまれ、彼のほうを向かされる。

「おやおや、レディ・エヴァンストン」トーマスが小声で言った。「つかまえたのはぼくのほうだぞ」

気のきいた言葉で切り返そうと口を開いた瞬間、彼がいきなり唇を重ねてきた。中庭が見渡せる場所にもかかわらず、エリザは気がつくと、おとなしく夫の腕に抱かれていた。熱く湿った彼の唇の感触に夢中になり、ためらいさえ忘れてしまう。やっとのことでキスをやめると、トーマスも同じくらい興奮したらしく、とろんとした目をしていたのでうれしくなった。

「ひとりきりで壁の後ろから、こっそりぼくを見ていただろう」彼がにこやかに言う。

トーマスの体のぬくもりを味わいながら、エリザはとぼけてみせた。「どうしてわたしがあなたを見ていたと思うの、閣下？」からかう口調で尋ねる。

彼はエリザを脇へ引っ張っていくと、中庭にいる人たちに見られないように、近くの木陰に身を隠した。両手でエリザのヒップをつかんで引き寄せ、首筋に唇を近づける。

「ふむ」声の震えからトーマスの興奮が伝わってきて、彼女は期待感でぞくぞくした。「そうでなかったのなら、きみの気を引くためにもっと努力しなければならないな」

エリザは満足のため息をつき、口元に笑みを浮かべた。トーマスは彼女の気を引くのが楽しくてたまらないようだ……。

彼が耳たぶに軽く歯を立て、舌でなぞる。エリザは鋭く息を吸い込んだ。

「やっぱり噂どおりだったわ。あなたは本当に厄介な人ね」

トーマスが低い笑い声をたてた。「噂なんて当てにならないものさ。きみだって、よく知っているだろう」身を乗り出し、今度は彼女の耳に口づける。「それとも結婚初夜を忘れたのかい？」

初夜のベッドで、トーマスは上流社会の噂以上に見事なお手並みだと自ら証明してみせた。そのうえ彼は寝室の中でも外でも、惜しみない愛情を注いでくれる。いまこの瞬間も、彼の両手はベルベットのボディスをさまよっていた。エリザに思い出させるために。そんな必要はないのに。あれほど情熱的な夜を忘れられるはずがない……しかもそれから毎晩……いえ、昼間もほぼ毎日……。

ロートン・パークでささやかに行われた内輪の結婚式は、なごやかな雰囲気でこのうえなく幸せだった。エリザが着たドレスも美しかった。象牙色のレースをあしらったシャンパン色のサテンのドレスは、ペチコートもスカートも控えめだった。ごてごてしたフリルのついたドレスに身を包むより、装飾の少ないドレスを着たほうがエリザの生まれながらの美しさが引き立つとトーマスが言ったからだ。亡き母が大事にしていた真珠のネックレスが首元で輝きを放ち、指にはめたエヴァンストン家伝来の指輪もきらきらと光っていた。

ロザが着た膝丈のドレスは淡いローズピンクのサテン地で、レースの縁飾りがついていた。人形たちにもよく似たピンクのドレスを着せ、ロザは結婚式のあいだじゅう、ずっと握りしめていた。

一方、トーマスは紫がかった灰色の上着に象牙色のベスト、ブリーチズにクラヴァット……。

エリザが歩いてくるのを待つ彼の姿を見た瞬間、胸が激しく高鳴った。小娘だった頃に感じたときめきとは違い、大人の男性に対する畏敬の念に打たれたのだ。けれどもトーマスの目の奥に欲望の炎がちらついているのに気づき、彼女はますます胸がどきどきした。数時間もすればふたりきりになれると、その目は語っていた。

あの夜のことは、いまでもありありと覚えている。手足を絡めあったときの安心感。ベッドに横たわるふたりの息遣い。体力を使い果たしたあと、しばらくしてまた興奮が高まったこと。愛を交わしたあとに、乱れたシーツでふたりの体を包んだこと。そしてあの晩、トーマスが彼女に告げた言葉。

〝待ったかいがあった。きみは追いかける価値のある女性だ。一生かけて愛する価値のある女性だよ〟

エリザはゆっくりと目を閉じ、トーマスの分厚いマントの下に両手を滑り込ませた。彼に触れられているあいだ、ただ突っ立っているのはいやだった。

「エリザ」トーマスがささやき、また激しく唇を奪う。「愛しい人――」

そのとき、壁の向こうから人の話し声が聞こえてきた。トーマスがさっと身を引く。必死に欲望を払いのけたらしく、とろんとした目に鋭さが戻った。

「こんなところを見つかったら大変だ」彼は未練たっぷりに言うと、最後にもう一度キスをした。

エリザは笑った。「ええ、そうね」

その言葉を証明するように、ロザが木をまわり込んできて、すぐにウィリアムとクララとキャロラインも姿を現した。ふたりが体を密着させて立っているのを見て、彼女の兄はわざとらしく眉をあげてみせた。

「邪魔をしてしまったかな、エヴァンストン？」

トーマスは友人をにらみつけたが、すぐに恨めしそうな笑みを浮かべた。「そうだとしても認めるわけがないだろう、アシュワース」

キャロラインが手袋をはめた手で口を覆い、遠慮がちに笑う。エリザはロザの前にひざまずいて話題を変えた。

「雪合戦は誰が勝ったの?」

「わたしよ!」そう叫んだ次の瞬間、ロザはゴシキヒワの美しいさえずりを追って駆けだし、落葉した木々のあいだを走りまわった。トーマスが芝居がかったため息をつく。

「どうやらぼくたちは、鳥やリスにはかなわないようだな」

トーマスとロザはいまでは親友で、いろいろな遊びやいたずらを一緒に考え出している。いまの季節はホーソーン・ハウスにリスはほとんどいないけれど、春の息吹を感じるようになったらたくさん見つかるだろうとロザに伝えてあった。ロザはホーソーン・ハウスの腕のいい料理人からの贈り物も試食し、これなら舌の肥えた森の友人たちも満足できるはずだと納得した。料理人が傷ついた表情を浮かべたので、最上級の賛辞の言葉として受け取るべきだとトーマスは助言した。どのみち、アシュワース伯爵邸に仕える気さくなミセス・フンボルトを引き抜くわけにはいかない。

エリザはこの一年間ロザと暮らした寡婦用住居を、しみじみと眺めた。「もうじき引っ越しの作業が終わりそうね、トーマス。そろそろ出発しましょうか。バートンが暖炉に火をおこして待っているはずよ」冗談めかして言ったが、ありえない話でもなかった。あの執事は、彼女たちがホーソーン・ハウスにやってくるのを誰よりも心待ちにしているのだ。

トーマスが愉快そうに笑った。「ああ、そうだな。バートンをあまり待たせないほうがいい。何しろ彼は張りきって、きみとロザを迎える準備を進めてきたんだ。どうやら彼はきみに心酔しているらしい」

「ああ、それで思い出したわ……お兄さま、ロバーツはどうするつもり？」エリザはウィリアムに尋ねた。

ウィリアムの隣にいたクララが声をあげる。「ねえ、お願いよ。彼にロートン・パークで働いてもらってもいいでしょう？　気の毒なミセス・マローンは最近働きすぎで――」

「ええ、ぜひそうしてちょうだい」エリザは喜んで言った。「彼は素晴らしい執事だもの」

「そうだな」ウィリアムも同意する。「それがいいだろう」彼は妻のウエストに腕をまわし、愛おしげに引き寄せた。「クララがそう言うなら、従うしかない」

もちろんウィリアムは冗談のつもりで言ったのだが、兄は妻を喜ばせるためならなんでもするはずだ。クララが笑いをこらえながら満足げに微笑んだ。エリザも微笑んでキャロラインのほうを向いた。

「ハンプシャー州に戻ったら、何があなたを待ち受けているのかしら？　ウィローフォード・ハウスの新しい主人から連絡はあった？」

赤毛の友人は軽蔑の表情を浮かべ、小さな鼻にしわを寄せた。「まだよ。でも、地所の管理人から手紙が来たわ。どうやらうちの領地の北西の境界の柵が、向こうの領地に大きくはみ出しているらしいの」

「まあ、いわゆる見解の相違というやつね」エリザはため息をついた。「つまり……境界線を見直したいってことでしょう」

「ええ、たぶん」キャロラインはあいまいに肩をすくめ、軽く微笑んだ。

エリザは眉をあげた。「まさか、そんな無茶な要求におとなしく従うつもりではないわよね？」

「もちろんよ」キャロラインが不機嫌に言う。

エリザは頭を振り、友人の頬にキスをしてから体を引くと、愛情をこめて見つめた。「くれぐれも気をつけてね」

トーマスも身を乗り出し、キャロラインの頬にキスをした。「負けるなよ」

「絶対に負けるものですか」キャロラインが笑いながら応じる。「社交シーズン中に力を貸してくれたこと、心から感謝しているわ」

「助けが必要になったら、いつでも手紙をよこしてくれ」トーマスは真顔になって言った。

そのとき興奮した様子のロザが戻ってきて、会話はさえぎられた。少女は小さな体で、母親のコバルトブルーのスカートに勢いよく抱きついた。エリザは娘を見おろした。

「大丈夫？」

「見て！」ロザが叫び、空を指さす。「雪よ！」

きらきら光る透明の粉のようなものが、かろうじて見えた。すごく小さいけれど、たしかに雪だ。エリザはトーマスを見あげた。

「今日は雪の中を旅することになりそうね」不安な思いでささやく。トーマスが彼女の体に腕をまわした。「何も心配することはないよ。今日は冷え込んでいるから、慎重に馬車を走らせるよう御者に命じておいたし、長旅というわけではないんだから」彼はキャロラインのほうを向いた。「ハンプシャーまでの道のりが不安なら、うちの屋敷に泊まればいい」

エリザの友人は首を横に振り、厚手の赤いマントの紐をきつく結んだ。「ありがとう。でも、きっと大丈夫よ。馬車の往来が多い道だもの」

最後にもう一度別れの挨拶をして、近いうちに会う約束を交わすと、アシュワース伯爵夫妻は馬車に乗って家路に就いた。キャロラインも出発すると、ほどなくエリザもトーマスの馬車に心地よく腰を落ち着けた。右側にはたくましい夫の体が、左側には娘の小さな体があった。

いつもなら窮屈に感じたかもしれないが、今日はふたりのぬくもりが心地いい。エリザは両方に体をすり寄せた。もっとも、ロザは窓に顔をつけて、生垣が白く染まっていくさまを夢中になって眺めているけれど。エリザはふうっとため息をついた。

「ああ、大変な一日だったわね。なんだか急に疲れてきたわ」

疲労のせいでまぶたが重くなってきた。トーマスの肩に頭をもたせかけ、さわやかで魅惑的な香りを吸い込んだとたん、安堵感が一気に押し寄せた。人生の最悪の時期は終わりを告げ、トーマスとロザとともに過ごす幸せな人生が幕を開けたのだ。

いままでは、ひどく疲れる旅だった。

夫がエリザのほうへわずかに体をずらし、指先で彼女の頬の線をなぞった。「疲れているなら眠ったほうがいい」静かに言う。「寝ているあいだに着くよ」

エリザはあくびをしながらうなずくと、ゆっくり目を閉じた。ロザの声がだんだん小さくなっていく。彼女は夢も見ない安らかな眠りに引き込まれた。

「もう、お父さまったら、知らないの？　お母さまは馬車の中では絶対に眠らないのよ」

ところが不思議なことに、エリザはもう深い眠りに落ちていた。

訳者あとがき

マリー・トレメインのデビュー作シリーズの二作目である本書。ヒロインは一作目のヒーロー、アシュワース伯爵ウィリアムの妹、エリザです。

馬車の事故で夫を失って未亡人となり、兄の領地にある寡婦用住居で暮らしているエリザは、四歳の娘と自分の将来を考えて再婚を決意します。そして夫探しのために社交シーズン入りするロンドンへ向かいますが、兄の親友であるエヴァンストン子爵トーマスも毎年シーズン中はロンドンで過ごしていて、ふたりは同時期に同じ街に滞在することに。けれどもトーマスは名うての放蕩者。ウィリアムは絶対に妹には手を出すなと釘を刺したうえで、親友を送り出します。

ウィリアムは知りませんでしたが、実はトーマスは数年前に一度、エリザに手を出していました。彼女の婚約披露パーティの夜にキスをしたのです。好奇心を抑えられなかったと言い訳した彼を、エリザはいまでも信用しておらず、亡き父や兄にトーマスのような男はだめだと言われていたこともあって、夫候補の対象からは除外していました。けれども本当は、子どものときから彼に惹かれていて……。

物心がついた頃からずっと彼にあこがれてきたエリザと、あとくされのない未亡人を相手に情事を重ねてきたトーマス。本書ではそれが一転して、彼がエリザを追いかける立場にまわります。エリザとウィリアムはトーマスをどこまでも〝ダメ男認定〟していて、彼がちょっと改心した様子を見せても、まったく揺らぎません。読んでいる側としては、そろそろ許してあげればいいのにと思ってしまうのですが、そう簡単にはいかず……。まあ、よくよく読み直してみるとトーマスも愛人に対してはけっこう冷たい仕打ちをしているので、当然の報いかという気がしなくもありません。ただし、実際に愛人からの仕返しを食らってしまうところまで来ると、本当に踏んだり蹴ったりというか、哀れというか……。とにかく本書では、〝放蕩者の改心〟というロマンス小説の王道パターンを存分にご堪能いただけると思います。

ところで本書でとても印象に残るのが、ヒロインの四歳の娘、ロザの愛らしさです。お気に入りの布製の人形を片手に持ったまま、トーマスとダンスをしたり、リスにお菓子を食べさせたり、草の上に腹這いになって虫を観察したりと、天真爛漫（らんまん）に活躍します。決して子ども好きではないトーマスでさえ魅了されてしまうほどで、そんな娘の言葉が最終的にかたくななエリザの心も溶かすことになります。

一作目を読んでくださったみなさまには、ウィリアムとクララが登場しているのも、うれしいポイントのひとつでしょう。それも一瞬顔を見せるという程度ではなく、物語の展開に重要な役割を果たします。ふたりが仲むつまじく暮らしているだけでなく、いっとき屋敷の使用人として働いていたクララが変わらずかつての同僚たちとの親しい関係を保ち、ウィリアムやエリザ、ロザも自然に彼らに溶け込んでいる様子が描かれていて、心が温かくなります。一作目にも登場した、使用人用の区画への入り口である緑色のベーズ生地が張られた扉。それがまるで秘密の隠れ家への入り口のようで、わくわくさせられます。

さて、シリーズ三作目のヒロインは、エリザの親友であるキャロライン。本書ではヒーローとヒロインの橋渡し役となった彼女が幸せになる姿を、次作でぜひ見届けていただければと思います。

二〇二〇年二月

ライムブックス

家(いえ)なきレディの社交(しゃこう)の季節(きせつ)

著　者　マリー・トレメイン
訳　者　緒川久美子(おがわくみこ)

2020年3月20日　初版第一刷発行

発行人　成瀬雅人
発行所　株式会社原書房
〒160-0022東京都新宿区新宿1-25-13
電話・代表03-3354-0685　http://www.harashobo.co.jp
振替・00150-6-151594
カバーデザイン　松山はるみ
印刷所　図書印刷株式会社

落丁・乱丁本はお取替えいたします。

定価は、カバーに表示してあります。

©Hara Shobo Publishing Co.,Ltd. 2020 ISBN978-4-562-06532-5 Printed in Japan